# Mit Haut und Haar

„Mit Haut und Haar"
© 2016 Sofia Hartmann

Herausgeber:
Monika Celik
Friedweg 9
53919 Weilerswist

Umschlaggestaltung und Buchsatz: materndesign.com
Jörg Matern, Dipl. Grafik Designer
Titelbild: ©panthermedia.net/podlesnova
(Fotografen-ID: podlesnova)

TWENTYSIX – Der Self-Publishing-Verlag
Eine Kooperation zwischen der Verlagsgruppe Random House
und BoD – Books on Demand

Herstellung und Verlag:
BoD – Books on Demand, Norderstedt

ISBN: 978-3-7407-1069-9

Das Werk, einschließlich seiner Teile, ist urheberrechtlich geschützt. Jede Verwertung ist ohne Zustimmung des Verlages und des Autors unzulässig. Dies gilt insbesondere für die elektronische oder sonstige Vervielfältigung, Übersetzung, Verbreitung und öffentliche Zugänglichmachung.

Bibliografische Information der Deutschen Nationalbibliothek:
Die Deutsche Nationalbibliothek verzeichnet diese Publikation in der Deutschen Nationalbibliografie; detaillierte bibliografische Daten sind im Internet über http://dnb.d-nb.de abrufbar.

Sofia Hartmann

# Mit Haut und Haar

Roman

## -1-

Es war ein ganz normaler Bewirtungsbeleg, den Clarissa soeben in der Jackentasche ihres Mannes gefunden und zunächst achtlos auf seinen Nachttisch gelegt hatte. Zusammen mit den ganzen Münzen, den alten Kinokarten, Feuerzeugen und was sie eben sonst noch in den Anzügen ihres Mannes gefunden hatte, die sie in die Reinigung bringen wollte. Ein ganz gewöhnlicher Bewirtungsbeleg, der wahrscheinlich schon uralt war, viel zu alt um ihn noch bei der Steuer einreichen zu können. Und doch schauderte sie plötzlich und starrte aus guten zwei Metern Entfernung auf die Ansammlung von Dingen und Zetteln, die auf Daniels Nachtschrank gelandet waren. Es war ein Gefühl, mehr nicht. Aber es saß tief in ihrem Magen. Zögerlich griff sie nach dem Beleg. Er war gerade mal zwei Wochen alt, stellte sie fest und das flaue Gefühl in ihrem Magen ging ihr durch und durch. Ein Restaurantbeleg aus Hannover und dort hielt Daniel sich geschäftlich recht häufig auf.

Mit dem Beleg in der Hand setzte sich Clarissa auf die Bettkante und fühlte sich plötzlich total erschöpft.

Zwei Piña Colada. Er trank Piña Colada? Normalerweise mochte Daniel »das süße Zeug« nicht. Zwei asiatische Vorspeisen. Zwei Hauptgerichte. Zwei Desserts. Zwei Tassen Kaffee. Zwei Wasser. Es musste ein langer Abend gewesen sein. Eine Rechnung über knapp neunzig Euro.

Beruhige dich, Clarissa. Er war dort geschäftlich. Es war sicher ein Treffen mit seinem Geschäftspartner. Und er hat die Rechnung übernommen. Sie haben ihre Besprechungen vielleicht lieber beim Asiaten weiter geführt, statt in dumpfer Büroatmosphäre.

Clarissa zwang sich zur Ruhe und packte mechanisch die Sachen in die große Tüte, die in die Reinigung sollte. Ebenso mechanisch erledigte sie an diesem Tag ihre Hausarbeit und ihren Einkauf, brachte schließlich noch die Sachen in die Reinigung und begann mit der Zubereitung des Abendessens. Sie fühlte sich nicht gut, seit sie diese Bewirtungsquittung gefunden hatte, aber sie hätte nicht einmal erklären können, warum ihr dieser Beleg so zu schaffen machte. Es war völlig normal, dass Daniel ausgedehnte Geschäftsessen mit Geschäftspartnern hatte. Es war auch sehr häufig der Fall, dass er die Rechnung übernahm, nämlich immer dann, wenn er etwas von den Geschäftspartnern wollte und nicht umgekehrt. Trotzdem fühlte sie sich nicht gut. Ihr Instinkt sagte ihr, dass etwas nicht stimmte. Etwas war nicht, wie es sonst war. Etwas fühlte sich merkwürdig an. Ein unangenehmes Gefühl, das tief in ihrem Bauch seine Wurzeln zu haben schien und für das sie selbst keine Erklärung fand.

Damian und Charlotte, ihre beiden halbwüchsigen Kinder, waren über Mittag wie so oft nur kurz nach Hause gekommen. Sie hatten sich etwas vom Essen des Vortags aufwärmen lassen und waren seit fünfzehn Uhr schon wieder mit Freunden unterwegs. Normalerweise versuchte Clarissa immer, die Kinder ein wenig länger im Haus zu halten, sie mochte es nicht, wenn sie so viel unterwegs waren. An diesem Tag jedoch war es ihr recht ein wenig alleine zu sein. Sie zwang sich zur Ruhe, doch mit jeder Stunde die verging, schrillten die Alarmglocken in ihrem Inneren lauter. Als Daniel gegen sieben nach Hause kam, erwartete sie ihn wie jeden Abend mit einem schön gedeckten Tisch und einem Essen, das sie sofort servierte. Er lächelte charmant, küsste sie zur Begrüßung und setzte sich an den Tisch.

»Wo sind die Kinder?«, fragte er.

»Unterwegs«, antwortete sie.

Daniel runzelte die Stirn. »Normalerweise essen wir gemeinsam, oder?«

»Meine Güte, sie hatten heute was vor. Sie können ja essen, wenn sie nach Hause kommen.«

Über Daniels Stirn zog sich eine Sorgenfalte. Das kannte er von Clarissa nicht. Essen mit der Familie war für Clarissa ein heiliges Ritual. Auf diese Gemeinsamkeit legte sie allergrößten Wert, denn eigentlich war die gemeinsame Mahlzeit am Abend die einzige Zeit, in der die Familie zusammen an einem Tisch saß. Sonst ging jeder seiner Wege. Auch kannte er sie nicht so übellaunig.

»Stimmt was nicht, Liebling?«, fragte Daniel. Er trank einen Schluck Wein und sah sie ernst an. Sie konnte ihm einfach nichts vormachen, dafür waren sie zu lange verheiratet.

»Ach«, antwortete sie. »Ich habe nur ein wenig Kopfschmerzen. Ich denke, das Wetter wird sich ändern, du weißt doch, dass ich das immer spüre.«

Er nickte. »Ja, ich habe heute auch schon den ganzen Tag so einen komischen Druck auf dem Kopf.«

Daniel war ebenso wetterfühlig wie sie selbst.

»Vielleicht muss ich auch nur mal wieder hier raus«, sagte Clarissa. »Es ist eine Ewigkeit her, seit wir das letzte Mal ausgegangen sind.«

Daniel lehnte sich zurück. »Da hast du recht und das ist eine tolle Idee. Wie wäre es mit Kino am Wochenende?«

Sie nickte. »Ich wäre für die Spätvorstellung«, sagte sie. »Und vorher könnten wir noch schick essen gehen.«

»Fein, wollen wir zu Angelo? Er hat neue Gerichte auf der Karte und ...«

»Du, ich kann das ewige italienische Essen nicht mehr sehen, auch wenn es hervorragend ist. Lass uns doch mal wieder zu einem Asiaten gehen, du weißt doch wie sehr ich asiatisches Essen mag.«

»Ach«, sagte Daniel und verzog das Gesicht. »Du weißt doch, nach dem Desaster vor zwei Jahren kann ich asiatisches Essen nicht mehr sehen. Vielleicht haben wir uns wirklich nur gleichzeitig eine Magen-Darm-Grippe geholt und es hatte nichts mit dem Essen zu tun, aber ich kann es nicht mehr sehen.« Er lachte. »Du weißt doch, wenn man auf irgendwas mal so richtig gekotzt hat, dann rührt man das nie wieder an.«

Clarissa runzelte die Stirn. »Du warst also nie wieder asiatisch essen?«

»Nein, das weißt du doch!«

Clarissa erhob sich und holte die Restaurantquittung aus dem Wohnzimmerschrank.

»Und was ist das hier?«

Daniel stutzte, sah auf die Rechnung, stutzte wieder.

»Ach das«, sagte er. Er wirkte für den Bruchteil einer Sekunde ein wenig erschrocken, sammelte sich aber schnell wieder. Clarissa beobachtete ihn sehr genau und etwas an seinem Gesichtsausdruck gefiel ihr nicht. Etwas, das ihr schlechtes Bauchgefühl noch verstärkte.

»Ja, was ist das? Wenn du seit zwei Jahren nie wieder beim Asiaten warst, wie kommt es dann zu diesem Beleg hier?«

»Schnüffelst du etwa in meinen Sachen rum?«

Clarissa lehnte sich in ihrem Stuhl zurück. Sie schob den Teller beiseite und zündete sich eine Zigarette an. Daniel aß langsam weiter und starrte auf seinen Teller.

»Ich schnüffele nicht in deinen Sachen, Daniel. Ich habe deinen Kleiderschrank aufgeräumt und zwei große Tüten Klamotten in die Reinigung gebracht. Und dieser Beleg war in einer deiner Hosentaschen.«

»Das war in Hannover«, sagte er, und warf einen Blick auf die Quittung. »Stimmt, hatte ich vergessen, da habe ich mich doch mit Dr. Dressler getroffen und wir waren abends essen.«

»Und warum sagst du dann zu mir, du hättest schon seit zwei Jahren nicht mehr asiatisch gegessen?«

»Weil ich es vergessen habe.«

»Wir haben jeden Abend telefoniert, Daniel. Du hast mir abends immer gegen halb acht erzählt, dass du dich wie erschlagen fühlst und schlafen gehst. Auf diesem Beleg hier steht neben dem Datum noch eine Uhrzeit der Abrechnung: halb elf abends.«

»Na und? Geschäftsbesprechungen dauern manchmal so lange!« Er wirkte gereizt.

»Du hast mir aber jeden Abend erzählt, dass du jetzt sofort ins Bett gehst. Von einer Geschäftsbesprechung hast du mir nichts erzählt.«

»Meine Güte Clarissa, so was ergibt sich manchmal ganz plötzlich.«

»Nachdem man sich bereits verabschiedet hat, im Hotel im Bett liegt, und so müde ist, dass man es kaum noch schafft, mit seiner Frau zu telefonieren?«

»Manchmal ist das so, ja.«

»Aha.« Clarissa erhob sich, drückte wütend ihre Zigarette aus, und räumte den Tisch ab.

»Clarissa«, sagte Daniel. »Ich weiß nicht, was du dir jetzt einbildest, aber das ist mal wieder typisch. Ich gehe in Hannover mit einem Geschäftspartner essen und du denkst gleich wer weiß was!«

»Meinst du, ja?«, antwortete sie schnippisch. »Ich denke also wer weiß was? Soll ich dir sagen, was ich denke? Ich denke, du hast hier knapp neunzig Euro für ein romantisches Candle-Light-Dinner ausgegeben und dir danach wenigstens einen blasen lassen! Aber noch eher denke ich, die Dame hatte sogar die gleiche Zimmernummer wie du!«

»Du spinnst ja«, sagte Daniel. »Weißt du was? Diesen Scheiß höre ich mir nicht an. Ich arbeite wirklich hart, ich habe das nicht verdient! Ich gehe jetzt duschen und danach ins Bett!«

»Tu das«, sagte Clarissa. »Und rühr mich heute nacht lieber nicht an.«

»Hatte ich nicht vor«, schnauzte er zurück. »Keine Sorge. Ist ja inzwischen sowieso nicht mehr üblich.«

Clarissa konnte in dieser Nacht nicht schlafen. Sie wälzte sich von einer Seite auf die andere und sah Szenen vor ihrem inneren Auge, die sie quälten, so sehr, dass ihr stille Tränen über das Gesicht rannen. Sie war sicher, dass er sie betrog. Vielleicht hatte er kein Verhältnis, aber sie ahnte dunkel, dass er an diesem Abend eine Gelegenheit bekommen hatte, die er auch wahrgenommen hatte. Wenn Daniel sogar ein Essen bei einem Asiaten in Kauf genommen hatte, musste diese Begegnung äußerst wichtig für ihn gewesen sein.

Als Daniel am nächsten Morgen auf dem Weg zur Arbeit war und auch die Kinder das Haus verlassen hatten, saß sie im Wohnzimmer vor dem Fernseher. Sie schlürfte heißen Kaffee und versuchte, das Brummen in ihrem Schädel zu ignorieren. Es war dieser typische Kopfschmerz den sie immer fühlte, wenn sie geweint hatte, auch wenn es nicht sehr häufig vorkam. Das letzte Mal hatte sie geweint, als ihre Mutter gestorben war, zwei Jahre nach ihrem Vater. Viel zu früh. Und es war schon Jahre her. Die Kinder waren noch sehr klein gewesen. Sie hatte ein glückliches, zufriedenes Leben geführt mit Daniel. Tränen hatte sie allerhöchstens mal vor Rührung vergossen, wenn die Kinder irgendetwas Besonderes für sie arrangiert hatten oder bei einem rührenden Film. Gegen zehn Uhr morgens hatte sie einen Entschluss gefasst. Sie ging nach oben ins Gästezimmer. Dort stand Daniels Computer, hier arbeitete er, wenn er von zu Hause aus noch Geschäftliches zu erledigen hatte. Clarissa schaltete den PC ein. Sie brauchte das Passwort, aber das war leicht. Nach den gemeinsamen sechzehn Jahren kannte sie ihren Mann sehr gut. Daniels Lieblingsband war Kiss und es konnte nur ein Songtitel von Kiss sein. Nach vier Versuchen hatte sie das Passwort raus: Lovegun.

Mit zitternden Fingern klickte sie das Mailprogramm an. Daniel erhielt sehr viele Mails, die meisten geschäftlich, einige von seinem Bruder, auch hatte er zwei Cousins, die ihm regelmäßig schrieben. Sie lebten alle sehr weit voneinander entfernt, so blieb ihnen oft nur der Schriftverkehr per E-Mail. Mit seinen Eltern hatte Daniel nichts mehr zu tun. Sie waren geschieden und nach der Scheidung war jeder seiner Wege gegangen. Als hätten sie mit der Scheidung auch die Erinnerungen an ihre gemeinsamen Söhne abgelegt, meldeten sich beide nicht mehr. Seine Mutter war wieder verheiratet, ebenso sein Vater. Beide führten ihr eigenes Leben und ließen sich äußerst ungern an vergangene Zeiten erinnern – auch nicht durch die eigenen Söhne. Sie beide hatten im Grunde nur noch sich selbst und ihre Kinder. Ihre eigene Familie eben, die immer im Vordergrund stand.

Clarissa sortierte die Mails nach Absender und stieß nach längerem Scrollen auf einen Namen, der ihr verdächtig erschien: Von einer Dame namens »Anita« gab es hier massenhaft Mails.

Clarissa zögerte, bevor sie die erste E-Mail anklickte, aber sie konnte sich nicht zurückhalten.

»Hallo Baby«, las sie. »Du fehlst mir so. Ich weiß, du kommst in einer Woche wieder, aber ich würde so gerne deine Stimme hören. Bitte ruf mich an.«

Clarissa wurde schwindelig, als sie in der nächsten Mail Daniels Antwort las.

»Hallo Kleines«, schrieb er. »Du fehlst mir auch. Ich rufe dich morgen früh vom Büro aus an, von zu Hause aus kann ich nicht telefonieren.«

Clarissa spürte, wie ihr Puls zu rasen begann. Ihr wurde schlecht. Ihre Knie begannen zu zittern. Ihren Herzschlag spürte sie tief in ihrem Magen, jeder Herzschlag versetzte ihr einen kleinen Stromstoß.

Sie klickte sich durch mindestens zwanzig Nachrichten. Mails, in denen das Liebesgeflüster immer intensiver wurde und klare Treffpunkte genannt wurden. Daniel! Er spielte ihr den treu sorgenden Familienvater vor, erklärte ihr ständig wie beschäftigt er sei! Wie froh sie sein könne, dass er diesen Job hatte, in dem er wirklich nicht schlecht verdiente! Das sie dafür eben seine regelmäßigen Geschäftsreisen in Kauf nehmen müsse! Tat so unschuldig und hatte ein Verhältnis in Hannover, der Stadt, in der er sich regelmäßig aufhielt, weil dort eine Zweigstelle der Firma angesiedelt war. Es rauschte in Clarissas Ohren, sie hatte das Gefühl, jede Minute umfallen zu müssen.

Woher sie die Kraft nahm, konnte sie nicht sagen, aber schließlich klickte sie nacheinander alle Mails noch einmal an und druckte sie aus. Den Papierstapel versteckte sie im Besteckfach des Geschirrschrankes. Da schaute Daniel niemals hinein.

Sie wusste nicht, was sie damit machen würde. Ihn damit konfrontieren? Ihm die Mails zeigen und ihm verdeutlichen, dass sie ihn überführt hatte? Aber dann wusste er, dass sie an seinem Computer gewesen war. Dann wusste er, dass sie ihm hinterher spionierte. Das war etwas, was sie beide sich am Anfang ihrer Ehe versprochen hatten. Keine Geheimnisse. Und keine Schnüffelei in der Privatsphäre des anderen.

Clarissa hatte Tränen in den Augen und doch entfuhr ihr ein verbittertes Lachen. Manchmal, so dachte sie, hat man als Frau ein dummes Gefühl im Bauch und meistens stimmt dieses Gefühl sogar. Und dann muss man sich einfach Gewissheit verschaffen.

Letztlich war Daniel derjenige, der sich schlecht fühlen musste, nicht sie. Er hatte sie betrogen. Sie hatte nur in seinen Mails geschnüffelt und schließlich nicht einfach so, sondern mit begründetem Verdacht. Vergleichsweise war ihre Schnüffelei harmlos. Allerdings ahnte sie, wie er reagieren würde. Diese Schnüffelei würde er ihr negativ auslegen und sie einfach platt reden. Clarissa war nicht dumm, aber Daniel war ihr rhetorisch haushoch überlegen.

Es fiel ihr sehr schwer, so zu tun als sei nichts gewesen, als Daniel an diesem Abend nach Hause kam. Sie liebte ihn auch nach diesen vielen Jahren so sehr, dass ihr der Gedanke, dass er sie betrog, direkt körperliche Schmerzen bereitete. Er hingegen tat so, als hätte diese Diskussion am Vorabend niemals stattgefunden. Das konnte er gut. Schwierigkeiten aus dem Weg gehen, in dem er so tat, als existierten sie nicht.

Clarissas Schädel brummte. Sie fühlte sich grauenhaft und wurde die Bilder nicht los, die vor ihrem inneren Auge immer wieder entstanden, immer mehr Gestalt annahmen und sie bis aufs Blut quälten.

Am Tag zuvor hätte sie noch geschworen, eine glückliche Ehe zu führen. Er war immer der Mann ihrer Träume gewesen und nie, wirklich nie, hatte sie über einen anderen Mann nachgedacht. An Angeboten hatte es ihr nicht gemangelt. Auch mit vierzig Jahren war Clarissa noch immer eine attraktive Frau, nach der sich die Männer auf der Straße umdrehten.

Trotzdem, niemals hatte sie auch nur darüber nachgedacht, wie es wäre, mit einem anderen Mann zu schlafen. Für ihren Mann hätte sie bis gestern noch ihre Hand ins Feuer gelegt. Daniel arbeitete hart, um seiner Familie einen gewissen Luxus zu ermöglichen. Selbst zu Hause wurde er angerufen, an Sonntagen, an Feiertagen, permanent hatte er geschäftliche Mails zu beantworten, auch in seiner Freizeit. Niemals hätte sie ihn verdächtigt, er könnte eine andere Frau neben ihr haben.

Man sollte sich nie zu sicher fühlen, dachte sie. Ja, vielleicht hatte sie sich zu sicher gefühlt. Aber hatte sie sich wirklich sicher gefühlt? Nein. Das hatte sie nicht. Warum quälte sie sich denn dreimal die Woche im Fitnessstudio? Warum ging sie regelmäßig zum Friseur? Für wen kleidete sie sich täglich möglichst attraktiv? Sie kannte genügend Frauen, die bereits nach kurzer Ehezeit zu Hause nur in Jogginghose und Schlabbershirt herumliefen, aber solche Nachlässigkeiten konnte ihr niemand nachsagen.

Nein, sie hatte ihre täglichen Rituale. Die morgendliche Dusche, ein dezentes Make-up für den Tag, modische, ordentliche Kleidung. Natürlich, all das waren keine Garanten für einen zufriedenen Ehemann, aber sie hatte sich immer sehr bemüht, ihm zu gefallen. Ebenso hatte sie sich bemüht, ihm ein schönes Heim zu bieten. Eine Oase, in der er sich erholen konnte. Sie hatte zu schätzen gewusst, was sie an ihm hatte und gedacht, dass auch er zu schätzen wusste, was er an ihr hatte. Auch nach sechzehn Jahren Ehe mit Daniel fand sie ihn noch immer attraktiv. Ihr Sexleben könnte leidenschaftlicher sein, ja. Aber die fehlende Leidenschaft ging eher von Daniel aus als von ihr. Und sie hatte immer vermutet, es könnte daran liegen, dass er so viel arbeiten musste. Trotzdem hatte sie geglaubt, er sei mit ihr genauso glücklich wie sie mit ihm. Offensichtlich ein Trugschluss! Jetzt wusste sie, warum er keine Leidenschaft mehr zeigte. Die schenkte er einer anderen Frau. Und wer konnte schon sagen, ob seine Anita die einzige oder die erste Frau war, mit der er sie betrog? Daniel war oft unterwegs. Seit einigen Jahren schon.

## -2-

Zwei Wochen später stieg sie in Hannover mit zitternden Knien vor einem Hotel aus einem Taxi. Daniel hatte sich bereits am Tag zuvor von ihr verabschiedet und sein Aufenthalt in Hannover würde noch drei weitere Tage dauern. Seit ihrer Entdeckung hatte sie täglich seine Mails gecheckt und auf diese Weise Ort und Zeit des nächsten Treffens herausgefunden. Sie fühlte sich im Recht und trotzdem plagte sie das schlechte Gewissen, weil sie in seiner Privatsphäre schnüffelte. Weil sie sein Passwort geknackt und seine Mails gelesen hatte.

Im Foyer des Hotels atmete sie tief ein. Sie wusste, was auf sie zukam. Dieses Problem hätte sie gerne anders gelöst, aber es würde keinen anderen Weg geben als eine direkte Konfrontation. Daniel war schlau. Und er kannte ihre Schwächen. Sie war nicht gut in Diskussionen. Seinen Argumenten war sie oft nicht gewachsen. Clarissa konnte dunkel erahnen, wie diese Sache ausgehen würde, wenn sie ihn lediglich auf die Mails ansprach.

Im Handumdrehen hätte er eine gute Ausrede parat und würde sie der Schnüffelei anklagen, ein empfindlicher Punkt bei ihr. Denn eigentlich war sie keine Schnüfflerin. Eigentlich respektierte sie die Privatsphäre ihres Mannes. Aber man konnte einem Mann der log und betrog nicht klar machen, dass es ein Bauchgefühl gewesen war, das einen dazu getrieben hatte nachzuschauen. Beweise zu suchen, von denen ihr lieber gewesen wäre, sie hätte sie niemals gefunden. Frauen haben in diesen Dingen einen sehr wachen Instinkt, aber das war ein Umstand, den man einem Mann nicht plausibel erklären konnte. Clarissa hatte Angst vor der Konfrontation, aber sie konnte ihre Entdeckung auch nicht schweigend hinnehmen. Viel lieber hätte sie ihr bis vor zwei Wochen noch so friedliches Leben weiter gelebt. Ohne Höhen und Tiefen, einfach nur angenehm. Eine friedliche, harmonische Ehe, in deren Schoß sie sich fallen lassen und sicher fühlen konnte.

Der Nachtportier gab ihr bereitwillig Auskunft, als sie ihren Ausweis vorlegte, obwohl er sie nicht darum gebeten hatte. Es musste etwas passieren, das ihrer Qual ein Ende machte, wie auch immer dieses Ende aussehen würde. Und nun stand sie mit pochendem Herzen und kreidebleichem Gesicht vor dem Portier. Clarissa wusste, was auf sie zukommen würde. Sie wollte es hinter sich bringen und hatte doch Angst zu sehen, was sie nicht verkraften würde.

»Zimmer 212«, sagte der Portier. »Im zweiten Stock.« Er wirkte ein wenig besorgt. »Soll ich Sie ankündigen?«, fragte er, und er hatte den Hörer bereits in der Hand.

»Nein, ich möchte meinen Mann überraschen«, sagte Clarissa mit fester Stimme.

»Aber es wäre vielleicht besser wenn...«

»Lassen Sie das«, sagte Clarissa barsch. »Ich weiß schon, dass er nicht alleine ist.«

Der Portier errötete und vertiefte sich in den Inhalt einer Schublade auf der Innenseite der Rezeption. Clarissa steuerte zielstrebig auf den Aufzug zu. Viel zu schnell. Der Aufzug fuhr viel zu schnell. Und viel zu schnell stand sie vor der Tür mit der Nummer 212. Leises Stimmengemurmel war zu hören. Diese Hotels, die Daniel sich aussuchte, waren wirklich erstklassig, man hörte so gut wie nichts. Sie klopfte an. Es erschien ihr wie eine Ewigkeit, aber schließlich hörte sie Daniels Stimme direkt hinter der Tür.

»Ja bitte?«

»Zimmerservice«, sagte sie, und sie bemühte sich, dabei ihre Stimme so gut wie möglich zu verstellen.

Daniel riss die Tür auf, starrte sie ungläubig an und Clarissa erhaschte einen Blick auf das große Bett, das direkt der Tür gegenüber an der Wand stand. Eine Frau mit lockigen, schwarzen Haaren rekelte sich darin, riss aber plötzlich die Bettdecke nach oben und setzte sich kerzengerade hin.

»Clarissa!« Daniel war mit einem Schlag kreidebleich.

»Ja, da staunst du, was?«, sagte sie. Sie betrat das Zimmer und Daniel schloss schnell die Tür.

»Ich kann dir das erklären«, sagte er.

»Versuch es mal«, antwortete Clarissa. Sie konnte den Blick nicht von der Frau abwenden. Sie war eine sehr schöne Frau, keine Frage. Makellose Haut und braun gebrannter Teint. Die Frau hatte sich erschrocken aufgesetzt und mit der Decke verhüllt, und doch hatte Clarissa noch einen Blick auf ihren Körper erhaschen können. Endlos lange Beine, sehr wohlgeformt, ein schmaler, durchtrainiert wirkender Bauch und pralle Brüste. Das schwarze Haar fiel in wunderschönen Locken über ihre Schultern und endete irgendwo auf der Bettdecke, da wo Clarissa den Ansatz ihrer Beine vermutete. Ganz eindeutig musste es unter ihren Vorfahren einen rassigen Südländer gegeben haben, denn ihr brauner Teint wirkte sehr natürlich und ihre Haare ebenso, nicht gefärbt. Sie setzte sich auf einen der beiden Sessel, die am Fenster standen.

»Zieh dich an, du Schlampe«, sagte sie in eiskaltem Ton zu der Frau, und warf ihr das Kleid und die Jacke zu, die auf dem Boden vor ihr lagen.

»Daniel...!«, stammelte die Frau und sah ihn fragend an.

»Bitte zieh dich an und geh«, sagte Daniel leise. Er starrte betroffen auf den Boden. »Das muss ich jetzt wohl alleine regeln.«
Die Frau sprang aus dem Bett und zog sich an. Clarissa beobachtete sie schweigend. Am liebsten wäre sie ihr ins Gesicht gesprungen, gerne hätte sie mit ihren Fingernägeln hässliche Narben in diese makellose Haut gekratzt. In ihrem Inneren tobte ein Krieg, der sie fast atemlos machte. Zu gerne hätte sie diese Frau in diesem Moment einen qualvollen Tod sterben sehen. Sie wusste nicht, was in diesem Moment stärker war, der Hass auf diese Frau oder der Schmerz, der sie fast zerriss. Nach außen hin spürten weder Daniel noch seine Geliebte etwas von ihrem inneren Kampf, von dem Schmerz und der Wut, die Clarissa übermannt hatte. Äußerlich wirkte sie ruhig und gefasst.
Die Frau hatte wirklich einen makellosen Körper, wie Clarissa schmerzlich bewusst wurde. Sie schaute ihr, scheinbar ungerührt, dabei zu, wie sie hastig ihre Klamotten zusammenklaubte und sich anzog.
»Ich rufe dich an«, sagte sie schließlich zu Daniel und steuerte auf die Tür des Zimmers zu.
»Lieber nicht«, sagte Daniel leise.
Sie riss die Augen auf, warf einen verächtlichen Blick auf Clarissa und dann sah sie Daniel fest in die Augen. »Was soll das heißen?«
»Das soll heißen, dass ... Anita, du siehst doch, dass sich hier gerade eine Katastrophe anbahnt. Geh nach Hause. Ich denke, das zwischen uns ist vorbei.«
Anita schnaufte schnippisch und knallte die Tür hinter sich zu. Daniel, noch immer kreidebleich, trat mit langsamen Schritten auf den freien Sessel zu und setzte sich.
»Wo sind die Kinder?«, fragte er leise.
»Bei Freunden. Sie können dort bis morgen Abend bleiben, ich habe gesagt, dass ich sie dann dort abhole.«
Clarissa hörte ihre eigene Stimme als sei es eine fremde und sie wunderte sich über den Klang. So ruhig. So bestimmt. So gefasst. Dabei tobte in ihrem Inneren ein schrecklicher Kampf. Am liebsten hätte sie geweint und laut geschrien, aber diese Blöße wollte sie sich nicht geben.
»Also«, sagte sie.
»Also was?«, fragte Daniel. Er wirkte verunsichert, sah betreten auf den Boden.
»Wie kannst du das erklären?«
Daniel sah sie an und schwieg betroffen. »Wie bist du hier her gekommen?«, fragte er nach einer langen Pause quälenden Schweigens.
»Mit dem Zug.«

»Aha«, sagte er.

»Erklär mir was, irgendwas.« Inzwischen rannen ihr doch, auch wenn sie es nicht wollte, dicke Tränen über das Gesicht.«

»Es ist ... ich weiß nicht. Wie soll ich dir das erklären? Ich bin ... ich habe mich einfangen lassen. Sie hat mich angemacht, ich bin drauf reingefallen.«

»Heute?«

Er nickte.

»Du kennst sie also erst seit heute?«

Wieder nickte er.

»Warum lügst du mich an?«

Erstaunt blickte er auf. »Ich lüge doch gar nicht.«

»Doch, das tust du. Wie heißt sie? Anita?« Clarissa fischte den Stapel ausgedruckter E-Mails aus ihrer Handtasche und knallte sie ihm auf den Tisch. »Ich glaube, du kennst den Inhalt dieser Mails«, sagte sie. »Oder soll ich dir was draus vorlesen? War das am Ende etwa gar nicht Anita und du betrügst nicht nur deine Frau mit einer Geliebten, sondern uns beide mit einer weiteren Frau?«

Sie lachte bitter, inzwischen hatte die Wut die Oberhand gewonnen.

»Oh«, sagte sie und griff nach der obersten Mail. »Vielleicht lese ich dir das hier mal vor!« Sie faltete die Mail auseinander und las vor. »Hallo mein Liebster, die letzte Nacht war so unbeschreiblich und es tut mir so weh, dass du schon wieder nach Hause gefahren bist! Der Gedanke, dass du heute nacht wieder neben deiner Frau einschlafen und morgen neben ihr aufwachen wirst, macht mich rasend vor Eifersucht. Ich halte das nicht mehr aus! Jetzt muss ich fast vier Wochen warten, bis du wieder nach Hannover kommst, das ist einfach zu viel!«

Clarissa warf den Ausdruck auf den Tisch und schnaufte verächtlich.

»Ein einmaliger Ausrutscher, ja?«

Daniel seufzte, lehnte sich zurück und rieb sich die Augen. »Es tut mir so leid«, sagte er schließlich.

»Was genau tut dir leid, Daniel? Dass du mit mir verheiratet bist und nicht mit ihr? Dass du mich angelogen hast? Dass du mir den braven Ehemann vorspielst und dir in Wirklichkeit das Hirn rausfikken lässt, sobald du nach Hannover fährst? Dass du dich wahrscheinlich noch über dein hausbackenes Frauchen lustig machst, wenn du die andere Frau bumst? Dein Frauchen, das zu Hause deine Kinder großzieht, Wäsche wäscht, Hemden bügelt und tonnenweise Einkäufe nach Hause schleppt, damit du was Feines zu essen kriegst, wenn du da bist?«

»Nein«, sagte er. »Ich verstehe auch, dass du verbittert bist, aber so habe ich nie gedacht, glaube mir bitte. Denkst du etwa, ich hätte mich wohlgefühlt bei der ganzen Sache? Ich hatte immer ein schlechtes Gewissen, ich habe mich immer mies gefühlt dabei.«

Clarissa schnaufte. »Das mit dem schlechten Gewissen, das ist so eine Sache, Daniel, denn bei euch Männern scheinen die Schwänze trotzdem immer noch zu funktionieren, auch wenn ihr ein schlechtes Gewissen habt. Hast du wenigstens Kondome benutzt, wenn du sie gevögelt hast?«

Daniel zuckte zusammen. Clarissa traf es wie ein Faustschlag.

»Du hast keine Kondome benutzt? Bist du wahnsinnig?«

»Sie ist gesund«, stieß er hervor. »Und du weißt, dass ich mit Kondomen nicht kann!«

»Du bist von dieser Frau gestiegen, nach Hause gefahren und zu mir gekommen? Du bist so ekelhaft, Daniel, so ekelhaft!«

Clarissa erhob sich.

»Wo gehst du hin?«, fragte Daniel.

»Ich nehme den nächsten Zug und fahre nach Hause.«

»Jetzt fährt doch gar keiner mehr.«

»Das ist mir scheißegal! Mit dir in einem Zimmer zu bleiben, ausgerechnet heute, da müsste ich nur kotzen!«

»Bitte bleib hier und lass uns reden«, sagte Daniel leise.

»Über was denn? Willst du mir erzählen, wie toll du dich im Bett mit ihr amüsiert hast? Weißt du Daniel, wenn du dich neben mich legst, hast du entweder ein Buch in der Hand oder du schaust noch fern oder du rauchst angestrengt. Immer sieht man dir an, dass du müde bist und eigentlich nicht viel Lust hast auf Sex. Aber ich verstehe das auch. Wenn man so einen jungen Braten haben kann, dann nimmt man keine ausgedörrte Wurst, nicht wahr?«

»Das ist überhaupt nicht wahr und du bist eine sehr attraktive Frau.«

»Warum gehst du dann fremd, wenn du so denkst?«

Inzwischen hatte die Verzweiflung sie wieder übermannt und Clarissa sank kraftlos in den Sessel.

»Clarissa, ich weiß nicht, welcher Teufel mich da geritten hat. Vielleicht war es so eine Art Midlife-Crisis.«

»Und jetzt erzählst du mir gleich, dass du sie nie geliebt hast, dass du immer nur mich geliebt hast und dass es nie wieder vorkommt, was?« Sie wischte sich die Tränen aus den Augen. »Daniel, das ist so billig, das ist ja wie in einem schlechten Film.«

»Ich weiß.« Er stand auf und lief nervös durch das Zimmer. »Clarissa, ich kann dir dazu nicht viel sagen. Ich bin ein Esel. Ein Riesenesel. Es tut mir furchtbar leid, ich würde es so gerne rückgängig machen, wenn ich könnte!«

Clarissa schwieg und starrte auf das zerwühlte Bett.

»Wer ist sie überhaupt?«

»Sie ist die Sekretärin von Herrn Beckmann.«

»Aha. Hat sich gleich mal den Partner von Beckmann geschnappt. Und wann wollte sie mein Haus übernehmen? Ich nehme mal an, an den Kindern hatte sie nur wenig Interesse, die machen Arbeit.«

»So weit wäre es nie gekommen, Clarissa, glaub mir.«

Clarissa lachte bitter. »Klar, weil du immer nur mich geliebt hast, nicht wahr? Und mit ihr war das nur etwas Körperliches. Lass mich mal raten, du hast dich einsam gefühlt, ganz schrecklich einsam. Und dann kam sie und hat dich verführt, mit allen Tricks und du warst total machtlos. Und ständig geplagt von einem schlechten Gewissen mir gegenüber, was? Und wahrscheinlich erwartest du jetzt von mir sogar noch Verständnis dafür, weil du es so schwer hast, was?«

Daniel schüttelte den Kopf. »Ich bin ein Vollidiot. Es tut mir leid. Mehr kann ich dir nicht sagen. Ich wünschte, du hättest das niemals herausgefunden.«

»Klar, denn jetzt ist die Sache ja beendet, nicht? Hätte ich es nicht herausgefunden, wie lange wäre es noch weiter gegangen?«

Er zuckte mit den Schultern. »Ich wusste nicht, wie ich da wieder rauskommen sollte.«

»Oh«, sagte Clarissa. »Aber warum hast du denn nicht mit mir gesprochen? Du weißt doch, dass du über alle deine Probleme mit mir reden kannst!« Sie lachte, und erschrak selbst über den Klang ihres Lachens. Es war heiser, es klang böse. Es war ein Lachen, das Daniel Gänsehaut verursachte und ihn erschauern ließ.

»Werde bitte nicht sarkastisch, Clarissa, ich fühle mich schlecht genug.«

»Ich fahre jetzt nach Hause, Daniel.«

»Was wirst du jetzt unternehmen?«

Verächtlich musterte sie ihn von oben bis unten.

»Keine Ahnung. Vielleicht klage ich dich aus dem Haus raus, denn das werde ich natürlich behalten. Und die Kinder bleiben auch bei mir. Und ich werde mir jeden Cent von dir holen, den man mir vor Gericht zusprechen wird. Schließlich bin ich nach fünfzehn Jahren längst aus meinem Beruf als Krankenschwester raus. Und unsere Lebensplanung war ja auch nicht so gedacht, dass ich jemals wieder in diesem Beruf arbeiten sollte. Du wirst wohl zahlen müssen, mein Lieber. Ob du dir dann noch deine kleine Hure nebenbei leisten kannst, kann ich dir nicht versprechen.«

Daniel setzte sich wieder. »Das wäre gar nicht dein Stil.«

»Nicht?«

»Nein. Aber selbst wenn, ich hätte es verdient.«
»Richtig.«
»Ich würde dir gerne beweisen, dass es ein Ausrutscher war, der sich nie mehr wiederholen wird.«

Clarissa schnaufte. »Klar. Du wirst mir jetzt alles Mögliche erzählen. Immerhin haben wir ein Haus gekauft und wir haben die Kinder und ich arbeite seit fünfzehn Jahren nicht mehr. Jedes Gericht dieser Welt würde mir einen Unterhalt zusprechen für die Kinder und mich dass du froh sein könntest, wenn du noch ein Bett hast, in das du dich zum Schlafen legen kannst! Das ist dir auch klar, nicht? Jetzt geht es ans Geld, da kriegst du Angst, was?«

»Nein«, sagte Daniel, und er sah ihr fest in die Augen. »Wenn du mich wirklich verlassen willst, dann verstehe ich das. Und wir müssten uns auch nicht lange vor Gericht streiten. Ich würde dir natürlich das Haus lassen und dir so viel Geld überweisen wie du zum Leben brauchst. Darüber werde ich mich niemals mit dir streiten, du bist die Mutter meiner Kinder.«

»Das wäre ja auch das Letzte.«

»Ich würde aber gerne einen Weg finden, um dir zu beweisen, dass es wirklich nur ein Ausrutscher war. Und dass ich dich immer noch liebe. Mehr als früher. An meiner Liebe zu dir habe ich nie gezweifelt. Ja, ich würde dir das gerne beweisen...«

Clarissa war unruhig im Zimmer auf und ab marschiert, nun setzte sie sich wieder in den harten Klubsessel.

»Wie willst du das anstellen? Glaubst du, ich werde jemals diese entsetzlichen Bilder los, die sich in meinem Kopf abspielen? Ohne Pause? Denkst du, ich könnte dir jemals wieder vertrauen?«

»Wahrscheinlich nicht so schnell. Aber irgendwann schon.«

Dicke Tränen rannen ihr über die Wangen.

»Daniel, ich sollte das jetzt nicht sagen, aber ich tu es trotzdem, auch wenn ich mich lächerlich mache. Ich habe dich über alles geliebt. Ich habe mich wohlgefühlt in unserer Ehe und ich hätte alles für dich getan, alles. Ich habe dir vertraut. Ich habe niemals, seit ich mit dir verheiratet bin, oder auch vorher, als wir nur zusammen waren, darüber nachgedacht, wie es wäre, mit einem anderen Mann zu schlafen. Und wenn ich entsprechende Angebote bekommen habe, wenn Männer mit mir geflirtet haben, dann habe ich das alles abgewehrt. Niemals hätte ich dich betrogen, weil du mir die ganze Welt bedeutet hast. Und was ist davon übrig?« Sie lachte bitter und wischte die Tränen weg. »Eine vierzigjährige Frau mit Speckröllchen an den Oberschenkeln und am Bauch, mit beginnender Cellulitis, mit Schwangerschaftsstreifen und mit Fältchen um die Augen. Die sich dreimal die

Woche im Fitnesscenter quält und versucht, einigermaßen in Form zu bleiben. Eine Frau, die seit mehr als fünfzehn Jahren aus dem Beruf raus ist. Die ihr ganzes Leben dir und der Familie gewidmet hat und jetzt vor den Scherben ihres Lebens steht.«

Sie weinte.

»Oh Daniel, das tut so weh, das ist so bitter. Das alles ist gar nicht das Schlimmste an der ganzen Sache. Das Schlimmste ist, dass du einer anderen etwas gegeben hast was mir so viel bedeutet und was ich von dir nicht mehr bekommen habe, schon seit Jahren nicht mehr. Dass dir eine andere gegeben hat, was ich dir so gerne gebe, was du aber von mir schon lange nicht mehr haben willst. Das bedeutet für mich, dass ich dir nichts wert bin. Du warst mir alles wert. Alles. Und das tut so schrecklich weh.«

»Du bist mir alles wert, Clarissa. Aber ich weiß, dass du die Leidenschaft vermisst hast. Und es tut mir so unendlich leid.« Er kniete sich vor sie, griff nach ihren Händen und vergrub seinen Kopf in ihrem Schoß. »Ich bin so ein Idiot. Bitte versuch doch, mir zu verzeihen!«

»Wie könnte ich das? Könntest du mir verzeihen, wenn du mich mit einem rassigen Kerl erwischt hättest?«

»Ich habe keine Ahnung. Es wäre total hart für mich. Der Gedanke, dich könnte jemand anderes anfassen ist mir unerträglich.«

»Siehst du, mir auch. Aber ich muss diese unerträglichen Gedanken jetzt ertragen und ich habe dazu sogar noch den passenden Kinofilm im Kopf. Ich habe euer Liebesgeflüster gelesen und ich habe dich mit ihr zusammen erwischt. Wie soll ich das jemals vergessen, Daniel?«

Er weinte plötzlich. Lautlos. Aber sie spürte, wie heiße Tränen in ihren Schoß tropften, ihren Rock durchnässten.

»Mein Gott, was habe ich getan«, sagte er nach einigen Minuten tonlos. Sie schob ihn beiseite.

»Etwas Schreckliches, Daniel«, sagte sie, und sie griff nach ihrem leichten Sommermantel, den sie vorher ausgezogen und über die Lehne des Sessels geworfen hatte, und zog ihn über. »Etwas, was ich dir niemals verzeihen kann. Etwas, womit du fünfzehn Jahre meines Lebens wie einen schlechten Scherz dastehen lässt. Etwas, womit du mein Leben zerstört hast. Und das der Kinder.« Dann griff sie nach ihrer Handtasche.

»Wo gehst du jetzt hin?«

»Wie gesagt, ich nehme den nächsten Zug nach Hause.«

»Bleib doch bitte hier.«

Sie zog die Stirn in Falten. »Hier?«, fragte sie, und deutete auf das zerwühlte Bett. »Hier soll ich bleiben? In dem Bett schlafen, wo du vor einer halben Stunde noch dein Betthäschen gevögelt hast?

Ein Bett, das noch nach eurem Sex und ihrem Parfüm riecht? Nein danke.«

Sie trat aus dem Zimmer und schloss die Tür hinter sich. Daniel lief ihr nach, aber sie war schneller und er schlug wütend auf die Aufzugtür, die sich hinter ihr geschlossen hatte. Als der Aufzug unten ankam, hetzte er gerade atemlos über die Treppe ins Foyer. Der Portier beobachtete leicht besorgt und mit gerunzelter Stirn die Szene, die sich abspielte.

»Lass mich in Frieden«, sagte Clarissa und sie schlug Daniels Arm beiseite. Schließlich raste sie durch die große Doppeltür des Hotels und stieg in eines der Taxis, die vor dem Eingang ihren Stand hatten. Daniel sah ihr nach, das konnte sie noch aus den Augenwinkeln erkennen.

»Zum Bahnhof«, sagte sie.

Am Bahnhof musste sie geschlagene drei Stunden warten, bis der nächste Zug nach Frankfurt fuhr, aber das war ihr egal. Wartehalle im Bahnhof oder Zugabteil, was spielte das schon für eine Rolle? Ihr Leben, das sie bis vor zwei Wochen noch für friedlich und harmonisch gehalten hatte, ein gutes Leben ohne Höhen und Tiefen, war am Nullpunkt angekommen. Noch vor einigen Wochen war sie lächelnd durch ihr Leben marschiert mit einem Gefühl der tiefen, inneren Zufriedenheit und des Glücks. Mit einem Gefühl, als würde sie den Gral in den Händen halten. Jetzt war alles zerbrochen. Ein einziger Scherbenhaufen.

Erschöpft, aber hellwach traf sie am nächsten Morgen gegen elf Uhr am Frankfurter Bahnhof ein und bereits eine halbe Stunde später war sie zu Hause. Gerne hätte sie geschlafen, sie fühlte sich müde und zerschlagen als sie die Haustür aufschloss, aber sie hätte die nötige Ruhe nicht gehabt. Schließlich erinnerte sie sich an das Valium im Medizinschränkchen. Der Arzt hatte es ihr vor einigen Jahren verschrieben, als ihre Mutter gestorben war. Clarissa suchte auf der Packung nach dem Haltbarkeitsdatum. Die Tabletten waren erst vor Kurzem abgelaufen. Sie zuckte mit den Schultern, schluckte ein Valium und lief zielsicher zum Barschrank um sich einen Cognac zu holen. Aus dem einen wurde ein Zweiter. Schließlich fühlte sie sich schwindelig und so müde, dass die Welt neben ihr hätte untergehen können. Clarissa war so erschöpft, dass sie einfach nur noch schlafen wollte. Allen Kummer vergessen und sich wenigstens für ein paar Stunden nicht mehr so schwer verletzt fühlen.

## -3-

Als sie spät am Abend wach wurde, saß Daniel neben ihr am Bett. Sein Gesicht wirkte besorgt.

»Die Kinder!«, rief sie erschrocken und fuhr hoch, als sie sah, dass es draußen schon dunkel war.

»Sie haben angerufen und nach dir gefragt. Ich habe ihnen gesagt, sie sollen bitte noch eine weitere Nacht bei ihren Freunden bleiben, weil wir wichtige Dinge zu besprechen haben.«

Clarissa richtete sich auf, zog die Bettdecke bis unters Kinn und schlang die Arme um ihre Knie.

»Clarissa, ich weiß, alles was ich jetzt sagen könnte, klingt wie irgendein Schwachsinn, den du schon hundertmal in Romanen gelesen oder in Filmen gesehen hast. Es tut mir schrecklich leid. Ich habe den größten Fehler meines Lebens gemacht und dich damit furchtbar verletzt, das kann ich nie wieder gut machen. Aber ich würde es gerne versuchen. Wenn du möchtest, ziehe ich aus, dann gehen wir erst mal auf Distanz. Finanziell musst du dir keine Sorgen machen. Vielleicht kriegen wir es wieder hin, wenn ich dich eine Weile in Ruhe lasse. Ich habe Mist gebaut, Clarissa, ganz großen Mist. Aber ich liebe dich. Ich will meine Frau nicht verlieren. Ich will unsere Familie nicht verlieren.«

Er reichte ihr einen Becher schwarzen Kaffee.

»Warum hast du an mich und deine Familie nicht früher gedacht?«, fragte Clarissa. »Warum sind wir dir nicht eingefallen, als du diese Frau gefickt hast?«

Er starrte auf den Boden. »Ihr seid mir eingefallen, ständig.«

»Aber der Trieb war stärker, was?«

»Clarissa, ich weiß nicht, was mit mir los war. Ich schwöre dir wirklich, bei allem, was mir heilig ist, wichtig warst immer nur du mir. Vielleicht war es meine Eitelkeit, das ist auch verwerflich und bestimmt keine Ausrede. Wir sind schon so lange zusammen, alles ist so eingespielt und plötzlich tauchte diese Frau in meinem Leben auf. Sie wollte mich haben, sie hat mir das mit einer Leidenschaft deutlich gemacht, die...«

Er verstummte.

»Mit einer Leidenschaft, die du bei mir vermisst hast, was?«

Er nickte, aber er wagte es nicht, sie anzusehen.

»Vielleicht solltest du dir bei der Gelegenheit einfach mal darüber klar werden, dass auch ich eine gewisse Leidenschaft vermisst habe. Und dich trotzdem nicht betrogen habe, obwohl es mir an Gelegenheiten niemals gemangelt hat. Ich hätte alle Zeit der Welt, mir einen

Lover zu halten, so ganz nebenbei, aber ich würde so etwas niemals tun, und weißt du warum, Daniel?«

Er schüttelte den Kopf.

»Weil du für mich der Mittelpunkt meines Lebens warst. Immer. Zu jeder Zeit. Ich wollte deine Leidenschaft und nicht die von irgendeinem anderen Mann. Wenn ich Sehnsüchte irgendwelcher Art hatte, dann standen sie immer in Zusammenhang mit dir und ein anderer hätte sie mir gar nicht erfüllen können.«

»Es tut mir so leid, Clarissa.«

Sie schnaufte. »Dir fehlt also die Leidenschaft, ja? Mir auch! Schon lange nimmst du mich nicht mehr leidenschaftlich in die Arme, wenn du nach Hause kommst oder wenn du gehst. Und wenn du es tust, dann merkt man, dass du in Gedanken eigentlich schon weg bist! Schon lange fällst du nicht mehr über mich her, wenn ich mich neben dich ins Bett lege. Ich bin einfach nur da. Und nach dem was ich jetzt weiß und gestern Nacht sehen musste, frage ich mich, was bin ich für dich? Deine Haushälterin, mit der du ab und zu mal lustlos schläfst?«

Sie trank gierig den heißen Kaffee und wärmte ihre Hände an der großen Tasse. Alles an ihr schien so kalt zu sein.

»Daniel, zweimal Sex im Monat genügt auch mir nicht! Aber wenn ich das Gefühl haben muss, dass mein Mann zu müde ist nach einem harten Tag, bin ich rücksichtsvoll und lasse dich in Ruhe. Ich könnte jeden Tag Sex haben, jedenfalls dann, wenn du so leidenschaftlich wärest wie du es früher warst. Früher konnte ich mich nicht mal bücken um etwas aufzuheben ohne dass du gleich in mir warst. Und heute?«

Sie schnaufte wieder verächtlich. »Heute muss ich doch froh sein, wenn du mich überhaupt noch als Frau wahrnimmst. Ich glaube, für dich ist in Bezug auf mich nur noch wichtig, dass hier alles funktioniert. Dass deine Wäsche in Ordnung ist, dass das mit den Kindern alles klappt, dass das Haus sauber ist. Mehr interessiert dich doch an mir gar nicht mehr. Und für alles was Spaß macht, hast du ja deine Anita. Für sie überwindest du sogar deine Abneigung gegen asiatisches Essen.«

Wieder schnaufte sie verächtlich. »Aber ist ja klar. Wenn eine mit straffen Schenkeln und dicken Brüsten dich drum bittet, ist es natürlich viel leichter, ihr den Gefallen zu tun, als mir.«

»Liebling, das ist beendet, ich schwöre es dir. Und du brauchst überhaupt nicht auf ihrer Figur herumzuhacken oder noch besser gesagt, auf deiner Figur. Du bist eine wunderbare Frau, du siehst klasse aus und ich liebe dich zutiefst und sehr innig. Und das ist etwas, was mich mit dir verbindet, nur mit dir. Anita, das war etwas anderes. Sicher, ich hatte sie gerne und es wäre dämlich von mir zu sagen, ich hätte keinen Spaß gehabt mit ihr. Sie hat mich einfach an einer ganz anderen Stelle gepackt, verstehst du?«

»Natürlich Daniel. Am Schwanz. Vielleicht hätte ich das auch tun sollen, aber bei mir bist du ja immer so abgeschlafft und müde. Vielleicht hätte ich dich auch einfach nur da packen sollen und auf mein Recht bestehen sollen. Aber ich dachte immer, wenn man liebt, nimmt man auch Rücksicht!«

»Du denkst doch nicht wirklich, dass ich mit dir nicht zufrieden und glücklich war? Du denkst doch nicht etwa, dass mein Verhältnis bedeutet, dass du in irgendeiner Form unzulänglich bist?« Er atmete tief ein. »Clarissa, wenn hier jemand unzulänglich ist, dann bin das ich. Du nicht. Du bist eine Wahnsinnsfrau.«

»Lass mich in Ruhe Daniel. Bitte, lass mich einfach nur in Ruhe. Du wirst jetzt alles Mögliche sagen um mich zu beruhigen, du wirst mir alle möglichen Versprechungen machen, nur damit ich mich abrege, aber ich werde mich nicht beruhigen. Und ich werde dir das niemals verzeihen!«

Daniel starrte ein paar Minuten auf den Boden und schwieg. Schließlich erhob er sich.

»Wenn du reden möchtest, ich bin unten im Wohnzimmer. Ich habe übrigens alle meine Termine abgesagt und mir wegen einer wichtigen Familienangelegenheit zwei Wochen freigenommen.«

»Genau«, sagte Clarissa. Sie spürte, wie Hass in ihr aufstieg. »Wir verbringen jetzt zwei Wochen sehr intensiv miteinander, diskutieren alle unsere Probleme weg und wenn wieder alles okay ist, gehst du wieder arbeiten. Sicher steht auch schon bald deine nächste Geschäftsreise nach Hannover an und Anita wird dich sicher sehnsüchtig erwarten.«

»Clarissa, bitte ...«

»Du musst ja eine große Nummer in ihrem Bett gewesen sein«, sagte Clarissa. »Die ganzen Mails lesen sich ja so, als hättet ihr es stundenlang miteinander getrieben. Wie lange dauert es bei uns? Ich glaube, es sind im Schnitt so zehn Minuten. Mit Vorspiel.«

»Clarissa!« Sie lachte, aber es war wieder dieses bittere, gequälte Lachen, ein Lachen, das Daniel bis ins Mark erschütterte.

»Ist auch klar«, sagte sie und heuchelte Verständnis. »Wer kann schon stundenlang bei einer alten Fregatte wie mir, was? Da macht man das Licht aus und erfüllt seine Pflicht, damit die Alte weiterhin schön funktioniert, nicht? Damit man unbesorgt seinem Vergnügen nachgehen kann.«

»Wie kommst du nur darauf, Clarissa und denkst du wirklich, du bist so wertlos, wie du es jetzt hier darstellst oder ist das nur deine

Wut? Ich liebe dich und ich möchte dich nicht verlieren! Du und unsere Familie – das bedeutet mir alles!«

»Darüber hättest du früher nachdenken müssen.«

»Das weiß ich. Manchmal macht man dumme Sachen. Und manchmal machen auch intelligente Menschen richtig schlimme Fehler.«

»Das waren keine dummen Sachen, Daniel. Das war grober, vorsätzlicher und monatelanger Betrug. Vielleicht bist du anfangs reingestolpert, aber du hättest es irgendwann erkennen und die Notbremse ziehen müssen. Aber diese Sache ging jetzt über mehrere Monate. Monate, in denen du mich belogen hast, in voller Absicht, nur um nicht auf das eine oder das andere verzichten zu müssen. Und wenn ich es nicht herausgefunden hätte, wäre es wahrscheinlich noch monatelang weitergegangen. Und wer weiß, vielleicht hättest du es nur beendet, weil die nächste Frau dich anhechelt. Oder vielleicht eines Tages festgestellt, dass Anita auch gut kochen kann? Nein danke, Daniel!«

»Du musst erst wieder auf die Beine kommen, Clarissa«, sagte Daniel. »Dich beruhigen. Und dann besprechen wir in aller Ruhe, wie wir weiterhin vorgehen.«

»Ich kann dir sagen, wie ich vorgehe!«, brüllte Clarissa und warf die Kaffeetasse an den Schlafzimmerschrank. »Ich mache dich fertig, ich nehme dir alles, was dir etwas bedeutet, ich zerstöre dein Leben, so wie du es mit meinem getan hast!«

Daniel schlich aus dem Schlafzimmer und sie hörte, wie er die Treppe nach unten lief. Clarissa griff nach dem Valium, das neben ihr auf dem Nachttisch lag und schluckte eine weitere Tablette. Nur nichts mehr hören, nichts mehr sehen, vor allem bitte, nichts mehr fühlen müssen, denn es tat so weh. Es zerriss sie innerlich. Sie konnte den Gedanken nicht ertragen, dass er blieb und sie weiterhin mit ihm zusammenlebte, obwohl es diese andere Frau gegeben hatte. Aber sie konnte auch nicht mit dem Gedanken leben, ihn nun aufzugeben. Am liebsten wäre ihr gewesen, sie hätte die Zeit zurückdrehen können. Einfach nur zur rechten Zeit am rechten Ort sein können und die ganze Sache von vornherein verhindern. Sie schaltete den Fernseher ein, der im Schlafzimmer stand und zappte sich gleichgültig durch die Programme. Schließlich stieg sie die Treppen hinunter ins Wohnzimmer und holte die Cognacflasche aus dem Schrank. Daniel registrierte es schweigend, Clarissa würdigte ihn keines Blickes. Gegen zehn Uhr abends und nach einigen kräftigen Schlucken aus der Flasche übermannte sie der Schlaf. Ein tiefer, traumloser Schlaf, in dem sie nichts spürte. Wie erstrebenswert in dieser Situation.

## -4-

Wenige Tage später saß Clarissa mit ihrer besten Freundin Anja in der Küche bei einer Tasse Kaffee zusammen. Sie hatte Anja gerade die ganze Geschichte erzählt und für einen Moment herrschte betretenes Schweigen. Anja war mit einem Mal genauso bleich im Gesicht wie Clarissa seit Tagen. Sie waren schon seit vielen Jahren miteinander befreundet und Anja hätte für die Ehe zwischen Clarissa und Daniel ihre Hand ins Feuer gelegt. Bis vor wenigen Minuten. Sie konnte nicht fassen, was sie da gerade erfahren hatte. Nervös zündete sie sich eine Zigarette an und nippte an ihrem noch viel zu heißen Kaffee, den Clarissa ihr mechanisch hingestellt hatte.

»Unglaublich«, sagte sie, nach einer kleinen Ewigkeit. »Unglaublich.« Clarissa liefen schon wieder die Tränen über das Gesicht.

»Was soll ich jetzt tun?«, fragte sie leise.

»Das kann ich dir beim besten Willen nicht sagen, Clarissa.«

»Ich weiß zum ersten Mal in meinem Leben nicht, was ich tun soll. Das ist grauenhaft. Normalerweise weiß ich in jeder Situation, was zu tun ist.«

Anja nickte wissend.

»Ich wusste immer, was ich tun muss und ich wusste immer, was ich wollte. Ich hatte es nie schwer, Entscheidungen zu treffen. Aber jetzt weiß ich nicht, was ich machen soll. Wie soll ich mich verhalten?«

»Wie verhält ER sich?«, fragte Anja.

»Daniel? Der ist das schlechte Gewissen in Person. Du siehst ja, er sitzt oben im Gästezimmer, hackt auf seinem Computer herum und traut sich nicht runter.«

»Würde ich auch nicht an seiner Stelle. Er wird auch wissen, dass du jetzt mit mir darüber sprichst.«

Clarissa nickte. »Natürlich, was denn sonst? Wenn er erwartet, dass ich jetzt zur Tagesordnung übergehe und so tue als wäre nichts passiert ...«

»Clarissa, ich kann dir nicht raten, was du tun solltest. Wenn mir das mit Erik passieren würde, wäre für mich klar, dass ich ihn verlassen würde. Aber ich lebe auch ein völlig anderes Leben als du.«

»Meinst du, davon sollte man solche Entscheidungen abhängig machen?«

Anja nickte. »Vielleicht nicht ganz, aber es hat bestimmt viel damit zu tun. Schau mal, ich habe immer im Beruf gestanden, ich habe keine Kinder. Dein Leben ist anders. Du hast Damian und Charlotte und sie sind in einem schwierigen Alter. Ob sie eine Trennung jetzt zu diesem Zeitpunkt so gut verkraften könnten, das weiß ich nicht.

Du hast keinen Job, das heißt, du wärest auf Unterhalt von Daniel angewiesen. Wobei auch das kein Fehler wäre, denn verdient hätte er es. Ich bin mit Erik seit einem Jahr zusammen. Uns verbindet gar nichts. Wir haben keine großartigen, gemeinsamen Erinnerungen, keine gemeinsamen Kinder, überhaupt keine Kinder. Wir haben keine schlechten Zeiten miteinander durchlebt und unsere Beziehung ist viel oberflächlicher als deine Ehe.«

»Es ist doch egal, gerade wenn man so viele Jahre zusammen verbracht hat«, sagte Clarissa, und schnäuzte sich. »Gerade dann, wenn man so vieles miteinander durchgemacht hat, wenn man so vieles hat, was einen verbindet, sollte doch ein solcher Betrug nicht möglich sein, oder?«

»Nicht möglich ist etwas, das nicht existiert, Clarissa.«

»Für mich schon. Ich habe Daniel über alles geliebt, ich habe nicht mal im Traum drüber nachgedacht, ihn durch einen anderen zu ersetzen.«

»Ich glaube, das hat er auch nicht.«

Clarissa sah ihre Freundin erstaunt an.

»Ich weiß, du kannst es nicht fassen, dass ausgerechnet ich so rede, was?«, fragte Anja. »Ich bin deine beste Freundin und wahrscheinlich hast du gedacht, ich würde dir raten, ihn sofort zu verlassen und dir einen guten Anwalt empfehlen, was?«

Clarissa nickte.

»Das kann ich nicht tun, Clarissa.«

Nun zündete sich auch Clarissa eine Zigarette an. Eigentlich rauchte sie sehr wenig, aber in den letzten Tagen hatte ihr Konsum stark zugenommen. Anja legte ihr freundschaftlich die Hand auf den Arm.

»Du liebst ihn doch noch, oder?«

Clarissa nickte und wischte sich erneut Tränen aus den Augen.

»Ach Maus«, sagte Anja, und sie streichelte mitfühlend Clarissas Arm. »Männer können so hirnverbrannte Idioten sein.«

»Ich weiß.«

»Clarissa, ich glaube, Daniel wird viel mehr damit zu tun haben, sich selbst zu verzeihen.«

»Glaubst du, ja?«

Anja nickte. »Ja, das glaube ich. Bei jedem anderen Mann würde ich dir raten, ihn sofort zu verlassen, aber Daniel ist irgendwie anders. Ich kann mich noch gut dran erinnern, als ihr geheiratet habt. Ich kann mich daran erinnern, wie glücklich er war, als Damian geboren wurde oder später Charlotte. Ich kann mich daran erinnern, wie stolz er war, als ihr dieses Haus gekauft habt. Wie liebevoll er dich in den Arm genommen hat, als ihr es mir damals vorgeführt habt. Daniel hat niemals ein schlechtes Wort über dich verloren. Nicht nur bei mir nicht, sondern auch sonst nirgends, denn das hätte ich bestimmt erzählt bekommen. Er hat immer vor dir und den Kindern gestanden wie eine Mauer. Ich als deine beste Freundin wusste immer, wenn er auf dich aufpasst und auf die Kinder, wird dir niemals was passieren. Er liebt dich, er liebt die Kinder.«

»Warum tut er dann so was?«

»Weil Männer einen Riesenschaden haben, Clarissa. Deswegen tun sie so was. Ich glaube wirklich dass es stimmt, was Wissenschaftler behaupten, die sind genetisch so veranlagt und unterliegen einem Zwang, ihre Gene möglichst weitreichend zu verbreiten, selbst wenn sie verhüten. Ich hätte schwören können, dass der einzige Mann, der diesen Schaden wahrscheinlich nicht hat, dein Daniel ist. Aber offensichtlich hat er ihn auch.«

Sie drückte ihre Zigarette im Aschenbecher aus und nahm einen weiteren Schluck Kaffee.

»Weißt du, ich glaube nicht, dass er das getan hat, weil er dich nicht mehr liebt. Wahrscheinlich fehlt es ihm gehörig an Selbstbewusstsein. Er ist älter geworden, er ist beruflich voll eingespannt. Vielleicht fehlte es ihm in seinem Leben an Abenteuer, oder anders herum, vielleicht musste er auf diese Art lernen, wie wichtig ihm sein eigentlich ruhiges Leben doch ist. Männer sehen manchmal nicht mehr, dass sie in ihrer Familie eigentlich ihren Ruhepol gefunden haben, dass es das ist, was ihnen die Kraft gibt, alles draußen zu überstehen. Dass es bei euch im Bett nicht mehr so gelaufen ist, hattest du ja schon mal angedeutet. Und dann kommt so eine rassige junge Frau daher und irgendwas setzt in ihrem Kopf aus. Vielleicht müssen sie sich einfach nur beweisen, dass sie es noch bringen, ich habe keine Ahnung. Aber ich habe so was schon oft beobachtet.«

Clarissa schüttelte den Kopf.

»Mir hat auch vieles gefehlt in unserer Ehe«, sagte sie. »Leidenschaft. Er hat mich überhaupt nicht mehr begehrt. Ich glaube, in der letzten Zeit war ich für ihn einfach nur da.«

»Ja, weil sich die Gewohnheit eingeschlichen hat, aber bei euch beiden. Du warst damit glücklich und zufrieden und ich denke, er wusste nicht, was er davon halten sollte. Ich wette, wenn du jetzt zu ihm nach oben gehen würdest und ihm sagen würdest, dass du mit ihm schlafen möchtest, wäre er wieder der leidenschaftliche Daniel, den du mal geheiratet hast.«

»Ich kann nicht mit ihm schlafen, nicht nach dem, was ich gesehen habe.«

»Kann ich verstehen«, sagte Anja. »Kann ich wirklich verstehen.« Clarissa starrte aus dem Fenster.
»Trotzdem meinst du, es wäre falsch ihn zu verlassen?«
Anja nickte. »Ja.«
Clarissa sah ihre Freundin an, zuckte mit den Schultern und starrte wieder aus dem Fenster. »Du würdest daran zerbrechen, Clarissa.«
»Glaubst du?«
»Ja. Weil du ihn liebst. Weil du ihn gar nicht verlieren willst. Ich kenne dich. Ich weiß, dass er der Mittelpunkt deines Lebens ist. Ist auch kein Wunder, er ist nicht nur verdammt attraktiv, sondern auch noch witzig und charmant, intelligent und ziemlich erfolgreich. Er ist ein Traummann. Er war immer dein Traummann. Du zerbrichst doch schon alleine bei dem Gedanken, ohne ihn leben zu müssen.«
»Ja, aber ich zerbreche auch bei dem Gedanken, weiter mit ihm zu leben, nachdem er mir so was angetan hat.«
Sie kramte das nächste Taschentuch aus der Verpackung und wischte sich die Tränen aus den Augen. »Weißt du, wie ich mich fühle?«, flüsterte sie. Sie flüsterte nicht absichtlich. Sie fühlte sich so elend, dass sie die Worte kaum noch laut aussprechen konnte.
»Ich kann es mir denken«, sagte Anja. »Du denkst darüber nach, dass du viel älter bist, dass du deine Haare bereits färben musst. Dass dein Körper nach zwei Schwangerschaften und mit vierzig Jahren für ihn vielleicht nicht mehr begehrenswert ist. Du denkst, er hat dich beschissen, weil du für ihn nur noch die Mutti seiner Kinder bist.«
Clarissa nickte und begann wieder heftig zu weinen.
»Du denkst falsch«, sagte Anja. Sie nahm Clarissa in den Arm. »Er hat dich nicht betrogen, weil er dich nicht mehr liebt. Er hat dich betrogen, weil er sich selbst aus den Augen verloren hat. Diese Tussi hat sein Selbstvertrauen gestärkt. Er konnte sich damit beweisen, dass er immer noch ein toller Hecht ist. Dass du ihn liebst, daran ist er gewöhnt. Dass du ihn mit all seinen Fehlerchen liebst, das ist ihm klar. Aber mit dieser Anita, das war was Neues und er musste sich beweisen, dass er noch Pfeffer hat, da wette ich mit dir. Bei dir ist das was anderes.«
»Das macht die Sache nicht weniger schlimm.«
Anja nickte wieder. »Das weiß ich. Aber wenn man versucht, ganz neutral zu sein, dann macht es die Sache verständlich. Trotzdem ist sie hundsmiserabel und ich möchte nicht in deiner Haut stecken, denn ich weiß aus Erfahrung, dass das ein schrecklicher Schmerz ist.«
Clarissa schnäuzte sich erneut und schenkte sich eine neue Tasse Kaffee ein. Zusätzlich kippte sie ein Glas Cognac dazu.

»Vom Alkohol solltest du die Finger lassen«, sagte Anja. »Gerade jetzt, in dieser Situation.«

»Ich scheiß drauf«, sagte Clarissa.

Anja bemühte sich um ein Lächeln.

»Clarissa, wenn Daniel ein Riesenidiot wäre, der dich schlecht behandelt und der noch nie Rücksicht auf dich und deine Gefühle genommen hätte, dann wäre ich die Erste, die sagen würde, du sollst ihn verlassen. Aber dann hätte ich dir etwas in der Art auch schon vorher gesagt. Aber ich glaube tatsächlich, dass er in diese Sache einfach so reingeschlittert ist, so wie er es sagt. Ich glaube, wenn er dich und die Kinder verlieren würde, das wäre das Schlimmste, was ihm passieren könnte.«

»Und wenn ich jetzt bei ihm bleibe, dann denkt er doch jedes Mal wenn er mit mir Sex hat an die Andere, glaubst du nicht? Oder ich muss an sie denken, das ist unvorstellbar.«

»Ich glaube, wenn er die Möglichkeit bekäme, jetzt mit dir zu schlafen würdest du merken, dass er tatsächlich mit dir schläft und nicht mit der anderen. Du würdest wahrscheinlich eher an die andere Frau denken als er.«

Anja legte beschwörend ihre Hand auf den Arm ihrer Freundin. »Clarissa, du musst alleine entscheiden, was du nun tun wirst, aber lass dir mit dieser Entscheidung Zeit. Überstürze nichts. Fang wieder an, was für dich zu tun. Geh ins Solarium, das hast du früher regelmäßig gemacht, mach wieder Sauna, male wieder, fang wieder mit deinen Tonskulpturen an.«

»Und du glaubst, das ändert was?«

Anja nickte. »Ja, das ändert ganz viel. Du musst versuchen, den Fokus wieder auf dich selbst zu lenken. Was ist mit deiner Malerei und deinen Töpferarbeiten? Warum hast du damit aufgehört?«

Clarissa zuckte mit den Schultern. »Das ändert doch alles nichts«, sagte sie leise.

»Doch, das ändert ganz viel. Wenn du wieder mehr an dich denkst und wenn du wieder künstlerisch tätig wirst, Clarissa, so wie ich dich von früher her kenne, wirst du auch zu dir selbst wieder eine ganz andere Einstellung bekommen. Du fühlst dich jetzt wertlos, nicht nur weil Daniel dich betrogen hat. Auch, weil du dich selbst nicht mehr für interessant hältst. Mach dich doch erst mal wieder für dich selbst interessant!«

»Wie könnte ich ihm das jemals verzeihen?«, weinte Clarissa. »Ich quäle mich in diesem Scheiß-Fitnesscenter herum, und was habe ich davon?«

Anja zuckte mit den Schultern.

»Das habe ich auch nie verstanden, warum du das machst, denn du hast es immer gehasst. Lass es sein. Mache ab jetzt nur noch Dinge die dich zufriedenstellen und höre auf Dinge zu tun, damit dein Mann zufrieden ist. Befasse dich erst mal wieder mit dir selbst, mit Dingen, die dir Freude bereiten und werde dir in Ruhe darüber klar was du willst. Verlassen kannst du ihn immer noch, das kannst du auch nächstes Jahr noch tun. Oder nächste Woche, wenn du bis dahin weißt was du möchtest und wie es für dich weitergehen soll. Bis dahin rate ich dir, nicht überstürzt zu handeln.«

Anja stand auf und nahm Clarissa in den Arm.

»Ich kenne euch beide so lange«, sagte sie. »Du bist meine beste Freundin und ich liebe dich wie eine Schwester. Ich versuche einfach nur neutral zu sein, ich will dich nicht aufhetzen. Mir liegt es am Herzen, dass sich das zwischen euch wieder regelt. Auf die eine oder andere Art. Verstehst du?«

Clarissa nickte, wortlos, aber leise weinend.

Anja schnaufte.

»Und jetzt werde ich mal nach oben gehen zu diesem Vollidioten und ihm mal sagen, was ich von ihm halte.«

Sie hatte sich bereits erhoben. Unter normalen Umständen hätte Clarissa alles getan um ihre Freundin aufzuhalten, denn Daniel zu sagen, dass man ihn für einen Vollidioten hielt, kam einer Kriegserklärung gleich. Aber in dieser Situation war es etwas anderes. Insgeheim fand Clarissa es gut, dass Daniel sich jetzt eine Predigt von ihrer besten Freundin anhören musste. Anja war nicht irgendjemand. Sie gehörte irgendwie zur Familie.

Er saß am Computer und starrte einfach nur in den Bildschirm. Mit der Maus klickte er sinnlos auf der Oberfläche des Desktops herum und es war deutlich, dass er nicht beschäftigt war. Dass er sich nur ablenken wollte und in seinen Gedanken ganz sicher woanders war.

»Na?«, fragte sie provozierend, als sie die Tür hinter sich schloss. »Denkst du über deine heißblütige Geliebte nach? Ärgerst du dich, weil du sie nicht mehr sehen kannst, oder denkst du drüber nach wie du es anstellst, beide behalten zu können?«

Daniel stöhnte auf und lehnte sich in seinem Schreibtischstuhl nach hinten. Müde rieb er sich die Augen. Jedem anderen Menschen hätte er jetzt die Meinung gesagt und sich die Einmischung verbeten, aber bei Anja lag der Fall anders. Er wusste, dass sie es gut meinte.

Anja zog sich einen Stuhl heran und setzte sich neben ihn.

»Das sieht dir gar nicht ähnlich, was ich da erfahren habe«, sagte sie.

»Bist du hier hochgekommen, um die Reste aufzusammeln, die von mir übrig geblieben sind?«, fragte er. »Oder wolltest du ein konstruktives Gespräch?«

»Ich wollte dir sagen, dass ich dich für ein Riesenarschloch halte«, sagte Anja. »Aber erst seit heute. Vorher hatte ich dich immer total gerne. Und deswegen möchte ich auch ein konstruktives Gespräch.«

Daniel seufzte. »Ich kann es nicht wieder gutmachen.«

»Nein, das kannst du nicht.«

»Sie wird mich verlassen, oder?«, fragte er.

Anja zuckte mit den Schultern. »Keine Ahnung. Verdient hättest du es.«

»Ich weiß«, sagte er.

»Und? Hast du schon gepackt?«

Er schüttelte den Kopf. »Es tut mir so verdammt leid«, sagte er.

»Klar, ist nicht schön, wenn man bei so was erwischt wird«, sagte Anja.

»Es tut mir nicht leid, dass sie mich erwischt hat. Es tut mir leid, dass es passiert ist.«

»Soso.« Sie sah ihn erwartungsvoll an.

»Anja, ich kann es nicht erklären. Ich bin da reingestolpert, ehrlich. Ich wollte es nicht. Ich bin niemals mit dem Vorsatz von zu Hause weggefahren, dass ich jetzt meine Frau betrüge, mir ein paar schöne Tage außerhalb mache!«

»Wie konnte es dann soweit kommen?«

Wieder rieb er sich die Augen. Er war müde, so müde. Wahrscheinlich hatte er noch schlechter geschlafen als Clarissa, die sich mit Valium und Cognac irgendwie in den Schlaf weinte.

»Ich weiß es nicht, Anja. Sie war plötzlich da. Sie wollte mich. Sie ist das ganz gezielt angegangen. Und natürlich habe ich es auch gemerkt. Ich habe mich darüber gefreut, ich fühlte mich geschmeichelt. Natürlich wusste ich, dass es nicht richtig ist, aber ich konnte mich dagegen irgendwie nicht wehren.«

»Klar, so läuft das immer.«

»Weißt du Anja, zuerst dachte ich, es ist nur ein Essen mit ihr, was kann daran schon schlimm sein? Wir essen zusammen und dann geht jeder seiner Wege. Aber aus dem Essen wurde mehr.«

Er seufzte.

»Hast du dabei nicht an Clarissa gedacht? Wie würdest du dich fühlen, wenn es umgekehrt laufen würde?«

»Ich würde sterben. Clarissa würde so was aber nicht tun.«

»Nein, das würde sie nicht. Aber ich dachte von dir auch immer, dass du so etwas nicht tun würdest. Und sie übrigens auch.«

Er sah ihr direkt in die Augen und Anja wusste, er war ehrlich zu ihr. Er hatte nichts mehr zu verlieren.

»Anja, vielleicht hat Clarissa recht und ich befinde mich mitten in einer Midlife-Crisis, ich habe keine Ahnung. Ich habe ständig an Clarissa gedacht und ich dachte auch immer, wie schlimm es wäre, wenn sie es erfahren würde. Aber Hannover ist so weit weg und es musste schon ein dummer Zufall sein, dass sie es erfahren würde.«

»Dabei war es nur deine eigene Blödheit.«

Er nickte. »So was kalkulieren wir Männer in solchen Sachen wohl nicht mit ein«, sagte er und er versuchte ein schwaches Lächeln. »Wir halten uns wahrscheinlich für unglaublich schlau, wenn wir so was machen.« Er seufzte erneut. »Weißt du Anja, sie war da, sie wollte mich unbedingt haben und sie hat sich wirklich mächtig angestrengt, um mich zu kriegen. Ich fühlte mich geschmeichelt und bin voll in die Falle getappt.«

»Das macht es nicht besser. Man kann immer nein sagen. Ihr Männer könnt das übrigens auch.«

Er starrte auf den Boden.

»Clarissa liebt dich über alles, du kannst mir nicht erzählen, dir hätte es an Liebe gemangelt.«

»Nein, das kann ich nicht.«

Er stand auf und lief nervös durch den Raum, bevor er sich wieder setzte.

»Anja, was es genau war, weiß ich auch nicht. Ich weiß nur eines, ich kann verdammt gut damit leben, wenn ich Anita nie wieder sehe, aber der Gedanke, Clarissa könnte mich jetzt verlassen, der tut unglaublich weh.«

»Klar. Sie würde auch ohne Frage das Haus behalten dürfen und du müsstest zahlen, bis du schwarz wirst.«

»Ach«, sagte Daniel. »Darum geht es doch gar nicht. Das ist mir doch völlig egal.«

»Worum geht es dann?«

»Ich liebe Clarissa, Anja, auch wenn das in der jetzigen Situation etwas schwer zu begreifen ist. Wir sind seit sechzehn Jahren verheiratet, seit insgesamt siebzehn Jahren zusammen.«

»Warum konntest du dann nicht nein sagen, als eine andere ihr Glück bei dir probiert hat? Clarissa hat auch schon Verehrer gehabt, mein Lieber, das solltest du wissen. Du weißt, dass wir öfter mal zusammen essen gehen, mal ein Eis essen oder einfach Kaffee trinken. Sie wurde oft angesprochen, sehr oft sogar. Aber die sind immer alle abgeprallt. Clarissa ist eisern, wenn es um so etwas geht. Sie bleibt freundlich, aber völlig distanziert. Sie nimmt keine Telefonnummern an und vergibt ihre nicht und das Einzige, was sie von sich zeigt, ist ihr Ehering. Du kannst dir nicht vorstellen, wie eisig Clarissa werden kann, wenn sie angemacht wird! Vielleicht findest du euer Leben zu geregelt, zu wenig spannend, was weiß ich. Clarissa wusste es zu schätzen. Es war für sie ein ruhiges, friedliches Leben. Sie hat sich sicher gefühlt an deiner Seite und sie hat dir voll vertraut. Sie war glücklich mit dir. Wirklich glücklich. Das hast du kaputtgemacht.«

Daniel wischte sich plötzlich Tränen aus den Augen. Anja war überrascht. Sie hatte ihn nie weinen sehen.

»Weißt du Daniel, ein einmaliger Ausrutscher, aus falscher Eitelkeit heraus, das ist schon schlimm genug. Aber wenn ich diese Sache jetzt richtig verstanden habe, dann war das bereits ein monatelanges Verhältnis! Wenn du doch so sehr an Clarissa denken musstest, wenn sie dir doch so wichtig ist, warum hast du dann dein Verhältnis nicht einfach beendet? Im Gegenteil, ihr habt ja sogar richtig geplant, wann ihr euch seht, oder? Ihr habt telefoniert und euch heiße Mails hin und hergeschickt! Du hast Clarissa über mehrere Monate hinweg belogen und betrogen, aber richtig mit Plan!«

»Ich kam da nicht mehr raus, Anja. Ich kam da einfach nicht mehr raus.«

»Aber warum, Daniel! Warum?«

»Weil ... ich weiß es auch nicht. Anita ist attraktiv. Ich fühlte mich nicht nur anfangs geschmeichelt, sondern eigentlich dauerhaft. Bei uns zu Hause war alles so eingespielt und es gab überhaupt keine Leidenschaft mehr. Anita hat mich ganz anders empfangen und es tat mir so gut!«

»Leidenschaft kommt immer von beiden Partnern«, sagte Anja. »Clarissa sagt, wenn sie nicht manchmal im Bett zu dir gekommen wäre, sich nicht an dich gekuschelt hätte, dann hättet ihr wahrscheinlich überhaupt keinen Sex mehr gehabt.«

»Ich dachte immer, dass SIE es ist, die keine Lust hat.«

»Warum dachtest du das?«

»Weil – ich weiß auch nicht.«

»Weil du ein Idiot bist, Daniel. Ein jämmerlicher Idiot. Ehrlich. Vielleicht hatte sie zwei oder dreimal keine Lust und vielleicht hielt das auch eine längere Zeit an, aber das ist wohl normal, dass es solche Phasen gibt, nicht? Oder hast du ständig Lust?«

»Ja.«

»Bullshit. Das ist etwas, was ihr Männer sagen müsst, damit man euch für voll nimmt. Aber wenn du ehrlich bist Daniel, gibt es auch bei dir Tage, an denen du nur noch ins Bett willst. Einfach nur noch einen Film sehen und dein Hirn nicht mehr anstrengen.« Anja schüttelte den Kopf. »Dass ihr Männer immer denkt, ihr müsstet euch bei uns Frauen so darstellen, als könntet ihr immer, als wolltet ihr immer – das ist wirklich dämlich. Und wenn es dann im Bett nicht so läuft, wird es immer gerne auf die Frau geschoben ...«

Sie seufzte. »Wir Frauen sollen uns immer verrenken, nie müde sein, nie gestresst sein, immer schicke Unterwäsche tragen und vor allem immer feucht zwischen den Beinen sein. Und was ist mit euch Männern? Wie kann eine Frau dauergeil sein, wenn der Mann selten da ist und sich selbst dann auch keine Mühe gibt?«

Daniel wischte sich erneut Tränen aus dem Gesicht. »Glaubst du, es gibt eine kleine Chance, dass sie mir verzeiht?«

»Es wird dich viel Arbeit kosten Daniel und ich bin mir nicht sicher.«

»Ich würde im Moment alles tun.«

Anja erhob sich. »Dann fang frühzeitig damit an. Mensch Daniel, ich könnte dich ohrfeigen, wirklich ...«

»Ich könnte mich selbst ohrfeigen.«

»Wenn es für mich etwas gab, worauf ich geschworen habe, Daniel, dann war es eure Ehe. Ihr seid immer wie eine Mauer gewesen. Nichts, was von außen kam, hätte diese Mauer durchdringen können. Und plötzlich zeigt sich, dass diese Mauer voller Risse ist. Und du bist der, der diese Risse verursacht hat. Versuche, diese Mauer wieder zu reparieren. Ich kann es nicht ertragen, wenn ich meine beste Freundin so traurig sehen muss. Sie ist total am Ende.«

»Glaubst du, sie wird mich verlassen?«

Anja setzte sich wieder. »Das kann ich dir nicht sagen, Daniel, sie denkt noch nach. Und wenn ich du wäre, würde ich sie nicht unterschätzen. Clarissa ist stark, sie kennt ihre Rechte, sie weiß was ihr zusteht. Aber wenn sie sich dazu entschließen sollte, bei dir zu bleiben, Daniel, dann hoffe ich, dass du es zu schätzen weißt. Dann solltest du alles tun, um sie wieder glücklich zu machen. Und du solltest höllisch aufpassen, dass du nie wieder einen solchen Fehler machst. Nie wieder!«

Anja knallte die Tür hinter sich zu und ging wieder nach unten zu Clarissa in die Küche. Clarissa saß am Küchentisch und drehte die Cognacflasche in den Händen, deren Inhalt verdächtig abgenommen hatte, seit Anja nach oben gegangen war.

»Und?«, fragte sie lallend. »Was hat er gesagt? Ist er stolz auf sich, ja? Mensch, er bringt es noch, er kriegt noch junge Frauen in sein Bett! Was für ein toller Hecht!«

Anja griff nach der Cognacflasche und leerte den Inhalt in der Spüle aus.

»Was denkst du wohl, was das ändert?«, fragte Clarissa mit leeren Augen. »Davon haben wir noch ganz viele. Mein Mann hat nämlich einen tollen Job und er kriegt jedes Jahr Cognac zu Weihnachten geschenkt. Den Guten natürlich ...«

»Du hörst jetzt auf zu trinken«, sagte Anja energisch und setzte sich Clarissa gegenüber. »Damit machst du nichts besser. Verlass ihn oder bleib bei ihm, aber hör auf zu trinken!«

»Ich kann ihn nicht verlassen«, heulte Clarissa los und stürzte ihrer Freundin in die Arme.

»Ich kann nicht, ich kann nicht! Ich liebe diesen Idioten, wie soll ich denn leben ohne ihn? Und warum? Ich kann es mir gar nicht vorstellen, wie es wäre, ohne ihn zu sein!« Anja streichelte Clarissa über den Kopf und drückte sie an sich.

»Dann rede mit ihm«, sagte sie leise. »Versuch ihm zu verzeihen.«

»Das kann ich nicht!«

»Eines von beidem wirst du aber können müssen, denn so kannst du nicht weiterleben, er auch nicht und was glaubst du wohl wie das für eure Kinder ist?«

»Warum hat er mir das nur angetan?«, heulte sie. »Warum?«

»Das weiß er selbst nicht so genau.« Anja atmete tief durch. Eigentlich war sie immer diejenige, die sich im totalen Gefühlschaos befand und Clarissa die Frau an ihrer Seite, die Lösungen fand und für alles einen Plan hatte.

»Clarissa, siebzehn Jahre lang warst du glücklich mit ihm. Siebzehn Jahre lang hast du niemals an ihm gezweifelt. Ihr habt zwei Kinder miteinander. Ihr habt schon alle möglichen Krisen hinter euch gebracht. Erinnere dich an all das. Wirfst du das weg, weil Daniel einen Fehler gemacht hat? Einen großen Fehler, den niemand mehr bereut als er?«

»Wenn ich ihm jetzt verzeihe, dann wird er das doch wieder tun«, heulte Clarissa. »Sobald die Sache vergessen ist, findet sich bestimmt die nächste Schlampe!«

»Das glaube ich nicht, Clarissa. Ich glaube, er hat aus diesem Fehler gelernt.«

Clarissa griff nach der Kaffeetasse und warf sie vor Zorn auf den Boden. »Was denken diese Idioten sich eigentlich? Da heiratet man sie, kriegt Kinder von ihnen, hält ihnen das Haus sauber, zieht die Brut groß, verzichtet auf sein eigenes Leben, auf die eigene Weiterentwicklung, und was tun sie? Sie lassen sich von irgendeiner Schlampe das Hirn rausvögeln und nach Hause kommen sie dann, wenn sie Hunger haben oder frische Wäsche brauchen!«

»Naja, ganz so ist das sicher nicht«, sagte Anja.

»Doch, genauso ist es!«, heulte Clarissa und warf die zweite Tasse, die auf dem Tisch gestanden hatte, in ihrer Wut auch noch auf den Boden. Anja hielt sie nicht davon ab. Wut war okay. Wut war besser als die Verzweiflung und die Hilflosigkeit, die Clarissa bisher empfunden hatte.

»Man fühlt sich irgendwann, als wäre man nur noch so was wie eine Mutti, nicht nur für den Nachwuchs, sondern auch für deren Erzeuger! Was sieht er denn in mir? Doch nur die, die sein Haus sauber hält, einkauft, kocht, wäscht, putzt! Mit welchen Augen sieht er mich, wenn er sich abends neben mich ins Bett legt? Und wenn er wie in den letzten Monaten, zweimal im Monat mit mir schläft? Als die Alte, die man mal kurz ruhig stellen muss? Die Alte, die man zur Abwechslung auch mal befriedigen muss, damit sie sich nicht irgendwo einen anderen sucht und die bequeme Hütte zu Hause damit unbequem wird?«

»Hör damit auf!«, ertönte plötzlich Daniels Stimme aus der Küchentür. Clarissa hob den Kopf. »Du Scheißkerl! Du verfluchter Scheißkerl!«, brüllte sie.

Anja hatte Mühe sie zu halten. Clarissa war so wütend, dass sie ohne zu zögern auf Daniel losgehen wollte.

»Lass sie ruhig«, sagte Daniel zu Anja. Anja ließ Clarissas Arm los und im gleichen Moment sprang Clarissa ihren Mann an wie ein Tiger, der seine Beute zerreißen wollte. Daniel hätte kein Problem damit gehabt sie abzuwehren, aber er ließ sie drauflosschlagen. Clarissa trommelte mit beiden Fäusten auf seine Brust und schließlich brach sie verzweifelt weinend zusammen. Daniel hob sie hoch und setzte sich auf einen Stuhl, sie hielt er auf seinem Schoß. Unwillkürlich nahm er sie in beide Arme und ließ sie weinen.

Anja griff nach ihrer Jacke. Clarissa wusste, wo sie zu erreichen war und nun war der Moment gekommen, in dem eine wirkliche Freundin einfach diskret zu gehen hatte. Vielleicht der Moment einer endgültigen Entscheidung. Und so zog sie die Haustür hinter sich zu und hoffte inständig, dass es Daniel an diesem Abend gelingen würde, mit Clarissa zu sprechen, konstruktiv zu sprechen. Dass es Clarissa gelingen würde, ihrem Mann diesen Fehltritt irgendwann zu verzeihen und einen neuen Anfang zu machen. Sie wusste von sich selbst, sie hätte ihm diesen Fehltritt niemals verziehen. Aber hier ging es nicht um sie, sondern um Clarissa und Daniel, ein Paar das man einfach in der Gesamtheit lieben musste als guter Freund. Ein Paar, von dem man sich wünschte, dass die Harmonie wieder Einzug halten würde.

## -5-

Ein Jahr später saß Clarissa mit Anja im Wohnzimmer vor den Bildern, die sie in den vergangenen Monaten gemalt hatte. Anja hatte Recht behalten. Für Clarissa war es die beste Therapie gewesen, wieder mit dem Malen anzufangen. Schon nach den ersten Pinselstrichen, die ihr anfangs noch schwergefallen waren, hatte sie sich gefragt, warum sie eigentlich jemals damit aufgehört hatte. Vielleicht hatte sie keine Emotionen mehr übrig gehabt um sie in ihren Bildern zu verarbeiten. In den letzten Monaten jedoch hatte sie mehr Emotionen gehabt als sie verarbeiten konnte und in der Malerei hatte sie ein Ventil dafür gefunden. Manchmal war sie nächtelang wach, nur weil sie nicht von dem Bild lassen konnte an dem sie gerade arbeitete. Anja war begeistert von Clarissas Werken, allerdings fehlte ihr jegliches Verständnis für Kunst und so hätte sie nicht einmal erklären können, warum ihr die Bilder gefielen. Sie strahlten eine hektische Unruhe und eine Angst aus, die ein empfindsamer Mensch wie Clarissa wahrscheinlich niemals in Worte packen konnte. In ihren Bildern jedoch kamen sie zum Vorschein. Auf Anja übten Clarissas Werke eine unglaubliche Faszination aus. Möglicherweise identifizierte man sich beim Anschauen der Bilder mit irgendetwas. Anja hätte es nicht mit Gewissheit sagen können, was es war, aber diese Bilder hatten es eigentlich verdient, ausgestellt zu werden. In Clarissas Bildern lag so viel Schmerz, so viel Liebe, so viel Sehnsucht und so viel Verlangen, wie es wohl nur sie auszudrücken vermochte.

»Sie gehören ausgestellt«, sagte sie zu Clarissa. »Ich weiß, ich habe das jetzt ungefähr fünf Mal gesagt, aber ich meine es auch so.«

»Blödsinn, wer sollte sich denn schon für die Malereien einer Hausfrau interessieren?«, antwortete Clarissa bescheiden. Sie spielte diese Bescheidenheit nicht. Sie nahm sich einfach selbst nicht so wichtig. Eine Eigenschaft, die Anja einerseits an ihr schätzte, andererseits auch häufig rügte.

»Du stellst dein Licht immer viel zu sehr unter den Scheffel«, sagte sie. »Du spürst gar nicht, wie viel Freude du schenken kannst. Ich habe eine Bekannte, die eine Galerie hat. Es ist eine kleine Galerie und noch nicht besonders namhaft, aber das ist ja egal. Hautsache, die Menschen bekommen deine Bilder zu sehen.«

»So ein Quatsch«, sagte Clarissa. »Dafür interessiert sich doch niemand! Andere Künstler studieren Kunst, Malerei, was weiß ich und ich komme hier mit meinen Acrylbildern und ein paar Kohlezeichnungen an, die ich im Gästezimmer gemalt habe. Was denkst du nur!«

»Dass du viel zu bescheiden bist«, ertönte plötzlich Daniels Stimme.

Die beiden Frauen hatten, in ihre Diskussion verstrickt, nicht bemerkt, dass er das Zimmer betreten hatte und wohl schon eine ganze Weile in der Tür stand. Er nahm Clarissa sanft in die Arme. Unwillkürlich und ohne es zu wollen, versteifte sie sich. Daniel ließ sie sofort los, aber er ging nicht darauf ein.

»Anja hat recht, diese Bilder gehören ausgestellt, sie sind gut, richtig gut.«

Anja nickte zustimmend. Sie war froh darüber, dass Clarissa wieder einen Weg zurück zu ihren künstlerischen Begabungen gefunden hatte. Und auch darüber, dass es ihr offensichtlich gelungen war, sich wieder mit Daniel zu vertragen. Wirklich verziehen hatte sie ihm wohl nicht, ein Umstand, der Anja noch immer Sorgen bereitete.

Clarissa sprach nicht mehr über das, was vor einem Jahr geschehen war. Auch Daniel mied das Thema. Eigentlich war wieder alles wie früher, zumindest oberflächlich betrachtet und das gab doch Anlass zur Hoffnung.

Nach dem riesigen Streit, den Daniels Affäre vor einem Jahr ausgelöst hatte, waren die beiden für zwei Wochen nach Mallorca gereist. Anja hatte in diesen zwei Wochen die Kinder gehütet. Nicht gerade der romantischste Traumurlaub, aber wenigstens weg von zu Hause, zur Zweisamkeit verurteilt, eine Phase in der sich der weitere Werdegang ihrer Ehe entscheiden sollte. Es hatte nur zwei Wege gegeben, entweder die beiden fanden wieder zueinander und konnten mit dieser Zweisamkeit umgehen oder sie würden einsehen, dass es zu Ende war. Und Anja war ein Stein vom Herzen gefallen, als sie festgestellt hatte, dass die beiden den heftigsten Teil ihrer Krise offensichtlich überwunden hatten. Auch wenn die Sache noch längst nicht vollständig ausgestanden war. Aber Clarissa hatte sich entschieden, und zwar für Daniel. Trotzdem, wenn man Clarissa gut kannte, kam man nicht umhin, den noch immer anwesenden Schmerz in ihrem Gesicht festzustellen. Selbst wenn sie lächelte. Dieser Schmerz hatte sich in Clarissa eingebrannt, war immer latent anwesend und gab ihr etwas Wehmütiges, das sie früher nicht ausgestrahlt hatte. Hier und da fiel eine Bemerkung, die Anja als sehr verbittert empfand und sie hoffte sehr, dass Clarissa diese Verbitterung eines Tages überwinden würde.

Als ihre beste Freundin wusste sie auch, dass Clarissa kaum noch mit Daniel schlief. Meist fanden nur recht hilflose Versuche statt, die Daniel in der Regel nach einigen Minuten aufgab. Clarissa drehte sich dann einfach um und versuchte einzuschlafen. Anja war die einzige außenstehende Person, die das wusste. Sie rechnete es Daniel hoch an, dass er trotzdem geduldig blieb, ruhig, bedächtig und vor allem nicht aufgab um seine Frau zu kämpfen.

»Ich spreche mit Patrizia«, sagte sie. »Sie wird sich bestimmt schon in ein paar Tagen bei dir melden und dann solltest du mit ein paar Bildern zu ihr gehen.«

»Kostet so eine Ausstellung nicht einen Haufen Geld?«, fragte Clarissa.

»Klar, für die, die ein Bild kaufen schon«, lachte Anja. »Und man wird deine Bilder kaufen, davon bin ich überzeugt.«

»Das wäre schön«, sagte Daniel.

Clarissa wandte sich zu ihm um.

»Warum? Weil ich mich dann am Familieneinkommen beteiligen könnte?«

Sie hatte in den letzten Monaten öfter diesen Ton drauf. Sarkastisch, teilweise richtig bösartig, immer mit dem Vorsatz, ihn zu verletzen. Sie merkte es selbst, aber sie konnte nicht anders.

»Nein«, sagte er geduldig. »Das haben wir nicht nötig. Ich fände es schön, weil dir dadurch klar würde, dass deine Kunst einen gewissen Wert hat. Auch wenn du sagst, es ist nur dein Hobby. Manche Schriftsteller sind auch nur einfach ihrem Hobby nachgegangen und sind heute berühmt. Wenn man eine solche Begabung hat, dann darf man damit auch nach draußen gehen.«

»Für so gut haltet ihr die Bilder?«, fragte Clarissa erstaunt.

Daniel nickte. »Ich würde es nicht sagen, wenn es nicht so wäre, aber Anja doch erst recht nicht. Du weißt doch selbst, dass sie eine knallharte Nuss ist, die sagt, was sie denkt.«

Anja stieß ihm in die Seite. »Naja, so weiß aber wenigstens immer jeder woran er mit mir ist, oder?«

Daniel nickte. »Das ist wahr. Auch wenn du manchmal eine Nervensäge bist.«

Clarissa räumte ihre Bilder zusammen.

»Ich finde, ihr macht da viel zu viel Wind drum«, murmelte sie.

»Warum glaubst du nicht an dich?«, fragte Anja.

Clarissa zuckte nur mit den Schultern und blieb ihr eine Antwort auf diese Frage schuldig.

## -6-

Clarissa hatte nicht wirklich einen Anruf von einer Patrizia erwartet. Sie konnte sich beim besten Willen nicht vorstellen, dass sich tatsächlich eine Galeristin für ihre Bilder interessieren könnte. Sie war der Meinung, dass Anja als ihre beste Freundin, die sie nun einmal war, wahrscheinlich mehr Potenzial in ihren Bildern sah, als es ein Profi tun würde. Umso überraschter war sie, als drei Tage nach ihrem Gespräch mit Anja das Telefon klingelte und es sich wohl bei der Anruferin tatsächlich um Patrizia handelte.

»Ich habe gehört, Sie malen so ausgezeichnete Bilder«, sagte die Dame am Telefon. »Ich würde mir Ihre Werke gerne mal anschauen, wenn Sie es mir erlauben!«

Clarissa seufzte.

»Meine Freundin hat Sie auf mich angesetzt, ich weiß.«

»Sie meinen Anja?«

»Genau.«

»Ja, das hat sie. Sie sagte, ich müsste mir unbedingt mal Ihre Bilder ansehen. Leider konnte sie mir aber nicht sagen, was genau Sie malen?«

»Ich male Öl oder Acryl auf Leinwand und zeichne auch gerne mit Kohle. Aber es sind keine wirklichen Kunstwerke, Anja übertreibt da etwas. Es ist ein Hobby, dem ich schon als Kind nachgegangen bin, dann jahrelang nicht mehr. Ich habe erst vor ein paar Monaten wieder angefangen. Nichts Besonderes.«

»Das würde ich mir gerne selbst ansehen«, sagte die Dame. »Wäre es Ihnen recht, wenn ich heute nachmittag bei Ihnen vorbeikäme?«

»Ach, Sie kommen zu mir?«

Die Frau lachte am Telefon. »Ich habe sowieso noch etwas zu erledigen, das liegt auf dem Weg. Wäre es Ihnen lieber, ich ließe Sie Ihre Bilder quer durch die Stadt schleppen? Was denken Sie, wie begehrt hier die Parkplätze sind und wie teuer es wird, wenn man sein Auto an der falschen Stelle parkt?«

»Und dann können Sie an dieser Location überleben? Mit einer Galerie?«

»Ja«, sagte die Dame. »Es gibt doch Busse und Bahnen. Aber ich möchte Ihnen den Transport einer Bilderauswahl einfach nicht zumuten. Ich muss ja erst einmal einen Blick darauf werfen. Vielleicht haben Sie ja recht und es ist Hobbymalerei, aber möglicherweise hat ja Anja recht und Ihre Bilder sind großartig. Ich würde sie jedenfalls gerne sehen. Anja hat mir Ihre Anschrift bereits gegeben, ich kenne die Gegend. Also, wie sieht es heute nachmittag aus?«

»Gerne«, sagte Clarissa. »Ich hoffe, Sie sind hinterher nicht enttäuscht.«

»Ach«, antwortete Patrizia. »Da machen Sie sich mal keine Gedanken darüber. In meiner Branche gewöhnt man sich an alles Mögliche. Ich könnte gegen vier Uhr da sein, wäre das in Ordnung?«

»Sicher«, sagte Clarissa.

Sie verabschiedete sich und legte auf. Das eben war das erste Gespräch ihres Lebens mit der Inhaberin einer Kunstgalerie gewesen. Was erwartete diese Frau von ihr? Clarissa lief nach oben ins Gästezimmer, das sie in den letzten Monaten immer mehr zu einem Atelier umgewandelt hatte. Daniel hatte mit seinem Computer ins Schlafzimmer umziehen müssen. Sie sortierte ihre Bilder und stellte einige, die sie für nicht besonders gelungen hielt, ins Schlafzimmer. Dann ging sie schnell noch mal unter die Dusche. Zum Mittagessen hatte es Frikadellen gegeben und sie wollte nicht nach Hackfleischbällchen riechen, wenn eine Galeristin ihr Haus betrat.

»Wieso brezelst du dich denn so auf?«, fragte Damian, ihr fünfzehnjähriger Sohn, der nicht schlecht staunte, als er seine Mutter im Bad vor dem riesigen Spiegel dabei erwischte, wie sie sich von allen Seiten begutachtete. Sie hatte sich in einen schwarzen Hosenanzug geworfen, völlig unüblich für Clarissa, die zu Hause am liebsten Jeans und Pullover trug.

»Ich bekomme gleich Besuch«, sagte sie.

»Wer kommt denn?«

»Ach«, sagte Clarissa. »Die Inhaberin einer Kunstgalerie. Sie möchte sich meine Bilder ansehen. Anja hat ihr von mir erzählt und jetzt ist sie neugierig.«

»Kunstgalerien, sind das nicht diese Geschäfte, in denen Künstler ausstellen und ihre Bilder verkaufen können?«

Clarissa nickte.

»Und von was leben die dann? Die Besitzer meine ich!«

»Ganz einfach, sie erhalten eine Provision von den verkauften Bildern.«

»Aber die Künstler bekommen das Meiste, oder?«

»Natürlich. Jedenfalls sollte es so sein.«

»Geil, wir werden reich!«

Clarissa lachte. »So würde ich das nicht sehen, junger Mann. Es ist eine Chance, aber eine ganz kleine. Was glaubst du wohl wie viele Menschen es gibt, die sich für meine Bilder interessieren? Ich denke, sie sind nicht so besonders gut.«

»Papa sagt, sie sind fantastisch.«

»So, sagt Papa das?«

Clarissa starrte in den Spiegel. Er sagte das also nicht nur ihr, sondern auch seinen Kindern. Gleichzeitig schalt sie mit sich selbst. Wie konnte sie ihn nur verdächtigen, er würde ihr Honig ums Maul schmieren wollen und unehrlich ihr gegenüber sein? Vielleicht weil sie den Betrug noch immer nicht ganz überwunden hatte. Vielleicht weil sie ihm noch immer nicht wirklich vertraute. Vielleicht weil sie sich seelisch übernommen hatte, mit ihrem Entschluss, bei ihm zu bleiben, ihm zu verzeihen. Vielleicht, weil es in ihrem Leben keinen Tag gab, an dem sie nicht daran denken musste, was er ihr angetan hatte. Es gab auch keinen einzigen Tag, an dem sie nicht darüber nachdachte, ihn doch noch zu verlassen. Gleichzeitig aber wusste, dass sie es nicht schaffte, weil sie ihn immer noch zu sehr liebte. Vor allem aber tat es ihr weh, dass kein einziger Tag verging, an dem sie nicht spürte, dass sie ihn permanent bestrafte, obwohl sie es nicht wollte. Sie konnte einfach nicht anders. Es gab Momente, in denen sie von der Bitterkeit, die sie in sich trug, überrollt wurde.

Ihm gefielen ihre Bilder. Obwohl sie die Traurigkeit widerspiegelten, das Entsetzen, das noch immer in ihr steckte. Das Kino in ihrem Kopf, das immer wieder diesen einen, so schmerzhaften Film ablaufen ließ, ohne dass sie es steuern konnte. Das sie dazu brachte, ihn immer wieder verbal abzustrafen.

Aber er gab sich so viel Mühe. Versuchte sie aufzubauen. Lobte ihre Malerei. Clarissa wusste, es war die richtige Entscheidung gewesen, wieder mit dem Malen anzufangen. Völlig egal, was jetzt irgendeine Kunsttussi dazu sagen würde. Es war ihr einziger Weg mit dem Schmerz fertig zu werden, der sie auch jetzt noch, ein Jahr später und trotz Daniels ehrlicher Bemühungen, innerlich zu verbrennen drohte. Manchmal, wenn sie etwas getrunken hatte, lachte sie in ihrer Verbitterung über sich selbst. Millionen Männer gingen täglich fremd. Millionen Frauen wussten das. Akzeptierten es stillschweigend. Konnten irgendwann wieder verzeihen. Warum sie nicht? Warum zerriss sie dieser Betrug noch immer innerlich?

Als es an der Tür klingelte, überprüfte Clarissa noch einmal ihr Äußeres im Spiegel und lief nach unten, um die Tür zu öffnen. Vor ihr stand eine sehr auffällige Frau, vielleicht Mitte dreißig, mit feuerroter, langer Lockenmähne bis zur Hüfte, die sie mit einer breiten Spange im Nacken gebändigt hatte. Strahlende, wasserblaue Augen lachten ihr entgegen und Clarissa ergriff die Hand, die sich ihr zum Gruß bot.

»Guten Tag«, sagte sie. »Ich bin Clarissa.«

»Patrizia«, sagte die Frau. »Darf ich?«

Clarissa trat beiseite und ließ Patrizia herein. »Die Bilder stehen oben«, sagte sie, und lief ihrem Gast voraus, die Treppe nach oben.

Patrizia folgte ihr, beachtete sehr aufmerksam die Bilder, die im Flur hingen.

»Sind diese Bilder auch von Ihnen?«, fragte sie.

»Ja. Aber sie sind schon alt. Ich habe sie vor mehr als zehn Jahren gemalt.«

Ein wenig verlegen über ihre eigene Eitelkeit, aus der heraus sie diese Bilder in den Flur gehängt hatte, lächelte sie.

»Ich wollte sie schon lange abhängen, aber mein Mann möchte sie dort lassen. Er findet sie irgendwie gut.«

»Aha«, murmelte Patrizia. »Irgendwie sind sie das auch.«

»Soso«, sagte Clarissa leise, fast unhörbar. Sie öffnete die Tür zu ihrem Reich, ihrem ehemaligen Gästezimmer, in dem sich jetzt die Staffelei mit einer frischen, auf einen Keilrahmen gespannten Leinwand befand. Zahllose Bilder waren an den Wänden angelehnt und Patrizia stürzte sich sogleich darauf, nahm sie vorsichtig nacheinander auf und ließ sie auf sich wirken.

»Das sind ja unglaublich viele Bilder«, sagte Patrizia staunend. »Da bin ich aber froh, dass ich hier her gekommen bin und Sie nicht damit zu mir bestellt habe.«

Clarissa lächelte unsicher. Sie stand mit verschränkten Armen mitten im Raum und fühlte sich irgendwie hilflos.

Patrizia stellte das Bild, das sie in der Hand hatte, auf den Boden und griff nach einem weiteren, um es sich näher anzuschauen. Schließlich nahm sie die leere Leinwand von der Staffelei und stellte das Bild darauf.

Diese Frau hatte endlos lange Beine und Clarissa bestaunte ihre Figur. Sie stand vor der Staffelei, mit leicht schräg gelegtem Kopf, das eine Bein ein wenig nach vorne gestellt, den Po leicht nach rechts angewinkelt. Die langen, feuerroten Locken, fielen über ihre Schultern, trotz der Haarspange, die sie eigentlich bändigen sollten. Eine wirklich außergewöhnliche Frau. Atemberaubend. Clarissa fühlte sich im gleichen Raum mit dieser mondänen, extravaganten Erscheinung erst recht wie eine kleine, graue Maus.

»Wann sind die Bilder entstanden?«

»Alle in den vergangenen zwölf Monaten«, sagte Clarissa.

»Sie sind wunderbar.«

»Wirklich?«

Patrizia nickte. »Hervorragend. Ganz einzigartig.«

Sie drehte sich zu Clarissa herum. »Ich würde sie gerne ausstellen.«

»Das ist doch nicht Ihr Ernst?«

Patrizia nickte und lächelte. »Doch. Könnten Sie sich überhaupt von diesen Bildern trennen?«

»Für eine Ausstellung? Aber sicher.«

»Ach«, lachte Patrizia. »Ich meinte vor allem, wenn jemand eines kaufen möchte. Es bringt nicht viel, wenn die Künstlerin daneben steht und sich nicht von ihrem Bild trennen möchte.«

»Ich verkaufe es gerne, aber ich bezweifele, dass meine Bilder Käufer finden werden. Sie sind nicht gut genug.«

Patrizia bedachte sie mit einem langen, ernsten Blick, der sich schließlich in ein Lächeln kehrte. »Ihre Bilder sind sehr aussagekräftig. Voller Trauer, aber sehr aussagekräftig. Die Menschen mögen so etwas.«

Sie wandte ihre Aufmerksamkeit wieder dem Bild zu, das sie auf die Staffelei gestellt hatte. »Manchmal würde ich gerne erfahren, welche Gefühle Künstler dazu veranlassen, ein Werk zu schaffen«, sagte sie nachdenklich und bedachte Clarissa mit einem kurzen, fragenden Blick.

»Meist sehr extreme«, antwortete Clarissa und zeigte sich bereit, den Raum zu verlassen. Plötzlich wurde ihr der Aufenthalt hier mit dieser Frau zwischen all ihren Bildern und Skulpturen etwas unheimlich. Es fühlte sich an, als würde sie unaufgefordert in ihr Innerstes vordringen.

»Darf ich Ihnen etwas anbieten? Einen Kaffee vielleicht? Oder einen Cognac?«

»Hilfe, ich muss noch Auto fahren«, sagte Patrizia lächelnd. »Aber eine Tasse Kaffee nehme ich gerne.«

Clarissa bot ihr einen Platz auf dem Sofa an und flitzte in die Küche, um Kaffee und Geschirr zu holen. Patrizia hatte den Aschenbecher auf dem Tisch bemerkt und zog ein Päckchen Zigaretten hervor. Sie steckte eine der Zigaretten auf eine silberne Zigarettenspitze und zündete sie mit einem silbernen Zippo-Feuerzeug an. In dieser eigentlich so belanglosen Geste wirkte sie unglaublich extravagant und gleichzeitig elegant. Die Art und Weise, wie sie auf dem Sofa saß, sich lächelnd und mit wacher Aufmerksamkeit im Wohnzimmer umschaute, empfand Clarissa als einzigartig und aufregend. Aufregender noch als die Tatsache, dass es sich bei dieser Frau um eine Galeristin handelte, die ihr soeben mit Kennerblick Komplimente zu ihren Bildern gemacht hatte und diese ausstellen wollte. Clarissa fühlte sich so hausbacken und so unattraktiv, als trüge sie eine Kittelschürze und einen Dutt.

»Schönes Haus«, sagte Patrizia.

»Danke«, sagte Clarissa.

»Geschmackvoll eingerichtet. Sie haben einen sehr einfachen, aber eleganten Stil, das gefällt mir.«

Clarissa lachte. »Woher wollen Sie das wissen? Vielleicht hat mein Mann ja das Haus eingerichtet?«

»Nein«, sagte Patrizia. »In 99 Prozent aller Fälle sind es die Frauen, die Häuser und Wohnungen einrichten. Das ist kein Vorurteil, wahrscheinlich könnten Männer das auch sehr gut, aber ich denke, in den meisten Fällen übernehmen die Frauen das automatisch. War bei Ihnen sicher auch nicht anders.«

»Nein«, lachte Clarissa. »Mein Mann war auch froh darum, dass ich das übernommen habe. Aber so schön kann die Einrichtung nicht wirken, die Möbel sind uralt und haben zwei Kinder überleben müssen.«

Patrizia lächelte. »Trotzdem sieht man, dass Sie sich Mühe gegeben haben.«

Sie sah sich noch einen Moment um, aber schließlich beugte sie nach vorne und sah Clarissa direkt in die Augen.

»Also«, sagte sie. »Ich kann Ihnen natürlich nicht versprechen, dass ihre Bilder sich verkaufen werden. Aber ich wäre bereit, sie auszustellen. Von Ihnen bräuchte ich eine Auswahl Bilder, vielleicht ein paar Gedanken, die Sie sich schriftlich zu dem einen oder anderen Bild machen. Ein paar Namen wären auch nicht schlecht. Ich brauche von Ihnen ein schönes Foto, möglichst professionell, sodass man es als Pressefoto verwenden kann und eine kurze Vita. Kriegen Sie das in den nächsten vier Wochen hin?«

»Natürlich«, sagte Clarissa.

»Fein. Wenn wir das alles haben, bereiten wir eine Ausstellung vor. Das heißt, wir fertigen Schilder an für die Bilder, wir rahmen sie und hängen sie auf. Ich werde ein paar Presseleute informieren und Einladungen an meine Stammkundschaft rausschicken. Und dann sehen wir weiter.«

»Und Sie glauben tatsächlich, es könnte sich jemand für diese Bilder interessieren?«

Patrizia lächelte, sie wirkte ein wenig spöttisch.

»Wissen Sie Clarissa, ich habe nur eine kleine Galerie, aber ich bin vorerst damit zufrieden. Und Sie glauben nicht, wie viele Künstler mir die Tür einrennen. Auch wenn sie klein ist und lange nicht so gut besucht wie die großen Galerien hier in Frankfurt.«

Sie drückte ihre Zigarette aus und steckte die Zigarettenspitze wieder in ein Fach in ihrer Handtasche.

»Und wenn wir mit Ihren Bildern auf Interesse stoßen besteht auch die Möglichkeit, sie mit in meinen Onlineshop aufzunehmen.«

»Ich hätte nicht gedacht, dass ich Sie mit meinen Hausfrauenmalereien so derart beeindrucken könnte.«

Patrizia lachte.

»Wissen Sie, zu mir kommen Leute mit Bildern die mich fast schon an die ersten Kunstwerke eines Zweijährigen erinnern. Und das sind gerade die Künstler, die sich für unglaublich genial halten. Mit diesen Menschen kann man auch nicht diskutieren, wenn man ihnen sagt, dass ihr Bild schlecht ist, sind sie total beleidigt und man muss noch mit platt gestochenen Reifen rechnen. Und dann gibt es wieder Menschen wie Sie, und das fasziniert mich so sehr.«

»Was?«, fragte Clarissa erstaunt.

»Menschen wie Sie, Menschen die einfach nur malen, weil sie malen möchten. Menschen wie Sie, die einfach Freude an dem haben, was sie tun. Die in der Lage sind, ihren Werken Emotionen innewohnen zu lassen. Emotionen, die so vielen Menschen fehlen, die sich für die größten Künstler halten. Menschen wie Sie, die so großartige Bilder malen, einfach nur für sich selbst und diese in einem Raum im Haus verstecken und sie nur guten Freunden zeigen. Und das auch immer mit einem Hauch von Zweifel an der eigenen Kunst.«

Sie lachte erneut. Ein heiteres, unbeschwertes Lachen, das Clarissa ausnehmend sympathisch fand.

»Clarissa, glauben Sie mir, ich habe Kunst studiert und mir diese Galerie aufgebaut. Ich selbst male nicht, ich fotografiere lieber. Aber ich liebe die Kunst von anderen Menschen, solange es Kunst ist. Ihre Bilder sind Kunst, und wissen Sie warum?«

Clarissa schüttelte den Kopf.

»Weil sie etwas ansprechen. Irgendetwas. Wahrscheinlich empfindet auch jeder Mensch das etwas anders, aber sie haben eine Aussage, die man nur in sich selbst finden kann, wenn man die Bilder betrachtet. Ich sehe in diesen Bildern Trauer und Sehnsucht. Aber auch Hoffnung in dem einen oder anderen. Und vielleicht interpretiere ich auch nur zu viel hinein, weil sie mich wirklich angesprochen haben. Ich neige dazu, zu viel zu interpretieren.«

Sie lachte wieder.

»Was auch immer es ist, man merkt, dass diese Bilder unter dem Einfluss mächtiger Emotionen entstanden sind und das ist immer gut.«

Clarissa lächelte ein wenig betrübt. Ihr gefiel der Gedanke gar nicht, dass andere Menschen ihre Trauer und ihre Ängste in ihren Bildern erkennen konnten, aber nun war es zu spät. Sie hatte irgendwie zugesagt, zumindest hatte sie nicht nein gesagt. Natürlich könnte sie es sich noch anders überlegen. Andererseits, wann in ihrem Leben würde sie wieder einmal eine solche Chance erhalten? Wahrscheinlich nie wieder. Schließlich ging sie nicht hausieren mit ihrer Kunst.

Patrizia erhob sich, drückte ihr eine Visitenkarte in die Hand und lief Richtung Tür.

»Ich muss jetzt leider gehen«, sagte sie. »Ich habe noch einen Termin. Aber wenn Sie so weit sind, rufen Sie mich an und dann schauen wir mal, wann wir ausstellen können.«

Daniel staunte nicht schlecht, als er am Abend nach Hause kam und sich im Kreis seiner Familie zum Essen niederließ. Es gab die Frikadellen vom Mittag mit Gemüse und Kartoffeln.

»Mama wird jetzt reich«, erklärte Damian großspurig.

»Ach ja?«, fragte Daniel lächelnd. »Wie darf ich das verstehen?«

»Du weißt doch, dass Anja neulich abends meinte, meine Bilder wären so gut und sie würde da jemanden kennen?«

»Stimmt. Sie hat von einer Patrizia gesprochen. Und?«

»Diese Patrizia hat mich heute mittag angerufen und war zwei Stunden später schon hier. Sie hat sich all meine Bilder angeschaut und möchte mich unbedingt ausstellen.«

»Dich?«, fragte Charlotte grinsend. Die Dreizehnjährige hatte in der letzten Zeit einen Heidenspaß daran, ihre Eltern aufs Korn zu nehmen und ihnen das Wort im Mund zu verdrehen. Oder sie allzu wörtlich zu nehmen.

»Meine Bilder natürlich.«

Daniel legte sein Besteck beiseite.

»Liebling, das ist großartig! Ich freue mich für dich! Wann geht es los?«

»Ach«, sagte Clarissa. »Ich soll meinen Bildern Namen geben und mir ein paar Sätze zu jedem Bild einfallen lassen. Und eine Vita schreiben. Und außerdem muss ich zum Fotografen, um ein gutes Foto zu bekommen. Wenn ich das alles habe, muss ich sie anrufen und wir machen einen Termin aus.«

»Eine richtige Ausstellung? Mit Presse und allem was dazu gehört?«

Clarissa nickte. »Aber«, sagte sie beschwichtigend. »Es ist eine kleine Galerie mit wenigen Stammkunden, die eigentlich noch im Aufbau ist. Ich werde ganz sicher mit dieser Ausstellung nicht in allen Zeitungen auf dem Titelbild sein. Wahrscheinlich muss ich eher froh sein, wenn sich überhaupt jemand dazu herablässt, die Ausstellung zu besuchen.«

»Liebling, ich bin stolz auf dich, sehr stolz sogar! Du glaubst gar nicht wie sehr! Und das wird schon, glaub mir. Wenn nur ein paar Leute kommen, das genügt schon für den Anfang.«

Später am Abend, als die Kinder im Bett waren und Ruhe im Haus eingekehrt war, zündete Daniel den Kamin an. Es war Freitagabend und die Nacht war noch jung. Als der Kamin brannte, lief

Daniel in den Keller und holte eine Flasche Wein. Im Vorbeigehen griff er nach dem Korkenzieher im Schrank und nach zwei Gläsern, und reichte ihr kurz darauf ein Glas Rotwein. Sie griff danach und stieß mit ihm an.

»Auf dich, mein Liebling«, sagte er. »Herzlichen Glückwunsch. Ich bin so froh, dass du wieder angefangen hast zu malen. Ich habe ohnehin nie verstanden, warum du damit aufgehört hast.«

Clarissa zuckte mit den Schultern.

»Keine Ahnung. Mir fehlte die Lust. Und die Energie.«

»Und die Trauer«, warf Daniel ein, und er sah ihr ernst in die Augen.

»Vielleicht.«

Ohne es zu wollen, empfand sich Clarissa schon wieder in Abwehrposition. Sie starrte ins Feuer und nippte an ihrem Wein.

»Was würdest du dir wünschen?«, fragte Daniel. Clarissa antwortete nicht. Sie zuckte mit den Schultern und konzentrierte sich auf ihr Weinglas und das Kaminfeuer.

»Ich liebe dich genauso leidenschaftlich wie vor achtzehn Jahren. Das schwöre ich dir. Und ich begehre dich genauso wie damals. Vielleicht noch mehr, denn ich hatte dich fast verloren.«

»Warum kannst du es mir dann nicht mehr zeigen?«

Er lehnte sich zurück.

»Weil du dich steif machst, sobald ich dich anfasse.«

Ja, da hatte er recht. Er hatte es oft versucht. Abende, Nächte, in denen die Leidenschaft sie beide übermannt hatte, in denen auch Clarissa nur noch eines wollte: Sich ihm hingeben und in seinen Armen versinken. Sich an ihn schmiegen und sich von ihm nehmen lassen, hart und energisch, so wie er es früher getan hatte. Aber immer wieder tauchten dann im unpassenden Moment diese Bilder in ihrem Kopf auf. Die Bilder von Daniel mit der anderen Frau. Die Szene, die sie im Hotel mit eigenen Augen gesehen hatte und die eine so niederträchtige Basis für das unerträgliche Kopfkino waren. Sie merkte in solchen Momenten selbst, wie sie sich unwillkürlich versteifte und sie hasste sich dafür. Natürlich brauchte er Liebe. Natürlich brauchte er Sex. Natürlich konnte sie ihn nicht immer abwehren. Und sie sehnte sich ebenso sehr danach. Aber sie konnte auch nicht mit ihm schlafen. Es ging einfach nicht.

Daniel gab sich alle Mühe. Er schenkte ihr noch ein Glas Wein ein. Er massierte ihr liebevoll die Schultern und den Nacken. Schließlich trug er seine leicht beschwipste Frau nach oben ins Schlafzimmer, legte sich neben sie, löschte das Licht und versuchte, sie einfach nur in den Armen zu halten. Es gelang ihm nicht, sie versteifte sich wie sie es seit einem Jahr immer tat. Behutsam streifte er den schmalen Träger ihres Nachthemds von ihrer Schulter und küsste sie sanft. Da sie nicht reagierte, sich aber auch nicht weinend abwandte wie sie es sonst immer tat, wurde er etwas mutiger und zog ihr langsam, Stück für Stück das Nachthemd aus. Schließlich zündete er die Kerze auf seinem Nachtschrank an. Sie lag da, mit offenen Augen und starrte an die Decke. Er spürte ihre Sehnsucht und wusste, sie wünschte sich nichts mehr auf dieser Welt, als einfach mit ihm schlafen zu können. Wieder etwas zu empfinden, wenn er sie in den Armen hielt und gleichzeitig wusste er, dass es nicht möglich war. Trotzdem bemühte er sich. Er küsste sanft ihre Brüste, tastete sich herunter zu ihrem Bauch, liebkoste mit seiner Zunge das kleine Speckröllchen, für das sie sich schämte, weil sie es nicht los wurde. Aber er liebte es an ihr. Jede Kurve liebte er an ihr. Vorsichtig und zärtlich kroch er weiter nach unten, legte seinen Kopf zwischen ihre Beine und berührte mit seiner Zunge sanft ihren Kitzler. Er sah wie sie die Augen schloss, heftig bemüht, etwas zu empfinden. Sanft spielte er mit seiner Zunge an ihren zarten Lippen, drang in sie ein und schmeckte die Flüssigkeit, die aus ihr herausfloss. Es war nicht ihr Körper, der ihn nicht wollte. Es war ihr Kopf.

»Ich will dich haben«, stieß er erregt hervor. »Ich sehne mich so sehr nach dir ...«

Sie zog ihn sanft zu sich hoch und küsste ihn. Er warf ihre Beine über seine Schultern und drang in sie ein. Sie fühlte sich eng an, das erregte ihn. Seit einem Jahr versuchte er regelmäßig, mit seiner Frau zu schlafen, aber es war ihm nie gelungen. So weit wie heute war er schon viele Monate nicht mehr gekommen. Hart stieß er zu und Clarissa fühlte, wie die Erregung in ihr aufstieg. Aber genau in dem Moment, als sie fühlte, dass sie einen Orgasmus bekommen würde, stieg wieder das Bild in ihr auf, das Bild von Daniel mit der anderen Frau. Tränen liefen ihr über das Gesicht und um ihn nicht zu enttäuschen, spielte sie zum ersten Mal in ihrem Leben einen Orgasmus vor. Daniel deutete ihre Tränen falsch. Als er auch fertig geworden war, legte er sich neben sie und nahm sie fest in die Arme.

»Das war wunderschön, Liebling«, sagte er, noch immer heftig atmend. »Glaub mir, es wird alles wieder gut.«

»Ja«, sagte sie.

»Für dich war es doch genauso schön, ich habe doch gesehen, dass du geweint hast. Weißt du noch? Das erste Mal als wir miteinander geschlafen haben, hast du auch geweint, weil du so glücklich warst.«

»Ja«, antwortete sie. Sie schlief in seinen Armen ein und in dieser Nacht erwachte sie zum ersten Mal seit langer Zeit nicht zwischendurch schweißgebadet. Am nächsten Morgen fühlte sie sich seltsam erholt. Sie hatte diesen Orgasmus vorgetäuscht, aber irgendetwas in dieser Nacht hatte ihr trotzdem sehr gutgetan.

## -7-

Vier Wochen später stand Clarissa staunend in Patrizias Galerie vor ihren eigenen Bildern und bewunderte, wie Patrizia sie arrangiert hatte. Sie wirkten ganz anders als zu Hause, vor allem auch durch die Anordnung und wahrscheinlich auch durch die Atmosphäre, das Flair der Galerie.

»Und, wie fühlen Sie sich, wenn Sie das sehen?«, fragte Patrizia. Sie stand rauchend neben Clarissa und beide betrachteten ein Bild, das Clarissa schlichtweg »Sehnsüchte« genannt hatte.

»Ich fühle mich großartig«, sagte Clarissa, immer noch ein wenig fassungslos.

Patrizia wirkte wie immer sehr mondän. Sie trug ein dunkelbraunes Kostüm mit grünen Streifen, das ihre tadellose Figur hervorragend betonte und ihre langen Beine, vor allem ihre beneidenswert schlanke Taille sehr sexy zur Geltung brachte. Die roten Locken trug sie wie bei ihren Treffen zuvor mit einer breiten Haarspange zu einem Zopf gebunden. Sie endeten in Hüfthöhe und betonten ihre schmale Taille noch ein Stück mehr. Als ob das nötig wäre bei dieser Figur, dachte Clarissa. Patrizia rauchte wie immer aus ihrer Zigarettenspitze und beachtete nicht die Asche, die genau neben ihren hochhackigen, schwarzen Pumps zu Boden fiel. Clarissa ertappte sich bei dem Gedanken, dass sie gerne diese Haarspange öffnen und sehen würde, wie sich das lange Haar über Patrizias Schultern ausbreitete. Plötzlich drückte Patrizia ihre Zigarette in einem Aschenbecher aus und griff nach Clarissas Hand.

»Ich würde dir gerne zeigen, wie schön es ist, wenn man sich wirklich großartig fühlt«, hauchte sie. Sie zog an Clarissas Hand, sodass sie sich zwangsläufig zu ihr umdrehen musste. Dabei sah sie ihr fest in die Augen, während sie mit der freien, rechten Hand eine Haarsträhne aus Clarissas Gesicht strich. Eine liebevolle Geste. Clarissa wusste nicht recht wie ihr geschah, aber plötzlich hatte Patrizia beide Arme um ihre Hüften gelegt.

Es fühlte sich seltsam an.

»Komm mit«, hauchte sie.

Wie in Trance lief Clarissa hinter Patrizia her. Es blieb ihr auch nichts anderes übrig, denn Patrizia hielt noch immer ihre Hand. Sie zog Clarissa hinter sich her bis ins Büro, in dem eine großzügige Sofalandschaft stand, über und über mit Kissen bedeckt. Der Ort, den Patrizia ihr schon beim ersten Betreten der Galerie als ihre kleine Oase des Friedens vorgestellt hatte. Eine Oase, die sie brauchte, besonders, wenn sie mit anstrengenden Menschen zu tun hatte. Hier entspannte sie sich.

Hier kam sie zur Ruhe. Und hier drückte sie nun Clarissa tief in die Kissen und kniete vor ihr nieder.

»Du bist so schön«, flüsterte sie.

Patrizia schob Clarissas Rock nach oben und küsste sanft die Innenseiten ihrer Schenkel. Clarissa wusste kaum wie ihr geschah. Sie war verwirrt. Aber sie genoss diese Berührungen. Sie waren so sanft und Patrizias Lippen waren so zart. Zärtlich schob Patrizia Clarissas Beine weiter auseinander und liebkoste nun die Innenseiten ihrer Schenkel mit der Zunge, während ihre Hände über die Außenseiten glitten. Innerlich lächelte Clarissa. Aus irgendeinem Grund hatte sie an diesem Tag halterlose Strümpfe angezogen. Sie hätte nicht erklären können warum, aber ihr war an diesem Morgen danach gewesen, obwohl sie normalerweise meist Strumpfhosen trug.

Patrizia stöhnte erregt auf und befeuchtete mit der Zunge ihre Fingerspitzen, bevor sie sanft das Höschen beiseiteschob und zärtlich die kleine Knospe zwischen den zarten Lippen rieb.

Clarissa seufzte und erschrak über sich selbst. Sollte sie diese Frau nun nicht wegstoßen? Ihr die Meinung sagen? Die Galerie verlassen und nie wieder hierher kommen? Nein, das sollte sie nicht. Dafür fühlte sich das alles viel zu gut an. Aber Patrizia war eine Frau! Dieser Gedanke erschreckte sie. Wie konnte sie sich diesen Berührungen nur hingeben? Den Berührungen einer Frau? Sie wollte das nicht. Aber sie konnte sich nicht wehren, sie schaffte es nicht, sich zu lösen. Und in diesem Moment wurde ihr klar, dass Patrizia ihr vom ersten Augenblick an gefallen hatte, schon bei ihrem ersten Treffen. Noch nie zuvor hatte sie eine Frau so mit ihren Blicken taxiert wie sie das bei Patrizia getan hatte. Ja, sie hatte ihr gefallen, vom ersten Moment an, auch wenn sie es jetzt erst in ihren Gedanken einordnen konnte. Sie hatte Patrizia begehrt, von der ersten Sekunde ihrer Begegnung an. Sie wollte sie haben. Von ihr genommen werden. Sie hatte davon fantasiert, immer wieder, wie es wohl wäre, mit den Fingern durch diese Haare zu gleiten, diese vollen Lippen zu küssen. Und sie hatte noch von viel mehr Dingen fantasiert, sich diese Fantasien aber verboten und sie in irgendeine Schublade gesteckt. Diese Schublade hätte sie von sich aus niemals geöffnet. Nun hatte Patrizia das Schloss an dieser Schublade geknackt und es fühlte sich verdammt gut an.

Patrizia rieb gekonnt ihren Kitzler, fuhr schließlich mit ihrer Zunge hart durch ihre Schamlippen und spreizte sie schließlich um sie besser anschauen zu können. »Mein Gott, bist du schön«, flüsterte sie.

Clarissa konnte nicht anders, als mit den Händen durch diese vollen Locken zu fahren, die Spange zu lösen, die diese Haarpracht im Nacken zusammenhielt.

»Du auch«, flüsterte sie, während sie mit beiden Händen in die feurige Lockenflut griff und sie sanft durch ihre Finger gleiten ließ.
»Du bist auch wunderschön.«
Patrizia zog ihr langsam das Höschen aus. Bereitwillig hob Clarissa ihren Po, damit sie es leichter hatte. Sie sah Patrizias Lächeln und plötzlich spürte sie, wie erregt sie war. Patrizia fuhr ein weiteres Mal mit der Zunge durch ihre Schamlippen und spreizte sie erneut weit auseinander, bevor sie ihre Zigarettenspitze in Clarissa einführte. Clarissa stieß einen spitzen, aber leisen Schrei aus. Das Metall dieser Zigarettenspitze war kalt und erschreckte sie für einen Moment, aber gleichzeitig durchfuhr sie ein wohliges Gefühl.
Patrizia lachte heiser.
»Ich würde dich so gerne durch dieses Röhrchen einsaugen«, stieß sie erregt hervor und erhob sich, um sich neben Clarissa niederzulassen.
»Demnächst wenn ich rauche und du bist nicht bei mir, werde ich immer daran denken, dass das, was ich jetzt im Mund habe, in deiner Muschi gesteckt hat ...«
Sanft öffnete sie die Knöpfe von Clarissas Bluse und schob sie beiseite, hob ihre Brüste aus den BH-Körbchen und saugte zart an den Knospen, die sich ihr erregt darboten. Clarissa warf den Kopf nach hinten und ließ es einfach mit sich geschehen. Zu gut fühlte sich all das an, als dass sie in der Lage gewesen wäre, Patrizia von sich zu stoßen. Sie fühlte wie Patrizia ihre Zigarettenspitze wieder aus ihr zog und beobachtete, wie sie sich diese Spitze, die in ihr gesteckt hatte, in den Mund steckte.
»Du riechst gut. Du schmeckst gut. Ich wollte dich haben, seit ich dich zum ersten Mal gesehen habe und ich wusste, ich würde dich kriegen«, hauchte sie und leckte weiter an Clarissas Brüsten.
Clarissa wusste kaum wie ihr geschah. Sie fühlte Patrizias Hände auf sich, auf ihrem Körper und plötzlich in ihrem Körper. Es fühlte sich an wie ein Rausch, von dem sie ganz plötzlich hoffte, er würde niemals enden.
Für einen kurzen Moment stieg Daniels Bild in ihr auf. Er hat es auch getan, dachte sie plötzlich. Ja, er hatte es auch getan!
Patrizia zerrte ungeduldig an Clarissas Rock und der Bluse, wollte sie nackt sehen. Zum ersten Mal seit langer Zeit fühlte Clarissa sich wieder begehrt. Nun wusste sie, was ihr fehlte: Dieses Gefühl, über alles erhaben zu sein, in einem Moment in dem man so sehr begehrt wurde wie Patrizia sie gerade begehrte. Momente, in denen man fühlte, dass man so sehr begehrt wurde, dass man nicht mehr über Cellulitis und Speckröllchen nachdenken musste. Momente, in denen

solche Dinge einfach nicht vorhanden waren, und man sich der Ekstase hingab.

Lächelnd streifte sie ihre Kleidung ab.

»Ich habe das noch nie gemacht«, sagte sie leise.

»Das macht nichts«, antwortete Patrizia. »Das habe ich mir gedacht.«

Und schon bedeckte sie ihren Mund mit Küssen. Clarissa fühlte sich, als würde sich alles um sie herum drehen. Sie fühlte sich fast schon unerträglich leicht und sie wusste, dass sie jetzt jede Kontrolle über sich und ihren Körper verloren hatte. Gierig saugte sie sich an Patrizias Lippen fest. Es erregte sie maßlos, diese zarten Lippen zu küssen, diese Zunge zu liebkosen, die vor einigen Minuten noch in ihr gewesen war und den Geschmack ihrer Lust trug. Die Zunge einer Frau, einer so schönen Frau wie Patrizia. Ein Zungenkuss mit einer Frau, wie schön das sein konnte, darüber hatte sie nie nachgedacht. Es war schön, so schön, dass sie auch nach einigen Minuten noch das Gefühl hatte, als würde der Raum sich um sie herum drehen. Während sie leidenschaftliche Küsse mit Patrizia austauschte, nestelte sie ebenso gierig an ihren Kleidungsstücken herum, wie Patrizia es getan hatte, bis sie es geschafft hatte, sie vollends zu entkleiden. Als sie Patrizia nackt in diesen Kissen eingesunken liegen sah, konnte sie sich kaum noch beherrschen. Heftig atmend warf sie sich über sie, liebkoste ihre Brüste, ließ mit ihrer Zunge kaum ein Stückchen von Patrizias Oberkörper aus, bis sie schließlich zwischen ihren Beinen landete. Patrizia stöhnte laut auf. Clarissa, die sich vor wenigen Sekunden noch gefragt hatte, ob sie in der Lage sein würde, diese Frau zu lecken, mit ihrer Zunge die Klitoris einer Frau zu berühren, stürzte sich gierig auf die weit gespreizte Scham die, wie sie erfreut feststellte, nackt rasiert war und sich ihr glänzend und feucht darbot. Neugierig und erregt leckte und saugte sie an Patrizias Kitzler, führte einen, dann zwei Finger in sie ein und immer wieder schaute sie nach oben, wollte Patrizias Gesicht sehen. Patrizia lag stöhnend und mit geschlossenen Augen tief in den weichen Kissen versunken und rutschte ihr mit dem Becken immer weiter entgegen. Es erregte Clarissa maßlos zu sehen, welche Lust sie ihr bereitete, alleine mit ihrer Zunge und zwei Fingern. Sie konnte kaum von ihr lassen und als sie spürte, wie es heiß aus Patrizia herausfloss, saugte sie gierig an ihr und ließ nicht von ihr ab. Wollte sie ein zweites Mal alleine mit ihrer Zunge und ihren Fingern zum Orgasmus bringen. Patrizia griff plötzlich neben sich und legte etwas Schweres auf ihren Bauch. Es klatschte, als es dort aufprallte. Clarissa sah verwirrt hoch. Es war die Nachbildung eines Dildos, auch weichem Silikon oder einem ähnlichen Material gearbeitet, ein mächtiges Teil, das Clarissa riesig erschien. Jedenfalls war es sehr viel größer als jeder echte Penis, den sie bisher gesehen hatte.

»Mach es mir damit, Liebling«, hauchte Patrizia.

Etwas unsicher griff Clarissa nach dem riesigen Teil und spielte mit der Spitze an Patrizias Kitzler. Es erschien ihr unmöglich, es in seiner vollen Größe in diese Frau einzuführen, aber Patrizia drängte sich ihr entgegen. Schließlich presste Clarissa den Dildo an die weit geöffnete Scham und stellte erstaunt fest, wie einfach er hineinrutschte, während Patrizia laut aufstöhnte. Clarissa war fasziniert. Mit dem Spieltrieb eines kleinen Kindes führte sie den Penis aus Silikon in Patrizia ein, bis sie Widerstand spürte. Sie zog ihn sanft wieder heraus und lächelte bei dem Gedanken, wie sich das in Patrizias Unterleib anfühlen musste. Sie kannte dieses Gefühl. Früher hatte sie es geliebt, wenn Daniel sie damit bis zum Äußersten gereizt hatte. Wenn er langsam in sie eingedrungen war, um sich ebenso langsam wieder zurückzuziehen. So weit, dass sie Angst hatte, er würde sich ganz zurückziehen, aber die Spitze hatte er in ihr gelassen, um sich wieder, ein weiteres Mal langsam in sie hineinzubohren. Und ebenso tat sie es jetzt mit Patrizia. Langsam bohrte sie sich in sie hinein und langsam zog sie den Dildo wieder heraus. Patrizia wand sich in ihrer Erregung und stöhnte laut. So laut, dass Clarissa bereits Bedenken kamen, man könnte sie bis auf die Straße hören. Aber das schien Patrizia egal zu sein. Schließlich fühlte sie, wie die Flüssigkeit aus Patrizias Körper herausfloss. Vorbei an dem Dildo. Sie fühlte, wie sich die Nässe auf dem Kissen verteilte, das unter ihrem Po lag und plötzlich konnte Clarissa nicht anders. Sie ließ die Stöße energischer werden, nicht schneller, aber härter, bohrender, und Patrizia stieß kleine, spitze Schreie aus, bis sie sich schließlich, begleitet von einem langen, erstickt klingenden Schrei, ergoss. Clarissa fühlte, wie die Scham von innen her zuckte. Sie konnte es auch sehen, denn der Dildo, der noch immer tief in Patrizia steckte, bewegte sich ebenso zuckend und rutschte langsam heraus, Stück für Stück.

»Oh mein Gott«, stöhnte Patrizia und schlug die Hände vor das Gesicht. »Oh, war das gut!« Sie zog Clarissa zu sich nach oben und belohnte sie mit einem Zungenkuss, einem langen, ausgiebigen Zungenkuss. Clarissa versank immer mehr in den Kissen. Sie schloss die Augen und fühlte, wie die Erregung immer mehr von ihr Besitz ergriff. Diese Lippen waren so zart, diese Haut war so zart. Patrizia war eine wunderschöne Frau. Und sie roch einmalig.

»Wie hast du es am liebsten?«, flüsterte Patrizia.

»Was meinst du?«, fragte Clarissa, immer noch verwirrt, oder schon wieder?

»Wenn dich ein Kerl fickt, wie magst du es am liebsten?«

»Von hinten«, sagte Clarissa leise. Sie schämte sich plötzlich ein wenig, aber nur für einen kurzen Moment, denn sie sah die Erregung in Patrizias Augen.

»Knie dich hin«, sagte Patrizia. Clarissa kniete sich vor dem Sofa auf den Boden und ließ es sogar zu, dass Patrizia ihren Oberkörper tief in die Kissen drückte.

»Wunderschön bist du, hoffentlich bekommst du das oft genug gesagt«, stöhnte Patrizia. Clarissa fühlte sich ein wenig unbehaglich. Sie fühlte sich wie eine geile Hündin, mit dem in die Kissen gepressten Oberkörper: Das Hinterteil nach oben gereckt, ihre Scham und ihren Po auf eine Art präsentiert wie sie es nie für möglich gehalten hätte. Bei Daniel vielleicht, ja, früher, als sie noch mit ihm schlafen konnte, aber mit einem fast fremden Menschen, mit einer Frau? Irgendwie schämte sie sich und gleichzeitig fühlte sie, wie diese Scham sie auch erregte. Patrizia leckte sie zärtlich, spreizte dann ihre Scham mit ihren Fingern weit auseinander und schließlich spürte sie, wie der harte, aber doch so anschmiegsame Dildo sich langsam in sie hineinbohrte. Er kam ihr riesig vor. Noch riesiger als in dem Moment als sie es Patrizia damit gemacht hatte. Denn nun steckte er in ihr, tief in ihr und er bohrte sich noch tiefer. Clarissa fühlte sich so ausgefüllt, dass sie das Gefühl hatte, auseinandergerissen zu werden. Und doch wollte sie jetzt nicht mehr aufhören. Sie wollte befriedigt werden, sie wollte gestoßen werden von dem Dildo in Patrizias Hand, den sie gnadenlos immer tiefer in sie hineinbohrte. So wie sie es bei ihr getan hatte. Zunächst langsam, dann immer schneller und immer heftiger stoßend, bis Clarissa schließlich mit einem spitzen Schrei auf den Lippen zusammenbrach, und im gleichen Moment fühlte, wie ihre Muskulatur den Gummischwanz aus ihrem Körper drückte. Patrizia fiel fast im gleichen Moment lachend neben sie. Sie legte sich fröhlich auf den Rücken und steckte sich eine Zigarette in die Zigarettenspitze, die sie vorhin noch so frivol in Clarissas Scheide eingeführt hatte um danach von ihrem Saft zu kosten. Clarissa fühlte sich ein wenig peinlich berührt, aber Patrizia lachte, kniff sie in die Wange und kuschelte sich an sie.

»Siehst du, hier lernst du nicht nur etwas über Kunst«, sagte sie. »Hier lernst du was fürs Leben.«

»Ich habe mit einer Frau geschlafen«, sagte Clarissa langsam, ein wenig entsetzt, als müsste sie es aussprechen um zu begreifen, was sie eben getan hatte.

»Ja, das hast du, und das war verdammt gut, oder etwa nicht?«

»Ja«, sagte Clarissa. Sie fühlte Heiserkeit im Hals, ihr Herz raste und ihre Muschi pochte noch immer. Tief in ihrem Inneren wusste sie, es war nicht richtig, was sie eben getan hatte, aber es war so verdammt gut gewesen. Sie fühlte sich leicht und frei, als würde sie irgendwo in der Luft schweben. Sie hatte Daniel betrogen, so wie er sie betrogen hatte. Und irgendwie hatte sie nicht mal ein schlechtes Gewissen. Er hatte sich entschuldigt und sicher, er war seither sehr bemüht um sie, und selbstverständlich immer in der Hoffnung, sie würde eines Tages vergessen und alles vergeben.

Aber jetzt erst, in diesem Moment fühlte sie so etwas Ähnliches wie Vergebung. Oder war es etwas anderes? Sie wusste es nicht genau. Was sie eben getan hatte, hatte er auch getan. Er hatte es bereut, vielleicht würde sie es eines Tages auch bereuen. Aber nicht sofort. Zuerst wollte sie dieses wundervolle Gefühl, derart begehrt zu werden, auskosten. Diese Leidenschaft genießen, die sie schon so lange vermisste in ihrem Leben. Die Aufmerksamkeit, die Patrizia ihrem Körper schenkte.

»Jetzt bin ich wohl lesbisch«, sagte sie.

Fast ein wenig schüchtern drehte sie sich auf die Seite und strich mit ihren Fingern gedankenverloren über Patrizias Brüste und ihren Bauch.

»Quatsch. Du bist allerhöchstens bisexuell. Wenn du lesbisch wärest, hättest du es sicher schon viel früher festgestellt. Keine lesbische Frau lebt lange mit einem Mann zusammen. Und eine lesbische Frau in deiner Altersgruppe weiß schon lange, dass sie lesbisch ist.«

Sie lachte schallend.

»Aber ich bin lesbisch. Und du ... du hast mir verdammt viel Spaß gemacht. Du hast mich wirklich glücklich gemacht. Und das möchte ich wieder haben. Glaubst du, wir könnten das wiederholen? Bin ich dir attraktiv genug? Habe ich dir genug Lust verschafft?«

Clarissa traute kaum ihren Ohren. Diese wundervolle Frau fragte sich ernsthaft, ob sie ihr genügend Lust verschafft hatte? Und ob sie wiederkäme? Ob sich das wiederholen ließe? Ob sie attraktiv genug sei?

»Patrizia, ich werde so oft bei dir sein, wie es mir möglich ist«, sagte sie.

»Gut«, sagte Patrizia. »Ich bin nämlich gerade dabei mich in dich zu verlieben.«

Clarissa legte ihren Kopf auf Patrizias Knie und Patrizia streichelte sie, kraulte ihren Nacken, spielte mit ihren langen, glatten Haaren.

»Du hast wunderschöne Haare«, sagte sie leise. Ihre Stimme klang zärtlich. »Ich habe mir immer so glatte Haare gewünscht.«

»Siehst du«, sagte Clarissa. »Und ich hätte immer gerne so schöne Locken gehabt wie du.«

»Wir Frauen sind wohl nie wirklich zufrieden, was?«, lachte Patrizia.

Clarissa fühlte sich wohl. Noch immer begehrt, auch wenn der Akt an sich vorbei war und Patrizia glücklich und zufrieden zu sein schien. Sie genoss ihre Berührungen. Diese zarten Hände, die sanft durch ihr Haar strichen. So, wie sie auch den Gedanken genoss, dass sie mit ihrem Kopf in diesem wundervollen Schoß lag, auf diesen zarten, schlanken Schenkeln. Schenkel, die mit Sicherheit schon viele Männer begehrt, aber nicht bekommen hatten. Umrahmt von wilden, roten Locken, die sich um ihre Schultern wanden und auf Clarissas Bauch und ihren Brüsten auflagen. Es fühlte sich wunderbar an!

»Ich werde meinen Mann und meine Kinder nicht verlassen, Patrizia«, sagte sie.

»In Ordnung.«

»Mein Mann darf davon nichts erfahren.«

»Natürlich. Das verstehe ich.« Sie seufzte. »Allerdings finde ich es ungewöhnlich, nach dem er dich so unglücklich gemacht hat.«

»Woher weißt du das?«, fragte Clarissa erschrocken und setzte sich auf.

»Man sieht es an deinen Bildern«, sagte sie. »Du hast doch gesagt, du malst erst seit einem knappen Jahr wieder. Mir kannst du nichts vormachen, ich sehe und ich fühle, dass du nicht wirklich glücklich bist. Was ist passiert?«

»Er hatte ein Verhältnis.«

»Und du hast ihn erwischt?«

Clarissa nickte. Der Gedanke daran zerriss ihr schon wieder fast das Herz. In den letzten Stunden hatte sie die Sache zum ersten Mal seit sie ihn erwischt hatte vergessen. Jetzt wurde sie wieder schmerzlich dran erinnert.

»Wie lange ging das?«

»Keine Ahnung«, sagte Clarissa. »Ein paar Monate.«

Patrizia nickte und antwortete nicht.

»Es war die Hölle«, sagte Clarissa leise. »Und es ist noch immer die Hölle. Ich dachte, ich könnte ihm verzeihen. Ich dachte, wir könnten noch mal von vorne anfangen, aber irgendwie gelingt es mir nicht.«

»Verstehe ich«, sagte Patrizia. »Liebst du ihn noch so sehr, dass du überhaupt versuchst, ihm zu verzeihen? Ich an deiner Stelle hätte ihn bestimmt verlassen.«

»Ach Patrizia«, seufzte Clarissa. »Das ist alles nicht so einfach. Wir sind seit immerhin achtzehn Jahren zusammen. Siebzehn Jahre lang war alles perfekt. Mein Leben war perfekt, ich dachte, seines auch, aber da habe ich mich wohl getäuscht. Wir haben die zwei Kinder zusammen. Und irgendwie ... ja, ich möchte ihm verzeihen. Ich liebe ihn noch immer, wahrscheinlich heute mehr als damals, als wir geheiratet haben. Aber irgendetwas in mir sperrt sich gegen ihn, sobald er mich anfasst. Vielleicht ist es der Gedanke, dass er diese Frau hatte. Dass er bei ihr wild und leidenschaftlich war. Dass er sie überhaupt nur angefasst hat. Dass er es überhaupt fertig gebracht hat, den Gedanken an mich, an unsere Ehe, derart zu verdrängen, dass er in der Lage war so etwas zu tun.«

Sie seufzte. »Er gibt sich wahnsinnig viel Mühe seit dem. Wirklich. Er bemüht sich. Er ist geduldig und liebevoll, obwohl ich ihn ständig abstrafe, ohne es zu wollen. Ich möchte ihm auch so gerne verzeihen, aber ich kann nicht vergessen, und das hindert mich dran, ihm zu verzeihen. Verstehst du das?«

Patrizia nickte.

»Und jetzt habe ich ihn auch betrogen.«

»Und wie fühlt es sich an für dich?«

Clarissa zuckte mit den Schultern.

»Ich habe ihn nicht aus Rache betrogen. Es war die Gelegenheit. Aber ich glaube, noch vor einem Jahr, kurz bevor ich diese schreckliche Geschichte erfahren habe, hätte ich dich abgewehrt.«

»Vielleicht hättest du das, ja. Aber wir hätten uns nicht kennengelernt, denn ohne diese Sache hättest du diese Bilder nicht gemalt.«

Patrizia lächelte. »Das Universum regelt die Dinge«, sagte sie. Sie seufzte leise. »Ich werde dich niemals betrügen«, hauchte sie in Clarissas Ohr.

Clarissa schloss die Augen und gab sich ihren Liebkosungen hin. Patrizia liebte unglaublich zärtlich, aber auch fordernd, leidenschaftlich, unbeirrbar verlangend. Und Clarissa hatte an diesem Nachmittag das Gefühl, nie wieder darauf verzichten zu können.

## -8-

Eine Stunde später schloss Clarissa die Haustür auf und sah ihren Mann und ihre Kinder bereits beim Eintreten erwartungsvoll am Wohnzimmertisch sitzen.

»Hey Mama«, sagte Damian. »Und, wirst du jetzt eine berühmte Künstlerin?«

Clarissa lachte und setzte sich zu ihrer Familie.

»Mein lieber Sohn, ich bin froh, wenn am Sonntag überhaupt jemand kommt, um sich meine Bilder anzuschauen. Kein Mensch kennt mich, ich kann über jeden Besucher froh sein, der bereit ist, einen Sonntag zu opfern und sich meine Bilder anzuschauen.«

»Das wird schon werden«, sagte Daniel. »Glaub mir, deine Bilder sind gut. Und Patrizia ist offensichtlich ein Profi. Sie wird schon wissen, was sie tut.«

»Ja«, sagte Clarissa. »Sie ist ein Profi. Aber mich kennt kein Mensch. Es ist einer meiner größten Albträume, dass sie die Ausstellung eröffnet und keiner kommt, um sich die Bilder anzusehen. Stell dir mal vor, ich stehe da ganz alleine rum. Es ist eine kleine, wenig bekannte Galerie. Ich mache mir keine großen Hoffnungen.«

Clarissa war erleichtert über diesen Smalltalk. Schon auf dem Weg nach Hause hatte sie sich gefragt ob Daniel ihr ansehen würde, dass sie an diesem Nachmittag nicht nur einen Orgasmus gehabt hatte, sondern mehrere. Ob ihm auffallen würde, dass ihr ganzer Körper nach Patrizia duftete. Ob ihm ihr – ganz sicher – verträumter Blick auffallen würde. Egal was Daniel sprach oder was die Kinder sagten, es erschien ihr so belanglos, obwohl diese drei Menschen hier die wichtigsten Menschen in ihrem Leben waren. In ihrem Kopf war sie noch immer mit ihrer Zunge in Patrizia. Gedanklich spielte sie noch immer mit den Fingern in Patrizias Haar. Am liebsten wäre sie gar nicht nach Hause gefahren, sondern bei ihr geblieben. Doch sie riss sich zusammen.

»Du stehst nicht alleine rum, ich bin ja auch noch da«, sagte Daniel. »Und unsere Freunde werden bestimmt auch kommen.«

»Ja, aber du weißt schon, was ich meine, oder?«

»Natürlich.«

»Mama, werden wir jetzt reich?«, fragte Charlotte.

Clarissa lachte.

»Kind, wie kannst du nur solche Fragen stellen? Ich bin total nervös wegen Sonntag und du fragst mich, ob wir jetzt reich werden?«

»Charlotte, wir sind schon reich«, sagte Daniel.

Clarissa sah ihn fragend an.

»Weil wir uns haben.«

»Davon kann ich mir keine X-Box kaufen«, schimpfte Charlotte.

»Du würdest auch keine X-Box kriegen, wenn wir im Geld schwimmen würden. Irgendwann sicher mal, aber vorher schaust du, dass du in der Schule mehr Leistung bringst, liebe Tochter«, sagte Daniel. »Da mangelt es nämlich ein bisschen. Ich könnte dir locker eine X-Box kaufen, aber ich werde es nicht tun, solange du in deinem nächsten Zeugnis keine Verbesserung von mindestens einer Note pro Fach hast.«

»So schlecht sind meine Noten auch nicht«, sagte Charlotte. »Ich bewege mich im Durchschnitt.«

»Das ist schlecht. Du solltest eigentlich im oberen Durchschnitt liegen, schlau genug bist du jedenfalls. Du bist nur zu faul, aber das Thema hatten wir ja schon.«

Charlotte erhob sich.

»Ich gehe jetzt in mein Zimmer. Ich habe noch zu tun.«

»Braves Kind«, sagte Daniel grinsend.

»Du bildest dir doch nicht ein, dass sie jetzt lernen geht?«, fragte Clarissa.

»Nein, aber ich freue mich, dass wir den Rest des Abends für uns alleine haben. Nicht wahr Damian?«

Er bedachte seinen Sohn mit einem eindringlichen Blick.

»Das ist eklig«, sagte Damian. »Ihr seid echt aus dem Alter raus.«

»Gute Nacht mein Sohn«, sagte Daniel.

»Soll ich etwa schon ins Bett? Es ist gerade mal acht Uhr!«

»Du musst noch nicht ins Bett. Aber Eltern sind auch manchmal froh, wenn sie sich mal für sich alleine haben. Auch wenn du das eklig findest.«

Als die beiden hinter laut zuknallenden Zimmertüren im oberen Stockwerk verschwunden waren, streifte Clarissa ihre Pumps ab und legte die Füße auf die Couch.

»Uff, das war ein harter Tag«, sagte sie.

»So?«, fragte er, und sah ihr direkt in die Augen.

Clarissa errötete leicht. Ahnte er etwas? Sie fühlte sich wunderbar, wie von weichen, flauschigen Wolken durch die Luft getragen. Aber sie hatte auch ein schlechtes Gewissen. Unter normalen Umständen hätte sie sich mit Sicherheit niemals darauf eingelassen, ja, dessen war sie sicher. Auf dem Weg nach Hause hatte sie darüber nachgedacht. Aber sie lebte nicht unter normalen Umständen. Sie lebte mit einem Mann zusammen, den sie über alles liebte, der sie aber monatelang betrogen hatte. Und das vielleicht nicht zum ersten Mal. Vielleicht war das nur der einzige Betrug, den sie aufgedeckt hatte. Sie liebte ihn über alles, aber sie konnte seinen Betrug nicht vergessen. Und deswegen fühlte sie sich nicht wirklich schlecht. Nur ein bisschen. Sie hatte nichts getan, was er nicht auch getan hatte. Aber in ihrem Kopf überschlugen sich die Gedanken. Sie hatte Patrizia heute nachmittag all die Dinge gegeben, die sie ihm versagte, und das voller Lust und Leidenschaft.

»Vielleicht wirst du dich dran gewöhnen müssen«, sagte Daniel.

»Ach, daran könnte ich mich schon gewöhnen«, antwortete sie.

Er zog die rechte Augenbraue hoch, so wie er es immer tat, wenn er sich konzentrierte.

»Ja«, sagte sie. »Es tut schon sehr, sehr gut, weißt du? Ich meine, mir hat immer jeder gesagt, meine Bilder wären klasse, aber wenn so etwas von einem Menschen wie Patrizia kommt, ist das was ganz anderes. Sie hat Kunst studiert, sie besitzt diese Galerie und hat ständig mit Künstlern zu tun, sie hat einfach Ahnung. Und wenn so jemand um dich herumstreicht und dir immer wieder sagt, dass die Bilder fantastisch sind, die du da gemalt hast, dann ist das schon ein unglaublich gutes Gefühl.«

»Es tut dir gut«, sagte Daniel. »Das ist das Wichtigste. Du wirkst endlich mal wieder lebendig.«

»Ich wirke endlich mal wieder lebendig? Wie darf ich denn das verstehen?«

Daniel wurde rot.

»Ich meine nur ... ach lassen wir das.«

»Nein, jetzt möchte ich es wissen!«

Daniel beugte sich vor und zündete sich eine Zigarette an.

»Ach Liebling, du warst so – wie soll ich das sagen? Du warst im ganzen letzten Jahr von einer Traurigkeit begleitet, das kann man nicht wirklich beschreiben. Und ich mag das Thema auch nicht wieder aufwühlen, ich weiß ja, wer diese Traurigkeit verursacht hat. Aber es ist so. Und heute strahlst du so. Du wirkst glücklich. Ausgeglichen. Deine Augen leuchten. Und das freut mich.«

»Vielleicht wirke ich ja dann wieder attraktiv auf dich«, sagte Clarissa und ihre Miene verfinsterte sich unwillkürlich und ohne dass sie es wollte.

»Ich fand dich immer attraktiv.«

»Soso«, sagte sie. Sie erhob sich vom Sofa. »Ich gehe duschen.«

»Prima. Ich zünde den Kamin an und mache uns eine Flasche Wein auf, ist das in Ordnung?«

Sie nickte flüchtig im Vorbeigehen und lief nach oben, um zu duschen. Genüsslich ließ sie nur wenige Minuten später den heißen Strahl auf ihren Körper prasseln. Eigentlich wollte sie Patrizias Duft nicht abwaschen, aber es musste wohl sein. Gründlich rieb sie sich mit Duschgel ein und als sie die Brause abnahm um sich zwischen den Beinen abzubrausen, fühlte sie, dass sie immer noch leicht geschwollen war. Ja, sie hatte Sex gehabt. Leidenschaftlichen, wilden Sex. Mit einer Frau. Und besser als all das, was sie in den letzten Jahren erfahren hatte. Patrizia hatte sie begehrt, so wie Daniel sie früher begehrt hatte und sie fühlte sich befriedigt, so befriedigt wie Daniel es früher bei ihr hatte bewirken können. Vielleicht hatte er recht und sie wirkte wieder lebendig. Und das war eindeutig Patrizias Verdienst. In diesem Moment wurde ihr bewusst, welches Geschenk Patrizia ihr an diesem langen Nachmittag gemacht hatte. Sie fühlte sich plötzlich wieder als Frau. Nicht wie bisher, als Ehefrau und Mutter, sondern als Frau. Begehrt, leidenschaftlich geliebt. Sexy. Sie fühlte plötzlich ein Selbstvertrauen in sich aufsteigen wie sie es vielleicht mit 25 Jahren zum letzten Mal empfunden hatte.

Daniel starrte sie staunend an, als sie mit ihrem schwarzen Seidennachthemd und dem Satinmorgenmantel die Treppe herunterkam.

»Irgendetwas ist heute anders an dir«, sagte er.
»Ja«, sagte sie. »Ich trage ein Nachthemd.«
»Scherz doch nicht herum. Du weißt schon, was ich meine.«
»Nein, weiß ich nicht.«
Er streckte beide Arme aus.
»Bitte komm zu mir, Clarissa. Bitte setz dich auf meinen Schoß.«

Sie kam dieser Bitte nach, setzte sich auf seinen Schoß und schlang beide Arme um ihn, lehnte ihren Kopf an seine Wange. Wie früher sahen sie beide minutenlang in das prasselnde Kaminfeuer.

»Weißt du noch«, sagte er. »Als wir hier eingezogen sind? Als endlich alle Möbel an ihrem Platz standen, wir alles weggeräumt hatten, das Haus war geputzt! Und wir haben es uns zum ersten Mal hier vor dem Kamin gemütlich gemacht?«

»Ja«, sagte sie.

»Das weiß ich noch. Es war eine sehr glückliche Zeit in meinem Leben.«

»Wann habe ich dir das letzte Mal gesagt, dass du wunderschön bist?«, fragte er leise.

Sie wandte sich ab und setzte sich wieder ihm gegenüber. Vorbei war der Moment der Innigkeit. Sie hatte ihn beendet, mit einem radikalen Schnitt und es fühlte sich in ihrem Innersten gut an. Sie hatte so sehr gelitten wegen seiner Affäre und sie litt noch immer.

»Ich weiß nicht Daniel. In den letzten zwölf Monaten? Hier und da mal. In den Jahren davor? Ab und zu. In unseren ersten fünf Jahren hast du es mir mindestens einmal die Woche gesagt.«

Daniel senkte den Kopf.

»Warum bestrafst du mich immer noch?.«

» Leider ist nicht alles in Ordnung, Daniel, auch wenn ich es mir wünschen würde.«

»Aber ich würde dich so gerne zurückerobern. Ich liebe dich wirklich Clarissa, über alles. Musst du mich weiter für meinen Fehler bestrafen?«

Clarissa beugte sich nach vorne und sah ihm ins Gesicht.

»Du denkst, ich bestrafe dich?«

Er nickte und sah sie sehr ernst an.

»Ich bestrafe dich nicht Daniel. Oder ich will es zumindest nicht, aber ich spüre auch, dass ich Dinge sage, durch die du dich bestraft fühlst. Aber ich will dich nicht bestrafen. Ich habe ein Problem.«

»Dann sag mir, welches Problem du hast, lass uns drüber reden.«

Sie starrte zu Boden.

»Clarissa, ich will meine Frau wieder haben! Ich will wieder eine richtige Ehe führen. Und das will ich mit dir. Ich weiß dass ich einen furchtbaren Fehler gemacht habe und dass der kaum wieder gutzumachen ist. Ich hasse mich so sehr dafür und ich will doch alles versuchen, damit alles wieder so wird wie früher.«

»Wie früher möchte ich gar nichts mehr haben, Daniel. Mir ist heute bewusst dass auch ich irgendwie abgeschaltet hatte in den letzten Jahren als ich von dir nicht mehr bekam was ich mir wünschte.«

»Was habe ich falsch gemacht in den letzten Jahren?«, fragte Daniel, und er wirkte wirklich verzweifelt. Sie liebte ihn. Sie liebte ihn so sehr. Aber er fehlte ihr. Der Daniel, den sie kennengelernt hatte, der Daniel, der er früher mal gewesen war, der fehlte ihr. Sicher, Menschen veränderten sich im Laufe der Jahre. Aber er war so voller Lebenslust und Leidenschaft gewesen, das konnte doch nicht alles in seinem Beruf untergegangen sein?

»Daniel, du hast mich als Frau kaum noch wahrgenommen in den letzten Jahren. Ich habe hier als Mutti funktioniert und du als Vati. Ich hatte meinen Haushalt und die Kinder und du deinen Job. Einmal in der Woche hatten wir Sex und der dauerte sieben Minuten im Durchschnitt. Weißt du was ich vermisse?«

»Ich kann es mir denken. Aber Liebling, es ist doch völlig normal, dass Dinge sich einspielen im Laufe der Jahre.«

»Daniel, sich aufeinander einspielen, ist etwas anderes als das Interesse verlieren. Ich vermisse den Daniel, der früher stundenlang mit meinem Körper spielen konnte. Der interessiert genug war um alles Mögliche auszuprobieren. Ich vermisse den Daniel, der es nicht erwarten konnte, wenn ich aus der Dusche kam, bei dem ich mich nicht bücken konnte um etwas aufzuheben, was mir runtergefallen war. Ich vermisse den Daniel, der mir früher immer das Gefühl gegeben hat, dass es für ihn nichts Aufregenderes gibt als meinen Körper. Diesen Daniel vermisse ich.«

Er antwortete nicht.

»Stattdessen hatte ich in den letzten Jahren einen Daniel, der sich abends neben mich ins Bett gelegt hat und lieber ein Buch gelesen oder noch eine Zigarette geraucht hat. Der lieber in den laufenden Fernseher gestarrt hat, statt sich mir zuzuwenden. Der sich öfter mal schlafend gestellt hat, wenn ich mich angekuschelt habe und höchstens einmal pro Woche erfreut reagiert hat, wenn ich ihn angefasst habe. Ich habe seit Jahren einen Daniel, der völlig mechanisch meine Brüste und meine Muschi begrapscht, um sich dann auf mich zu legen und es mir innerhalb von vier Minuten zu besorgen.«

»Ich wusste nicht, dass du so unzufrieden bist«, sagte Daniel. »Aber du hast recht, so wie du das beschreibst ... wenn du es wirklich so empfindest, dann ist das kein Zustand.«

»Richtig«, sagte Clarissa. »Und vielleicht hätte ich auch allen Grund gehabt fremdzugehen. Aber nach all den Jahren mechanischer Grapscherei und einmal Sex pro Woche! Nach all den Jahren, in denen ich äußerst selten mal ein Kompliment aus deinem Mund gehört habe! Nach all den Jahren in denen ich wirklich nächtelang neben dir gelegen habe, mich nach dir gesehnt habe, nach der Leidenschaft, die du verloren hast! Nächte in denen ich mich gefragt habe, was für dich schlimmer ist: Dass man meinem Körper die zwei Kinder ansieht, die ich bekommen habe oder dass ich nicht mehr zwanzig bin? Weißt du überhaupt wie unattraktiv ich mir oft vorkam? Und dann gehst du fremd! Nicht nur einmal, nein.«

Daniel verzog schmerzhaft das Gesicht und wandte sich ab.

»Ja«, sagte Clarissa. »Hör dir das ruhig an. Nach solchen Zweifeln, die mich quälen, ziehst du los und suchst dir eine Geliebte, gehst fremd, nicht nur einmal, sondern über Monate hinweg, tauscht Liebesgeflüster aus. Dinge, die du mir schon lange nicht mehr gesagt hast, sagst du einer Anderen. Aufmerksamkeit, die du mir schon seit Jahren nicht mehr geschenkt hast, schenkst du einer Anderen. Leidenschaft, die ich vermisst habe, ist plötzlich wieder da, aber leider empfindest du diese Leidenschaft für eine andere Frau. Weißt du eigentlich wie weh mir das tut? Noch immer?«

Daniel schluckte, wurde rot und starrte wieder in die Flammen. Das Thema war ihm unangenehm, keine Frage.

»Es ist mir klar, dass sich die Sexualität verändert, wenn man achtzehn Jahre zusammen ist. Aber dass das Spielen mit dem Körper des anderen aufhört, die Leidenschaft die einen dazu treibt, dem anderen die Klamotten vom Körper zu reißen ... ich weiß nicht Daniel, ich glaube nicht, dass das normal ist.«

»Clarissa, du weißt, ich gehöre nicht zu den Männern, die von sich glauben, fehlerlos zu sein und vor allem der Größte im Bett. Ich weiß auch nicht was passiert ist, die Gewohnheit hat sich wohl eingeschlichen. Das hätten wir nicht zulassen dürfen. Aber glaub mir, ich habe dich nicht betrogen, weil ich dich unattraktiv fand oder langweilig, es war wohl wirklich reine Eitelkeit.«

»Es hat mir das Herz zerrissen«, sagte sie leise. »Und ich werde diese Bilder nicht los. Ich habe sie im Kopf. Nachts, wenn ich versuche einzuschlafen, sehe ich dich vor mir, wie du es mit einer anderen Frau treibst. Wenn ich aufwache, sehe ich diese Bilder vor mir. Ich werde sie einfach nicht los. Es zerreißt mich innerlich. Wir reden viel zu oft drüber, das macht es auch nicht besser. Aber ich kann einfach nicht vergessen, was ich mit meinen eigenen Augen gesehen habe.«

»Es tut mir so leid«, sagte er.

»Das sagtest du schon.«

»Was soll ich denn sonst sagen?«

Clarissa zuckte mit den Schultern.

»Ich habe keine Ahnung, Daniel. Ich wollte dir nur endlich einmal sagen, was mir eigentlich so weh tut. Du glaubst, du hast zu Hause nichts mehr geboten bekommen und fühltest dich vielleicht dadurch im Recht, als du fremdgegangen bist. Bist ja nur ein Mann, brauchst das ja, nicht wahr?«

Daniel nippte nervös an seinem Glas.

»So denkt ihr Männer doch, oder? Die Frau ist irgendwie lustlos geworden, aber man ist ja ein Mann und braucht eben seine Befriedigung. Und nicht nur das. Man sehnt sich nach Liebe, nicht wahr?«

Er nickte.

»Ja, ich hatte meine Sehnsüchte und ja, du hast recht, sie wurden mir nicht erfüllt. Ich wusste immer, dass du mich liebst, Clarissa. Aber ich hatte meine Sehnsüchte, ja!«

»Siehst du Daniel, ich habe mich auch danach gesehnt, nach den gleichen Dingen wie du. Und ich fühlte mich unattraktiv! Ich dachte, es liegt an mir. Ich dachte, ich reize dich nicht mehr. Ich dachte, ich gefalle dir nicht mehr. Ich habe mich so angestrengt, ich habe Kleider angezogen von denen ich wusste, dass du sie magst, ich habe mich so frisiert wie du es mochtest. Ich habe auch sonst versucht, so zu funktionieren, wie du es haben möchtest. Und trotzdem habe ich all das nicht bekommen, wonach ich mich gesehnt habe. Und dann gehst du fremd. Es war wie ein harter Schlag mitten ins Gesicht.«

»Clarissa, ich habe das nie so gesehen, ich dachte immer, dass du keine großen Ansprüche hast, dass du glücklich und zufrieden bist mit deinem Leben und so wie es läuft ...«

»Das war ich auch. Nur im Bett hätte es besser laufen können, da habe ich auch Mangel gelitten, genau wie du. Und auch sonst hatte ich jahrelang hier das Gefühl, einfach nur funktionieren zu müssen, Gewohnheit geworden zu sein. Weißt du Daniel, woanders hingehen und etwas Neues erobern und entdecken, und dabei leidenschaftlich sein, das ist echt nichts Schweres. Und es ist kein Beweis dafür, dass bei mir was nachgelassen hat. Wenn du von mir Leidenschaft erwartest, musst du sie auch selbst übrig haben. Ich dachte immer, du bist müde und dann habe ich Rücksicht genommen, das habe ich dir schon so oft gesagt. Du arbeitest viel und ich dachte lange, dass es nicht an mir liegt. Aber irgendwann habe ich angefangen, mich selbst im Spiegel zu betrachten und mir zu überlegen, warum ich dir eigentlich nicht mehr gefalle.«

Clarissa erhob sich.

»Wohin gehst du jetzt?«

»Ich gehe ins Bett.«

»Jetzt schon? Es ist gerade mal neun Uhr! Ich habe extra den Kamin angezündet, Wein aufgemacht, ich dachte wir könnten...«

»Wir könnten was?«, fragte Clarissa.

Stolz wirkte sie plötzlich, so stolz, wie sie da stand in ihrem feinen, weich fließenden Nachthemd. Die Seide raschelte und die Spitzeneinsätze des Nachthemdes schmeichelten ihrer Haut. Der Satinmorgenmantel war ihr rechts über den Oberarm nach unten gerutscht und gab ihre Schulter frei.

»Du bist so schön«, sagte Daniel plötzlich, und er sah sie voller ehrlicher Bewunderung an. » Du bist heute viel attraktiver als du es mit zwanzig warst, weil du heute eine reife Frau bist, eine Frau mit Lebenserfahrung, kein kleines Mädchen mehr. Das verleiht dir etwas Besonderes. Und du kannst mit jeder dreißigjährigen Frau mithalten, niemand würde dich auf dein wahres Alter schätzen, und vierzig ist für eine Frau heutzutage sowieso kein Alter!«

Erneut streckte er die Arme nach ihr aus und sie ließ sich erweichen, ließ sich auf seinen Schoß fallen und schmiegte sich an ihn.

»Ich bin ein Esel«, sagte er. » Bitte gib mir doch eine Chance, das alles wieder gut zu machen.«

Sie küsste ihn. Zum ersten Mal seit über einem Jahr küsste sie ihn, spielte mit ihrer Zungenspitze an seiner Zunge und sie spürte, wie sich unter ihr seine Männlichkeit regte. Ein wenig erschrak sie. Wollte sie das? Ja, das wollte sie. Sie hatte an diesem Tag schon Sex gehabt und das hatte ihr wieder Selbstvertrauen gegeben. Nun wollte sie Daniel. Den Mann, den sie trotz allem noch immer über alles liebte, und den aufzugeben, sie nicht bereit war. Vielleicht hatte Patrizia ihr mit ihrem Begehren, mit ihrer Leidenschaft, die nötige Selbstsicherheit dafür gegeben, das konnte sie nicht beurteilen. Aber zum ersten Mal seit Jahren fühlte sie sich wieder sexy, aufregend, anziehend. Das machte ihr Lust. Sie stand auf und verschloss die Wohnzimmertür, nur für den Fall, dass die Kinder sich noch mal herunter schleichen würden. Sie hob ihr Nachthemd, zerrte an seiner Jeans und setzte sich auf ihn, rieb sich an seinem erigierten Penis. Daniel stöhnte und warf den Kopf in den Nacken.

»Weißt du noch, wie oft wir es auf diese Art gemacht haben?«, neckte sie ihn. »Weißt du noch, früher, als wir keine Gelegenheit auslassen konnten und oft sogar die Klamotten anbehalten haben?«

»Wie könnte ich das vergessen«, stöhnte er. Sie spreizte ihre Scham mit den Fingern und ließ ihn in sich eindringen.

»Wow«, stöhnte er. Clarissa ritt ihn, zum ersten Mal seit langer Zeit. Aber es hatte sich etwas verändert. Zum ersten Mal ritt sie ihn um sich selbst zu befriedigen und nicht, um es ihm recht zu machen. Ja, sie dachte nur an sich, rieb sich an ihm, ließ ihn sich tief in sie hineinbohren und bewegte ihre Hüften so wie es ihr angenehm war. Ohne dabei darüber nachzudenken, ob er auf diese Art auch auf seine Kosten kommen würde. Aber offensichtlich hatte er seinen Spaß, denn er stöhnte erregt. Er wurde immer lauter, bis er sie schließlich mit beiden Armen fest umschlang, sie an sich presste und sich ihr hart entgegen schob. Clarissa stieß einen tiefen Seufzer aus und ließ ihren Kopf auf seine Schulter sinken.

»Oh mein Gott«, sagte er. »Das war so schön.«

Sie umschlang ihn mit beiden Armen und lehnte ihren Kopf an seine Schulter. Minutenlang verharrten sie so, schweigend, den Moment genießend.

»Wunderschön«, sagte Daniel schließlich wieder.

Er schien regelrecht fassungslos zu sein.

»Ja«, sagte sie. Und sie stieg von ihm ab, um sich wieder auf das Sofa ihm gegenüber zu setzen.

»Du hast mich eben sehr glücklich gemacht«, sagte er.

Sie sah ihn lange an, bevor sie etwas erwiderte.

»Du mich auch«, sagte sie schließlich. »Das war eben wieder so leidenschaftlich, wie ich es von dir aus früheren Zeiten gewohnt bin.«

»Aber du hast doch....«

»Ja«, sagte sie. »Aber du hast auf mich reagiert. Und zwar so, wie ich es von früher kannte.«

Sie lächelte und legte ihre Füße auf das Sofa.
»Und jetzt darfst du mir ein Glas Rotwein einschenken«, sagte sie. »Vielleicht bleibe ich doch noch ein wenig wach.«

## -9-

Am Sonntag darauf erwachte Clarissa aus einem leichten, traumlosen Schlaf. Sie hüpfte nervös unter die Dusche und ging, nur mit ihrem Bademantel bekleidet, in die Küche, um das Frühstück zu machen. Es war acht Uhr. Ihre Ausstellung würde um zehn Uhr beginnen. Mit fahrigen Händen bereitete sie Rührerei für die ganze Familie zu. Sie briet ein paar Scheiben Speck, legte Brötchen zum Aufbacken in den Backofen und deckte den Tisch, während die Kaffeemaschine die letzten Seufzer von sich gab. Dann weckte sie ihre Familie. Daniel war bereits wach und kroch sofort aus dem Bett. Damian und Charlotte brauchten mehrere Aufforderungen. Als Clarissa schließlich um halb zehn, bekleidet mit einem neuen Kostüm, das sie sich extra für diesen Anlass gekauft hatte, fertig zurechtgemacht im Flur stand und Daniel nur noch sein Jackett überwarf, stellte sich heraus, dass die Kinder keine große Lust verspürten, sich die Ausstellung ihrer Mutter anzuschauen.

»Das ist sehr respektlos von euch«, sagte Daniel vorwurfsvoll.

»Für eure Mutter ist das ein wirklich großer Tag!«

»Ach Mum, bist du wirklich böse?«, fragte Damian. »Ich kenne doch deine Bilder und ich habe einfach keine Lust! Heute ist Sonntag, es wird den ganzen Tag gute Filme im Fernsehen geben und ich mag nicht zwischen lauter Kunstfuzzies rumstehen, das sind bestimmt komische Leute!«

»Schon gut«, sagte Clarissa.

Sie war leicht gereizt. Nicht nur wegen ihrer Nervosität, die sie schon während der ganzen letzten Tage begleitet hatte, sondern auch, weil sie enttäuscht vom Verhalten ihrer Kinder war. Sicher, sie wusste auch, dass die beiden nicht viel mit ihren Bildern anfangen konnten. Aber sie hatte unglaublich viele Fußballspiele besucht, weil ihr Sohn mitgespielt hatte, obwohl sie Fußball hasste. Mehrere Theateraufführungen der Schule, in denen Charlotte mitgewirkt hatte. Sie ging auf jeden Elternabend, auf jede lächerliche Veranstaltung der Schule und ihren Kindern war es zu viel, sie auf ihre erste Ausstellung zu begleiten? Nun gut, vielleicht war der Vergleich ein wenig ungerecht. Wahrscheinlich war es normal, sie nabelten sich langsam ab. Wäre ein solches Ereignis zehn Jahre später eingetreten, nachdem die beiden längst die Pubertät hinter sich hatten, wären sie vielleicht stolz auf sie gewesen und hätten sie schon alleine deswegen begleitet. Vielleicht konnte man das in diesem Alter, in dem sie sich jetzt befanden, nicht erwarten. Trotzdem bemerkte Clarissa, nicht zum ersten Mal in letzter Zeit, dass sie mehr an sich denken musste, statt immer kompromisslos alles für den Rest der Familie zu tun. Vielleicht sollte sie sich einfach auch mal ausklinken, bei passender Gelegenheit.

»Clarissa, ich finde nicht, dass wir die beiden jetzt schonen sollten«, sagte Daniel. »Ich bestehe darauf, dass sie uns begleiten. Es ist deine erste Ausstellung!«

»Ich bestehe nicht drauf«, sagte Clarissa. »Es wird sicher mal wieder eine Theateraufführung geben oder ein Fußballspiel, da wird mein Platz auch leer bleiben.«

Sie lief nach draußen und kümmerte sich nicht mehr darum ob die Kinder nun mit wollten oder nicht. Daniel blieb unschlüssig stehen.

»Das ist sehr verletzend für eure Mutter«, sagte er zu Charlotte.

»Ach«, sagte Charlotte gelassen. »Mum versteht das.«

»Seid ihr tatsächlich dieser Meinung?«, fragte Daniel. »Dass eure Mutter alles versteht und alles verzeiht?«

Damian nickte.

»Alles vielleicht nicht, aber solche Sachen schon«, sagte er und lief schulterzuckend nach oben in sein Zimmer.

Daniel verließ nachdenklich das Haus und folgte seiner Frau zum Auto. Patrizia hatte darauf bestanden, dass Clarissa pünktlich zum Beginn der Ausstellung anwesend sein sollte. Sie schafften es gerade noch um fünf Minuten vor zehn Uhr, die Galerie zu betreten. Clarissa stellte ihr Daniel als ihren Mann vor und Daniel reichte Patrizia mit seinem schönsten Lächeln im Gesicht die Hand. Sie konnte nicht anders, sie musterte Patrizia ganz genau. Es hatte nichts mit Daniel zu tun. Patrizia war eine tolle Frau und sie hatte sie gehabt. Oder sich von ihr nehmen lassen, wie auch immer man das sehen mochte. An diesem Tag trug sie einen schwarzen Hosenanzug, der mit Sicherheit von einem teuren Designer stammte, denn er saß einwandfrei, wirkte schlicht, aber sehr edel und stand ihr ausgezeichnet. Wie immer hatte sie ihre wilden Locken im Nacken zu einem lockeren Zopf gebunden. Aber ein paar Strähnen hingen lasziv an der rechten Seite ihrer Stirn herunter und sie sah umwerfend aus. Während Daniel sich mit einem Sektglas in der Hand durch den riesigen Raum bewegte und sich die Bilder seiner Frau in diesem völlig anderen Umfeld anschaute, stieß Patrizia mit Clarissa an.

»Auf dich«, sagte sie, und konnte es sich nicht verkneifen, unter dem hohen Bistrotisch, an dem sie beide standen, nach ihrer Hand zu greifen und sie leicht zu streicheln. Clarissa lächelte und zog, mit einem kurzen Seitenblick auf ihren Mann, ihre Hand zurück.

»Er wirkt sympathisch«, sagte Patrizia. »Gar nicht wie einer der seine Frau bescheißt.«

Clarissa lächelte.

»Na und, ich wirke doch auch nicht wie eine, die ihren Mann bescheißt, oder?«

Patrizia grinste und tätschelte ihre Hand.

»Nein. Aber ich bin froh, dass du es getan hast. Wann sehen wir uns wieder? Alleine meine ich?«

Ein sehnsuchtsvoller Blick traf Clarissa und augenblicklich straffte sich ihre Körperhaltung. Ja, diese Frau gab ihr etwas. Nicht nur die Möglichkeit, ihre Bilder auszustellen, es war so viel mehr und es ging um Dinge die noch viel wichtiger waren als ihre Bilder. Sie gab ihr das Gefühl, sehnsüchtig begehrt zu werden. Es stärkte ihr Selbstbewusstsein auf eine Art, dass sie jetzt schon, wenige Tage nach ihrem ersten Liebeserlebnis mit Patrizia bemerkte, wie positiv sich das Ganze auf sie auswirkte. Jahrelang hatte sie sich, ohne es selbst wirklich zu merken, immer schwächer gefühlt. Immer grauer, und zu der Zeit, als sie Daniel auf die Schliche gekommen war, hatte sie schon seit Längerem das Gefühl gehabt, eine kleine graue Maus zu sein. Aber Patrizia hatte ihr gezeigt, dass sie das nicht war, ganz im Gegenteil. Ja, sie tat ihr unglaublich gut. Ihre Blicke waren unglaublich sehnsüchtig und sie fühlte, Patrizia hätte alles stehen und liegen lassen für ein paar ruhige, unbeobachtete Minuten mit ihr.

»Wann immer du möchtest«, sagte Clarissa lächelnd.

»Morgen«, sagte Patrizia. Sie seufzte und bedachte Clarissa mit einem sehnsüchtigen Blick. »Bitte morgen, ja?«

»In Ordnung.«

In diesem Moment kam Daniel wieder auf sie zu.

»Kompliment, Liebling«, sagte er, und küsste Clarissa auf die Wange. »Deine Bilder sind großartig.«

»Ich hoffe, das ist Ihnen früher auch schon aufgefallen«, sagte Patrizia. »Übrigens hätte ich nichts dagegen wenn wir uns duzen, mit Clarissa duze ich mich ja auch.«

Daniel nickte. »Fein.« Er räusperte sich. »Und natürlich ist mir aufgefallen, dass die Bilder großartig sind, aber sie wirkten ja zu Hause eigentlich kaum. Clarissa hielt sie oben in ihrem Zimmer praktisch unter Verschluss, hat sie gemalt und an die Wand gelehnt und irgendwann das Nächste dazu gestellt. Hier wirkt das ganz anders, jetzt sind sie gerahmt, sie haben eine tolle Anordnung gefunden und ich bin ziemlich beeindruckt.«

»Das ist schön«, sagte Patrizia. »Sie sind nämlich wirklich ausgezeichnet.«

In diesem Moment betraten zwei Frauen die Galerie, beide etwa Anfang dreißig, eine von ihnen mit Aktentasche und eine andere mit einer sehr teuer wirkenden Kamera um den Hals.

»Oh, die Presse«, sagte Patrizia und lief strahlend auf die beiden Frauen zu, um sie zu begrüßen.

»Presse?«, wiederholte Clarissa und sie wirkte im ersten Moment ein wenig erschrocken. Patrizia hingegen wirkte locker und entspannt. Sie plauderte mit den Frauen und stellte sie Clarissa vor. Während die eine ein Foto nach dem anderen knipste, kramte die andere aus ihrer Aktentasche einen Block hervor, und begann, Clarissa ein paar Fragen zu ihren Bildern zu stellen.

»Siehst du«, sagte Patrizia eine halbe Stunde später. »Jetzt hast du sogar schon ein Interview gegeben. Ich rechne mit noch etwas mehr Presse. Morgen solltest du dir jedenfalls die Rundschau kaufen. Außerdem solltest du in der nächsten Zeit ein wenig nach den kostenlosen Ausgaben schauen, die jede Woche in den Briefkästen landen oder die man in den Geschäften mitnehmen kann.«

Clarissa nickte.

»Rundschau und kostenlose Zeitungen?«, fragte Daniel. »Ist das nicht ein bisschen wenig?«

Patrizia grinste. »Daniel, deine Frau malt zwar großartige Bilder, aber noch ist sie unbekannt. Da muss man froh sein, wenn überhaupt Presse kommt.«

»Aber sie ist doch eine regionale Künstlerin, da sollte sich doch die gesamte regionale Presse dafür interessieren!«

»Ach«, sagte Patrizia. »Es klingt vielleicht desillusionierend, aber man kann froh sein, wenn von zehn Journalisten, die man zu einem Event einlädt, wenigstens einer kommt. Was die schreiben, erfahren sie meist durch Nachrichtenagenturen und was regionale Events betrifft – nun ja, da will keiner was über jemanden schreiben, der sich noch keinen Namen gemacht hat. Wenn man sich erst mal einen Namen gemacht hat, rennen sie einem die Bude ein. Ich schwöre dir, ich hab noch nie so viel Schleimerei erlebt wie von Presseleuten, wenn sie unbedingt ein Interview mit jemandem haben möchten, der bereits bekannt ist. Es ist illusorisch zu glauben, sie interessieren sich für dich, wenn du keinen großen Namen hast.«

»Aha«, sagte Daniel. »Na, dann wollen wir mal hoffen, dass sich heute noch ein paar Gäste hierher verirren.«

»Ich habe mein Bestes getan«, sagte Patrizia und warf selbstbewusst ihren Kopf in den Nacken. »Ich habe die örtliche Presse informiert und zahlreiche persönliche Einladungen rausgeschickt. Das Event ist auch auf meiner Homepage eingetragen und natürlich in den Veranstaltungskalendern von Frankfurt. Zu Ausstellungen kommen die Leute immer nur vereinzelt und meist ohnehin erst am Nachmittag.«

Clarissa langweilte sich trotz Patrizias guter Laune und Zuversicht grässlich. Es war ihr peinlich, auf ihrer eigenen Ausstellung zu stehen, ganz alleine mit ihrer Galeristin und ihrem Ehemann. In diesem Moment war sie recht froh, dass die Kinder nicht hatten mitgehen wollen. Wahrscheinlich hätten sie sie tagelang damit aufgezogen, dass sie Bilder gemalt hatte, die keiner sehen wollte. Die Kinder verhielten sich oft so bissig und gedankenlos, und wahrscheinlich war das normal in ihrem Alter. Trotzdem war es oft verletzend.

Nacheinander trudelten auch ihre wenigen, aber langjährigen Freunde in der Galerie ein, sahen sich um, gratulierten ihr zur Ausstellung und gingen aber auch recht schnell wieder. Clarissa hatte nichts anderes erwartet. Ihre Freunde fanden ihre Bilder alle miteinander sehr gut und einige von ihnen hatten auch das eine oder andere Bild zu Hause, das Clarissa gemalt hatte. Aber sie gingen sonst nicht auf Ausstellungen und hierher waren sie nur ihr zuliebe kommen. Nur Anja blieb etwas länger und ignorierte ihren zappeligen Freund Eric tapfer, der offensichtlich nichts lieber wollte, als diese Ausstellung wieder verlassen zu dürfen. Clarissa fühlte sich ein wenig unangenehm berührt. Sicher, sie war ihren Freunden dankbar für deren Erscheinen. Aber sie hatte eigentlich eher darauf spekuliert, dass sich Menschen auf dieser Ausstellung sehen ließen, die sie nicht kannte. Menschen, die aufgrund von Patrizias Werbung erschienen. Menschen, die aus Interesse kamen und nicht, weil sie mit ihr befreundet waren. Aber Patrizia behielt mit ihren Prognosen recht. Tatsächlich trafen ab dem frühen Nachmittag vereinzelte Gäste ein, die von Patrizia alle mit einem Glas Sekt persönlich begrüßt wurden und sich sehr intensiv mit den ausgestellten Bildern befassten. Clarissa reagierte zunächst ein wenig scheu, wenn jemand auf sie zutrat und ihr ein paar Fragen stellte. Aber sehr schnell merkte sie, dass es fast immer die gleichen Fragen waren. Vor allen Dingen hörte sie mit der Zeit so viele Komplimente, dass sie manchmal das Gefühl hatte, nach Daniels Hand greifen zu müssen, damit er sich neben ihr nicht schlecht fühlte. Aber sie ergriff seine Hand nicht, denn irgendwann im Laufe des Nachmittags wurde ihr auch klar, dass sie diese Position mochte. Sie war für die Menschen interessant. Ein schönes Gefühl. Sie spürte, dass sie gerade dabei war, sich selbst wieder wichtig zu werden.

Immer hatte sie hinter Daniel gestanden, ihn zu allen möglichen Anlässen begleitet und immer war sie die nette, liebe Ehefrau gewesen. Das, und nichts Anderes. Jetzt war sie einmal selbst die interessante Person. Und es fühlte sich verdammt gut an für sich selbst festzustellen, dass man etwas geschaffen hatte. Dass man auch noch etwas anderes war als die Ehefrau von Daniel Ostermann, auch wenn sie bis vor einiger Zeit in dieser Rolle glücklich und zufrieden gewesen war. Aber Daniel zeigte sich von seiner besten Seite. Er lächelte, blieb ruhig und freundlich und nach einer Weile stellte sie erleichtert fest, dass er sich keineswegs vernachlässigt fühlte. Ganz im Gegenteil, sogar sehr stolz auf sie war und es durchaus genoss, zu sehen, dass seine Frau im Mittelpunkt stand. Es waren zwar nicht viele Gäste zu der Ausstellung gekommen. Jedoch handelte es sich durchweg um niveauvolle Menschen, die starkes Interesse an den Bildern zeigten. Menschen, von denen Patrizia behauptete, es handele sich um ein handverlesenes Publikum, das sich aus ihren Stammkunden zusammensetzte. Stammkunden, die mit Sicherheit mit Freunden und Bekannten über diese Ausstellung sprechen würden. Gegen achtzehn Uhr beendete Patrizia die Veranstaltung und beglückwünschte Clarissa zu dem erfolgreichen Verkauf von immerhin vier Bildern.

»Das ist unglaublich viel für eine unbekannte Malerin«, sagte sie.

»Zu welchem Preis wurden die Bilder denn verkauft?«, fragte Clarissa arglos.

»Für fünfhundert Euro pro Stück meine Liebe«, sagte Patrizia.

»Ist nicht wahr!«, staunte Clarissa.

»Doch.« Patrizia lachte. »Wirkliche Kunst hat einen Preis und dieser war eigentlich noch viel zu gering. Die Ausstellung läuft noch eine Woche, danach werden die Bilder abgeholt, bezahlt und ich kann dir einen Scheck geben.«

Sie grinste und lief dann quer durch den Raum um unter diverse Bilder einen roten Punkt zu kleben, was so viel wie »verkauft« bedeutete.

»Und was bringt das Ganze jetzt für dich, wenn ich mal fragen darf?«

Daniels Stimme klang tief und geschäftsmäßig, und er sah Patrizia fest in die Augen. Klar, er war ja auch Geschäftsmann. Patrizias Mundwinkel verzogen sich zu einem leicht spöttischen Lächeln.

»Ein paar nette Prozente vom Verkaufspreis«, sagte Clarissa. »Ich habe übrigens den unterzeichneten Vertrag dabei.«

»Prima«, antwortete Patrizia.

Daniel lächelte und lief noch einmal die Runde in der Galerie um noch einmal einen Blick auf die Bilder seiner Frau zu werfen.

»Bitte besuch mich morgen«, flüsterte Patrizia Clarissa ins Ohr. »Ich halte es kaum noch aus, ich sehne mich so sehr nach dir.«

»Ich komme am Nachmittag, ist das in Ordnung?«

Patrizia nickte.

»Du hast meine Handynummer, ruf mich vorher kurz an.«

## -10-

Wenige Stunden später lag Clarissa erschöpft, aber überglücklich im Bett. Daniel hatte sie kurz entschlossen noch zum Essen ausgeführt und nach dem Essen hatte sie gemerkt, wie müde sie war. Ihre Beine fühlten sich an wie Blei, das kam wohl vom stundenlangen Herumstehen an diesem Sonntag. Daniel ging es ähnlich, denn er ließ sich mit einem langen Seufzer neben sie fallen. Er roch so gut. So sauber. Frisch geduscht, noch feucht hatte er sich neben ihr niedergelassen. Sie benutzten beide ein billiges Duschgel, aber dies aus Überzeugung. Es roch fantastisch, so frisch und sportlich und speziell an Daniel mochte sie diesen Geruch von Sauberkeit und Frische, der sich mit seinem eigenen Körpergeruch vermischte. Aber was sie noch mehr mochte, als den frischen, sauberen Geruch ihres Mannes, war der Blick, mit dem er sie ansah. Das Begehren war in Daniels Augen aufgeflammt, es war ihr bereits am Nachmittag aufgefallen. Später beim Essen erneut und jetzt, wo er neben ihr im Bett lag, hatte er wieder diese glänzenden Augen, die sie zu verschlingen schienen. Ohne große Worte zu machen, zog er sie zu sich heran, legte sich halb über sie und küsste sie leidenschaftlich.

Clarissa stöhnte auf.

Ja, das war er wieder, der leidenschaftliche Daniel, wie sie ihn kannte und vermisst hatte. Deswegen wehrte sie sich auch nicht als er sich über sie schob, ihr den Slip vom Körper riss und in sie eindrang. Ohne Vorspiel. Das musste auch nicht sein. Clarissa war so erregt von seinen Blicken und von seinem leidenschaftlichen Kuss, dass sie in diesem Moment nur eines wollte: Seinen Schwanz tief in sich spüren, seinen harten Oberkörper dabei streicheln zu können oder ihre Hände in seinen festen Po zu krallen. Sie presste sich ihm entgegen, schlang ihre Beine um seine Hüften und gab sich mit geschlossenen Augen seinen Stößen hin, die zunächst etwas sanfter waren, dann aber recht schnell sehr heftig wurden. Es dauerte nicht sehr lange, Daniel war so erregt, dass er sich nicht lange beherrschen konnte, aber genau das liebte Clarissa. Sie legte zwar meistens Wert auf ein ausgedehntes Liebesspiel, aber kurzer, dafür wilder, leidenschaftlicher Sex, das hatte etwas Animalisches an sich. Das übte eine Faszination auf Clarissa aus, der sie sich nicht entziehen konnte. Daniel stöhnte laut auf und sie fühlte seinen Penis zucken. Sie spürte das wohlige Pochen tief in sich selbst und drängte ihm noch mehr entgegen um ihn noch tiefer in sich hineinzupressen. Erschöpft ließ er schließlich von ihr ab und legte sich schwer atmend auf den Rücken.

»Liebling«, sagte er. »Ich bin fassungslos.«

Sie lachte.

»Ja, ich bin fassungslos. Es ist wunderbar mit dir. Und momentan habe ich sowieso das Bedürfnis, dich ständig zu vögeln, morgens, mittags, abends, nachts und dazwischen auch.«

»Klar, wir hatten ja auch lange nicht ...«

»Das meine ich nicht. Das meine ich überhaupt nicht. Du bist es. Du ganz alleine.«

Er drehte sich zu ihr um.

»Ich möchte diesen wunderbaren Moment nicht zerstören, Clarissa, aber ich sage es trotzdem. Einiges hat mir die Augen geöffnet. Glaub mir. Ich werde dir nie wieder wehtun.«

Sie quälte sich ein Lächeln heraus. Er hatte den wunderbaren Moment nicht zerstören wollen, aber trampelig wie er manchmal war, hatte er mit diesen Worten leider genau das erreicht. Aber es war längst nicht mehr so schmerzhaft, das musste sie sich eingestehen. Und das lag nicht nur daran, dass es inzwischen wieder klappte mit dem Sex und dass sie wieder etwas dabei empfand. Es hatte auch mit Patrizia zu tun und mit dem Selbstwertgefühl, das seit einigen Tagen unaufhörlich in ihr wuchs. Wie auch immer, es tat ihr gut. Patrizia tat ihr gut. Ihre Ausstellung und das Gefühl, so viel Geld für ihre Bilder zu bekommen, tat ihr gut. Der Sex mit Daniel tat endlich auch wieder gut. Sie küsste ihn und drehte sich auf die Seite. Daniel drehte sich auch um und schlang dabei seinen rechten Arm um ihre Taille. Ja, das war fast schon wie früher. Wenn er im Halbschlaf seinen Arm um sie schlang, fühlte sie sich sicher, behütet, umsorgt, beschützt. Sie liebte dieses Gefühl.

Pfeifend stand Daniel am nächsten Morgen auf und ebenso pfeifend ging er unter die Dusche. Clarissa lag noch für einen Moment im Bett und genoss die Geräusche, die ein fröhlicher Daniel eigentlich immer von sich gab. Geräusche, die sie aber so lange schon nicht mehr gehört hatte. Schließlich riss sie sich zusammen, warf sich ihren Bademantel über, begab sich nach unten in die Küche und bereitete Frühstück zu. Um halb sieben weckte sie die Kinder und setzte sich schließlich an den Tisch, um ihre langsam eintrudelnden, am frühen Morgen noch etwas missgelaunten, Familienmitglieder zu begrüßen. Nur Daniel setzte sich fröhlich, mit einem Lächeln auf den Lippen, an den Tisch.

Damian blickte zwischen seinen Eltern hin und her und schmierte sich dann ein wenig Butter auf seinen Toast.

»Hast du ein Problem, Junge?«, fragte Clarissa.

Er schüttelte den Kopf.

»Sieht aber fast so aus«, sagte Daniel.

»Ihr wart ziemlich laut heute nacht«, sagte Damian.
»Als wir heimgekommen sind? Tut mir leid.«
»Das meine ich nicht. Als ihr im Schlafzimmer wart.«
Charlotte kicherte.
»Damit wirst du leben müssen, Junge«, sagte Daniel, noch immer fröhlich. »Wir dürfen so was, wir sind seit vielen Jahren verheiratet.«
»Hört man nicht irgendwann mal damit auf?«, fragte Damian.
»Klar.«
»Und wann ist das?«
»Keine Ahnung, so mit siebzig oder achtzig ... kommt drauf an.«
Damian verzog das Gesicht. »Das ist ekelhaft.«
»Nein, das ist normal«, sagte Clarissa. »Es wird gar nicht mehr lange dauern, bis du damit anfängst, ich schätze da werden wir auch mit gewissen Geräuschen leben müssen.«
»Ihr glaubt doch nicht etwa, dass ich so was hier machen würde, wenn ihr nebenan seid?« Er schüttelte den Kopf. »Sicher nicht.«
Daniel tätschelte seinem Sohn den Arm.
»Sicher doch, Junge. Da bin ich mir sogar ganz sicher.«
Damian schüttelte wieder nur den Kopf. »Da irrst du dich. Würde mich nervös machen, wenn ich wüsste, dass ihr nebenan seid, und zuhört.«
»Würden wir gar nicht«, sagte Clarissa glucksend. »Wir würden einfach den Fernseher lauter machen und nicht hinhören. Wäre übrigens ein guter Tipp auch für dich. Mach doch einfach deine Musik etwas lauter und schon hörst du deine ekligen, alten Eltern nicht mehr.«
Damian erhob sich und griff nach seiner Jacke, warf sich im Rausgehen seinen Rucksack über und verabschiedete sich missmutig.
Charlotte saß noch seelenruhig am Tisch, sie hatte etwas später Schule.
»Ich fand es nicht so schlimm«, sagte sie.
»Darüber bin ich hocherfreut«, antwortete Clarissa.
»Naja, ich freue mich ja, wenn es bei euch gut läuft. Nancys Eltern lassen sich scheiden. Da läuft gar nichts mehr.«
»Sie lassen sich scheiden?«, fragte Clarissa nach. Sie kannte die Eltern von Charlottes Freundin recht gut.
Charlotte nickte. »Ihre Mutter hat einen Freund und ihr Vater ist dahinter gekommen. Aber jetzt hat er auch eine Freundin. Ich mag im Moment überhaupt nicht hingehen, die haben nur Zoff. Nancy ist froh über jede Minute, die sie nicht zu Hause verbringen muss. Die haben irgendwie vergessen, dass sie auch noch da ist, die sind nur am Rumbrüllen.« Sie lachte. »Nee, da hör ich nachts lieber meinen Eltern zu ...«

Clarissa fand das Thema langsam unangenehm.

»Wann wirst du heute Abend zu Hause sein?«, fragte sie ihren Mann.

»Gegen sieben, wie fast immer. Kannst pünktlich mit mir rechnen.«

»Fein. Ich muss nämlich heute noch mal in die Galerie.«

Charlotte zuckte zusammen. »Wie lief es denn gestern?«, fragte sie ein wenig schüchtern.

»Sehr gut«, sagte Daniel. Er sah seine Tochter streng an. »Und eure Mutter hätte sich gefreut, wenn ihr dabei gewesen wäret, denn es war ein besonderer Tag für sie.«

»Ach Papa«, sagte Charlotte. »Den ganzen Sonntag über gab es tolle Filme im Fernsehen und da sollten wir in einer Galerie rumstehen?«

»Nicht in einer Galerie rumstehen«, sagte Daniel ärgerlich. »In der Galerie eurer Mutter beistehen, die zum ersten Mal ihre Bilder dort ausgestellt hat. Moralische Unterstützung geben. Als Familie auftreten, verstehst du? So wie du es auch immer recht gerne hattest, wenn deine Mutter zu deinen Theatervorführungen in der Schule gekommen ist.«

Clarissa trank seelenruhig ihren Kaffee und rauchte ihre morgendliche Zigarette dazu. Sie fand es in diesem Moment wirklich gut, dass Daniel – seit langer Zeit mal wieder – eine Diskussion über Grundsätze mit einem seiner Sprösslinge führte. Da mochte sie sich nicht einmischen, denn Daniel sprach ja auch ihre Meinung aus.

»Das ist was anderes«, sagte Charlotte.

»Aha. Und warum?«

»Weil alle Eltern an solchen Aufführungen teilnehmen, weil sie einfach stolz auf ihre Kinder sind!«

»Weil ihre Kinder etwas ganz Besonderes auf die Beine gestellt haben, nicht?«

Charlotte nickte.

»Siehst du? Deine Mutter hat auch etwas ganz Besonderes auf die Beine gestellt und wir alle haben Grund, mächtig stolz auf sie zu sein. Und wo warst du? Lieber vor dem Fernseher!«

»Das ist was anderes. Töchter brauchen die Unterstützung von ihren Eltern, aber Eltern regeln ihre Dinge alleine.«

»Aber wenn Mama jetzt plötzlich sehr viel Geld mit ihren Bildern verdienen würde, da würdest du gerne Anteil dran haben, oder?«

»Klar!«, sagte Charlotte strahlend.

»Siehst du, da wird Mamas Arbeit wieder wichtig.«

»Das ist doch keine Arbeit, das ist doch Mamas Hobby.«

»Das ist wahr, aber es ist ein Hobby, das sie mit sehr viel Talent betreibt und nun trägt es Früchte. Darauf kann man schon stolz sein. Was hast du für ein Hobby?«

»Naja«, sagte Charlotte nachdenklich. »Fahrrad fahren. Mich mit meinen Freundinnen treffen. Chatten.«

»Wahnsinn«, sagte Daniel sarkastisch. »Alles Hobbys, für die man Talent braucht, was? Auf die man stolz sein kann? Hobbys, durch die man zu Ruhm und Ehre gelangt, was?«

»Na vielleicht nicht, aber ...«

»Da gibt es kein aber. Deine Mutter hat Talent, jetzt hat sie sogar eine Ausstellung bekommen, das ist eine Riesenchance für sie. Vielleicht kann sie ihr Hobby zum Beruf machen. Das ist durchaus etwas, das Respekt verdient. Schließlich hat sie irgendwann mal ihren erlernten Beruf aufgegeben um euch großziehen zu können, um immer für euch da sein zu können. Aber sie hat ihre Begabungen und nun wo ihr einigermaßen groß seid, schafft sie es vielleicht, durch ihre Begabungen noch mal eine Karriere zu machen. Und darum hätte gestern die ganze Familie anwesend sein sollen, nicht nur ich. Das gebieten der Anstand und vor allem der Respekt vor den Leistungen eurer Mutter.«

Charlotte sah zu Boden, dann auf die Uhr. »Ich muss weg.«

»Fein. Denk noch mal über das nach, worüber wir gerade gesprochen haben. Denk drüber nach wie du dich fühlen würdest, wenn etwas für dich so wichtig wäre und deine Mutter würde fern bleiben, deinen Erfolg ignorieren.«

»Ist deine Predigt jetzt zu Ende?«, fragte Charlotte, und sah ihn fast schon feindselig an.

»Ich habe dir keine Predigt gehalten, Charlotte, aber ich tu es gleich, wenn du weiter in solchem Ton mit mir sprichst.«

»Ich muss zum Bus«, sagte Charlotte und zog sich die Jacke über. »Außerdem weiß ich gar nicht warum du deswegen so ein Trara machst. Mama hat es verstanden, warum wir nicht mit wollten. Mama versteht immer alles.«

Daniel sah Clarissa kopfschüttelnd an.

»Nun ja«, sagte Clarissa, als Charlotte das Haus verlassen hatte. »Das bedeutet es, den Mama-Job zu machen. Man muss immer für alles Verständnis haben. Immer für jeden da sein. Immer jedem alle möglichen Gefallen tun. Und sich selbst hinten anstellen und sich freuen, wenn man auch mal irgendwas abkriegt.«

»Klingt frustriert.«

»Ich bin nicht frustriert. Ich bin zu gut zu ihnen. Aber vielleicht ändere ich das einfach mal.« Sie lachte. »Außerdem brauchst du das überhaupt nicht so ernst nehmen. Sie sind beide in der Pubertät, da ist solches Verhalten normal. Natürlich muss man sie drauf aufmerksam machen, aber ich glaube es ist normal, dass sie sich jetzt so aufführen. Ich war auch ein Biest, als ich in Charlottes Alter war. Und mich hat eigentlich an meiner Mutter nur interessiert, was sie zum Essen gekocht hat. Und ob sie mir erlaubt hat, die nächste Party zu besuchen.«

Daniel erhob sich nun auch vom Frühstückstisch, zog seine Jacke an und küsste Clarissa zum Abschied.

»Die Nacht mit dir gestern war fantastisch«, hauchte er ihr ins Ohr. »Meinst du, es könnte eine Zugabe geben?«

»Klar«, lachte Clarissa. »Komm pünktlich nach Hause, sei nett zu mir und dann können wir drüber reden.«

## -11-

Gegen halb vier klingelte Clarissa an der Eingangstür der Galerie. Patrizia öffnete ihr die Tür, zog sie stürmisch an sich und drängte sie an die Wand hinter der Tür.

»Du kannst dir nicht vorstellen, wie ich mich nach diesem Moment gesehnt habe«, flüsterte sie, während sie Clarissa küsste und sich an sie presste.

Clarissa fuhr ihr durch die Haare.

»Ich habe mich auch nach dir gesehnt«, sagte sie mit zärtlicher Stimme.

»Komm mit«, sagte Patrizia, und zog sie hinter sich her ins Hinterzimmer.

»Sag mal, hast du keine Wohnung?«, fragte Clarissa amüsiert, als ihr klar wurde, dass Patrizia sie erneut in die Kissenlandschaft drücken wollte, wie ein paar Tage zuvor.

»Doch. Natürlich.« Patrizia lachte. Möchtest du lieber ...«

»Ja«, antwortete Clarissa und unterbrach sie damit. »Irgendwie schon.«

Okay. Wir fahren hin. Kein Problem.«

»Versteh mich nicht falsch«, sagte Clarissa. »Ich mag die Atmosphäre deiner Galerie, aber für das, was du sicher vorhast, ist es mir hier ein wenig zu ungemütlich.«

»Verstehe. Kein Problem. Wie ich schon sagte, wir fahren zu mir.«

Sie lief mit energischen Schritten auf die Eingangstür zu und Clarissa folgte ihr. »Kannst du öffnen und schließen, wie du Lust hast?«

Patrizia zuckte gleichgültig mit den Schultern.

»Normalerweise sollte ich bis sechs Uhr geöffnet haben. Aber es verirren sich sowieso wenige Leute hierher. Meine Käufer kommen zu den Ausstellungen und bestellen dann meist online. Ich habe eher Versandgeschäfte als Ladengeschäfte.«

»Aha.« Patrizia hielt ihr die Tür des knallroten Sportwagens auf. »Oder wolltest du mit deinem Wagen fahren?«

Clarissa schüttelte den Kopf. »Ich bin mit der Straßenbahn gekommen, hier einen Parkplatz zu finden ist doch eine Lebensaufgabe.«

»Dann fahre ich dich nachher nach Hause!«

Patrizia fuhr ziemlich rasant und hielt bereits zwanzig Minuten später vor einem hübschen Mehrfamilienhaus. Sie fuhren mit dem Aufzug in den dritten Stock und schließlich öffnete Patrizia die Tür zu ihrer Penthousewohnung. Clarissa war begeistert. Eine so schöne Wohnung hatte sie noch nie gesehen und wie Patrizia ihr erklärte, handelte es sich hier um eine Eigentumswohnung. Clarissa ließ es sich nicht nehmen, sich die Wohnung in allen Details anzuschauen. Weiße Wände, die selbstverständlich mit wunderbaren Bildern geschmückt waren, sehr spärlich, aber gerade das war sehr geschmackvoll. Eine offene Küche mit einer Durchreiche zum angrenzenden Speisezimmer. Im Speisezimmer stand eine große Essgruppe, an der wahrscheinlich mindestens 10 Menschen bequem hätten tafeln können, komplett in Schwarz. Schwere Vorhänge in Schwarz mit silberfarbenem Muster über weißen Gardinen. Ein schwarzer Designerschrank zum Aufbewahren von Geschirr. Kerzenhalter aus Metall an den Wänden. Daniel hätte diese Einrichtung mit Sicherheit als kitschig beschrieben, im gewissen Sinne war sie das auch. Aber irgendwie hatte sie Ausstrahlung. Auch das Wohnzimmer war ganz von schwarzen Möbeln beherrscht und auch hier fanden sich die schwarzen, schweren Vorhänge mit dem Silbermuster wieder. Die Fliesen im schwarz-weißen Schachbrettmuster verliefen ohne Unterbrechung des Musters durch die ganze Wohnung. Neben dem Wohnzimmer befand sich ein Badezimmer mit einer großen, runden Badewanne in der Ecke, einer Toilette und einem großen Waschbecken. Auch hier war alles in Schwarz, weiß und Metall gehalten. Sehr verspielt. Ungesehen, nur nach einer Beschreibung dieser Wohnung, hätte Clarissa wahrscheinlich eine sehr düstere Umgebung erwartet. Doch diese Wohnung wirkte trotz der schwarzen Designermöbel und den weißen Wänden durch die Elemente aus Metall und die spärlich untergebrachten Accessoires gleichzeitig warm als auch geheimnisvoll. Und unglaublich luxuriös. Sogar über einen eigenen Fitnessraum konnte Patrizia verfügen. Eine Hantelbank und diverse, kleinere Sportgeräte fanden sich darin. Ein Fernsehgerät.

»Ich sehe gerne fern, während ich trainiere«, sagte Patrizia glucksend.

Clarissa nickte. Sie hatte sich auch lange genug im Fitnessstudio gequält. Das Schlimmste für sie war immer gewesen, dass sie keine Trainingspartnerin gehabt hatte, mit der die Zeit mit Sicherheit schneller vergangen wäre. Am meisten hatte sie das sinnlose Herumstarren im Studio genervt, während sie ihre Übungen gemacht hatte. Mit ein wenig Ablenkung hätte sie das ganze Fitnessprogramm wahrscheinlich als weniger aufreibend und anstrengend empfunden. Allerdings hatte sie solchen Aktivitäten ohnehin den Rücken gekehrt.

Vom Wohnzimmer aus führte eine große Doppeltür, die hinter den schweren Vorhängen versteckt war, auf einen großzügigen Balkon. Ein offener Kamin gegenüber dem Sofa sorgte für Gemütlichkeit. Fast mitten im Raum führte eine Wendeltreppe nach oben in das nächste Stockwerk. Patrizia lief ihr voraus. Hier fand sich noch einmal ein Badezimmer, das im gleichen Stil eingerichtet war wie das untere, nur statt mit einer Badewanne hier mit einer Dusche. Patrizias Schlafzimmer war gemütlich, nicht zu klein, nicht zu groß, aber auch hier fanden sich die schwarz-weißen Fliesen wieder und die typische Einrichtung in Schwarz und Metall. Das Bett bestand auch hier aus einer riesigen Landschaft aus Kissen, die lediglich über eine feste, schwere Matratze gelegt worden waren. Patrizia hatte offensichtlich ein Faible für diese Kissenlandschaften. Kein Kleiderschrank, dafür hinter einer gemauerten Wand ein kleiner Ankleideraum. Clarissa war überwältigt von der Menge an Kleidung, die Patrizia hier untergebracht hatte. Sie musste lachen. Angesichts dieser Menge an Schuhen, Kostümen und Hosenanzügen musste man als Frau einfach in Begeisterung ausbrechen. Das Schönste war allerdings die große Dachterrasse, die man über die große verglaste Tür im Schlafzimmer erreichen konnte. Eine Terrasse, ungefähr in der Größe des darunter liegenden Wohnzimmers und wunderschön hergerichtet. Liegestühle, die mit Planen überzogen waren wie der Tisch, der zwischen ihnen stand, und selbstverständlich jede Menge Pflanzen.

»Aber von den umliegenden Häusern aus hat man hier vollen Einblick«, stellte Clarissa fest.

»Na und?«, sagte Patrizia grinsend. »Was glaubst du wohl, wie viel Spaß es macht, bei schönem Wetter hier zu liegen und zu sehen, wie die braven Ehemänner im Haus gegenüber alle hinter den Gardinen stehen! Und wie schnell sie verschwinden, wenn Frauchen nach Hause kommt!«

Clarissa zuckte zusammen. Nein, als Nachbarin hätte sie Patrizia auch nicht haben wollen.

»Entschuldige Liebes, jetzt habe ich gerade in einer offenen Wunde gebohrt, was?«

Sie hatte es sofort gemerkt, bereits als sie es ausgesprochen hatte. Clarissa zuckte mit den Schultern.

»Ach, was soll ich sagen? Ist wohl normal, dass Männer gaffen, solange sie es können. Meiner hat ja den Fehler gemacht, nicht nur zu gaffen. Obwohl mich auch diese Gafferei von Männern stört. Sie können es nicht lassen und ich finde es verletzend. Vor allem, weil sie es dauernd tun.«

»Ja, aber hast du noch nie einen Mann angeschaut, der dir gefallen hat?«, fragte Patrizia. »Ich meine, nur weil man mit jemandem fest zusammen ist oder sogar verheiratet ist wie du, wird man doch nicht blind.«

Sie reichte ihr ein Glas. Wohlig seufzend zog Clarissa die Plastikplane von dem Liegestuhl und setzte sich hinein. Es war später

Herbst, tagelang hatte es nur geregnet, aber ausgerechnet an diesem Nachmittag strahlte die Sonne vom Himmel, und auf der Dachterrasse herrschte eine angenehme Temperatur. Patrizia nahm in dem zweiten Liegestuhl Platz.

»Sicher habe ich auch nach Männern geschaut, die gut aussehen, aber nicht in dem Ausmaß in dem Männer das tun«, antwortete sie. »Eher selten. Und vor allem, ich habe es bei einem Blick belassen. Festgestellt, dass nicht nur mein Daniel gut aussieht, sondern auch andere Männer da mithalten können. Und das war es dann. Ich hatte dann nie das Bedürfnis, sie kennenzulernen.«

Patrizia steckte eine Zigarette in ihre Zigarettenspitze und zündete sie mit ihrem Zippo an. Nachdenklich atmete sie den Rauch aus.

»Ich hab mich nie mit Männern befasst«, sagte sie. »Ich kann sie nicht einschätzen. Geschäftlich ja, aber privat ... nein.«

»Du hattest nie einen Mann? Woher weißt du dann, dass du lesbisch bist?«

Patrizia lächelte. »Wie meinst du das? Man weiß einfach, was man ist. Oder was man nicht ist.«

»Nun ja«, sagte Clarissa. »Ich denke, man weiß doch gar nicht ob etwas infrage kommt oder nicht, wenn man es nicht ausprobiert hat.«

»Tss«, sagte Patrizia und verzog verächtlich das Gesicht. »Doch, keine Sorge. Ich habe da schon meine Erfahrungen gemacht. Sie waren eben nicht gut.«

»So schlimm?«

»Nicht wirklich schlimm, aber ich konnte mit Männern einfach nichts anfangen. Es gab zwei oder drei. Es hat mich nicht wirklich interessiert, verstehst du?«

Sie seufzte.

»Meine Erfahrungen sind einfach nicht die Besten. Was sie alle gemeinsam haben, ist die Tatsache, dass sie sich anfangs unheimlich Mühe geben, bis man sich mit ihnen einlässt. Kaum hatte man ein paar Mal Sex, zeigen sie, wie sie wirklich sind. Und was ich da bisher gesehen und erlebt habe, hat mir eben nicht gefallen.«

»Was hast du denn erlebt? So viel kann es ja nicht gewesen sein, wenn du sagst, es gab zwei oder drei.«

Clarissa war ein wenig amüsiert.

»Ach Liebes ... es sind nicht nur meine eigenen zwei oder drei Erfahrungen, die ich gemacht habe. Sondern auch das, was ich so sehe und bei anderen Frauen erlebe. Entweder kehren sie irgendwann und meist recht schnell den Macho raus und möchten dich zur Haushälterin degradieren. Oder sie werden plötzlich kalt wie ein Fisch und du weißt gar nicht ob du nun mit dem Typ zusammen bist oder nicht, weil da überhaupt keine Verbindlichkeit rüberkommt. Alles was du als Frau zu so einem sagen kannst, rückt dem ja schon wieder viel zu sehr auf die Pelle. Aber wenn man ihnen nicht auf die Pelle rückt, wartet, bis die von alleine kommen, wenn man sein eigenes Ding macht, dann jammern sie und fühlen sich vernachlässigt. Die wissen doch gar nicht was sie wollen, und sie wollen doch immer nur das, was sie nicht kriegen. Was sie schon hatten, interessiert die doch dann gar nicht mehr.«

Sie seufzte. »Und ich persönlich kann mit einer Sache überhaupt nicht leben und das ist schlechter Sex. Wenn ich aber überlege was ich erlebt habe mit den Männern, auf die ich mich eingelassen habe und wenn ich höre, was andere Frauen mir erzählen, kriege ich das Kotzen.«

Clarissa nippte an ihrem Orangensaft. »Es sind nicht alle Männer miese Nummern im Bett.«

»Aber viele. Und leider steht's nicht auf ihrer Stirn geschrieben, sodass man schon vorab gewarnt wäre. Im Quatschen sind sie alle gut. Wenn man denen zuhört, sind sie alle Superman, können immer, wollen immer und rennen den ganzen Tag mit einem Ständer rum. Wenn du in den ersten Wochen noch dachtest, du hast einen fantasievollen Liebhaber aufgetan, und die Erektionsprobleme werden verschwinden, wenn der Typ erst mal nicht mehr so nervös ist, wirst du schnell enttäuscht. Die Erektionsprobleme bleiben, weil die Typen einfach keinen Bock haben, sich wirklich mit einer Frau zu beschäftigen. Den Dauerständer haben sie nur, wenn sie sich Pornos anschauen. Geht's ans Eingemachte, sind sie alle Schlaffis. Jedenfalls ist das meine Erfahrung.«

»Blödsinn, es gibt eine Menge Männer, die wirklich immer Lust haben und sehr fantasievolle Liebhaber sind. Daniel ist zum Beispiel überhaupt nicht so wie du es beschreibst.«

»Dann hattest du Glück. Die meisten Typen kennen an einer Frau nur zwei erogene Zonen, nämlich die Titten und die Muschi. Aber leider können sie nicht mal damit richtig umgehen.«

Sie verzog verächtlich das Gesicht.

»Kennst du diese Pornowerbung im Fernsehen? Da sitzt eine Frau auf dem Schoß eines Mannes und reitet ihn. Sie ist eigentlich bekleidet, nur die Titten gucken raus und sie trägt einen Rock, den sie hochgeschoben hat.«

»Ja, die Werbung kenne ich. Irgendeine Sex-Hotline.«

Patrizia schüttelte sich. »Bäh«, sagte sie. »Das ist es, was die meisten Typen wollen. Titten und Muschi. Mehr nicht. Und wirklich befassen möchten sie sich auch nicht damit.«

Clarissa lachte lauthals. »Ich finde, du siehst das ganz schön verbissen.«

»Süße, glaube mir, wenn dein Daniel anders ist, hattest du einfach Glück, dann verstehe ich auch, warum du so an ihm hängst. Aber die meisten Männer grapschen nur. Wie wunderbar man mit Brüsten spielen kann. Wie sehr man eine Frau alleine damit erregen kann, wissen die Meisten doch gar nicht und sie wollen es auch gar nicht herausfinden. Viel zu anstrengend. Pornos gucken und sich dabei einen schütteln ist viel besser. Geht schneller und ist weniger anstrengend. Und dazwischen träumen sie dann alle von der immer geilen Frau, die sie vögeln können, wann immer sie wollen. Und beklagen sich über Frauchen, weil die keinen Bock mehr hat und dem Scheiß aus dem Weg geht. Weil einfach keine Frau Lust hat, sich derart dilettantisch begrapschen zu lassen. Frauen verstehen unter Erotik nun mal was anderes.«

Clarissa kicherte. Sie amüsierte sich köstlich über Patrizias Beschreibungen von schlechtem Sex. Und eigentlich konnte sie nicht mal behaupten, dass sie unrecht hatte, denn Ähnliches hatte auch Anja schon von sich gegeben. Möglicherweise der Grund, warum Anja einen Freund nach dem anderen hatte, und es mit keinem länger hielt, als ein oder zwei Jahre. Maximal.

»Das findest du lustig«, sagte Patrizia und musste lachen.

»Ja, ist es ja auch. Das, worüber wir hier gerade reden erinnert mich an die Seite in der Bravo, von der meine Mutter damals erwartet hat, dass ich die nötige Aufklärung da bekomme.«

Patrizia drückte ihre Zigarette aus.

»Gleichgültiges Grapschen und talentfreies Kneten macht mich nun mal nicht an«, sagte sie. »Ich habe einfach keinen Nerv dafür, einem ungeschickten Typen zu erklären, was er alles mit meinen Titten und mit meiner Muschi anstellen könnte, damit ich auf Hochtouren komme und was davon habe. Und ich hab erst recht keine Lust dem Typen zu erklären, dass es noch mehr Stellen an meinem Körper gibt, über die man mich reizen kann. Also lasse ich mich damit erst gar nicht mehr ein und fertig. Frauen wissen, was Frauen gefällt. Die Männer, die ich hatte und von denen ich erzählt bekommen habe, sind dafür zu faul und zu dämlich.«

»Du hattest einfach nur Pech. Aber ich weiß von was du sprichst, denn als ich Daniel kennenlernte, war ich ja auch keine Jungfrau mehr. Daniel hat mich umgehauen, als der Mann, der er ist, aber beim Sex erst recht.«

»Ach«, sagte Patrizia. »Inzwischen kickt mich diese ganze Konstruktion Mann überhaupt nicht mehr. Versteh mich nicht falsch, auf platonischer Ebene mag ich Männer ja, ich kenne viele richtig tolle Männer, mit denen ich auch gerne zusammen sitze und quatsche. Ich bin keine Männerhasserin. Aber im Bett geben sie mir nicht das was ich haben will und wie gesagt, mir gefällt die ganze Konstruktion inzwischen nicht mehr. Ich glaube, Männer und Frauen sind nicht wirklich füreinander bestimmt. Man sollte mit Männern kopulieren, wenn man sich Kinder wünscht und ansonsten sollte man sein Leben gleichgeschlechtlich verbringen.«

Sie lachte schallend. »Klingt jetzt schon nach Männerhasserin, was?«

»Nein«, sagte Clarissa. »Nicht so, wie du das sagst.«

»Schau mal, schon von den ganzen Interessen her ... warum sollte ich mit einem Mann zusammen leben? Was interessiert Männer? Was interessiert Frauen? Das sind doch völlig verschiedene Dinge. Ich kenne so viele heterosexuelle Frauen, wenn ich immer höre, wie die sich anstrengen müssen um ihre Männer mal zu etwas zu überreden wozu sie Lust haben, nein danke. Sogar zum Sex müssen die überredet werden. Mir erzählen Frauen, dass sie sich mit Strapsen aufmotzen und die dummgeile Schlampe spielen müssen, damit die Typen mal auf Touren kommen. Das wäre mir echt zu anstrengend, zumal mir der Körper einer Frau viel besser gefällt. Und mit einer Frau kann ich mich so unterhalten, wie ich es für richtig halte, sie versteht mich. Ich verstehe sie. Meist hat man auch noch die gleichen oder ähnliche Interessen. Eine Frau hat bestimmt immer Lust, mich zum Shoppen zu begleiten und ich muss mich mit ihr nicht Sonntagmorgens zum Fußballplatz begeben. Wir können uns einen schönen Film im Fernsehen anschauen und ich muss mich nicht mit der Sportschau quälen lassen. Und der Anblick einer schönen Frau kann mich tatsächlich aus den Schuhen werfen, aber der Anblick eines gut aussehenden Mannes lässt mich kalt.«

Sie lachte wieder. »So, und ich hoffe, ich habe damit deine Frage beantwortet. Das sind doch alles ziemlich deutliche Anzeichen dafür, dass ich absolut lesbisch bin, oder nicht?«

Sie erhob sich von ihrem Liegestuhl und griff nach Clarissas Hand.

»Und jetzt würde ich dich gerne vernaschen, deswegen sind wir doch hergefahren, oder?«

Clarissa folgte ihr ins Schlafzimmer und gab sich dort ein zweites Mal Patrizias geschickten Händen hin. Patrizia war fantastisch. Alleine das Bild, wenn sie die Haarspange öffnete und ihre Mähne sich wie ein Teppich über ihren Schultern und Brüsten ausbreiteten war ein Anblick, der sie in tiefste Erregung versetzte. Hinzu kamen ihre nicht besonders großen, aber festen, runden Brüste und die darunter liegende, schmale Taille, die ein Mann wahrscheinlich mit zwei

Händen hätte umfassen können. Ihr apfelförmiger, knackiger Po. Clarissa fragte sich, ob Patrizia überhaupt eine Ahnung hatte, wie perfekt sie war. Besonders in dem Moment, wenn sie ihre Locken nach hinten warf, und mit frivolem, genießerischem Lachen zwischen Clarissas Beinen verschwand, und sie mit der Zunge verwöhnte. Clarissa seufzte, als sie diese Zunge fühlte, aber es war auch der Gedanke an Patrizias volle, weiche Lippen, die immer verführerisch mit rotem Lippenstift geschminkt waren. Vielleicht hätte das bei anderen Frauen albern und angemalt ausgehen. Aber bei Patrizia wirkte der rote Lippenstift erotisch, zumal er ihre schwarz umrandeten Augen auf eine Art betonte, die bei Clarissa Herzklopfen auslöste. Nein, verliebt war sie nicht, aber sie war verrückt nach ihr. Sie fühlte sich mit ihr auf besondere Art verbunden und Patrizia war die erste Frau, die es schaffte, alleine mit ihrem Blick zu erreichen, dass Clarissa sofort feucht wurde. Sie genoss diese weichen Lippen und das zarte Knabbern von Patrizias Zähnen an ihren Schamlippen und ihrer Klitoris. Das genoss sie mindestens so sehr wie das Gefühl, wenn Patrizia sich wieder aufrichtete, sich über sie warf und sie mit diesen Lippen zärtlich küsste. Überhaupt waren es die Zungenküsse mit Patrizia, die sie am allermeisten aus der Fassung brachten, denn in diesen Momenten schmolz sie dahin wie Wachs. An diesem Nachmittag erfuhr sie auch, dass Patrizia in dem Nachtschränkchen, das neben ihrer Kissenlandschaft im Schlafzimmer stand, eine Menge Spielsachen aufbewahrte. Liebeskugeln, Dildos in verschiedenen Größen, sogar Handschellen besaß Patrizia.

»Keine Angst, ich bin nicht pervers«, hauchte sie. »Ich hab nur unglaublichen Spaß an solchen Spielereien ...«

Clarissa ließ es zu. Sie hatte keinerlei Probleme damit, dass Patrizia ihr die Hände mit den Handschellen auf dem Rücken verschloss und sie dann auf die Seite drehte, damit sie bequem lag, während sie ihre Finger in sie hineinschob um sie zu verwöhnen. Ganz im Gegenteil. Sie stöhnte und seufzte und als Patrizia schließlich sanft einen Dildo zu Hilfe nahm, spürte sie innerhalb weniger Sekunden die heiß ersehnte Erleichterung und das wohlige Zucken tief im Inneren ihrer Vagina. Patrizias lange Locken strichen über ihren Körper wie Seide, streichelten sie, verursachten ihr wohlige Schauer.

»Wie kann man nur so wunderschöne Haare haben?«, flüsterte Clarissa heiser. »Wie machst du das?«

»Ach«, sagte Patrizia. »Diese Haare nerven mich schon immer, es ist anstrengend, sie zu kämmen.«

Patrizia löste die Handschellen und legte sich neben Clarissa, die sich sofort über sie schob und ihren Körper mit sanften Küssen bedeckte. Sie schloss die Augen und fuhr mit beiden Händen in Clarissas Haare, führte sie an ihrem Nacken zusammen und dirigierte Clarissa langsam weiter nach unten, zwischen ihre Beine. Clarissa seufzte und spreizte Patrizias Scham, ließ sich zwischen sie fallen und liebkoste ihren Kitzler mit der Zunge.

»Du bist so schön«, hauchte sie. »So schön ...«

Patrizia lächelte, aber das konnte Clarissa nicht sehen, denn sie gab sich ganz dem innigen Gefühl hin, ihre Freundin zu verwöhnen. Sie zu liebkosen, sie mit der Zunge von innen wie von außen zu streicheln.

»Oh Süße!«, stöhnte Patrizia.

Clarissa neckte sie ein wenig, knabberte an ihren zarten Lippen herum, ließ ihre Zunge über Patrizias Unterleib gleiten und schließlich zu ihrem Nabel. Sie umrundete das silberne Piercing darin mit der Zungenspitze und schließlich glitt sie wieder abwärts um sich weiterhin Patrizias Muschi zu widmen. Patrizia hielt es schließlich nicht mehr aus. Sie zog Clarissa von sich, drehte sie auf den Rücken und legte sich halb über sie, Clarissas Oberschenkel gekonnt zwischen den Beinen, und sie rieb sich an ihr, bis sie schließlich aufstöhnte und eine heftige Welle der Erleichterung ihren Körper sanft zucken ließ.

Auch Clarissa spürte in diesem innigen Moment, wie die Erregung wieder Besitz von ihr ergriff, wie ihr Unterleib von einer Welle erschüttert wurde, die ihr ein tiefes Seufzen entlockte.

Sie hätte in diesem Moment nicht sagen können, ob sie jemals wieder auf diese wunderschönen Stunden mit dieser herrlichen Frau verzichten könnte.

## -12-

»Bist du wahnsinnig?«, fauchte Daniel, als sie gegen acht Uhr abends nach Hause kam. »Ich habe mir die größten Sorgen gemacht!«

»Entschuldigung«, sagte Clarissa. »Ich habe einfach nicht auf die Uhr geschaut.«

»Heute früh haben wir noch drüber gesprochen, dass ich um sieben zu Hause bin. Und du kommst erst um acht?«

Clarissa zog die rechte Augenbraue nach oben.

»Wie darf ich das denn verstehen? Habe ich nur Ausgang, während du selbst unterwegs bist?«

Daniel setzte sich an den Esstisch.

»So ein Unsinn! Wir haben uns heute früh noch darüber unterhalten, wann ich zu Hause bin! Du hast gesagt, du siehst zu, dass du das Essen um sieben auf dem Tisch hast. Und jetzt ist es nach Acht, du bist eben erst gekommen! Es geht nicht um das Essen, es geht ums Prinzip! Ich habe mir Sorgen gemacht! Ich konnte dich nicht mal übers Handy erreichen!«

»Ja, weil mein Akku unterwegs ausgegangen ist und ich es nicht gemerkt habe. Sorry.«

»Sorry«, äffte Daniel sie nach. »Tolle Wurst! Und in der Galerie ging auch niemand ans Telefon!«

»Wir waren auch nicht in der Galerie, ich war bei Patrizia zu Hause!«

»Ach«, sagte Daniel überrascht. »So eng befreundet seid ihr also schon?«

»Warum nicht? Was spricht dagegen? Ich mag sie.«

»Schon gut, verstanden, aber wenn du so was in Zukunft noch mal machst, dann klär es bitte mit mir, ich habe mir Sorgen gemacht. Okay? Ich will einfach nur Bescheid wissen, das ist alles!«

Clarissa nickte.

»Natürlich. Ich schiebe jetzt die Lasagne in den Ofen, ich hatte sie schon heute mittag vorbereitet. In zwanzig Minuten können wir essen.«

»Gut«, sagte Daniel. »Dann gehe ich erst mal duschen.«

Er hatte ja recht. Sie hatte morgens noch versichert, bis sieben Uhr wieder zu Hause zu sein. Sie wusste, dass er sich stets Sorgen machte, wenn sie sich verspätete, auch wenn das sehr selten vorkam. Ärgerlich über ihr eigenes Versäumnis schob sie ihre Lasagne in den Ofen und deckte den Tisch. Eigentlich war es viel zu spät für ein so schweres Abendessen. Sie musste künftig einfach ihre Zeit besser koordinieren.

Daniel kam noch einmal zurück in die Küche.

»Ich möchte mal drauf hinweisen, dass ich kein Obermacho bin, der sich jetzt gerade ärgert, weil das Abendessen nicht pünktlich auf dem Tisch steht, okay?«

Sie zuckte mit den Schultern und befasste sich mit dem Backofen.

»Das musst du mir nicht erklären. Wie kommst du darauf?«

»Weil ich das Gefühl habe, dass du mit der neuen Freundin, die du in Patrizia gefunden hast, auch anfängst anders zu denken. Ich glaube, sie zählt zu der Sorte Kampf-Emanze.«

Clarissa richtete sich auf und stand plötzlich kerzengerade und mit eisigem Blick mitten in der Küche. Ihre Hand ruhte auf dem Tisch.

»Was soll das, Daniel?«

»Was soll was?«

»Deine Unterstellungen Patrizia gegenüber. Stört es dich, dass ich eine neue Freundschaft geschlossen habe?«

»Natürlich nicht.«

»Was sollen dann diese Äußerungen? Du hast Patrizia ein einziges Mal erlebt und das war am Tag meiner Ausstellung.«

»Ja, und ich hatte meinen Eindruck von ihr und dazu habe ich auch das Recht. Etwas an ihr mag ich nicht und ich weiß nicht genau, was es ist.«

»Gut, und das habe ich jetzt zur Kenntnis genommen und verstehe es auch. Nimm du aber bitte zur Kenntnis, dass ich sie mag und es anders sehe. Und das ist ebenso mein Recht, wie es deines ist, sie nicht zu mögen.«

»Dann sind wir uns ja einig.«

Mit diesen Worten verschwand er aus der Küche.

Daniel gab sich nach seiner Dusche und dem Abendessen auch wieder völlig normal. Offenbar war er nicht mehr ärgerlich. Gedankenverloren räumte Clarissa das schmutzige Geschirr in die Spülmaschine und wischte den Esstisch ab. Patrizia war wirklich etwas Besonderes. Der Sex mit ihr war etwas Besonderes. Nie hätte sie gedacht, dass sie sich in den Armen einer Frau so begehrt fühlen könnte, so umgarnt, so sexy. Und niemals hätte sie gedacht, dass eine Frau in ihr solche Gefühle wecken konnte, ihr solche Erregung und Befriedigung schenken könnte. Aber es war so. Patrizia kannte keine Scham und war offensichtlich sehr erfahren und so ließ Clarissa sich von ihr führen. Verführen. Es war wunderschön. Und obwohl absolut befriedigt und innerlich glücklich, freute sie sich, als Daniel sich später im Bett sanft über sie schob. Ihre Brüste berührte, und zum ersten Mal achtete sie wirklich bewusst darauf, wie er sie streichelte und wo. Aber sie hatte recht gehabt mit dem, was sie am Nachmittag gesagt hatte. Daniel war keiner von diesen fantasielosen Männern. Er hatte schon immer gewusst, wie er ihr Feuer entfachen konnte, wo er sie anfassen musste, damit sie laut seufzte und sich mehr wünschte. Und das waren eindeutig sehr viel mehr Stellen ihres Körpers als die zwei von Patrizia genannten. Sie zweifelte keine Sekunde daran, dass Patrizia einfach keinen Gefallen an Sex mit Männern fand. Vielleicht auch, weil sie, wie sie erzählt hatte, in dieser Hinsicht niemals die großen Nummern aus dem Lostopf gezogen hatte. Sicher, Clarissa hatte sich, nachdem sie Daniels Betrug aufgedeckt hatte, lautstark darüber beklagt, dass es ihm an Leidenschaft gefehlt hatte. Das er zum gedankenlosen Grapscher geworden war, aber das war damals. Jetzt, hier und heute kannte Daniel weiß Gott, genau wie früher, all ihre empfindlichen Stellen und wusste genau, wie er sie von Null auf Hundert bringen konnte.

Unwillkürlich schob sie ihn von sich und setzte sich auf ihn. Daniel stöhnte auf. Sie saugte an seinen Brustwarzen, spielte mit den wenigen Haaren auf seiner Brust und rutschte immer tiefer, küsste sich langsam abwärts, bis sie an seinem bereits erigierten Penis angekommen war.

»Oh Clarissa ...«, stöhnte Daniel.

Sie lachte heiser. Es war eine Ewigkeit her, seit sie ihn das letzte Mal in den Mund genommen hatte. An diesem Abend verspürte sie Lust dazu. Zärtlich ließ sie ihre Zunge über seinen Penis fahren, schob mit den Lippen die Vorhaut zurück und saugte ihn schließlich langsam, Stück für Stück in sich hinein. Aus den Augenwinkeln konnte sie erkennen, wie Daniel angestrengt zur Decke starrte und schließlich die Hände vors Gesicht schlug, während er schwer atmete.

»Ich halte das nicht lange aus«, hörte sie ihn gerade noch sagen und fast im gleichen Moment ergoss er sich in ihrem Mund. Sie schluckte seine Flüssigkeit herunter und lachte, tauchte wieder auf und wischte sich über den Mund.

»Mensch Clarissa, du kannst dir nicht vorstellen wie geil du mich machst«, stöhnte er, packte sie an den Armen und drückte sie mit dem Rücken ins Kissen. »Du kannst auf das Vorspiel verzichten«, seufzte sie, und wieder ertönte das heisere Lachen. »Fick mich einfach.«

Daniel ließ es sich nicht zweimal sagen. Er legte ihre Beine über seine Schultern, schob ihr ein Kissen unter den Po und nahm sie hart. So hart, wie er es immer getan hatte, wenn er voller Leidenschaft war, wenn er es kaum noch aushielt, wenn er, so wie in diesem Moment, am liebsten in sie hineinkriechen würde, um sie komplett zu erfüllen. Ein erleichtertes, lautes Stöhnen und das heftige Zucken ihrer Vagina verrieten Daniel, dass sie fertig geworden war und er sich auch nicht länger beherrschen musste. Erschöpft fiel er auf die Seite, kuschelte sich noch immer nach Luft japsend an sie und schlief zwei Minuten später ein. Clarissa hielt ihn noch lange im Arm und kraulte nachdenklich mit den Fingern in seinen Haaren. Was sie mit Patrizia trieb, war und blieb Betrug. Und sie spürte ein schlechtes Gewissen, aber andererseits wusste sie auch, sie hatte die Kraft nicht, um sich von Patrizia zu lösen. Noch nicht. Ob Daniel sich ähnlich gefühlt hatte? Hatte diese Anita ihm vielleicht auch eine innere Stärke gegeben, die sie, Clarissa, ihm zu dieser Zeit nicht hatte geben können? Erneut verzog sich ihr Gesicht schmerzhaft. Sie liebte ihn so sehr, und auch wenn sie selbst zur Zeit keinen Deut besser war als er. Selbst wenn sie jetzt, nach der Sache mit Patrizia absolut keine Berechtigung mehr hatte, ihm seinen Betrug vorzuwerfen, es schmerzte sie noch immer was er getan hatte.

## -13-

Daniel atmete noch einmal tief ein, bevor er die Tür zu dem Café in der Frankfurter Innenstadt öffnete, in dem er verabredet war. Es war kein kleines Café und er hatte mit Absicht dieses gewählt. Nicht nur weil es leicht zu finden war, sondern auch weil es groß genug war, damit man als Person unter so vielen Menschen nicht besonders auffiel.

Es war früher Nachmittag und das Café war nicht besonders voll. Aber weil es so groß war, musste Daniel sich erst einmal sammeln, um sich einen Überblick verschaffen zu können. Sie war noch nicht da. Zielstrebig steuerte er auf einen freien Tisch recht weit hinten in einer Ecke zu.

Er bestellte eine Tasse Kaffee bei der Kellnerin und blickte nervös immer wieder zur Tür. Schließlich holte er sein Smartphone aus der Tasche, rief seine privaten E-Mails ab und surfte ein bisschen im Internet. Er hasste es, wenn er warten musste. An diesem Tag hasste er es noch viel mehr, denn alleine dass er überhaupt hier saß, war etwas, was eigentlich gar nicht sein durfte.

Fünfzehn Minuten später als verabredet nahm er plötzlich einen Duft wahr, der ihm sehr vertraut erschien.

»Anita«, begrüßte er sie. Höflich stand er auf um ihr die Hand zur Begrüßung zu reichen, ganz auf Distanz bedacht.

Anita warf lachend und mit einer schwungvollen, gekonnten Bewegung ihre Haare nach hinten. »So sehr auf Abstand?«, lachte sie.

Auch Daniel lachte, aber es war ein hilfloses, verlegenes Lachen. Anita machte einen Schritt auf ihn zu und presste sich an ihn, küsste ihn rechts und links um gleich darauf ihm gegenüber Platz zu nehmen.

Ihre Augen glänzten. Gut sah sie aus. Viel zu gut.

»Dir geht es gut, wie ich sehe«, sagte Daniel.

»Ja«, antwortete sie und schenkte ihm erneut ein strahlendes Lächeln. »Es geht mir sogar so richtig gut. Zumindest beruflich. Doktor Dressler und ich haben uns sozusagen voneinander getrennt. Ich arbeite jetzt nicht mehr im Sekretariat, ich bin im Vertrieb.«

Elegant schlug sie ihre Beine übereinander und winkte selbstbewusst die Kellnerin heran. »Einen Kaffee bitte! Und Sie haben vorne in der Theke Schokoladentorte stehen, davon hätte ich gerne ein Stück.«

»Gerne«, sagte die Kellnerin.

»Im Vertrieb«, wiederholte Daniel ihre Worte. »Dann kommst du viel rum, was?«

»Ach ja. Es ist mit viel Stress verbunden, viele Übernachtungen, aber warum nicht? Es macht letztlich auch Spaß. Was ich vorher bei Dressler verdient habe, ist jetzt fast schon mein Fixgehalt. Dazu bekomme ich Provision und ich fahre einen schicken Dienstwagen. Das Spesenkonto deckt nicht nur die Übernachtungen in netten Hotels ab, sondern auch sonst noch ein paar Extras. Ja doch, Daniel, es geht mir gut.«

»Das freut mich, Anita. Auch wenn ich mich wundere, dass du mich immer noch gelegentlich anrufst oder mir schreibst.«

In diesem Moment brachte die Kellnerin den Kaffee und die Torte, über die sich Anita mit großem Appetit hermachte.

»Warum wundert dich das?«

Sie lachte.

»Weil es vorbei ist und wir das eigentlich geklärt hatten. Ich habe so ein bisschen den Eindruck, dass du nicht respektieren möchtest, dass ich die Sache beenden möchte.«

»Ist denn irgendwas zwischen dir und mir passiert?« Sie seufzte und lehnte sich zurück. »Daniel, es ist inzwischen mehr als ein Jahr her. Klar habe ich dich angerufen. Und klar schreibe ich dir ab und zu. Warum nicht? Wir hatten eine tolle Zeit oder etwa nicht?«

Daniel räusperte sich.

»Ja, die hatten wir. Es ist aber so, dass ich solche Sachen einfach nicht mehr bringen kann. Es war eine Katastrophe, fast wäre meine Ehe daran zerbrochen. Clarissa ist daran sowieso zerbrochen und es hat lange gedauert, bis sie emotional wieder auf die Füße gekommen ist. Und jetzt sitze ich schon wieder hier mit dir.«

»Du hättest ja nicht kommen müssen, Daniel. Irgendetwas zieht dich doch auch noch in meine Richtung oder etwa nicht?«

»Nein. Die Frage ist nur, warum du nicht locker lässt.«

Erneut lachte Anita. Sie lehnte sich zurück, nippte an ihrem Kaffee und sah ihn lange an.

»Warum ich nicht locker lasse? Daniel, du bist ein toller Mann. Ich habe deine Frau erlebt. Ich weiß, was wir beide miteinander hatten. Es war eine geile Zeit und ich für meinen Teil war sehr verliebt in dich. Das bin ich immer noch. Und ich glaube nun einmal nicht, dass du lebenslang mit deiner Frau zusammenbleiben wirst.«

»Warum nicht?« Daniel klickte nervös auf seinem Smartphone herum. »Warum glaubst du das nicht, nachdem ich meine Entscheidung getroffen habe?«

Ihr Lachen klang heiser, aber schließlich fing sie sich wieder und lehnte sich nach vorne. Aufreizend gewährte sie ihm Einblick auf ihre wohlgeformten Brüste, deren Ansatz er durch den tiefen Ausschnitt besser sehen konnte als ihm lieb war. Provozierend sah sie ihm in die Augen.

»Weil du es bist, Daniel. Und weil ich weiß wie es zwischen uns gewesen ist. Und ich habe deine Frau gesehen.«

Daniel legte sein Smartphone beiseite und begann ersatzweise, mit dem Kaffeelöffel unsichtbare Linien auf dem Tisch zu zeichnen.

»Meine Frau ist wundervoll und ich hatte es leider mal für einen kurzen Zeitraum vergessen.«

»Du bist wundervoll, Daniel. Und deine Ehe, dein ganzes Leben ist langweilig. Das hast du immer gesagt und ich habe es gesehen, als sie dieses Hotelzimmer gestürmt hat. Ich weiß dass du dich nach Leidenschaft sehnst und dass du es krachen lassen möchtest, statt diese hausbackenen Nummern durchzuziehen.«

Erneut lachte sie.

Daniel schnaufte. »Ach Anita, ich habe mich nicht grundlos für meine Frau und gegen dich entschieden. Ich liebe Clarissa.«

»Jaja«, sagte Anita. Sie nahm ihn nicht ernst. »Denk nicht, ich hätte niemals meinen Spaß. Ich komme viel herum. Ich habe Kunden in Frankfurt, in Berlin, in Hannover, in Bonn und sogar im allertiefsten Osten. Da ergibt sich so manche Gelegenheit.«

»Und was willst du dann von mir?«

»Gar nichts, wenn du es nicht willst, Daniel. Ich glaube kaum, dass ich zu den Frauen gehöre, die es nötig haben zu betteln. Ich möchte mich in Erinnerung bringen denn ja, für mich warst du der Mann meines Lebens. Mir ist klar, dass du dich nicht anders entscheiden konntest, da sind die Kinder, der Job, das Haus. Und wahrscheinlich warst du noch nicht soweit. Aber eines Tages wirst du soweit sein und dann will ich nicht so weit weg sein.«

Daniel lachte.

»Dann hast du es wohl doch nötig. Normalerweise, so wie du aussiehst, könntest du doch jeden haben.«

»Vielleicht habe ich trotz all meiner Weiblichkeit ein paar männliche Gene«, lachte sie. »Vielleicht möchte ich nur das haben, was ich nicht haben kann. Wie auch immer Daniel, ich konnte dich nicht vergessen und vielleicht will ich es auch nicht.«

»Die Zeit der Ficks in Hotelzimmern ist für mich einfach vorbei«, antwortete Daniel.

»Du missverstehst mich«, sagte Anita und beugte sich erneut vor. Sie sah ihm tief in die Augen. »Einen Fick in einem Hotelzimmer kann ich immer und überall haben, wenn ich will. Ich will aber dich und ich will dich mit Haut und Haar. Und vielleicht kriege ich dich eines Tages.«

Wieder lachte sie.

»Dranbleiben ist alles, wie im Vertrieb.«

Sie nahm ihre Tasse auf und trank in kleinen Schlucken, von ein paar Pausen unterbrochen ihren Kaffee. Während der ganzen Zeit sah sie Daniel an. Er konnte ihren Blick nicht erwidern. Er malte weiterhin unsichtbare Linien mit dem Löffelchen auf den Tisch und schaute im Café überall hin, nur nicht ihr in die Augen.

»Keine Ahnung, warum du mich für so eine große Nummer hältst«, sagte er schließlich und erhob sich. »Aber ich gehe jetzt. Das mit uns ist aus. Daran gibt es nichts zu rütteln.«

Er griff nach einem Schein und legte ihn auf das Tablett, das auf dem Tisch stand. »Das sollte auch für deinen Kaffee und die Torte reichen.«

Als er das Café verließ spürte er selbst, dass sein Gang irgendwie schwach war, kraftlos, ohne jede Energie.

## -14-

Trotz der Einsicht, dass sie nichts besser machte als Daniel, schaffte sie es nicht, sich von Patrizia zu lösen. Der Herbst verging. Es wurde Winter. Schließlich ging es auf Weihnachten zu und Clarissa musste sich irgendwann eingestehen, dass sie nun schon seit drei Monaten ein Verhältnis mit Patrizia hatte.

Drei Monate Lügen.

Drei Monate voller Sex, nachmittags mehrmals in der Woche mit Patrizia und abends mit Daniel.

Drei Monate, in denen sie nicht nur von einem schlechten Gewissen geplagt wurde, sondern sich auch sehr verändert hatte, innerlich wie äußerlich. Clarissa kleidete sich plötzlich nicht mehr grau in grau mit schwarz dazwischen, wie sie es früher getan hatte, sie wagte es durchaus inzwischen, auch mal etwas Farbe zu tragen. Sie schminkte sich viel sorgfältiger und es gab Tage, da konnte sie nicht auf Pumps verzichten. Schon gar nicht auf die hochhackigen Schwarzen, mit den Riemchen um die Fesseln, auf die Patrizia so stand. Die Pumps, für die Daniel sie abends, wenn er nach Hause kam am liebsten sofort im Schlafzimmer auf das Bett genagelt hätte, und zwar mit den Schuhen, denn ihn machten sie genauso rasend. Sie traf sich dreimal in der Woche mit Patrizia, meist zu Besuchen in ihrer Penthousewohnung, immer am Nachmittag. Dass Patrizia zu ihr nach Hause kam, ließ sie zwar auch zu, aber nur wenn Patrizia quengelte und nur mit dem Versprechen, sich nichts anmerken zu lassen. Sex mit Patrizia fand in Clarissas Haus nicht statt. Clarissa fühlte sich Daniel gegenüber ohnehin als würde sie Hochverrat begehen. In seinem Haus, im gemeinsamen Ehebett noch Sex mit Patrizia zu haben, kam für Clarissa keinesfalls in Frage. Aber sie ließ sich ab und zu von Patrizia besuchen, trank einen Kaffee mit ihr und sie unterhielten sich einfach wie die zwei Freundinnen, die sie schließlich inzwischen auch waren. Es stimmte schon, was Patrizia mal gesagt hatte, Frauen hatten wohl tatsächlich in der Regel die gleichen Interessen. Sie hatten sich auch außerhalb ihrer sexuellen Beziehung eine Menge zu sagen.

Auch mit Anja traf sie sich regelmäßig. Sie zog mit ihr über die Einkaufsmeile der Frankfurter Innenstadt, trank mit ihr Kaffee, ging mit ihr ab und zu in die Sauna. Das war ganz klar etwas Neues. Früher hatte Clarissa sich hinter ihrer Arbeit im Haushalt versteckt, hinter ihren eigenen Ansprüchen, alles perfekt machen zu wollen. Aber inzwischen konnte sie es recht gut mit sich selbst vereinbaren, auch mal was liegenzulassen und es später zu erledigen. Anja war sehr froh über Clarissas Veränderungen, aber sie schob diese natürlich ihren kleinen Erfolgen als Malerin zu. Von Erfolg konnte man vielleicht nicht wirklich sprechen, aber Patrizia stellte nach wie vor Clarissas Bilder aus und hatte sie in ihren Webkatalog mit aufgenommen. Hier und da wurde etwas verkauft. Clarissa erhielt ab und zu eine Überweisung von Patrizia, alles ganz ordentlich mit Abrechnung und allem Drum und Dran, wie es sich gehörte. Denn letztlich war Patrizia immer noch Geschäftsfrau und wusste, worauf es ankam: Niemals Privates und Geschäftliches miteinander vermischen. Immerhin bestand eine Nachfrage nach Clarissas Bildern. In einer größeren Galerie hätte sie sicher mehr umgesetzt, aber darauf kam es nicht an. Tatsächlich hatte Clarissa sich in den vergangenen drei Monaten mehr Sorgen um Patrizia gemacht als um ihren eigenen Erfolg. Die Galerie lief, aber so viel warf sie nicht ab. Sie konnte sich nicht vorstellen, von was Patrizia lebte, von was sie diesen Lebensstil finanzierte: Penthouse-Eigentumswohnung und Sportwagen, ebenso ihr exquisiter Geschmack in Kleidungsfragen. Aber Patrizia klärte sie eines Nachmittags auf. Nach einem langen, ausgedehnten Liebesspiel erfuhr Clarissa alles Wichtige aus Patrizias Leben.

»Ich bin Tochter«, sagte sie, und lachte. »Tochter eines schwer reichen Mannes, für den eine Penthousewohnung ein Taschengeld ist.«

»Und der hat dir das alles bezahlt?«

Patrizia nickte.

»Ja. Die Wohnung. Mein Studium. Meine Drogen während meines Studiums, denn damals hab ich wirklich wilde Zeiten genossen. Meine Liebhaber. Meine Liebhaberinnen. Mein Auto. Meine Einrichtung. Meine Galerie. Und er überweist mir noch immer monatlich einen Haufen Geld, nur damit ich nicht auf die Idee komme, ihn zu besuchen oder ihm gar Vorwürfe zu machen.«

»Magst du drüber reden?«, fragte Clarissa. Augenblicklich hatte sie den mitleidigen Gesichtsausdruck, den sie sofort bekam, wenn sie erfuhr, dass ein Mensch nicht die Liebe und Wärme in einer Familie erfahren hatte, die eigentlich jedem Menschen zustand.

Patrizia zuckte mit den Schultern und steckte eine Zigarette in ihre Spitze, zündete sie an und rauchte in tiefen Zügen. Sie lag bequem in die vielen Kissen gelehnt, hatte ein Bein angewinkelt, das andere darüber geschlagen und rauchte aus der Zigarettenspitze. Eine sehr aufregende Pose. Diese Figur. Dieses laszive Rauchen. Oder waren es die außergewöhnlichen Haare?

»So viel gibt es da gar nicht zu erzählen«, sagte sie. »Mein Vater ist schwer reich, er besitzt Immobilien in ganz Deutschland, lebt von den Mieteinnahmen und baut weitere Immobilien. Er hatte einfach nie Zeit, weder für mich, noch für meine Mutter.«

Sie lachte, aber es klang bitter. »Aber für irgendwelche Schlampen, die er auf Partys kennengelernt hat, die er natürlich ohne meine Mutter besucht hat, hatte er jede Zeit der Welt. Und auch da hat er Kohle investiert in einer Höhe, da müssen wir gar nicht über die Bezahlung einer Penthousewohnung reden.«

Sie seufzte.

»Meine Mutter hat das eines Tages nicht mehr ertragen. Sie hat jahrelang alle möglichen Tabletten genommen um sich zu beruhigen, schließlich andere Tabletten, um den Depressionen zu entfliehen. Getrunken hat sie auch. Und eines Tages hat sie sich umgebracht. Sie hat sich einfach die Pulsadern aufgeschnitten.«

»Das ist schrecklich«, sagte Clarissa mitfühlend.

»Ja. Unsere Haushälterin hat sie gefunden. Ich war zu dieser Zeit im Internat. Ich war eigentlich während meiner ganzen Schulzeit im Internat. Mein Vater hatte keine Zeit sich zu Hause aufzuhalten und meine Mutter hatte keinen Nerv sich um mich zu kümmern. Sie hatte genug mit sich selbst zu tun. Und mit ihrem Kummer, als Frau eines schwerreichen Mannes, der sie von vorne bis hinten belügt und betrügt. Nun ja, irgendwann hatte ich mein Abitur, habe studiert, habe ein bisschen in der Kunstszene gejobbt. Ich habe Modell gestanden, mich fotografieren lassen und tatsächlich sogar in größeren Galerien Ausstellungen mit organisiert. Eines Tages habe ich diese Galerie aufgemacht. Gelebt habe ich hauptsächlich von Papas Geld und ich hab es krachen lassen, das kannst du mir glauben. Ich hab kein schlechtes Gewissen, er hat ja auch keines.«

»Wann habt ihr euch das letzte Mal gesehen?«

Patrizia zuckte wieder mit den Schultern.

»Ich habe keine Ahnung, es ist Jahre her.«

»Ihr habt euch mehrere Jahre nicht mehr gesehen?«

»Klar«, sagte Patrizia. »Was ist dabei?«

Sie stieß einen abfälligen Laut aus.

»Clarissa, mein Vater ist ein alter Sack, jedenfalls in meinen Augen. Auch als er vierzig war, war er für mich ein alter Sack. Er ist genau der Typ Mann, den ich zum Kotzen finde, verstehst du? Zu Geld gekommen, gut, er ist clever, hat viel gearbeitet und hat das Geld vermehrt, aber das liegt auch daran, dass er skrupellos ist. Für mich hat er sich nicht interessiert und für meine Mutter auch nicht. Ein Jahr nach dem Tod meiner Mutter hat er eine Frau geheiratet, die war gerade mal einundzwanzig. Mein Vater war damals schon um die fünfzig. Irgendeine kleine Schlampe die zu faul ist um zu arbeiten und der es genügt, die Püppi eines Typen mit Geld zu sein. Die haben sich gegenseitig verdient. Und mich will er doch gar nicht sehen. Er überweist mir jeden

Monat ein paar tausend Euro. Wenn ich ein neues Auto brauche, muss ich nicht mal an mein Erspartes gehen. Da schicke ich ihm einfach eine Mail, dass ich ein neues Auto brauche, und schon habe ich fünfundzwanzigtausend Euro auf dem Konto. Mit der Wohnung hier war das genauso, ich habe sie gesehen, ich wollte sie haben. Also schickte ich ihm eine Mail und er hat mir sofort 350 000 Euro überwiesen.«

»Ist nicht dein Ernst«, sagte Clarissa. »Meine Güte.«

»Ja, viele meinen, man könnte mich deswegen beneiden, aber ich hätte vielleicht lieber eine Familie gehabt und weniger Geld.«

»Armes, reiches Mädchen«, sagte Clarissa.

Patrizia nickte. »Richtig. Armes, reiches Mädchen. Aber weißt du was? Ich glaube, ich bin trotzdem ein ganz netter Mensch geworden.«

»Das bist du«, sagte Clarissa und fiel ihr um den Hals. »Das bist du, ganz sicher.«

Patrizia sprang auf.

»Ich hab dir noch nie meine Fotos gezeigt«, sagte sie.

»Welche Fotos?«

»Ich habe dir doch eben erzählt, ich habe zeitweise gemodelt. Es war so ein Szene-Fotograf, die Fotos sind klasse geworden.«

Sie lief zu ihrer Kommode im Wohnzimmer und holte einen großen Umschlag heraus, den sie Clarissa reichte. Clarissa staunte nicht schlecht, als sie diese Fotos sah. Sie wirkten sehr futuristisch und hatten einen kleinen Touch von SM oder wie auch immer man das nennen mochte. Auf einem der Fotos sah man Patrizia mit gespreizten Beinen, die Hände in den Hüften, und bekleidet war sie kaum. Es war eher eine Art Metallkorsett, das sie umgab, und darunter trug sie eine Netzstrumpfhose. Die schwarzen, hochhackigen Pumps durften natürlich nicht fehlen. Es handelte sich um ein Foto in schwarz-weiß und Clarissa hätte es am liebsten an sich genommen und es sich über das Bett gehängt, aber das hätte sie Daniel natürlich nicht erklären können. Auf einem anderen Foto saß sie in einer Art Stahlkäfig. Typischerweise aus ihrer Zigarettenspitze rauchend, in der Hocke, mit gespreizten Beinen und einem lasziven Blick im Gesicht, den irgendwie nur sie drauf hatte. Ihre Haare umschmeichelten nicht nur das Metallkorsett, sondern auch die Gitterstäbe, an denen sie sich mit einer Hand festhielt. Den Betrachter mit ihrem Blick in den Käfig zu locken schien.

»Gefallen sie dir?«, fragte Patrizia.

Clarissa nickte.

»Die sind fantastisch! Du siehst toll aus! Du siehst immer toll aus, aber hier auf den Fotos wirklich zum Anbeißen! Und sie sind so professionell!«

»Natürlich, ich sagte dir doch, es war ein Szenefotograf.«
»Was ist aus den Bildern geworden?«
»Ach«, sagte Patrizia. »Eines davon war mal in irgendeiner Frauenzeitung und ein anderes hat er in einem Bildband für erotische Fotografie untergebracht.«
»Meine Güte, du hättest weiter modeln sollen! Die Figur und das Aussehen dafür hast du jedenfalls. Vor allem die Ausstrahlung!«
»Mag sein«, sagte Patrizia. »Aber es ist nicht mein Ding. Es hat eine Weile wirklich Spaß gemacht und ich bin für die Fotos sehr gut bezahlt worden. Aber das ist nicht meine Welt.«
»Du hättest wirklich was erreichen können damit, Patrizia.«
Patrizia lachte.
»Ich erreiche doch auch so was. Ich habe meine eigene Galerie. Sie könnte besser laufen, aber das kommt schon noch. Ich habe keine Lust, mit meinem Aussehen Geld zu verdienen, ich möchte mich mit Kunst befassen.«
»Aber solche Fotos sind auch Kunst!«
»Ja Liebes, aber nicht meine Kunst. Ich bin hier nur das Kunstwerk.«
Sie seufzte.
»Ach Clarissa, so zu tun als wüsste ich nicht, dass ich gut aussehe, wäre doch glatt geheuchelt. Ich weiß es schon. Aber ich möchte darauf nicht reduziert werden.«
»Verstehe ich.«
Patrizia lachte und zog Clarissas Kopf auf ihren Schoß.
»Du brauchst dir jedenfalls keine Sorgen um mich zu machen«, sagte sie, und streichelte durch Clarissas Haar. »Mir geht es prächtig, finanziell sowieso und wenn du bei mir bist, bin ich wunschlos glücklich!«
Seit diesem Tag hatte Clarissa aufgehört, sich Gedanken um Patrizias berufliche Zukunft zu machen, auch wenn die Galerie nicht besonders gut lief. Theoretisch könnte Patrizia auch ganz einfach gar nichts tun und trotzdem in Saus und Braus leben. Clarissa fand es sehr beeindruckend dass sie sich, obwohl sie es nicht nötig hatte, trotzdem so sehr in den Aufbau ihrer Galerie hineinkniete. Dass sie diszipliniert täglich früh aufstand und ihr Tagesprogramm durchzog. Es gab bei Patricia keine schwachen Tage unter der Woche, Tage an denen sie einfach im Bett geblieben wäre. Man merkte, dass sie es liebte, sich mit Kunst befassen zu können, und das ganz ohne Gelddruck. Es war egal, ob sie etwas verkaufte oder nicht. Sie musste nicht Not leiden, sie musste keine faulen Kompromisse schließen, und letztlich war das wahrscheinlich der einzige Weg, um dauerhaft in

dieser Branche existieren zu können. In ihrer Beziehung zueinander traten jedoch Veränderungen ein, die sich dauerhaft wahrscheinlich gar nicht vermeiden ließen. Nachdem Patrizia sich beklagt hatte, weil Clarissa gelegentlich mit Anja in die Sauna fuhr hatte sie beschlossen, mit Patrizia auch mehr Freizeitaktivitäten zu planen. Und so kam der Tag, an dem sie mit ihr gemeinsam in die Sauna fuhr. Anja hatte eigentlich mitfahren wollen, aber nachdem sie gehört hatte, dass Patrizia mitkommen würde, doch noch abgesagt. Clarissa hatte es nicht verstanden.

»Diesen Kontakt zu Patrizia habe ich doch durch dich, Anja, wieso verhältst du dich so?«

»Sei mir nicht böse, Clarissa, aber ich möchte mit Patrizia privat nicht so viel zu tun haben. Ich habe sie zufällig kennengelernt, sie ist mit meinem Chef befreundet. Er kauft wohl hier und da mal Bilder bei ihr. Auf einer Firmenfeier war sie mal eingeladen, daher kenne ich sie. Aber ich habe von ihr den Eindruck, dass sie ein verwöhntes Gör ist und ich fühle mich in ihrer Gegenwart nicht wohl.«

»Schade«, hatte Clarissa gesagt. »Sie ist nämlich wirklich sehr nett.«

»Ich weiß. Du verbringst ja auch viel Zeit mit ihr. Nein, keine Angst, ich bin da nicht eifersüchtig, du weißt, dass ich keine Zicke bin. Ich kann gut damit umgehen, wenn meine beste Freundin auch noch eine andere Freundin hat. Es ist nur einfach so, dass ich mit dieser Frau persönlich nicht klarkomme und deswegen genieß du deine Zeit mit ihr, wenn ihr euch mögt. Aber ich mag mich da nicht beteiligen. Wir sehen uns ein andermal.«

## -15-

Und so kam es, dass Clarissa eines schönen Nachmittags im Dezember, kurz vor Weihnachten, neben Patrizia im Sportwagen saß und mit ihr in die Sauna fuhr. Eine Stunde später saß sie bereits schwitzend neben ihr und versuchte, den Aufguss mit Sandelholz zu genießen, aber es fiel ihr schwer, sie konnte kaum atmen. Erleichtert stürzte sie nach fünfzehn Minuten aus der Saunahütte ins Freie und streckte die Arme nach oben und dann nach der Seite um sich abzukühlen. Als sie sich umdrehte, fiel ihr ein recht gut aussehender Mann auf, Mitte dreißig schätzungsweise, der sie ungeniert anstarrte. Er lächelte, als sich ihre Blicke trafen. Patrizia war direkt hinter ihr aus der Saunahütte getreten und sie hatte diesen Blick bemerkt. Sie starrte den Mann giftig an und begab sich dann an Clarissas Seite.

»Also«, sagte sie. »Wir sollten uns abkühlen.«

»Oh nein, in die kalte Brühe gehe ich nicht«, sagte Clarissa. »Ich werde mich unter der Dusche abkühlen und danach ein wenig ins Blubberbad gehen, das entspannt so herrlich. Und dann würde ich gerne was trinken!«

»In Ordnung. Aber ich muss kurz in den Pool«, sagte Patrizia.

Clarissa stand am Rand des Außenpools und sah Patrizia zu, wie sie zwei, drei Runden in dem kalten Wasser schwamm, stöhnend, weil ihr inzwischen auch viel zu kalt war. Es war erleichternd für beide, als sie die geheizten Innenräume betreten konnten, in denen sich der große Whirlpool befand. Clarissa begab sich unter die Dusche und Patrizia begleitete sie, obwohl sie sich draußen schon geduscht hatte. Liebevoll strich sie ihr unter der Dusche über die Arme, presste sich schließlich an sie und küsste sie.

»Patrizia«, sagte Clarissa mahnend. »Muss das sein? Hier?«

»Ach«, sagte Patrizia unbekümmert. »Es sieht uns doch keiner. Die Atmosphäre in der Sauna macht mich immer so geil und du sowieso, was soll ich machen?«

Tatsächlich befanden sie sich in der hintersten Ecke der Duschkabinen, aber Clarissa musste stets daran denken, dass das hier eine andere Situation war als die Liebesspiele in Patrizias Wohnung. Hier waren sie in der Öffentlichkeit. Hier konnten sie einer Nachbarin beggenen, einem Kollegen von Daniel, Freunden, entfernten Bekannten. Es geschah nicht selten, dass sie in dieser Sauna auf Menschen traf, die sie kannte. Patrizia machte das nichts aus, das wusste sie. Aber ihr machte es etwas aus. Patrizia wusste das und es nervte Clarissa, dass sie darauf keine Rücksicht nahm.

Im Whirlpool konfrontierte Patrizia sie gleich wieder mit der nächsten unangenehmen Situation. Kaum hatten sie sich in das blubbernde Wasser gelegt und angefangen, sich ein wenig zu entspannen, gesellte sich der Mann hinzu, der Clarissa draußen so unverblümt angestarrt hatte. Er ließ sich genau neben ihr nieder. Patrizia raste vor Wut, das war schon an ihrem Blick zu erkennen.

»Bist du öfter hier?«, fragte er Clarissa. Innerlich musste sie lachen, auch wenn sie wusste, dass Patrizia neben ihr vor Wut schäumte. Ein ziemlich blöder Spruch, um eine Frau anzumachen. Patrizia legte ihre Hand auf Clarissas Schenkel und funkelte ihn wütend an. Er registrierte das auch, aber wahrscheinlich dachte er sich noch nichts dabei. Es amüsierte Clarissa auch irgendwie, dass Patrizia eigentlich viel besser aussah und unter anderen Umständen wäre es sicher sie gewesen, die von Männern angesprochen würde. Bei den giftigen Blicken allerdings mit welchen sie die anwesenden Männer bedachte, kam natürlich keiner von ihnen auf die Idee, sie anzusprechen.

Clarissa wirkte da schon freundlicher.

»Ich heiße Tom«, sagte er, und lächelte Clarissa an.

»Clarissa«, antwortete sie, und sie lächelte zurück.

»Habt ihr Lust, mit mir was trinken zu gehen?«, fragte er arglos.

Er hatte damit zwar beide angesprochen, aber nur Clarissa angesehen. Er lächelte freundlich, aber selbst für Clarissa, die solchen Situationen immer ein wenig arglos gegenüber stand, war ersichtlich, dass er sie näher kennenlernen wollte, dass er Spaß suchte.

»Wir könnten auch erst noch den nächsten Aufguss mitnehmen«, fügte er seiner Frage hinzu.

Patrizia ließ sich ein wenig vom Wasser treiben, bis sie genau vor ihm stand.

»Hey«, sagte sie. »Du kannst dir deine dämliche Anmache sparen, sie ist mit mir hier, klar?«

»Na und?«, fragte er. »Alle Frauen kommen mit ihrer Freundin, wenn sie nicht mit ihrem Mann kommen, wo ist das Problem?«

»Dass sie meine Freundin ist«, keifte Patrizia.

»Und?«

»Ich mag es nicht, wenn sie angemacht wird, klar?«

Der Mann lachte.

»Warum nicht? Gönnst du es ihr nicht? Soll ich lieber dich anmachen?«

Patrizia schoss nach vorne wie ein Pfeil. Clarissa konnte nur ahnen, wonach Patrizia so rasend schnell gegriffen hatte, aber Tom verzog sein Gesicht auf eine schmerzhafte Weise und Clarissa betete, dass sie sich irrte.

»Damit das klar ist zwischen uns beiden, ich mag es nicht, wenn du meine Freundin anmachst!«, zischte Patrizia.

»Patrizia!« Clarissa war die Situation einfach nur peinlich. »Lass das! Sofort!«

Patrizia warf ihr einen verheißungsvollen Blick zu und ließ Tom los, besser gesagt das Teil, das sie von ihm in der Hand gehabt hatte. Sein Gesicht war noch immer schmerzhaft verzogen.

»Sorry, ich konnte doch nicht ahnen, dass ihr ein Pärchen seid«, stammelte er.

»Jetzt weißt du es!«, sagte Patrizia.

Clarissa war entsetzt. Entsetzt über diese ganze Art ihrer Freundin, die sie soeben erlebt hatte. Wenn Patrizia sich so aufführte, wollte sie mit ihr nichts zu tun haben. Sie stieg entnervt aus dem Whirlpool, griff nach ihrem Bademantel und lief nach vorne in den Restaurantbereich. Dort bestellte sie sich einen Kaffee und es dauerte nicht lange, bis Patrizia zu ihr stieß.

»Was soll das? Wieso verschwindest du einfach und lässt mich stehen?«, plärrte sie hysterisch.

»Geht es noch ein wenig lauter?«

»Klar«, sagte Patrizia trotzig. »Lauter geht immer!«

»Wag dich ja nicht!«

Patrizia rang nach Luft, setzte sich schließlich an den Tisch kramte ihre Zigarettenspitze aus der Tasche ihres Bademantels. Rauchen war hier verboten. Dafür standen im Außenbereich ein paar Sitzgelegenheiten, doch dafür war es zu dieser Jahreszeit zu kalt. Also spielte sie einfach nur mit der Zigarettenspitze herum und lehnte sich in ihrem Stuhl zurück. Nach und nach entspannte sie sich.

Clarissa beobachtete sie fassungslos. Als hätte jemand einen Kippschalter umgelegt. Eben noch war sie aggressiv gewesen, hatte diesen Mann geradezu angegriffen und sie hysterisch angeschnauzt. Jetzt saß sie da, bequem in den Korbsessel gelehnt und war plötzlich wieder die coole Patrizia.

»Du spinnst wohl, was war das denn eben für eine Szene?«, fragte Clarissa.

»Ach das? Ja, wie soll ich das sagen. Ich hab ihn wohl ... wie nennt man das? An den Eiern gepackt?«

»Das ist Körperverletzung.«

»Ich weiß.«

»Warum tust du das? Glaubst du etwa, ich wäre auf seinen Flirt eingegangen?«

»Na bist du doch!«

»Bin ich nicht! Und selbst wenn! Wieso hast du dann ein Problem damit? Was habe ich dir versprochen?«

»Nichts«, sagte Patrizia. »Aber ich ertrage es nicht, wenn dich jemand anmacht. Und wenn du lesbisch wärest wie ich, dann würde ich mir vielleicht keine Gedanken um so was machen. Aber du stehst eigentlich auf Männer und das macht mir Sorgen, verstehst du das nicht?«

»Nein. Ich habe dir immer gesagt, dass ich meinen Mann nicht verlasse, das tu ich für dich nicht und das tu ich auch für keinen Mann. Ich liebe meinen Mann.«

Patrizia verzog das Gesicht.

»Ich kann nicht zusehen, wie dich einer anmacht, das halte ich nicht aus.« Sie seufzte. »Mit Daniel kann ich irgendwie leben, der gehört schon viel länger zu deinem Leben als ich, aber alles andere ist für mich nicht erträglich.«

»Spinn nicht rum, Patrizia! Ich bin inzwischen einundvierzig Jahre alt, ich weiß, was ich will, und was ich noch nie wollte, waren Saunabekanntschaften oder überhaupt, nähere Bekanntschaften zu irgendwelchen Männern. Der war nett und höflich und hat sich lediglich vorgestellt!«

»Er war auf dem besten Weg, dich richtig anzugraben!«

Clarissa zuckte mit den Schultern.

»Und wenn schon. Was hast du gegen einen kleinen Flirt? Glaubst du es tut mir nicht ab und zu mal gut, wenn ich merke, dass ich noch begehrenswert bin? Er war bereits kurz vor dem Punkt, an dem ich solchen Männern üblicherweise sage, dass sie mich bitte in Ruhe lassen sollen. Aber dann ist ja mein Rottweiler dazwischen gegangen.«

Patrizia starrte wütend auf den Boden.

»Wenn du das so siehst, sollten wir den Nachmittag wohl lieber beenden.«

»Ja, so sehe ich das«, sagte Clarissa. »Und ich bin auch dafür dass wir diesen Nachmittag beenden.«

Wütend trank sie ihren Cognac, den Kaffee ließ sie unberührt stehen. Dann lief sie zu den Duschkabinen.

Im Duschraum war sie allein, bis Patrizia kurz darauf ebenfalls die Dusche betrat.

Während sie sich duschte, spürte sie, dass Patrizia sie mit unsicheren Blicken bedachte. Schließlich stand sie plötzlich vor ihr, goss ein wenig Duschgel auf ihre Hände und verrieb es in langsamen, streichelnden Bewegungen auf Clarissas Oberkörper. Clarissa stöhnte auf, aber trotzdem sah sie Patrizia fest in die Augen. Sie tat es schon wieder. Oder sie versuchte es. In der Öffentlichkeit.

»Mensch, ich hab dich doch auch lieb«, sagte Clarissa genervt. »Aber ich käme niemals auf die Idee, mich so aufzuführen. Und jetzt lass das bitte, denn wir sind noch immer in der Öffentlichkeit.«

Patrizia zuckte mit den Schultern, aber in diesem Moment wirkte sie nicht so überlegen wie sonst so oft, sondern eher sehr traurig. Sie hörte aber wenigstens auf sie zu streicheln und wandte sich der Dusche nebenan zu, seifte ihren eigenen Körper ein.

»Ich bin eben sehr eifersüchtig«, sagte sie.

»Das kannst du aber mit mir nicht machen. So nicht. Das mache ich nicht mit. Wenn Daniel sich so aufgeführt hätte, wäre ich jetzt genauso sauer!«

»Wenn du mit deinem Mann hier gewesen wärest, wäre das gar nicht passiert. Das ist es ja, diese blöden Typen sehen zwei Frauen, überlegen sich welche davon sie anmachen. Da ist kein Kerl dabei, also darf man ruhig baggern. Die denken nicht für fünf Minuten darüber nach, dass diese zwei Frauen vielleicht zusammen sein könnten.«

»Warum sollten sie auch, Patrizia?«

»Weil es inzwischen normal ist, dass schwule oder lesbische Pärchen sich auch öffentlich zeigen.«

»Ja«, sagte Clarissa. »Aber wir beide haben weder geschmust noch Händchen gehalten noch sonst was. Woher hätte er das wissen sollen? Ich bin sicher er hätte es respektiert, wenn er gesehen hätte, dass wir zusammen sind!«

»Du bist doch diejenige, die auf Diskretion in der Öffentlichkeit besteht. Ich hätte kein Problem zu zeigen, was ich für dich empfinde.«

»Richtig Patrizia. Ich betrüge meinen Mann seit Monaten mit dir und habe deswegen ein schlechtes Gewissen, aber genau deswegen möchte ich mich wenigstens diskret verhalten. Stell dir vor uns sieht jemand und erzählt es ihm! Kannst du dir vorstellen, wie er sich dann fühlen würde? Eine solche Demütigung muss nicht sein.«

Patrizia kniff die Augen zusammen.

»Na ja«, sagte sie. »Vielleicht würde er sich fühlen wie du damals, als du seine Mails gefunden hast.«

Clarissa gab einen zischenden Laut von sich. Sie ärgerte sich über Patrizias Unvermögen, Rücksicht zu nehmen, genauso sehr ärgerte sie sich darüber dass sie gerne Äpfel mit Birnen verglich.

»Ich habe die Mails gefunden, Patrizia. Das war hart genug. Aber noch fürchterlicher wäre es gewesen, wenn mir jemand, der es angeblich gut mit mir meint, am Ende noch grinsend erzählt hätte, dass er Daniel mit einer anderen Frau gesehen hat. Das ist kompromittierend! Und es ist so ziemlich die mieseste Demütigung, die man einem Menschen noch antun kann, außer ihn zu betrügen!«

Patrizia sah sie kurz an und schaute dann weg, wusch sich die Haare. Eine halbe Stunde später saßen die beiden Frauen wieder im Auto und waren unterwegs Richtung Innenstadt. Während der ganzen Fahrt redeten die beiden Frauen kein Wort, aber Clarissa fühlte, dass Patrizia litt.

»Sehen wir uns wieder?«, fragte Patrizia unsicher, als sie vor Clarissas Haus hielt. Clarissa stieg aus, griff nach der Tasche auf dem Rücksitz und sah ihr noch mal fest in die Augen, bevor sie die Autotür schloss. Sie schaute noch einmal über die Beifahrertür in den Innenraum.

»Natürlich sehen wir uns wieder. Aber in die Sauna gehe ich mit dir nie wieder.«

»Es tut mir leid«, sagte Patrizia kleinlaut.

»Das weiß ich«, sagte Clarissa. »Aber das ändert nichts mehr. Sauna mit uns beiden hat sich erledigt.«

Sie schloss die Wagentür und starrte der davon brausenden Patrizia noch eine Weile hinterher. Nachdenklich. Das Ganze geriet außer Kontrolle.

## -16-

Kurz darauf feierte Clarissa mit ihren Lieben Weihnachten. Wie immer hatte sie sich unglaublich Mühe gegeben. Das Haus war wunderschön geschmückt, der Weihnachtsbaum strahlte in diesem Jahr in Rot und Gold und die Weihnachtsgans hatte hervorragend geschmeckt, wie fast alles, was Clarissa in der Küche zauberte. Die Bratäpfel, die als Nachtisch gedacht waren, wurden nur angestochert, weil sich alle mit der Gans ein wenig übernommen hatten. Schließlich war es Zeit für die Bescherung und in diesem Jahr, so wusste sie, würde die Bescherung besonders fröhlich ausfallen. Damian hatte sich eine Playstation gewünscht, Charlotte hatte ihre Noten verbessert und bekam deswegen ihren innigen Wunsch nach einer X-Box erfüllt. Daniel und Clarissa tauschten vor dem Weihnachtsbaum sitzend und küssend, ihre Geschenke aus. Clarissa lachte schallend, als sie ihr Päckchen ausgepackt hatte. Sie hielt eine Kette in der Hand, aus 585-Gold mit einem viereckigen Anhänger daran, auf dem der Name »Daniel« eingraviert war. Auf der Rückseite stand: »In ewiger Liebe«.

Der Grund warum sie hatte lachen müssen war, dass Daniel in diesem Moment noch nicht gewusst hatte, was er gleich in den Händen halten würde. Eine Kette aus 585Gold, mit einem viereckigen Anhänger daran, auf dem auf der Vorderseite »Clarissa« eingraviert war und auf der Rückseite: »Auf ewig«. Sie halfen sich gegenseitig beim Anlegen der Ketten und lachten immer noch, bis Daniel ihr tief in die Augen sah und sagte: »Siehst du Liebling, wir ticken einfach gleich.«

Clarissa lächelte. Nach dieser langen und tiefen Krise hatte sie oft das Gefühl, mit ihrem Mann noch einmal von vorne angefangen zu haben. Sie wusste, dass dies ein großartiges Geschenk des Lebens war, denn die meisten Ehen wären wohl an einer solchen Krise zerbrochen.

Später, als die Kinder im Bett lagen, schenkte Daniel noch einmal zwei Gläser Wein ein und setzte sich neben sie auf das Sofa.

»Ich muss mit dir reden«, sagte er. Erschrocken sah sie ihn an.

»Nein, nicht erschrecken, es ist nichts Schlimmes!«

»Gut.« Erleichtert atmete sie auf. »Schreckensbotschaften an Heilig Abend muss ich auch nicht haben.«

»Es ist keine Schreckensbotschaft, aber eine Veränderung steht an und wir müssen das besprechen, bevor ich zusagen kann.«

»Gut. Erzähl.«

»Unserer Firma geht es nicht gut. Wir sind seit dem Euro immer mehr abgestiegen und die Krise wird immer schlimmer ... ich denke, wir schaffen es nicht mehr lange, uns zu halten.«

Clarissa erschrak. »Meine Güte Daniel, du wirst arbeitslos?«

»Liebling, beruhige dich. Wenn ich arbeitslos werden würde, dann wäre das sicher keine Botschaft für Heilig Abend, meinst du nicht?«

Sie nickte.

»Also. Ich weiß das schon seit einigen Monaten. Deswegen habe ich meine Fühler ausgestreckt und mal meine Kontakte abgehorcht. Momentan habe ich noch eine gute Chance für einen Wechsel, weil die Situation unserer Firma nach außen hin noch nicht bekannt ist. Man hat mir ein Angebot gemacht, aber dafür müssten wir umziehen.«

»Umziehen? Und unser Haus?«

Er nickte, schien zu überlegen, wie er ihr all die Neuigkeiten mitteilen sollte. Zündete sich nervös eine Zigarette an.

»Also, ich bin jetzt stellvertretender Geschäftsführer. Ich hab einfach rumgefragt und angegeben, dass ich mich verändern möchte, dass ich in meiner jetzigen Firma keine Aufstiegsmöglichkeiten mehr sehe und man hat mir eine Stelle als Geschäftsführer angeboten. Keine Stellvertretung mehr, sondern alleiniger Geschäftsführer. Und zwar von einer Softwarefirma, die ihren Sitz in Berlin hat, allerdings eine Zweigstelle in Köln. Die soll ich übernehmen. Ich müsste allerdings auch hier und da mal nach Berlin pendeln, so wie es jetzt auch ist. Nur dass ich nun schon seit Jahren immer mal zwischen Frankfurt und Hannover hin und her pendeln muss.«

»Und das ist ein sicherer Job?« Daniel nickte. »Ja, das ist ein sicherer Job. Die Firma existiert schon lange. Die Geschäftsberichte sehen super aus. Die Umsätze sind nicht zurückgegangen, wie bei vielen anderen Firmen. Sie steigen langsam, aber sie schwanken nicht und sie steigen stetig. Es sieht sehr gut aus. Ich wäre dort Geschäftsführer und das ist nicht nur ein beruflicher Aufstieg, ich würde mich auch finanziell sehr verbessern.«

»Was heißt das im Klartext?«

»Siebentausend Euro netto im Monat. Und ein Haus am Stadtrand, das normalerweise für 2000 Euro im Monat vermietet wird, aber wir zahlen nur 1000 Euro Kaltmiete dafür.«

Clarissa schossen tausend Gedanken durch den Kopf. Die Kinder würden nicht umziehen wollen. Sie müsste ihre beste Freundin Anja zurücklassen. Und Patrizia!

»Und du denkst, es ist unumgänglich?«

Er nickte.

»Ja. Unsere Firma schafft es vielleicht noch ein halbes Jahr, dann fangen wir an, Mitarbeiter zu entlassen, falls sich nichts bessert. Es wird schon diskutiert, wer zuerst gehen wird. Und natürlich wird insbesondere meine Stelle diskutiert. Ein Unternehmen, das kurz vor der Pleite steht, mit zwei Geschäftsführern die meisten Kollegen halten meine Stelle für überflüssig. Der Inhaber ist der Meinung, der erste Geschäftsführer könnte meinen Job auch noch mit übernehmen. Eine Besserung ist nicht in Sicht, da müsste ein Wunder geschehen und daran glaube ich nicht. Und irgendwann ist Schluss. Ich mag nicht warten bis ich auf der Straße stehe, denn dann werde ich alles nehmen müssen, was man mir anbietet und das könnte auch sein, die Bahnhofsklos zu putzen. Du kennst die derzeitige Lage am Arbeitsmarkt, ich wäre nicht der Einzige mit guten Qualifikationen und langjähriger Berufserfahrung, der keinen Job mehr findet.«

»Ja, dann ist das alles wohl sowieso keine Frage. Ob es mir passt oder nicht, unter diesen Umständen verbietet sich wohl jede Diskussion.«

»Nein, so ist es nicht, Clarissa. Denn ich werde das Angebot nur annehmen, wenn du einverstanden bist, denn wir müssen wie gesagt nach Köln umziehen. Und ich werde mich in der ersten Zeit sehr intensiv in diese Firma einarbeiten müssen, es wird mir nicht viel Zeit für euch bleiben. Aber auch das geht vorbei. Hauptsächlich hatte ich Bedenken, dass du vielleicht nicht umziehen möchtest.«

»Ich möchte auch nicht umziehen, Daniel. Und ich möchte es auch den Kindern nicht antun. Gibt es denn keine andere Möglichkeit?«

Daniel seufzte. »Wohl kaum. Ich habe monatelang überlegt. Gesucht. Und sogar Bewerbungen geschrieben für Positionen, die innerhalb von Frankfurt zu vergeben waren. Aber weißt du, wenn man mal eine bestimmte Karriereposition erreicht hat, wird es schwer, wieder was Neues zu finden.« Erneut seufzte er. »Es ist wie verhext. Die Stellen als Geschäftsführer werden nicht einfach so vergeben. Die erarbeitet man sich über die Jahre hinweg, so wie es bei mir der Fall war. Oder der Inhaber ist Geschäftsführer. Oder es gibt bereits einen Geschäftsführer. Der stellt jedenfalls dann niemanden wie mich ein, denn ich habe viel Erfahrung und stelle Konkurrenz dar, auch wenn man mich in einer niedrigeren Position einstellen würde. Jeder Geschäftsführer hätte Bedenken, dass ich ihm eines Tages das Wasser abgraben werde, ist normal. Aus einem laufenden Projekt jedoch in ein anderes, laufendes Projekt einzusteigen, das ist einfacher.«

»Was soll aus unserem Haus werden?«

»Ach Clarissa, es ist eine Immobilie, und so was sollte man behalten. Immerhin würden wir in Köln auch in einem Haus leben, aber zur Miete. Wir könnten unser Haus hier auch vermieten. Davon könnten wir die Raten weiter zahlen und in Köln würden wir sorgenfrei leben, auch in einem Haus. Und wenn wir eines Tages hierher zurückwollen würden, hätten wir immer noch unser Haus. Und das zahlt sich bis dahin weiter durch die Miete von ganz alleine ab. Abgesehen davon, dass dieses Gehalt, das mir da angeboten wurde, immerhin ziemlich weit über meinem jetzigen Gehalt liegt.«

»Ja, natürlich wäre das für dich ein Aufstieg, keine Frage. Hast du das Haus in Köln schon gesehen?«

»Nein«, sagte Daniel. »Nur ein paar Fotos habe ich gesehen und ich kenne die Beschreibung der Immobilie. Das Haus hat sechs Zimmer, Küche, eine Gästetoilette und zwei Badezimmer, eines davon gehört wohl zum Schlafzimmer, das andere ist im oberen Stock, so ein Gemeinschaftsbad. Und einen großen Garten. Es ist ein sehr schönes Haus, ich hab die Bilder in einer Mail. Wenn du magst, hol ich meinen Laptop und zeige sie dir.«

Sie nickte, woraufhin Daniel sofort seinen Laptop holte und ihn hochfuhr. Kurz darauf führte er ihr die Fotos aus dem Haus vor.

»Das ist aber schön«, sagte Clarissa. »Da liegt ja noch richtiger Parkettboden!« Daniel nickte und freute sich, weil Clarissa so unvoreingenommen reagierte, obwohl das alles bedeutete, dass sie ihre gewohnte Umgebung hinter sich lassen musste.

»Das Haus ist sehr schön, Daniel. Damit hätte ich kein Problem. Und von Frankfurt aus ist Köln gerade mal zwei Stunden entfernt, das geht auch, wenn Anja mich mal besuchen möchte.«

»Oder Patrizia«, sagte er.

»Ja«, sagte sie. »Oder Patrizia.«

»Ich muss kurz ins Bad«, sagte Daniel. »Dann reden wir weiter.«

Sie nickte und schaute ihm nach, wie er auf der Treppe verschwand. Patrizia. Umzug nach Köln. Patrizia. Die Sache mit Patrizia musste so oder so bald beendet werden, sie geriet außer Kontrolle, wie der Saunabesuch ihr gezeigt hatte. Dieser Nachmittag hatte Clarissa aufgerüttelt. Patrizia selbst hatte sich nicht verändert, aber ihre Beziehung hatte sich verändert. Patrizia hatte begonnen, Ansprüche zu stellen, und wurde fordernd. Zeigte sich verständnislos, wenn Clarissa darauf bestand, Diskretion zu wahren. Sie wollte auch inzwischen nicht mehr wahrhaben, dass Clarissa ihr von Anfang an gesagt hatte, dass sie Daniel und die Kinder niemals für ein Leben mit ihr aufgeben würde. Patrizia drängelte nicht wirklich. Aber immer öfter stellte sie Fragen, die darauf hinausliefen, dass Clarissa ihr erklären musste, jedes Mal aufs Neue, warum sie in ihrem Leben keine Veränderungen vornehmen würde. Patrizia bedeutete ihr sehr viel. Vielleicht war sie inzwischen sogar auch verliebt in sie, das wusste sie nicht einzuschätzen. Sie fand den Gedanken noch immer befremdlich, sich als Frau in eine Frau zu verlieben. Aber sexuell war sie ihr verfallen. Doch immer öfter hatte sie das Gefühl, dass die Beziehung seitens Patrizia nach Intensivierung verlangte, nach Entscheidungen und dadurch bedingt immer weiter außer Kontrolle geriet. Schon seit Tagen grübelte sie über der Frage, wie sie weiterhin damit umgehen sollte. Im Grunde gab es nur zwei Möglichkeiten: Entweder sie trennte sich von Patrizia oder von ihrem Mann. Der Gedanke, sich von Patrizia trennen zu müssen, schmerzte sie sehr, aber von Daniel würde sie sich auf gar keinen Fall trennen, das stand für sie fest. Sie liebte ihn nach wie vor und er war noch immer der Mensch in ihrem Leben, mit dem sie alt werden wollte. Auch der Verlust von Patrizia würde sie hart treffen. Allerdings war ihr klar, dass sie diesen Verlust verkraften würde und der Schmerz mit der Zeit, vielleicht sogar recht schnell, nachlassen würde. Sie hatte durch Patrizia eine wunderbare neue Welt erfahren. Sie hatte ihr viel zu verdanken, nicht nur in Hinsicht auf ihre Malerei, sondern auch persönlich. Ohne das Verhältnis zu Patrizia hätte sie niemals ihre Ehe wieder in den Griff bekommen, die seither tatsächlich traumhaft lief. Ohne Patrizia wäre sie nicht der selbstbewusste Mensch, diese körperbewusste Frau geworden, sondern wäre weiterhin ein Schatten ihrer selbst geblieben, still leidend und funktionstüchtig. Ja, sie hatte ihr viel zu verdanken, die Zeit mit Patrizia war wunderschön gewesen, aber es war wohl längst fällig, das Ganze zu beenden. Es war unfair Daniel gegenüber, es war unfair Patrizia gegenüber. Es war einfach unfair, aus welchem Blickwinkel heraus man es auch betrachtete. Es war Betrug, genau wie Daniel sie betrogen hatte. Sie hatte sich nicht als besserer Mensch gezeigt und wenn Daniel erfahren würde, was sie getan hatte, wäre er sehr verletzt. Ihre Lügen waren viel raffinierter gewesen als seine Lügen. Und genau wie sie ihm damals vorgeworfen hatte, dass er aus dem Bett einer anderen zu ihr gekommen war, hatte sie sich auch verhalten. In den vergangenen Monaten war sie ständig aus dem Bett von Patrizia direkt zu ihm gekommen. Oft hatte sie noch nach ihrem Parfüm gerochen und nicht selten hatte sie noch den Geschmack von Patrizias letztem Orgasmus auf den Lippen gehabt. Nein, sie war keinen Deut besser und sie musste diese Sache beenden, bevor sie ihr über den Kopf wuchs und es war ohnehin schon kurz davor. Ja, sie hatte oft gegrübelt in den letzten Tagen, als sich jeder auf Weihnachten gefreut hatte, nur Patrizia nicht, die ihr unmissverständlich klar gemacht hatte, dass sie Weihnachten gerne mit ihr verbringen würde. Dass sie traurig war, weil sie alleine zu Hause sitzen würde. Oder vielleicht auf eine Weihnachtsparty gehen würde. Aber so oder so ohne die Frau, die sie doch so sehr liebte.

Sie konnte Patrizia nicht einladen, um Heilig Abend mit ihr und ihrer Familie zu verbringen. Noch nie hatten Daniel und sie andere Leute eingeladen um mit ihnen den Heilig Abend zu verbringen. Vor vielen Jahren, als ihre Eltern noch gelebt hatten, waren diese ein oder zweimal an Heilig Abend zu Besuch gewesen. Aber seit ihre Eltern tot waren, war dieser Abend zu einem Fest geworden, das nur ihnen und den Kindern gehörte. Nein, sie hätte Patrizia keinesfalls einladen können. Erst als für Patrizia feststand, dass sie zu einer Weihnachtsparty bei Freunden gehen würde, hatte Clarissa erleichtert aufatmen können. Und Patrizia hatte es bemerkt, ihre Augen wirkten plötzlich ein wenig wehmütig. Damit hatte Clarissa noch einen Grund mehr, sich schlecht zu fühlen. Patrizia musste sich fühlen wie die heimliche Geliebte, die öffentlich nicht auftauchen darf. Ein schrecklicher Gedanke. Offenbar nahm ihr gerade das Schicksal jede Form von eigener Entscheidung ab und irgendwie war Clarissa ein wenig erleichtert darüber.

Als Daniel wieder ins Wohnzimmer kam und sich neben sie setzte, nahm sie ihr Glas Wein in die Hand und reichte ihm seines, um mit ihm anzustoßen.

»Also«, sagte sie. »Auf Köln.« Sie trank einen Schluck. Daniel wirkte sehr erleichtert.

»Auf Köln«, sagte sie erneut. »Auf einen neuen Anfang ohne böse Geister in einem neuen Haus.«

Daniel nahm sie unwillkürlich in den Arm.

»Böse Geister?«, fragte er besorgt. Dann blickte er schuldbewusst zu Boden. »Du leidest noch immer unter der Sache, was?«

»Nein«, sagte sie, und dabei konnte sie ihm sogar in die Augen schauen.

»Aber ich finde, es wäre gut für uns. Es würde unserer Ehe einfach guttun, einen neuen Anfang zu machen. Ich freue mich drauf. Wir haben es geschafft, eine schlimme Krise zu überwinden, und ein Ortswechsel kann nur gut sein. Völlig von vorne anfangen, weißt du was ich meine? Ich bin sehr gespannt, was die Kinder dazu sagen.«

»Nun ja, ich denke, sie werden nicht besonders erfreut sein«, sagte er zerknirscht. »Das wird ein harter Kampf werden. Schließlich haben sie all ihre Freunde hier.«

»Ja«, sagte Clarissa. »Aber du überschätzt das. Damian ist mit Jungs befreundet, die sich noch gut dran erinnern können, welchen Blödsinn er im Kindergarten angestellt hat. Ich denke, ihm wird das persönlich guttun, einen neuen Anfang in einer neuen Stadt zu machen. Das ist auch die Möglichkeit für einen Imagewechsel und ich hab das Gefühl, dass er das ohnehin gerade anstrebt. Und Charlotte streitet sich sowieso ständig mit ihren Freundinnen. Wir sollten warten, bis sie das nächste Mal total empört nach Hause kommt, und mir erzählt, wie eklig Julia mal wieder zu ihr war. Oder Nancy. Dann könnten wir die Neuigkeiten verkünden. Das wäre eine Gelegenheit.«

»Mein schlaues Frauchen«, sagte Daniel.

»Ich finde es aber furchtbar, dass du schon monatelang weißt, wie es um eure Firma steht, dass dein Job auf dem Spiel steht, du aber nicht mit geredet hast. Vertraust du mir etwa nicht? «

»Doch Clarissa«, antwortete Daniel. »Ich wollte dich nur nicht beunruhigen. « Er seufzte. »Schau mal, anfangs sah das alles so aus als würden wir ein paar Rettungsmaßnahmen ergreifen und das Ding schon schaukeln. Dann stand irgendwann fest, dass die nicht ausreichen und dass wir eigentlich auch gar nichts tun können, was wirklich ausreichend wäre. Es ging dir wieder so gut in den letzten Monaten und unser Leben war wieder so schön. Ich wollte einfach, nicht dass du dir Sorgen machst.«

»Also hast du gewartet, bis du mir eine Lösung präsentieren konntest? «

»Ja, «sagte Daniel. »Das fand ich einfacher. «

Er nahm sie fest in die Arme. »Komm, lass uns ins Schlafzimmer gehen. Mir ist so sehr nach dir ...«

## -17-

In den kommenden zwei Wochen regelte Daniel bereits alles, was es zu regeln gab. Er sagte die Stelle in Köln zu und kündigte zum 28. Februar seine Anstellung in Frankfurt, nachdem er den unterschriebenen Vertrag mit der Kölner Firma in der Tasche hatte. In der alten Firma ließ man ihn großzügig zum 1. März gehen, denn den Chefs dort war durchaus klar, dass Daniel eine Abfindung zustand, falls man ihn aus geschäftlichen Gründen entlassen müsste. Und leider sah ja alles danach aus. Daniel war immerhin schon viele Jahre in dieser Firma tätig und hatte sie praktisch mit aufgebaut. Wen interessierten da noch Kündigungsfristen?

»Es ist wohl normal, dass die Ratten das sinkende Schiff verlassen«, hatte der direkte Geschäftsführer gesagt. Als sei in den letzten Wochen nicht ausgerechnet Daniels Stelle ausgiebig diskutiert worden. »Ich wünsche Ihnen viel Glück.«

Daniel schloss einen Mietvertrag für das neue Haus in Köln ab und versprach Clarissa, bei nächster Gelegenheit ein Wochenende mit ihr in der neuen Heimatstadt zu verbringen. Das Haus musste eingerichtet werden und das wollte er mit ihr gemeinsam tun. Die Möbel, mit denen sie bisher gelebt hatten, sollten verkauft oder verschenkt werden, soweit es ging. Daniel wollte einen völlig neuen Anfang und Clarissa begrüßte diese Denkweise, denn für neue Möbel wäre es ohnehin langsam an der Zeit gewesen. Sie hatten zwei Kinder mitmachen müssen und trugen entsprechende Spuren. Nur die Sache mit Patrizia machte ihr weiterhin Sorgen.

»Ich wusste nicht, wie ich aus der Nummer wieder rauskommen sollte.«

Das hatte Daniel damals zu ihr gesagt. Nun wusste sie, wie sich das anfühlte. Auch sie wusste nun im Grunde nicht, wie sie aus dieser Nummer wieder rauskommen sollte. Sie war so lange mit ihrem Mann zusammen. Im Beenden von Beziehungen war sie nun mal nicht sehr erfahren. Aber besser war es sicher, vorzeitig damit anzufangen als abzuwarten, bis die Situation eskalierte. Und vor allem war es wichtig, jetzt sehr bald schon mit Patrizia zu sprechen, statt sie vor vollendete Tatsachen zu stellen.

Und so fuhr sie in der zweiten Januarwoche zu Patrizia nach Hause. An diesem Nachmittag war sie ohnehin mit ihr verabredet. Sie traf Patrizia im Sportdress an. Offensichtlich hatte sie gerade trainiert. Sie sah wirklich sexy aus in diesem hautengen Dress, der ihre schmale Taille und ihre ansonsten großzügigen Proportionen noch mehr betonte als ihre sonstige Kleidung.

»Warum wirkst du so ernst, Liebes?«, fragte Patrizia.
»Ich muss mit dir sprechen.«
»Doch nicht schon wieder wegen der Sache in der Sauna?«
»Wie kommst du darauf?«, fragte Clarissa. »Ich habe dazu mein Statement abgegeben und die Sache ist vorbei, oder?«
Clarissa hatte sich zwar in den letzten zwei Wochen ein wenig von ihr distanziert, aber sie hatten sich getroffen. Und sie hatten sich geliebt, sie hatten viel Zeit miteinander verbracht, wenn auch nicht so viel wie vorher. Die Sache mit der Sauna war ihrer Meinung nach auch längst ausdiskutiert.
»Okay«, sagte Patrizia. »Ich hoffe, dass du mir nicht mehr böse bist. Ich weiß ja, dass ich mich blöd benommen habe.«
»Ich muss mit dir über etwas anderes sprechen.«
Clarissa setzte sich im Wohnzimmer auf das Sofa und starrte in die lodernden Flammen im Kamin. Patrizia verstand sich wirklich darauf, es sich zu Hause gemütlich zu machen. Auf dem Tisch stand bereits eine Flasche Sekt im Kühler und zwei Gläser. Natürlich, sie waren ja auch verabredet gewesen. Patrizia setzte sich in den Sessel neben dem Sofa und wischte sich mit einem Handtuch den Schweiß von der Stirn und aus dem Nacken.
»Was hast du auf dem Herzen, Schatz?«
Clarissa atmete tief ein.
»Ich weiß nicht, wo ich anfangen soll.«
»Am Anfang«, sagte Patrizia. Sie lächelte, aber sie wirkte ein wenig zaghaft. Es war nicht zu übersehen, dass dies ein ernstes Gespräch werden würde. Patrizia mochte äußerlich selbstbewusst wirken, aber ihr ganzes kokettes und extravagantes Auftreten war nur die Überspielung ihrer Unsicherheiten, so viel hatte Clarissa in den letzten Monaten gelernt. Patrizia gab sich als mondäne Geschäftsfrau, die den Spaßfaktor des Lebens gerne auskostete. Aber eigentlich war sie sanft, zartfühlend und wie Clarissa inzwischen bewusst war: Sehr verletzlich, und lange nicht so selbstbewusst, wie sie vorgab.
»Patrizia, bei meinem Mann haben sich ernste berufliche Veränderungen ergeben.«
»Wird er arbeitslos?«, fragte Patrizia.
»Nein. Er tritt eine neue Stelle an.«
»Gut, und was geht mich das an?«
»Die neue Stelle ist in Köln. Er fängt am 1. März an.«
Patrizia wurde bleich. »Heißt das etwa, ihr zieht nach Köln?«
Clarissa nickte. »Für immer?«
»Naja, es sieht so aus.«
»Und was wird aus uns?«

Clarissa starrte auf ihre Füße. Solche Gespräche lagen ihr überhaupt nicht. Sie hasste diese Situation. Es war an die zwanzig Jahre her, dass sie das letzte Mal ein solches Gespräch hatte führen müssen.

»Patrizia, wir müssen das beenden. So oder so. Auch wenn wir nicht umziehen würden. Aber den Umzug nehme ich zum Anlass.«

»Aber ich könnte doch meine Galerie nach Köln verlegen, das wäre überhaupt kein Problem! Köln ist eine tolle Stadt!«

»Ich weiß, dass du das tun könntest und es auch tun würdest. Aber darum geht es nicht nur, Patrizia.«

»Du willst unsere Beziehung beenden?«

Clarissa nickte.

»Einfach so?«

»Nein, nicht einfach so. Nach langem Nachdenken. Nach mehreren Monaten mit einem verdammt schlechten Gewissen. Man kann nicht auf zwei Hochzeiten tanzen.«

»Also dieser Saunanachmittag, der hat dich doch schwer belastet, was?«

»An diesem Tag ist mir klar geworden, dass ich eine Entscheidung treffen muss. Es ist unfair, Patrizia, unfair dir gegenüber, noch unfairer Daniel gegenüber. Ich hätte kein Problem, mich mit dir als Paar in der Öffentlichkeit zu zeigen, wenn ich nicht Panik haben müsste, dass Daniel es auf solche Art erfährt. Aber ich habe diese Panik. Ich will, nicht dass er es erfährt. Ich will meine Ehe nicht verlieren. Wir sind so viele Jahre zusammen und ich liebe ihn sehr. Ich muss mich für einen von euch entscheiden und meine Entscheidung ist gefallen. Ich habe dich auch nie belogen, Patrizia. Ich habe dir von Anfang an gesagt, dass ...«

Sie unterbrach sich.

Patrizia rauchte nervös. Tränen liefen ihr über das Gesicht.

»Du weißt gar nicht, was du mir antust«, sagte sie.

»Doch, ich weiß, was ich dir antue«, sagte Clarissa. »Aber ich muss jetzt mein Leben aufräumen, bitte versteh das doch. Ich muss mich für eine Seite entscheiden. Ich kann diese Beziehung mit dir nicht weiterführen. Es wird sowieso durch die Entfernung demnächst nur noch komplizierter. Aber das ist nicht der Grund. Ich liebe meinen Mann, ich will ihn nicht verlieren. Ich muss das mit dir beenden, auch wenn es wehtut.«

»Dir scheint es nicht wehzutun. Ich bin die Einzige, die leidet. Du siehst mir ziemlich kühl und überlegt aus.«

»Das bin ich nicht. Das siehst du falsch.«

Patrizia wischte sich die Tränen ab.

»Naja, was soll ich sagen? Du willst das beenden. Du willst lieber mit deinem Mann zusammen sein. Das werde ich akzeptieren müssen.«

»Schön dass du es so siehst«, sagte Clarissa. »Hör zu, die Zeit mit dir hat mir viel bedeutet und....«

»Lass den Quatsch«, sagte Patrizia. Sie hob abwehrend ihre Hände. »Lass es einfach sein. Ich will solchen Scheiß nicht hören! Es war toll mit dir Patrizia, ja, es war schön, aber jetzt ist es Zeit weiterzuziehen...lass es einfach, so was braucht kein Mensch.«

Clarissa seufzte und sie war selbst den Tränen nahe. »Nun gut, wenn du so reagierst ... ich wollte dir nur sagen, dass es eine schöne Zeit war mit dir, die ich nicht missen möchte. Du hast mir viel gegeben und mein Leben verändert, es bereichert.«

»Ich frage mich schon seit zwei Wochen, was dich bedrückt«, sagte Patrizia. »Ich dumme Gans dachte tatsächlich, es läge an der Geschichte, die in der Sauna passiert ist. Glaubst du, ich hätte nicht gemerkt, dass du dich danach von mir distanziert hast?«

»Ich habe nachgedacht, Patrizia.«

»Das weiß ich. Weißt du, das unterscheidet eine lesbische Beziehung von einer Hetero-Beziehung. Eine Frau merkt es ganz genau, wenn eine andere Frau etwas auf dem Herzen hat. Einem Mann wäre vielleicht nur aufgefallen, dass du ruhiger geworden bist, aber ich habe natürlich bemerkt, dass dich etwas bedrückt. Ich hab dich auch mehrfach gefragt, ob ich dir helfen kann. Ob du reden möchtest. Du hast immer gesagt, es wäre nichts. Aber glaubst du, ich hätte nicht gemerkt, dass du am Grübeln bist?«

»Es fiel mir auch nicht leicht, diese Entscheidung zu treffen, Patrizia.«

»Aber du hast sie jetzt getroffen.«

Patrizia wischte sich die Tränen aus dem Gesicht und zündete sich gleich die nächste Zigarette an.

»Ich habe dir immer gesagt, dass ich Daniel nicht aufgeben werde.«

»Weiß ich. Aber du bist ja selbst Frau und du weißt ja, bei uns Frauen stirbt die Hoffnung immer zuletzt. Ich dachte, es genügt, wenn ich dich einfach liebe und vielleicht würdest du dich am Ende doch für ein Leben mit mir entscheiden. Irgendwann einmal! Und ich hätte dir alle Zeit der Welt gelassen!«

»Du bedeutest mir sehr viel, auch wenn ich unsere Beziehung an dieser Stelle beenden muss«, sagte Clarissa. »Und wer weiß ... wäre ich alleine Patrizia, dann wäre dein Wunsch vielleicht sogar in Erfüllung gegangen.«

Patrizia fing sich langsam wieder. »Fein«, sagte sie in scharfem Ton. »Raus hier.«

Clarissa erhob sich. »Dein Ernst?«

Patrizia nickte, wischte sich noch einmal die Tränen ab, erhob sich und lief mit energischen Schritten zur Tür.

»Raus!«, sagte sie und öffnete die Wohnungstür. »Du wirst deine Entscheidung noch bereuen!«

Ein tiefer Schrecken durchfuhr Clarissa. »Drohst du mir? Was hast du vor?«

»Nichts habe ich vor. Aber du wirst es bereuen und das schon bald.«

Clarissa betrat das Treppenhaus und sah sich noch einmal um. Doch das Einzige was sie noch von Patrizia sehen konnte, war ihre wilde, rote Lockenmähne, die hinter der zuknallenden Wohnungstür verschwand. Im Treppenhaus lehnte sie sich an die Wand und atmete tief durch um gegen die aufsteigenden Tränen anzukämpfen, aber es gelang ihr nicht. Weinend ging sie in die Hocke, saß minutenlang im Hausflur und weinte stille Tränen. Irgendwann konnte sie schließlich die nötige Kraft aufbringen um aufzustehen und zum Aufzug zu laufen. Patrizia hatte völlig anders reagiert, als sie gedacht hatte. Würdevoller. Oder hatte sie sich das nur eingebildet? Sie fühlte sich nicht gut und als sie eine Stunde später zu Hause ankam, schluckte sie erst mal eine Kopfschmerztablette und legte sich ins Bett. Sie musste jetzt eine Weile alleine sein.

## -18-

»Stimmt mit dir was nicht?«, fragte Daniel beim Abendessen.
»Warum?«, fragte Clarissa.
»Du bist so still.«
»Ich habe Kopfschmerzen.«
»Okay. Sonst nichts?«
Clarissa schüttelte den Kopf und würgte ein paar Stückchen von ihrem Schnitzel herunter. Sie hatte keinen Appetit und schob ihren Teller von sich.
»Kinder«, sagte sie, und sah zunächst Charlotte an und dann Damian. »Wir müssen uns mal über etwas unterhalten.«
»Aha«, sagte Damian, und er sah wütend seine Schwester an. »Ich habe nichts gesagt!«, brüllte Charlotte gleich los.
»Was hast du uns nicht gesagt?«, fragte Daniel nach.
»Er raucht!«
Damian senkte seinen Kopf und konzentrierte sich auf das Essen, das auf seinem Teller lag.
»Damian, du rauchst?«, fragte Daniel und musterte ihn mit strengem Blick.
»Nur manchmal.«
»Nur manchmal ist auch schädlich.«
»Ihr raucht doch auch manchmal.«
»Ja, leider. Aber wir sind erwachsen. Wenn man so was in deinem Alter anfängt, hängt man schnell an der Zigarette und plötzlich raucht man ständig!«
»Ich hab ja schon wieder aufgehört«, sagte er.
Daniel musterte ihn.
»Wirklich.«
Clarissa nickte.
Das musste sie überwachen, das war klar, aber eine Diskussion darüber würde nun nicht weiterführen. Dafür hatte sie an diesem Tag auch nicht mehr die nötigen Nerven. Viel mehr mussten ihre Kinder nun endlich von ihren Plänen erfahren. An diesem Tag war dafür ein guter Tag, er war ohnehin ruiniert und wenn die Kinder jetzt laut werden und ausflippen würden, machte es auch keinen Unterschied mehr.
»Also ihr beiden, euer Vater wird am ersten März eine neue Stelle antreten.«
»Ach?«, sagte Damian. »Wo denn?«
»Bei einer Softwarefirma. Ich werde dort Geschäftsführer sein«, sagte Daniel.

»Und warum?« Charlotte saß mit aufgerissenen Augen am Tisch. Natürlich entsetzte sie die Nachricht.

»Weil es meiner bisherigen Firma nicht so gut geht und ich springe lieber vom Boot als mit unterzugehen. Verständlich, oder? Ihr schaut ja auch Nachrichten, ihr wisst ja, wenn man erst mal arbeitslos ist heutzutage, kommt man schlecht wieder auf die Füße.«

Damian nickte, Charlotte starrte ihn gespannt an.

»Also, mit dem neuen Job werden wir uns keine Sorgen machen müssen. Ich werde mehr verdienen und wir werden in einem größeren Haus leben als dieses hier. Wir werden einen riesigen Garten zur Verfügung haben.«

»Wir ziehen um?«, fragte Charlotte entgeistert. »Aber wohin?«

»Tja, die Firma ist in Köln.«

»Wir ziehen nach Köln?«, fragte Damian, und riss entsetzt die Augen auf.

Clarissa nickte.

»Ja. Es bleibt uns nichts anderes übrig.«

»Na super!«, brüllte Damian. »Einfach so, ja? Und wir dürfen gar nicht mitentscheiden?«

»Ich fürchte, ihr habt da keine Wahl«, sagte Daniel. »Oder hast du ein Konzept was wir tun können, von welchem Geld wir leben können, wenn ich erst arbeitslos geworden bin?«

»Du findest doch bestimmt hier was in der Gegend«, sagte Damian.

»Damian«, sagte Daniel, und er versuchte, ganz ruhig zu bleiben. »Wenn man in der heutigen Zeit erst mal arbeitslos ist, dann hat man ganz schnell riesige Probleme. Ich bin jetzt fünfundvierzig Jahre alt. Das ist natürlich kein Alter, aber wenn man erst mal über vierzig ist, ist es problematisch was Neues zu finden. Und wenn man erst mal arbeitslos ist, dann dauert es eine Weile, bis man was Neues findet. Ich müsste mich mit Sicherheit sogar damit abfinden, dass ich mich beruflich verschlechtern müsste, nur um überhaupt einen Job zu kriegen. Mit der Stelle in Köln kann ich der Arbeitslosigkeit aus dem Weg gehen und mich beruflich verbessern. Ist das nicht die bessere Alternative?«

»Aber wir müssen alle unsere Freunde hinter uns lassen!«, jammerte Charlotte.

»Ja«, sagte Clarissa. »Das stimmt. Aber das Leben erfordert manchmal solche Entscheidungen. Oder habt ihr Lust, in eine kleine Mietwohnung zu ziehen, weil wir das Haus nicht mehr halten können, weil euer Vater vielleicht keinen Job mehr bekommt? Ihr wollt doch nicht hier bleiben um jeden Preis, oder?«

Charlotte heulte.

»Kind«, sagte Clarissa. »Manchmal muss man solche Entscheidungen treffen, wenn die Existenz dranhängt, daran musst du immer denken. Das ist nun mal so. Manchmal muss man Opfer bringen. Ich habe nichts dagegen, wenn deine Freundinnen dich in den Ferien besuchen kommen.«

»Ach, das ist doch nur Gerede«, sagte Charlotte mit finsterem Gesicht. »Die haben mich doch total schnell vergessen, sobald wir hier weg sind.«

»Dann sind es auch keine Freundinnen und dann sind sie es auch nicht wert, dass du traurig bist.«

»Es wird noch ein wenig mehr Verzicht geben müssen«, sagte Daniel. »Der Sommerurlaub dieses Jahr muss auch ausfallen. Ich muss mich erst mal in diese Firma einarbeiten und habe dann auch erst mal ein halbes Jahr Urlaubssperre. Und als Geschäftsführer kann ich mir im ersten Jahr dort Urlaub höchstens zwischen den Jahren erlauben, wenn ich schon fast ein Jahr da bin.«

Damian starrte finster vor sich hin.

»Es wird uns dort gut gehen«, versicherte Daniel noch einmal seinen Kindern. »Ihr werdet größere Zimmer haben als eure Zimmer hier. Wir werden das Haus komplett neu einrichten. Der Garten ist toll. Wir könnten uns einen Hund anschaffen, wolltet ihr nicht immer einen Hund?«

In diesem Moment schien Charlottes Kummer erledigt und sie wagte ein kleines Lächeln.

»Aber einen richtigen Hund, nicht so einen kleinen Kläffer.«

»Natürlich«, sagte Daniel. »Vorausgesetzt eure Mutter ist einverstanden.«

»Klar«, sagte Clarissa. »Ich wollte auch schon immer einen Hund. Aber mit diesem kleinen Garten hier, wo die Nachbarin hinter dem Zaun steht, um einen zu beobachten, und man sowieso von Rechts und links von diesen kleinen Kläffern angebellt wird ... nein danke. Dort wäre das natürlich was anderes.«

»Einen Retriever!«, sagte Charlotte.

»Wir werden sehen. Erst mal müssen wir unser Haus hier räumen, umziehen, uns dort einrichten. Und dann kommt der Hund. Bis dahin haben wir noch lange genug Zeit um drüber nachzudenken, welchen Hund wir haben möchten.«

»Und was passiert mit unserem Haus?«, fragte Damian.

»Wir werden es vermieten«, erklärte Daniel. »Wir wollen es behalten, aber wenn es leer steht, verlieren wir Geld, also werden wir es vermieten.«

Damian nickte. »Na ja, das ist wohl beschlossene Sache, da werde ich wohl nichts dran ändern können.« Er zog ein Gesicht bis auf den Boden und ganz offensichtlich war er schwer auf Protest aus. Nicht nur in dieser Angelegenheit, sondern bereits seit Monaten zu jeder sich bietenden Gelegenheit.

»Doch«, sagte Clarissa gereizt. »Wenn du künftig das Geld verdienst, was dein Vater seit Jahren heranschleppt und es uns allen zur Verfügung stellst so wie er es tut, dann darfst du anders entscheiden. Dann können wir hier bleiben.«

Daniel warf ihr einen besorgten Blick zu. Wenn Clarissa derart gereizt reagierte, konnte es nicht nur an ihren Kopfschmerzen liegen. Die Kinder ergriffen die Gelegenheit, um sich in ihre Zimmer zu verziehen. Clarissa stand auf und räumte das Geschirr ab. Daniel erhob sich ebenfalls und half ihr dabei.

»War heute irgendwas?«, fragte er.

Sie schüttelte den Kopf. »Wieso?«

»Weil – Kopfschmerzen. Am Nachmittag im Bett gelegen, das sieht dir gar nicht ähnlich, auch nicht mit Kopfschmerzen. Und eben warst du ziemlich gereizt.«

Clarissa seufzte. »Das ist wohl nicht mein Tag. Das ist alles. Mach dir keine Sorgen, morgen ist wieder alles okay.«

»Du möchtest nicht mit mir über irgendetwas sprechen?«

Sie fuhr herum, wirkte ein wenig erschrocken.

»Über was sollte ich mit dir sprechen wollen?«

»Keine Ahnung. Heute Morgen war noch alles in Ordnung. Heute nachmittag warst du bei Patrizia in der Galerie. Oder bei ihr zu Hause. Wo eigentlich? Und seit du wieder hier bist, geht es dir offenbar nicht gut!«

»Es ist alles in Ordnung, Daniel. Wirklich.«

Daniel setzte sich wieder an den Esstisch, zündete sich eine Zigarette an und starrte sie so lange an, bis sie sich zu ihm setzte.

»Daniel, ich weiß nicht, was soll ich dir sagen? Ich war bei ihr zu Hause. Und sie hat ein wenig zickig reagiert, weil wir wegziehen, ich habe es ihr heute gesagt.«

»Das verstehe ich nicht«, antwortete er. »Ich weiß, dass ihr mittlerweile dick befreundet seid, aber gerade dann müsste sie es doch verstehen? Außerdem finde ich es nicht normal, Freundschaften lösen sich nicht auf, nur weil man irgendwohin zieht, wohin der andere vielleicht zwei Stunden fahren müsste. Und falls es aus geschäftlichen Gründen ist, das ist doch sowieso kein Problem. Du hörst ja nicht auf zu malen, und deine Bilder kannst du ihr von Köln aus genauso zur Verfügung stellen.«

Clarissa schluckte. Er machte sich Sorgen. Er war auch misstrauisch. Es stand ein neuer Anfang an. Konnte sie mit Daniel einen neuen Anfang machen, wenn sie ihn auf einer Lüge, auf einem solchen Betrug aufbaute? Wäre es nicht besser, ihm ihren Betrug zu gestehen? Was würde geschehen? Konnte er ihr verzeihen? Würde er ihr verzeihen? Wäre ihre Ehe am Ende vielleicht genau da, wo sie vor etwas mehr als einem Jahr schon einmal gewesen war?

Sie hatte Angst, dass es so kommen könnte.

Aber sie hatte auch vor Patrizia Angst. Ein innerer Instinkt sagte ihr, dass Patrizia es darauf nicht beruhen lassen würde. Sie hatte keine Ahnung, warum ihr Bauchgefühl ihr sagte, dass noch unangenehme Dinge bevorstanden, aber es hatte sie selten getäuscht. Sie hatte schon den ganzen Nachmittag über eine unbestimmte Angst in ihrem Inneren gefühlt, seit sie Patrizias Wohnung verlassen hatte. Aus diesem Grund nahm sie all ihren Mut zusammen, bevor sie vielleicht in der schönen Vorstellung versinken konnte, dass es besser war, wenn er es nicht erfahren würde. Eine innere Stimme sagte ihr, dass er es erfahren würde, auf die eine oder andere Art. Und, wenn es tatsächlich so sein sollte, dann sollte er es lieber von ihr persönlich erfahren.

»Daniel«, sagte sie. Und atmete tief ein. »Du hast recht. Es gibt ein Problem. Wir müssen reden.«

Daniel erhob sich und schloss die Wohnzimmertür. Er hatte es geahnt. Clarissa hatte noch nie ihre Gefühle vor ihm verstecken können, er hatte gewusst, dass sie etwas bedrückte. Was immer es sein mochte, die Kinder mussten es nicht hören.

»Du kannst mit mir über alles reden, das weißt du doch. Sag es mir einfach. Sag mir einfach, was dich bedrückt.«

»Daniel, ich weiß nicht, wie ich anfangen soll. Du engagierst dich seit ... na ja seit ... ach ...!«

»Seit ich dich betrogen habe.«

»Ja«, sagte sie. »Seit damals engagierst du dich so sehr. Du gibst dir so viel Mühe. Du liest mir jeden Wunsch von den Augen ab. Wir haben unsere Ehekrise überwunden. Die Ehe mit dir ist wieder so wunderbar wie in unseren ersten Jahren, viel schöner noch, weil wir jetzt eine Vertrautheit haben, die wir früher nicht hatten. Und nun willst du einen neuen Anfang in Köln machen. Du musst die Wahrheit erfahren, aber das könnte das Ende unserer Ehe sein.«

Er musterte sie mit besorgtem Blick. »So ernst?«

Clarissa nickte traurig und sie schaffte es nicht, ihn anzusehen. Stattdessen lief sie zum Schrank, öffnete ihn und holte eine Flasche Cognac und zwei Gläser heraus, schenkte sie voll und stellte ihm eines der Gläser hin.

Nachdenklich kippte sie ihren Cognac in einem Zug herunter.
»Verdammt noch mal ... ich kann das nicht.«
»Versuch es einfach.«
»Daniel.«
Sie schenkte sich einen zweiten Cognac ein und leerte auch dieses Glas in einem Zug. »Ich habe dich betrogen.«
Mit einem lauten Knall landete das leere Glas auf dem Tisch. Daniel wurde bleich.
»Was hast du?«
»Ich habe dich betrogen. Und du wirst mich jetzt hassen.«
Daniel sprang auf, durchquerte mit großen Schritten mehrfach das Wohnzimmer und setzte sich schließlich wieder.
»Mit wem? Aber du warst doch ... du ... ich verstehe nicht!«
Sie hatte vermutet, dass er völlig außer sich sein würde, dass er angesichts ihrer Worte die Kontrolle verlor. Aber nachdem er sich wieder gesetzt hatte, saß er nun einfach nur da und starrte sie verwirrt an.
»Ich habe dich mit Patrizia betrogen«, fügte sie hinzu.
Daniel lehnte sich in seinem Stuhl zurück, starrte das Glas an und leerte es auch auf einen Zug, so wie sie es getan hatte.
»Aha«, sagte er nur. »Und jetzt?«
»Und jetzt? Jetzt ist Schluss. Ich habe heute mittag die Sache beendet. Und wenn du dich jetzt scheiden lassen möchtest, dann habe ich Verständnis.«
Er antwortete nicht.
»Ich kann den Gedanken nicht ertragen, dich zu verlieren. Aber ich kann keinen neuen Anfang auf einer Lüge aufbauen.«
Daniel holte tief Luft.
»Clarissa. Das ist ungeheuerlich!«
»Ich weiß«, sagte sie kleinlaut.
Daniel erhob sich erneut und lief mit großen Schritten durch das Zimmer, die Hände in den Hosentaschen wahrscheinlich zu Fäusten geballt. Wütend lief er auf und ab, bis er sich nach einiger Zeit wieder setzte.
»Was hast du dir dabei gedacht?«
»Ich habe ... Daniel, ich habe erst mal gar nichts gedacht. Sie ... nein, das ist blöd. Ich hätte nein sagen müssen. Aber es ging mir so schlecht und sie tat mir so gut!«
Erneut stand Daniel auf um durch das Zimmer zu laufen. Schließlich stand er vor der Terrassentür, starrte hinaus in die Dunkelheit.
»Es ging dir schlecht, seit du herausgefunden hast, dass ich dich betrogen habe«, sagte er. »Seit du von meinem Verhältnis erfahren

hast. Ich weiß das. Ich habe mich dafür gehasst. Ich habe mich so sehr dafür gehasst, dass ich nicht nein sagen konnte. Dass ich mich so geschmeichelt gefühlt habe, dass ich wie ein dummgeiler Gockel. Mich immer wieder mit dieser Frau getroffen habe, die mir eigentlich gar nichts bedeutete! Nichts, bis auf die Tatsache, dass ich mich wieder fühlen konnte wie ein Mann, von dem die Frauen noch was wollen. Ich habe mir solche Vorwürfe gemacht.«

»Das weiß ich.«

Er setzte sich wieder zu ihr an den Tisch. Clarissa konnte ihm kaum in die Augen sehen. »Und seitdem ging es dir schlecht, so schlecht, dass ich mich manchmal gefragt habe, ob es nicht besser wäre, auszuziehen, die Scheidung einzureichen.«

»Darüber hast du nachgedacht?«

Er nickte.

»Natürlich. Wenn ich das getan hätte, hättest du irgendwann den Schmerz überwunden. Dich vielleicht mit einem anderen Mann auf ein neues Glück eingelassen. Durch meine Anwesenheit wurdest du ja täglich an den Betrug erinnert, den ich dir angetan habe. Und es gab Zeiten, Clarissa, da hatte ich keine Hoffnung mehr, dass es jemals besser werden würde, dass sich jemals etwas zwischen uns ändern würde. Ich wollte nicht den Rest meines Lebens mit einer Frau verbringen, die still leidet weil ich sie sehr verletzt habe und die mich täglich verbal dafür bestraft. Ich hatte Phasen, da dachte ich tatsächlich, es wäre besser, meine Koffer zu packen und dir die Möglichkeit zu geben, mit jemand anderem glücklich zu werden. Irgendwann. Wenn du das Schlimmste überwunden hättest. Du warst so verletzt, dass ich dachte, es wird nie wieder gut werden und unsere Ehe war eine einzige Quälerei für uns beide. Für dich, weil du so voller Schmerz warst und für mich, weil ich wusste dass ich daran schuld bin.«

Sie nickte. »Ja, so war das wohl. Aber den Gedanken, dich zu verlieren, habe ich auch nicht ertragen.«

»Ein Jahr später ist unsere Beziehung wieder wunderbar. Der Sex klappt wieder. Und ist besser denn je. Ich habe oft überlegt, woran es liegt. Ehrlich. Woran es gelegen hat, dass du plötzlich wieder bereit warst, mit mir zu schlafen.« Er atmete tief ein. »Und jetzt erfahre ich, du hast ein Verhältnis mit dieser Patrizia. Mit einer Frau. Du meine Güte!«

»Es tut mir leid.«

»Du wirst lachen, aus eigener Erfahrung heraus, kann ich dir sagen, das glaube ich dir sogar.«

»Wirst du mich jetzt verlassen?«

Clarissa fühlte sich verunsichert, von ihrer eigenen Courage überrannt. Vielleicht hätte sie es ihm doch lieber nicht sagen sollen? Aber das entsprach nicht ihrem Wesen. Clarissa war immer ehrlich gewesen. Sie hasste Betrug und sie hasste Lügen. Und nun hatte sie selbst gelogen und betrogen, aber sie konnte nicht zulassen, dass diese Affäre, diese Heimlichkeiten für immer auf irgendeine Art zwischen ihr und Daniel stand. Er starrte sie an. Minutenlang. Minuten, die Clarissa wie Stunden erschienen und in denen sie sich zutiefst fürchtete.

Wie kommst du auf die Idee«, sagte er. »Wie kommst du auf die Idee, dass ich dich für etwas verlassen könnte, was ich selbst getan habe? Etwas, was du mir großzügig verziehen hast, auch wenn es ewig gedauert hat. Wie kommst du auf diese Idee?«

Sie schluckte.

»Ich habe keine Ahnung. Vielleicht konnte ich mehr ertragen, als du es kannst.« Daniel zündete sich eine weitere Zigarette an. So viel rauchte er normalerweise niemals, er gönnte sich nur nach dem Essen immer eine, manchmal eine zwischendurch, wenn es gemütlich wurde. Mehrere Zigaretten hintereinander rauchte er normalerweise niemals.

»Wann ging das los?«, fragte er.

»Kurz vor der Ausstellung.«

Er schnappte nach Luft. »Das heißt, du hast sie bis dahin gerade zweimal gesehen oder dreimal höchstens? Und du hast mich, deinen Mann, mit auf die Ausstellung geschleppt und mich dort mit deiner Geliebten konfrontiert? Clarissa!«

Er war entsetzt. Und mit Sicherheit nicht nur über ihren Betrug, der ihn offensichtlich schwer traf. Nein, er war auch entsetzt, weil ein solches Verhalten überhaupt nicht ihrer sonstigen Art entsprach.

»Entschuldige. Es tut mir so leid.«

»Clarissa, ich muss darüber erst mal nachdenken. Ich mag jetzt nicht weiter mit dir reden. Ich muss nachdenken. Ich werde heute nacht hier auf dem Sofa schlafen. Ich möchte alleine sein, jetzt sofort, kannst du bitte nach oben gehen?«

Sie nickte, nahm die Cognacflasche mit und ging nach oben in ihr Bett. Ein, zwei Cognacs noch, und sie wäre alkoholisiert genug um einschlafen zu können, trotz dem ganzen Desaster. Sie wusste, was er jetzt durchmachte, da unten auf seinem Sofa. Sie wusste, wie er sich fühlte. Aber sie spürte, ihre Entscheidung war richtig gewesen. Für einen neuen Anfang war es wichtig, dass alles geklärt war, dass es keine Geheimnisse vor dem anderen gab. Niemand konnte sein Leben auf einer Lüge aufbauen. Obwohl sie befürchtete, dass es mit ihrem Geständnis zur nächsten Ehekrise kommen würde, die ihre Ehe diesmal vielleicht nicht überleben würde, fühlte Clarissa sich befreit. Sie hatte Angst, das war keine Frage, aber sie fühlte sich leichter. Monatelang hatte sie ein schlechtes Gewissen gehabt, monatelang ihr Geheimnis sorgsam gehütet. Sie hatte Patrizia mit ihrem Verhalten sehr wehgetan, das wusste sie, und dafür schämte sie sich auch. Für sie selbst war es eine wunderbare Zeit gewesen und sie liebte Patrizia auch irgendwie, aber nicht so wie man einen Menschen lieben sollte, mit dem man eine Beziehung führt. Dieser Platz in ihrem Herzen war von Daniel besetzt und das schon seit vielen Jahren. Aber sie wusste auch, dass sie von Patrizia geliebt wurde, und zwar so wie es sein sollte. Sie wusste, dass Patrizia sich nach einer wirklichen Beziehung mit ihr gesehnt hatte. Eine Beziehung, in der sie morgens gemeinsam aufwachen und abends gemeinsam einschlafen würden. Eine Beziehung, in der Feste wie Weihnachten gemeinsam gefeiert werden konnten. Eine Beziehung, in der sie ihren Gefühlen freien Lauf lassen konnten, sie Hand in Hand durch die Straßen laufen und der ganzen Welt zeigen konnten, wie sehr sie sich liebten. Ja, danach hatte Patrizia sich immer gesehnt und Clarissa hatte das gewusst. Patrizia war aber geduldig geblieben. Sie hatte sie nicht gedrängt. Natürlich, an diesem Nachmittag hatte sie ja zugegeben, was sie sich erhofft hatte. Mit Sicherheit war es Patrizias größter Wunsch gewesen dass Clarissa eines Tages eine Entscheidung treffen würde – und zwar für sie. Aber das konnte sie nicht. Patrizia war eine wunderbare Frau und eine Geliebte, wie man sie sich nur wünschen konnte, aber wahrscheinlich wäre diese Sache ohnehin irgendwann einfach zu Ende gewesen. Patrizia war lesbisch und Clarissa war es eben nicht. Sie mochte hauptsächlich Männer und hatte das Abenteuer mit Patrizia genossen. Aber früher oder später wäre es vorbei gewesen. Clarissa seufzte und drehte sich auf die Seite. Sie hatte zu viel getrunken. Mal wieder. Sie merkte es selbst, dass ihr Alkoholkonsum nicht in Ordnung war. Sie trank nie wirklich viel, aber bedenklich regelmäßig. Auch das war etwas, das ihr Sorgen machte. Es musste aufhören. Alles musste aufhören. Auch die Trinkerei. Clarissa fiel in einen tiefen, traumlosen Schlaf.

## -19-

Am nächsten Morgen erschrak Clarissa, als sie erwachte, denn zum ersten Mal seit Jahren hatte sie verschlafen. Es war halb elf am Vormittag, eine Zeit zu der sie normalerweise bereits die erste Runde in ihrem Haushalt hinter sich gebracht hatte und sich Gedanken über das Mittagessen machte. Sie hastete aus dem Schlafzimmer und sah in die Zimmer ihrer Kinder, aber die waren offensichtlich in die Schule gegangen. Unten im Wohnzimmer standen noch die Reste des Frühstücks von drei Leuten auf dem Esstisch. Sie setzte erst mal Kaffee auf, um wach zu werden, und eilte unter die Dusche. Zehn Minuten später saß sie bereits nachdenklich im Bademantel am Esstisch, trank den frischen Kaffee und spürte, wie allmählich die Lebensgeister zurückkehrten. Es war wohl doch ein wenig viel Cognac gewesen am Vorabend, aber ohne diesen hätte sie nicht einschlafen können. Sie machte sich Sorgen. Sorgen wie Daniel sich jetzt weiter verhalten würde. Sicher, er hatte das schon realistisch gesehen. Wenn er sie jetzt verlassen würde wegen etwas, was er auch getan hatte, dann würde er sich als äußerst kleingeistig erweisen, nachdem sie ihn für seinen Betrug nicht verlassen hatte. Aber man konnte nie wissen. Ihr eigener Stolz hatte ihr damals geraten, ihn zu verlassen, aber sie hatte es nicht übers Herz gebracht. Weil sie ihn liebte, immer noch liebte. Sehr sogar. Was wäre, wenn er sie weniger lieben würde? Wenn er nicht mit diesem Betrug zurechtkam? Oder wenn er sich auf einen Scheinfrieden einlassen würde? Unerträglich für sie, der Gedanke, er könnte ihr oberflächlich verzeihen, sich aber doch von ihr zurückziehen. Der Kinder wegen. Oder der achtzehn Jahre wegen. Oder der Liebe wegen, die er vielleicht irgendwann mal für sie empfunden hatte. Ja, wenn er so reagieren würde, wie sie es getan hatte. Sie würde es verstehen. Schließlich hatte sie selbst ihn monatelang für seinen Fehltritt abgestraft. Jetzt fiel ihr auf, wie unerträglich das wohl für ihn gewesen sein musste. Wahrscheinlich hatte sie ihn jetzt genauso sehr verletzt wie er sie – damals.

Sie schreckte auf, als das Telefon klingelte. »Ostermann?«, meldete sie sich.

»Hier ist Patrizia.«

Clarissa wechselte den Hörer an das andere Ohr und lauschte mit zitternden Händen.

»Clarissa, wir müssen miteinander reden.«

»Okay.«

»Das geht so nicht.«

»Was geht so nicht?«

Sie hörte Patrizia am anderen Ende schwer atmen.

»So wie du ... du kannst nicht einfach so aus meinem Leben verschwinden.«

»Ich möchte gar nicht so aus deinem Leben verschwinden«, sagte Clarissa. »Du hast mich rausgeworfen.«

»Ich habe es nicht so gemeint. Ich war verletzt. Ich bin immer noch verletzt.«

»Ja, das verstehe ich. Aber du musst auch mich verstehen, Patrizia.«

Sie hörte, dass Patrizia weinte.

»Ich verstehe gar nichts«, schluchzte sie. »Ich verstehe nur, dass ich mit dir total glücklich war, dass ich mich in dich verliebt habe. Wir hatten doch eine so schöne Zeit! Warum willst du das aufgeben?«

»Weil ... Patrizia, ich habe es dir doch erklärt.«

»Du hast gesagt, du musst dich für eine Seite entscheiden. Warum musst du das? Ich habe doch nie eine Entscheidung von dir verlangt! Daniel muss es doch gar nicht erfahren!«

»Er hat es bereits erfahren.«

»Was?« Sie klang entsetzt. »Ich habe es ihm gestern abend gesagt.«

Patrizia antwortete nicht. Aber Clarissa hörte sie atmen und zwischendurch schluchzen.

»Warum hast du es ihm gesagt?«, stammelte Patrizia schließlich. »Jetzt lässt er es nie mehr zu, dass wir uns sehen!«

»Patrizia«, sagte Clarissa leise, als wollte sie sie beruhigen. »Patrizia, er musste es erfahren. Das bin ich ihm schuldig. Ich hatte die ganze Zeit über ein schlechtes Gewissen, das muss ich auch weiterhin haben, aber jetzt weiß er Bescheid. Ich konnte so nicht mehr leben!«

»Du hast mir nie gesagt, dass dich das so belastet.«

»Ich habe es verdrängt Patrizia, weil es so schön war mit dir, aber es wurde mir mit jedem Treffen gegenwärtiger. Ich habe es dir schon oft gesagt, ich liebe meinen Mann, sonst wäre ich damals nicht bei ihm geblieben, als ich seinen Betrug entdeckt habe. Ich wollte diese harte Zeit irgendwie überstehen, weil mir meine Ehe viel bedeutet. Das habe ich nie vergessen, egal wie schön es mit dir war.«

»Also liebst du ihn tatsächlich mehr als mich.«

Clarissa schnaufte. »Patrizia, das kann man nicht vergleichen.«

»Es ist aber so.«

»Ja, irgendwie schon. Und dir gegenüber hatte ich auch immer ein schlechtes Gewissen, weil ich dir nicht geben konnte, was du gerne gehabt hättest. Ich weiß, du hättest gerne eine richtige, offizielle Beziehung mit mir geführt, nicht diese heimliche Affäre. Aber ich habe dir nie was vorgemacht, ich habe dir immer gesagt, dass ich ihn nicht verlassen werde.«

»Ich weiß. Aber was soll jetzt aus mir werden?«

»Bitte, Patrizia, lass das sein. Du bist eine selbstständige junge Frau und stehst mit beiden Beinen im Leben. Mich kennst du seit knapp vier Monaten. Du machst weiter wie bisher und verliebst dich irgendwann in die Frau, die auch bei dir bleiben kann und es auch will.«

»Ich will aber dich!«

»Und genau das geht nicht Patrizia, und wie gesagt, da habe ich dir nie was vorgemacht.«

Clarissa hörte, wie sich der Schlüssel im Schloss drehte und die Haustür geöffnet wurde.

»Ich muss auflegen, meine Kinder kommen von der Schule.«

»Nicht auflegen!«, rief Patrizia. Im gleichen Moment stand Daniel vor ihr und starrte sie unschlüssig an, bevor er sich neben sie an den Tisch setzte. Clarissa lief mit dem Telefon in der Hand in die Küche und holte ihrem Mann eine Tasse, damit er sich Kaffee einschenken konnte.

»Bitte«, sagte sie in den Hörer.

Selbst Daniel musste das laute Schluchzen hören. Es war Clarissa peinlich. Nicht dass er hörte, wie Patrizia weinte, sondern die gesamte Situation. Daniel hielt die Kaffeetasse mit beiden Händen umschlossen und starrte auf die Tischplatte.

»Clarissa«, weinte Patrizia. »Bitte komm noch mal zu mir, nur noch ein einziges Mal!«

»Das bringt doch nichts«, sagte Clarissa. »Was hättest du davon? Es macht dich nur noch trauriger.«

»Aber bedeute ich dir denn überhaupt nichts?«

»Doch«, sagte Clarissa. »Aber nicht so viel wie du es verdient hättest und ich habe mich entschieden.«

»Es ist mir egal, wenn du deinen Mann mehr liebst! Es ist mir egal, wenn du nach Köln ziehst und wenn wir uns nicht mehr so oft sehen können! Aber ich halte es nicht aus, wenn du dich von mir trennst!«

»Patrizia, hör auf! Bitte. Sei vernünftig, du bist doch sonst auch eine Frau, die mitten im Leben steht! Du kannst mich doch nicht so unter Druck setzen, was denkst du ändert das? Ich habe meine Entscheidung getroffen und dabei bleibt es!«

Sie wusste sich nicht mehr zu helfen und knallte den Hörer auf. Kurz darauf klingelte das Telefon erneut und Clarissa drückte das Gespräch weg. Obwohl sie nicht wusste, was sie nun von Daniels Seite zu erwarten hatte, so war sie doch in diesem Moment sehr froh, dass sie ihm ihren Fehltritt gebeichtet hatte.

»Am Ende kommt sie jetzt hierher«, sagte Daniel. »Und macht eine Riesenszene vor dem Haus.«

»Das glaube ich nicht. Das ist nicht ihr Stil.«
»Clarissa, was hast du dir dabei nur gedacht?«
Sie senkte den Kopf.
»Ich habe bis vor einer halben Stunde noch alles Wichtige in der Firma erledigt, aber den Rest des Tages habe ich frei. Wir können miteinander reden, die Kinder sind ja auch noch in der Schule. Also, erklär es mir, bitte.«
Clarissa zuckte mit den Schultern und es war ihr unmöglich, ihn anzusehen.
»Was soll ich dir erklären?«, fragte sie leise. »Es ist schwer. Ich habe es gestern abend schon versucht. Es ging mir schlecht. Und sie tat mir so gut.«
»Und ich nicht?«
»Daniel, erinnere dich, ich konnte lange nicht mehr mit dir schlafen. Wir haben es oft versucht, aber es ging nicht.«
»Das weiß ich. Das heißt also, es ging erst wieder, seit du mit Patrizia zusammen warst? War das der Grund?«
Sie nickte. »Wenn ich ehrlich bin, ja.« Sie seufzte. »Daniel, du wirst das nicht verstehen, aber sie hat mir so viel gegeben. Sie hat mich begehrt, so sehr ... sie war so voller Leidenschaft, sie hat mich behandelt wie eine Göttin. Sie hat mich als Frau wahrgenommen, nicht als die, die das Essen kocht und sich um die Wäsche kümmert. Sie war begeistert von mir, von meinem Körper, sie konnte gar nicht genug von mir kriegen.«
»Ein Gefühl, das du vermisst hast.«
»Ja.«
Daniel seufzte.
»Daniel, ich hatte ernsthafte Probleme mit mir selbst. Ich fühlte mich minderwertig. Und übrigens nicht erst, seit ich hinter deine Affäre gekommen bin, sondern davor auch schon. Warum? Das kann ich dir nicht so genau sagen. Vielleicht war es deswegen, weil es bei uns im Bett nicht mehr so gelaufen ist. Weil ich mich nicht mehr begehrt fühlte. Aber nach dem ich von deiner Affäre erfahren habe, ging es mir dann erst richtig schlecht. Ich habe mich alt gefühlt und uninteressant. Ich weiß nicht, ob du das verstehen kannst...«
Er seufzte erneut.
»Weißt du Clarissa, es ist nicht so, dass ich letzte Nacht besonders viel geschlafen hätte, ich habe viel nachgedacht. Ich weiß, ich habe dich mit meinem Betrug zutiefst verletzt und du hast es mir oft genug erklärt, dass du die Bilder vor Augen hast. Dass du davon nachts wach wirst, dass du diese Bilder sogar vor Augen hast, wenn ich dich berühre. Und Clarissa, es mag dämlich klingen, aber ich habe mir ein

ganzes Jahr lang den Arsch aufgerissen um dich zurückzugewinnen. Um dir zu beweisen, dass du mir alles bedeutest, dass es keine Frau auf der Welt gibt, die ich so lieben könnte wie dich. Es ist mir nicht gelungen und ich war manchmal sehr verzweifelt! Aber ich habe den Mund gehalten, es weiter versucht, ich wollte etwas retten, von dem ich kaum noch hoffen konnte, dass es zu retten ist.« Er seufzte erneut. »Und plötzlich ging es wieder. Plötzlich hast du mit mir geschlafen, nicht nur einmal, sondern ständig. Plötzlich warst du ständig scharf, wolltest mich dauernd haben. Plötzlich hat unser Eheleben wieder Spaß gemacht. Du ahnst nicht, wie viel mir das bedeutet hat!«

»Doch«, sagte Clarissa. »Denn es hat mir mindestens genauso viel bedeutet wie dir.«

»Weißt du, Clarissa, vielleicht sollte ich jetzt richtig wütend sein. Vielleicht sollte ich dir vorwerfen, dass du Gleiches mit Gleichem vergolten hast, aber selbst wenn ich das tun würde – es würde nichts ändern. Denk nicht dass ich nicht wütend wäre oder verletzt, aber ich glaube, ich komme drüber weg.«

»Ehrlich?« Sie sah ihn hoffnungsvoll an.

»Ach Schatz«, sagte er, und räusperte sich. »Weißt du, ich ahne jetzt, was du damals durchgemacht hast, denn ich habe letzte Nacht Ähnliches durchgemacht und das wird auch noch eine Weile so bleiben. Aber die ganze Angelegenheit unterscheidet sich grundlegend durch drei sehr wichtige Dinge.«

»Was meinst du?«

Er sah sie an und nippte an seinem Kaffee. Als müsste er genau darüber nachdenken, was er jetzt sagen würde, sprach er sehr langsam.

»Clarissa, im Gegensatz zu mir hast du Schluss gemacht, bevor ich es herausfinden konnte. Das ist Punkt Nummer eins, und der sagt mir, dass du eine Entscheidung getroffen hast. Und die fiel zu meinen Gunsten aus. Das bedeutet mir sehr viel. Punkt Nummer zwei ist, du warst auch noch sehr viel mutiger als ich, du hast mir deine Affäre gebeichtet. Das zeigt mir, dass ich dir wichtig bin. Dass du ein schlechtes Gewissen hattest. Und dass du eigentlich ehrlich bist und mich gar nicht belügen möchtest, auch wenn du es jetzt für ein paar Monate trotzdem getan hast.«

Sie nickte und starrte weiter zu Boden.

»Punkt Nummer drei ist – und das kommt dir wahrscheinlich lächerlich vor – sie ist eine Frau. Du hast mich mit einer Frau betrogen und nicht mit einem anderen Mann. Damit bleibt das Ganze zwar immer noch Betrug und glaube nicht dass ich lesbische Liebe nicht ernst nehmen würde, denn das tue ich. Aber es macht die Sache irgendwie leichter für mich.«

»Wieso?«, fragte Clarissa und sah ihn verwundert an.

»Weil wir Männer auch nicht anders sind als ihr Frauen, wenn es um solche Dinge geht. Was hast du dir für Fragen gestellt damals, Clarissa? Du hast es mir selbst gesagt! Du hast darüber nachgedacht, ob mir dein Körper vielleicht nicht mehr gefällt! Ob mich irgendwelche Schwangerschaftsstreifen stören könnten. Du hast deinen Körper mit dem von Anita verglichen und kamst dir im Vergleich alt und verbraucht vor, du hast es oft genug gesagt. Du hast Vergleiche angestellt und warst der Meinung, ich hätte dich betrogen, weil die andere hübscher ist als du, jünger, eine bessere Figur hat – auch wenn das alles Quatsch ist.«

Er schnaufte.

»Das bleibt mir glücklicherweise erspart. Es tut mir weh, mir vorzustellen, dass du einen Orgasmus erlebt hast in den Armen dieser Frau. Es tut mir weh mir vorstellen zu müssen, wie du geseufzt hast, wie glücklich du dich gefühlt hast in ihren Armen. Aber eins bleibt mir erspart: Ich muss nicht drüber nachdenken, ob dir der Body von einem anderen Mann besser gefallen hat als meiner. Ob sein Schwanz größer war. Ob er geschickter war. Ob er es dir besser besorgt hat als ich. Ich weiß, das klingt ungeheuer idiotisch, aber so geht es mir. Ich denke wir sind quitt, was Betrug angeht. Ich habe dich betrogen und du mich. Aber ich quäle mich wenigstens nur mit dem Gedanken daran, dass du dich jemand anderem hingegeben hast. Ich muss nicht drüber nachdenken, ob er muskulöser ist als ich oder ob er besser im Bett ist als ich. Das macht die Sache ein wenig erträglicher. Ich denke, du hattest es viel schwerer.«

Sie nickte. Ja, diese Gedanken konnte sie nachvollziehen.

»Mal ehrlich Liebling, wenn du mich statt mit einer Frau mit einem Mann erwischt hättest, was hättest du da gedacht? Glaubst du nicht, es wäre ein klein wenig erträglicher gewesen?«

»Betrug ist Betrug«, sagte sie. »Schwer zu ertragen. Aber du hast schon irgendwie recht. Ich hätte zumindest nicht an mir selbst gezweifelt, sondern mir sagen können okay, mein Daniel hat eine schwule Ader. Nicht schön für mich, ist aber kaum zu ändern.«

»Siehst du, und so fühle ich mich gerade. Deswegen denke ich, es ist für mich sehr viel einfacher, deine Affäre mit Patrizia zu verkraften als damals für dich meine mit Anita.«

Er zog sie auf seinen Schoß. »Es klingt jetzt vielleicht dämlich für dich«, sagte Daniel. »Aber in gewisser Weise haben wir ihr sicher beide ein bisschen was zu verdanken, nicht? Schlimm, dass ich das gute Gefühl bei dir nicht wieder herstellen konnte, aber dass sie es getan hat, ändert nichts an der Tatsache, dass es wieder da ist. Du konntest wieder mit mir schlafen und wir führen seitdem wieder eine glückliche Ehe, oder nicht?«

Sie nickte und umschlang ihn mit beiden Armen.

»Wir könnten jetzt noch stundenlang diskutieren, aber es ändert nichts. Egal wie man es dreht und wendet, du hast dich immer noch sehr viel anständiger verhalten als ich und letztlich hat das vielleicht unsere Ehe gerettet. Lass uns die Sache unter Erfahrungen verbuchen und nicht mehr drüber reden.«

Sie seufzte und presste sich an ihn.

»Daniel, ich hatte so Angst, dass du mich verlassen könntest.«

»Das Recht hätte ich doch gar nicht, oder? Nicht nach allem, was der Sache vorausgegangen ist.«

Clarissa konnte nicht anders, als sich an ihn zu pressen. Sie war so froh, dass sie ihm die Wahrheit gesagt hatte. Nun gab es keine Heimlichkeiten mehr und sie musste nichts befürchten. Sie atmete Daniels Duft ein und schloss die Augen. Er roch so gut. Um nichts auf der Welt hätte sie auf ihn verzichten mögen. Für einen kleinen Moment stieg noch einmal Patrizias Bild in ihr auf. Es war eine schöne Zeit gewesen. Hemmungslos. Leidenschaftlich. Sie hoffte so sehr, dass Patrizia ihren Kummer bald überwinden würde, vielleicht irgendwann eine Frau kennenlernen würde, die sie so liebte, wie sie es verdient hatte. Sie war ein wunderbarer Mensch und mit Sicherheit eine ebenso wunderbare Lebensgefährtin. Ja, das wünschte sie ihr von ganzem Herzen, auch wenn sie tief in ihrem Inneren die Stiche fühlte, die der Gedanke daran verursachte. Sie wusste, das war egoistisch und gemein. Aber wenn einem ein Mensch einmal etwas bedeutet hat, hinterlässt er Spuren. Und die Spuren, die Patrizia hinterlassen hatte, waren sehr tief.

## -20-

Ab Ende Januar war Clarissa damit beschäftigt, alles, was derzeit nicht gebraucht wurde, in Kisten zu verpacken. Auf diese Art und Weise konnte sie bereits ein paar Möbel loswerden. Einige davon verkaufte sie über das Internet, andere setzte sie zur kostenlosen Abholung in die Zeitung, je nachdem wie gut die Möbel erhalten waren. Aber letztlich hatten sie alle zwei Kinder mitgemacht und trugen ihre Spuren, auch wenn Clarissa sich darauf verstanden hatte, diese Spuren zu verdecken. Am zweiten Februarwochenende fuhr sie gemeinsam mit Daniel nach Köln, nicht nur, um das neue Haus zu besichtigen, sondern auch um sich schon einmal ein wenig die Gegend anzuschauen. Anja hatte sich bereit erklärt, das Haus und vor allem die Kinder über das Wochenende zu hüten, worüber speziell Damian überhaupt nicht erfreut gewesen war. Er stand kurz vor seinem sechzehnten Geburtstag und sah überhaupt nicht ein, dass er nicht alleine bleiben durfte. Immerhin war ja noch Charlotte da, daran hatte er seine Mutter erinnert. Und die würde es ohnehin verpetzen, wenn er irgendeinen Mist baute. Aber sie beide hatten sich nicht beirren lassen und Anja hatte nur gelächelt, als sie den Protest der beiden gehört hatte. Sie kannte sie seit ihrer Geburt und nahm es gelassen.

Clarissa stieß einen leisen Freudenschrei aus, als sie das neue Haus sah. Es erinnerte sie an die alten Villen, die in manchen Frankfurter Gegenden noch herumstanden, nur viel kleiner, aber für eine vierköpfige Familie riesengroß. Ein schmiedeeisernes Tor öffnete den Durchgang zu einem kurzen Weg, der zur Haustür führte. Rund um das Haus, auch nach vorne hin, befand sich ein nicht unbeträchtliches Gartengrundstück.

»Hier kannst du dir endlich deinen Traum von dem Rasenmäher erfüllen, den du so gerne mal fahren würdest«, sagte Clarissa glucksend, und deutete auf die riesige Rasenfläche. »So einen wirst du hier dringend brauchen!«

Daniel lachte. »Hast du die ganzen Rosensträucher gesehen? Ich hoffe, die blühen jetzt im Sommer. Der Garten ist ziemlich gepflegt, nicht?«

Sie nickte. »Genau richtig für einen Hund.«

»Genau. Einen großen Hund mit mächtigen Pfoten, der einen riesigen Spaß daran haben wird, große Löcher zu graben.«

Er schloss die Haustür auf.

»Entrez Madame«, sagte er, und ließ Clarissa vortreten.

»Das ist ja Wahnsinn!«, rief Clarissa aus, als sie den großen Flur betrat. Das Haus erinnerte sie an die großzügigen Häuser, die man in amerikanischen Filmen immer zu sehen bekam. Rechts von dem großen Flur ging das Wohnzimmer ab. Im Wohnzimmer ein wunderschöner Kamin mit weißer Stuckumrandung. Am Ende des Wohnzimmers befand sich eine weiße Doppeltür, die ins Speisezimmer führte. Große Fenster sorgten für reichlich Licht. Clarissa petzte die Augen zusammen und hatte sofort eine Idee für die Gardinen. Schneeweiß, bodenlang, weich fließend mussten sie sein. Und sie wollte weiße Möbel, gepaart mit dunklem Holz. Nicht nur hier, sondern auch im Wohnzimmer, denn zu dieser Kombination lud der dunkle, edel glänzende Parkettboden ein.

»Ich kann mich nicht erinnern, jemals echten Parkettboden gesehen zu haben«, sagte Daniel. »Heutzutage hat jeder Laminat oder Fliesen. Der ist wirklich schön, strahlt so viel Atmosphäre aus.«

Er nahm sie in den Arm.

»Und kleine Lady, ich kann mir vorstellen dass ich sowieso nur noch mit ins Möbelhaus muss um dich zu begleiten, oder? Du hast doch bestimmt schon einen Plan, wie ich dich kenne.«

Sie lachte. »Du kennst mich gut. Ich will mir den Rest anschauen.«

»Meinst du, wenn wir Möbel in Frankfurt kaufen, dass die das auch alles bis nach Köln liefern und hier aufbauen? Ich habe irgendwie wenig Lust, in ein leeres Haus einzuziehen und die Sachen nach und nach zu kaufen. Und ich habe noch weniger Lust, hier in Köln die Möbelhäuser abzuklappern, dafür haben wir zu wenig Zeit, die wir bis zum Umzug hier verbringen können.«

»Sicher«, sagte Clarissa. »Das lohnt sich doch für jedes Möbelhaus. Die liefern bestimmt auch nach Köln.«

Sie befreite sich aus seiner Umarmung und lief wieder Richtung Flur. Direkt gegenüber vom Wohnzimmer, getrennt durch den Flur befand sich die Küche. Eine große Wohnküche und zu Clarissas Erstaunen sogar mit einer Einbauküche ausgestattet.

»Die ist ja wunderschön«, sagte sie. »Für diese Küche hätte ich keine andere Küchenzeile ausgesucht.« Sie untersuchte die Geräte. »Und alles wie neu!«

»Ich glaube, die Küche ist sogar nagelneu, mir wurde gesagt die alte sei kaputt gewesen, aber da die Einbauküche im Mietvertrag steht, haben sie noch eine neue eingebaut.«

»Klasse. Nur eine Sitzgruppe brauchen wir hier.«

Sie ging wieder in den Flur und entdeckte unter der Treppe, die nach oben führte, noch einen kleinen Abstellraum von etwa sechs Quadratmetern.

»Meine Güte, meine Gebete sind erhört worden!«, rief sie entzückt aus. »Endlich keine zwanzig Paar Schuhe mehr, die ich täglich aus dem Flur wegräumen muss! Die können hier wunderbar alle hinter der Tür verschwinden! Herrlich!«

Daniel zog sie an der Hand nach oben, die Treppe hinauf und in den ersten der drei Räume, die sich im oberen Stockwerk befanden. Drei Schlafzimmer, nebeneinander gelegen, alle drei fast gleich groß, nur dass eines davon sogar einen kleinen Balkon hatte.

»Das wird natürlich unser Schlafzimmer«, sagte Daniel. »Ich weiß, ich bin ein Egoist, aber ich stelle es mir wunderschön vor, mit dir hier abends im Sommer noch zu sitzen und ein Glas Wein zu trinken.«

»Keine schlechte Idee.«

»Außerdem haben wir hier unser eigenes Bad.« Er zog sie an sich und küsste ihren Nacken. »Da können wir eine Menge Schweinereien treiben und keins von unseren Kindern kriegt es mit und könnte es eklig finden.«

Clarissa lachte.

»Komm mit, ich zeig dir das Beste.«

Er zog Clarissa hinter sich her, die nächste Treppe nach oben, vorbei an dem zweiten, großzügig angelegten Badezimmer. Die Treppe, die nach oben führte, war ein wenig schmaler als die Treppe, die aus dem Erdgeschoss in den ersten Stock führte. Aber immer noch breit genug, und genau wie die erste Treppe, durchgängig mit einem weißen Holzgeländer umsäumt. Clarissa traute ihren Augen kaum, als sie das obere Stockwerk betrat. Ein kleiner Flur trennte zwei Räume voneinander, von denen der linke mit einer Holztür verschlossen war. Aber der rechte Raum zog ihre ganze Aufmerksamkeit auf sich.

Es handelte sich um einen riesigen Bodenraum mit vielen Dachfenstern in den Schrägen, lichtdurchflutet und, für einen Dachbodenraum völlig unüblich, genau wie unten in den Räumen mit wunderschönem Parkettboden ausgelegt.

»Ich dachte, das könnte dein Atelier werden«, sagte Daniel.

»Im Ernst?«

Er nickte. »Warum nicht, du hast doch in unserem Haus die ganze Zeit über das Gästezimmer genutzt, das hier wäre ja auch übrig.«

»Ich dachte, es wären sechs Zimmer?«

»Dachte ich auch, ich habe mich geirrt. Ich habe den Dachbodenraum mitgezählt. Ist das nicht toll hier? Hier hast du deine Ruhe, hier kannst du malen. Oder dich einfach mal zurückziehen.«

»Und du?«, fragte sie. »Wo willst du arbeiten?«

»Liebling, mir genügt es, wenn ich eine Ecke im Schlafzimmer bekomme. Ich arbeite den ganzen Tag im Büro, ich brauche hier kein Arbeitszimmer, das hatte ich vorher nicht und das werde ich jetzt auch nicht brauchen. Ich brauche nur eine Ecke, wo ich meinen Computer aufbauen kann, das ist alles.«

Clarissa setzte sich in diesem riesigen Raum mitten auf den Boden und sah sich schwärmerisch um.

»Das ist so schön, Daniel. Das inspiriert mich.«

»Hoffentlich zu ein paar Bildern, die etwas fröhlicher wirken als die bisherigen.«

»Ich dachte, du magst meine Bilder?«

»Sie sind wunderbar, Clarissa. Aber sie sind traurig. Wir sollten die Traurigkeit ab jetzt aus unserem Leben verbannen.«

Sie lächelte. »Weißt du was jetzt fehlt?«

Er schüttelte den Kopf.

»Normalerweise müsstest du jetzt von irgendwoher eine Flasche Sekt und zwei Gläser zaubern. Und eine rote Rose zwischen den Zähnen tragen.«

Daniel lachte schallend.

»Tut mir leid Liebling, ich weiß, du magst so romantische Dinge. Aber du weißt auch verdammt gut, dass ich an solche Dinge noch nie gedacht habe und ich werde es auch nicht mehr lernen in diesem Leben.«

Er grinste. »Aber wenn ich mir diesen Raum hier so anschaue, krieg ich glatt Lust, ihn einzuweihen. Auf die eine oder andere Art ...«

Clarissa lächelte und öffnete den Reißverschluss ihrer Hose. Sie streifte sie ab und zog auch den Slip aus. Dann kniete sie sich vor Daniel, zog ihm die Hosen herunter und nahm ihn in den Mund. Daniel hatte bereits einen harten Penis gehabt, als sie sich ausgezogen hatte, aber jetzt, in ihrem Mund, fühlte er sich an als würde er gleich platzen. Sie saugte begierig an ihm, spielte mit ihrer Zunge an seiner Eichel und warf ihm von unten nach oben lustvolle Blicke zu. Sie wusste, das machte ihn scharf, und er konnte nicht anders, er musste sich an dem Balken abstützen, der mitten im Raum stand. Er war so scharf auf seine Frau, dass er sich leicht schwindelig fühlte. Clarissa wusste wirklich, wie sie vorzugehen hatte, er konnte sich kaum beherrschen. Aber kurz bevor er sich in ihrem Mund ergießen konnte, ließ sie von ihm ab, lief zum Fenster hinüber, stützte sich auf der niedrigen Fensterbank ab und präsentierte ihm wollüstig ihr Hinterteil. Daniel vergeudete keine Zeit und griff fest mit beiden Händen in ihre Pobacken, zog sie auseinander und drängte sich zwischen ihre Beine. Sie war so feucht und so warm und als er in sie eindrang, stöhnte sie laut auf. Er umschloss ihre Hüften mit seinen kräftigen Händen und hielt sie fest an sich gepresst. Er wusste, dass sie das mochte. Ja, sie mochte es, wenn er sie so kräftig hielt, mit einem Griff wie aus Stahl und sie dabei heftig stieß. Sie stöhnte und bekam kaum Luft und er spürte schließlich, wie sie sich verengte, presste sich fest in sie hinein und beherrschte sich nun auch nicht länger. Clarissa stöhnte noch einmal laut auf und ließ sich dann langsam auf die Fensterbank sinken, bevor sie sich zu ihm umdrehte.

»Das mochte ich schon immer«, sagte sie leise, aber wie ein Schulmädchen kichernd.

»Was?« Er lachte.

»So was. Sex an ungewöhnlichen Orten.«

»Es ist kein ungewöhnlicher Ort. Es ist unser Haus, Clarissa.«

»Ja, aber noch ist es fremd. Und ich mag so was. Kannst du dich erinnern, was wir früher alles getrieben haben, Daniel? Und vor allem wo?«

»Klar. Warum machen wir so was eigentlich nicht mehr?«

»Das kann ich dir auch nicht sagen. Vielleicht sollten wir einfach wieder damit anfangen.«

Er nickte.

»Das sollten wir.«

Clarissa zog sich an und auch Daniel zog seine Hose wieder hoch und schnallte seinen Gürtel zu. Er lächelte bei dem Gedanken an das, was Clarissa eben angesprochen hatte. Ja, es hatte wirklich kaum einen Ort gegeben, an dem sie nicht auf irgendeine Weise Sex gehabt hatten. Beim Spaziergang im Wald. Während einer Autofahrt auf einem Feldweg. In der Türkei im Urlaub in einer einsamen Bucht. Überhaupt, in der Türkei hatten sie so einige Orte gehabt. Während dieses Urlaubs waren sie für eine Woche auf die Insel Marmara gefahren, eine mehrstündige Überfahrt mit dem Schiff. Dort hatten sie sich in einer Pension eingemietet und hatten täglich Ausflüge unternommen, nicht nur zum Strand, sondern auch in die Berge. Wirkliche Berge waren es nicht, aber man kam schon ein ganzes Stück höher auf der Insel. Vertrocknete Wiesen, kleine Wälder und ein paar Bäche, die schnell bergab flossen, irgendwie waren diese Spaziergänge schon kleine Bergwanderungen. Dort hatten sie es mitten auf einer Wiese getrieben. Und als sie auf der Anhöhe angekommen waren, hatten sie sich auf die Klippen gelegt, um sich zu sonnen, und auch dort hatten sie es getan. Wenn man sie dort dabei erwischt hätte, wären sie sicher nicht glimpflich davongekommen, aber es war weit und breit kein Mensch zu sehen. Später erfuhren sie auch warum. Es gab dort nämlich nichts, was die Inselbewohner interessierte. Und die Schlangen, die dort lebten, schreckten sie ab. Daniel konnte sich daran erinnern, dass ihm ganz elend zumute gewesen war, als er von den Schlangen erfahren hatte, denn um so etwas hatten sie sich bei ihren Ausflügen keine Gedanken gemacht. Clarissa lief durch die Tür und steuerte auf die Treppe zu. Daniel sah ihr stolz hinterher, bevor er sich auch auf den Weg nach unten machte. Er hatte eine tolle Frau an seiner Seite.

Glücklich fuhren sie eine halbe Stunde später ins Hotel. Daniel lud sie noch zum Essen ein und gegen zehn fielen sie beide völlig übermüdet ins Bett. Es war ein anstrengender Tag gewesen.

Am nächsten Morgen schliefen sie aus und ließen sich das Frühstück vom Zimmerservice nach oben bringen. Sicher, dieses Wochenende war dafür geplant, sich ein wenig die Gegend anzuschauen, hauptsächlich das Haus, aber was sprach gegen ein wenig Romantik? Sie frühstückten in aller Ruhe, duschten gemeinsam, liebten sich leidenschaftlich und duschten schließlich ein zweites Mal. Letztlich war es zwei Uhr mittags, als sie aus ihrem Zimmer herauskamen und Clarissa verspürte schon wieder Hunger.

»Es ist mein Rhythmus«, erklärte sie. »Um diese Zeit esse ich mit den Kindern zu Mittag.«

»Dann schlage ich vor, wir gehen Mittagessen und machen dann einen kleinen Bummel durch Köln, einverstanden?«

Sie nickte und steuerte zielstrebig das Hotelrestaurant an, in dem ihr die reichhaltige Karte bereits am Vorabend aufgefallen war. Nach einem ausgiebigen Stadtbummel quer durch die Altstadt von Köln entschieden sich Daniel und Clarissa schließlich doch dafür, etwas früher als geplant nach Hause zu fahren. Clarissa war voller Vorfreude auf das neue Haus. Von Köln hatte sie ein bisschen was gesehen. Den Rest dieser riesigen Stadt wollte sie sich für ihr zukünftiges Leben dort aufsparen. Sicher, sie konnten spazieren gehen, essen gehen, ins Kino, aber das waren alles Dinge, die sie auch zu Hause in Frankfurt tun konnten. Hauptsächlich war Clarissa momentan danach, mit Möbelkatalogen zu Hause auf dem Sofa zu sitzen und zu überlegen wie sie das Haus einrichten wollte. Sie freute sich auf den neuen Anfang. Manchmal war es einfach auch mal Zeit im Leben eines Menschen, etwas Neues anzufangen. Sie war in Frankfurt groß geworden, hatte dort geheiratet, ihre Kinder bekommen, ihr ganzes Leben dort verbracht. Mit Daniels neuer Stelle und dem Umzug nach Köln würde alles anders werden und Clarissa freute sich auf die Veränderungen. Sie konnte damit vieles hinter sich lassen, was ihr momentan unangenehm im Nacken saß. Patrizia zum Beispiel. Es gab so viele Momente, in denen sie sich nach ihr sehnte.

## -21-

Am Wochenende darauf veranstalteten Clarissa und Daniel eine Abschiedsparty, zu der sie ihre besten Freunde eingeladen hatten. Klein und überschaubar, insgesamt sechs Gäste. Weder Clarissa, noch Daniel neigten dazu, sich mit allzu vielen Menschen einzulassen. Beide hatten eher auf langjährige Freundschaften gesetzt, Menschen auf die sie sich verlassen konnten. Anja erschien selbstverständlich mit ihrem Lebensabschnittsgefährten Erik, den weder Clarissa noch Daniel besonders mochten. Letztlich aber war er ihr aktueller Freund, relativ harmlos und seine Zeit in Anjas Armen war absehbar. Frederic kam mit seiner Frau Dagmar. Frederic hatte bereits mit Daniel Betriebswirtschaft studiert und war seit Jahren Geschäftsführer seiner eigenen, kleinen Firma. Er hatte geschäftlich gesehen ein hartes Jahr hinter sich und war froh, mit seiner Firma überhaupt überlebt zu haben. In den letzten Monaten hatten sie sich nicht sehr oft gesehen. Am Tag von Clarissas Ausstellung in Patrizias Galerie hatten die beiden es sich allerdings nicht nehmen lassen, trotz der schwierigen geschäftlichen Situation, sich kurz dort sehen zu lassen. Mit Dagmar hatte Clarissa sich relativ schnell anfreunden können, sie war unkompliziert, fröhlich, wenn auch manchmal etwas laut, aber immer gut gelaunt. Als letzte Gäste erschienen Klaus und Britta. Die beiden hatten einen Sohn in Damians Alter und Clarissa hatte sie auf einem Elternabend in der Grundschule kennengelernt. Sie hatten relativ schnell gemeinsame Interessen entdeckt und viel Zeit miteinander verbracht, bis sie auch ihre Männer eines Tages zusammenführten. Auch diese hatten sich auf Anhieb gut verstanden und sich viel zu sagen gehabt.

Wie immer hatte Clarissa sich mit dem Partybuffet sehr viel Mühe gegeben: Lauter hausgemachte Spezialitäten, von denen sie bereits seit Jahren wusste, dass es Partyrenner waren. Selbst gemachtes Aioli, Zaziki, kalte Frikadellen mit Schafskäsefüllung, Balkan-Salat wie auch ganz einfachen Kartoffelsalat. Jede Menge Käsehäppchen, Schinkenröllchen und gefüllte Eier. Für all das hatte Clarissa den ganzen Tag in der Küche gestanden, aber sie hatte alles zubereitet mit einer Treffsicherheit und Routine, wie es nur Hausfrauen fertig bringen, die sich seit vielen Jahren mit solchen Dingen befassen. Clarissa liebte es, kleine Zusammenkünfte zu organisieren und Büffets zu arrangieren. Klaus hatte seine Gitarre mitgebracht. Er war ein lausiger Gitarrist und wusste das auch, aber die Songs die er mehr schlecht als recht spielen konnte, kannte jeder und es fand sich stets jemand, der gerne mal lauthals »Let It Be« oder ein ähnlich bekanntes Lied mitsang. Diese kleinen Einlagen sorgten auf Partys immer für viel Gelächter und ausgelassene Stimmung. Auch wenn sie nur mit acht Personen im Wohnzimmer saßen, diese Zusammenkünfte waren der Beweis dafür, dass eine gute Party nicht von der Anzahl der Gäste abhing, sondern von den Menschen, die hier zusammenkamen. Man kannte sich jahrelang sehr gut, auch untereinander und voneinander unabhängig und somit hatte jeder in diesem kleinen Kreis allen anderen regelmäßig viel zu erzählen. Es kam nie Langeweile auf.

Gegen zehn klingelte es noch einmal an der Tür und Clarissa warf Daniel einen mahnenden Blick zu, denn er sang gerade sehr laut und sehr falsch »Lady in Black«.

»Unsere Nachbarn haben dafür offensichtlich kein Verständnis«, sagte sie grinsend. Daniel ließ sich nicht beirren.

»Unsere Nachbarn sollen sich nicht so anstellen!«, sagte er.

Er sah Klaus ermutigend an und sofort fing dieser an, die Strophe noch einmal zu spielen, an der sie durch das Klingeln unterbrochen worden waren. Clarissa eilte indes zur Tür. Sie erstarrte vor Schreck, als sie in Patrizias wasserblaue Augen blickte.

»Oh!«, rief sie erstaunt aus.

Patrizia sah ein wenig schüchtern ins Wohnzimmer, eine Schüchternheit, die Clarissa von ihr überhaupt nicht kannte. Sie hatte einen Strauß Blumen in der Hand, den sie Clarissa entgegenhielt.

»Ich wollte mich auch von dir verabschieden«, sagte sie, und sah Clarissa dabei fest in die Augen. Clarissa bemerkte, dass Patrizias Hände zitterten. So sehr, wie ihre eigenen Hände.

»Woher weißt du ...«

Patrizia zog sie in die Küche. Clarissa bemerkte Daniels Blick, zunächst ungläubig, dann fassungslos, und sie hoffte inständig, dass er nicht explodieren würde.

»Woher ich weiß, dass du diese kleine Party veranstaltest?«

Clarissa nickte.

»Ich habe Anja getroffen, es war ein Riesenzufall. Wir kaufen wohl beide in der gleichen Boutique ein. Sie hat mir erzählt, dass sie heute auf deine Abschiedsparty geht, und ist wohl irgendwie davon ausgegangen, dass ich auch eingeladen wäre.«

Clarissa starrte ein wenig beschämt zu Boden.

»Nur weil ... ich meine ... Clarissa, du musst mich doch jetzt nicht aus deinem Leben verbannen, oder willst du mich nie wieder sehen?«

»Daniel weiß Bescheid«, sagte Clarissa. »Ich habe es ihm erzählt.«

Patrizia nickte. »Prima, dann gibt es ja keine Geheimnisse mehr. Aber das sagtest du ja neulich schon am Telefon. Bevor du einfach den Hörer aufgeknallt hast.«

Im gleichen Moment erschien Daniel in der Küchentür.

Er starrte Patrizia wütend an.

»Das wagst du dich«, zischte er. »Tatsächlich! Du wagst dich, hierher zu kommen?«

»Daniel bitte«, sagte Clarissa.

Daniel wandte sich zu Clarissa um.

»Kannst du dir vorstellen, wie ich mich fühle, wenn sie hier ist?«

»Ja. Und es tut mir leid. Ich habe sie nicht eingeladen. Bitte, Patrizia, sei so nett und geh' wieder, das funktioniert nicht. Ich habe meinen Mann genug verletzt.«

Patrizia wandte sich direkt an Daniel und sah ihm herausfordernd in die Augen.

»Ich weiß nicht, warum du dich so anstellst, du hast doch gewonnen!«, sagte sie. »Sie hat immer gesagt, dass sie dich niemals verlassen würde und am Ende hat sie mich verlassen, weil sie sich für dich entschieden hat! Ich bin die, die sich die Augen aus dem Kopf heult, Daniel. Du hast gewonnen.«

»Ja«, sagte Daniel. Er kniff die Augen zusammen. »Das heißt aber noch lange nicht, dass wir beide jetzt beste Freunde werden. Ich möchte, dass du gehst.«

Patrizia seufzte und setzte sich provokant auf einen Küchenstuhl.

»Weißt du, ich will dir deine kleine Party nicht ruinieren. Aber ich werde mich doch hoffentlich noch von der Frau verabschieden können, die ich liebe. Oder? Alle eure Freunde verabschieden sich doch heute von euch, auch wenn ihr euch wahrscheinlich weiterhin gegenseitig Besuche abstatten werdet.«

»Bist du dazu eingeladen?«, fauchte Daniel. »Wenn du ein Mann wärst, meine Liebe, würden wir beide das jetzt vor der Haustür austragen.«

»Ihr werdet gar nichts austragen«, sagte Clarissa, und sie schloss die Küchentür, damit ihre Freunde das Gespräch nicht verfolgen konnten. Auch wenn sie lauthals lachten und sangen, und sich wenig um das kümmerten, was in der Küche vor sich ging.

»Wir, Daniel, werden jetzt wieder zu unseren Gästen gehen. Und du Patrizia, sei mir nicht böse, aber dass ich dich nicht eingeladen habe, hatte einen Grund, nämlich genau diesen. Dass du hier auftauchst, ist rücksichtslos meinem Mann gegenüber.«

»Ich konnte doch nicht ahnen, dass du es ihm wirklich erzählt hast! Ich dachte du bluffst!«

»Ob mein Mann es weiß oder nicht, das spielt keine Rolle, ich habe die Sache beendet und du kannst dich nicht ungefragt selbst einladen. Es hat einen Grund, wie gesagt, warum ich dich nicht eingeladen habe.«

»Muss man denn gleich zu Feinden werden, nur weil man auseinandergeht?«, fragte Patrizia.

»Sag mal, du Schnepfe, du bist entweder ein bisschen dümmlich oder total skrupellos, kannst dir was aussuchen!«, schimpfte Daniel. »Auf jeden Fall wirst du jetzt mein Haus verlassen, ist das klar?«

Daniel hatte sich drohend vor ihr aufgebaut und Clarissa sah, dass er sich ernsthaft beherrschen musste. Daniel war kein Mann der Frauen schlug, aber so wie er sich vor Patrizia aufgebaut hatte, war Clarissa sich in diesem Moment gar nicht mehr so sicher, ob er sich tatsächlich beherrschen konnte. Patrizia sah ihn für einen Moment von oben bis unten an, dann drückte sie Clarissa die Blumen in die Hand, die sie noch immer nicht angenommen hatte und verließ mit hoch erhobenem Kopf das Haus.

»Schade«, sagte sie, bevor Clarissa die Haustür hinter ihr schloss. »Ich dachte wirklich, wir könnten einfach irgendwie Freundinnen bleiben.«

»Das geht nicht Patrizia«, sagte Clarissa leise. »Du siehst doch, wie verletzt er ist.«

»Ja«, sagte Patrizia. »Ich verstehe ihn ja auch. Aber ich ...«

Sie unterbrach sich und sah zu Boden. »Adieu«, sagte sie, und wandte sich zum Gehen. Clarissa schloss die Haustür und lehnte sich mit dem Rücken dagegen. Sie musste kurz durchatmen. Es tat ihr alles so leid. Patrizia tat ihr leid. Und sie fühlte sich schuldig, schuldig Daniel gegenüber, schuldig Patrizia gegenüber.

Daniel ging langsam und bedächtig wieder ins Wohnzimmer zurück und setzte sich zu den Freunden, die fast alle, bis auf Anja, überhaupt nicht bemerkt hatten, dass in der Küche etwas vorgefallen war. Etwas, was Daniel sehr gekränkt hatte und sowohl ihm, als auch Clarissa die Laune verdorben hatte. Clarissa zog sich für einen Moment ins Badezimmer zurück, um sich wieder zu beruhigen. Die plötzliche, unerwartete Konfrontation mit Patrizia machte ihr sehr zu schaffen. Auch die Art und Weise wie Daniel sie behandelt hatte, tat ihr leid. Aber sie verfluchte sich selbst am Allermeisten. Natürlich ging es Patrizia schlecht. Es musste sie eine unglaubliche Überwindung gekostet haben, an diesem Abend hier aufzutauchen. Sie liebte sie, das war Clarissa bewusst. Sie hatte irgendwann einmal damit gerechnet, dass sie Clarissa vielleicht eines Tages doch ganz für sich erobern konnte. Und sie hatte einsehen müssen, dass das nicht ging. Sie hatte verloren. Trotzdem war sie sich nicht zu schade dafür, bei ihr aufzutauchen, mit dem vollen Wissen, Clarissas Mann zu begegnen, ein glückliches Pärchen erleben zu müssen. Das hatte sie in Kauf genommen. Clarissa fühlte sich scheußlich, egoistisch, denn auf gewisse Weise hatte sie mit Patrizia gespielt. Sicher, Patrizia hatte sie verführt und nicht umgekehrt. Und sicher, sie hatte ihr nie etwas versprochen das sie nicht gehalten hatte, sie hatte ihr nie etwas vorgemacht. Aber letztlich hätte ihr klar sein müssen, dass es für Patrizia mehr war als pure Lustbefriedigung und Abenteuer. Dass sie diese Frau verletzen würde durch die Art und Weise, wie sie das Verhältnis beendet hatte. Patrizia erwartete wenigstens weiter bestehende Freundschaft von ihr und das konnte sie ihr nicht geben, weil es Daniel verletzen würde. Egal wie sie es drehte und wendete, einer der beiden würde sich immer verletzt fühlen und Clarissa hasste sich dafür, dass sie Patrizia so wehgetan hatte. Schließlich ging sie wieder nach unten und setzte sich zwischen ihre Freunde. Beide, sie und Daniel, waren für den Rest des Abends eher ruhig, auch wenn sie trotzdem versuchten, zu lachen und ihren Freunden gute Gastgeber zu sein. Anja beobachtete sie ständig aus den Augenwinkeln. Als gegen zwei Uhr alle bis auf Anja und Erik gegangen waren, begann Clarissa, den Tisch abzuräumen. Anja eilte sofort herbei, um ihr zu helfen.

»Was war das vorhin mit Patrizia in der Küche?«, fragte sie.

»Das? Ach ... nichts weiter.«

»Hey«, sagte Anja. »Ich kenne dich viel zu gut, also, was war da los?«

»Sie wollte sich verabschieden.« Clarissa räumte die Spülmaschine ein.

»Soso. Und warum hat sie sich nicht zu uns gesetzt und mitgefeiert? Und warum habt ihr hinterher beide so bedrückt ausgesehen, du und Daniel? Und überhaupt, es wundert mich, dass Patrizia offensichtlich nicht mal eingeladen war! Ihr habt doch nun monatelang unheimlich viel Zeit miteinander verbracht.«

Clarissa setzte sich auf den Stuhl auf dem Patrizia vor wenigen Stunden noch gesessen hatte.

»Weil ... ach Anja, warum soll ich dich anlügen, ich hatte was mit Patrizia.«

»Du hattest ... ?« Anja lachte, sie hielt sich den Bauch vor Lachen und schließlich hörte sie plötzlich auf und sagte: »Verarsch mich nicht.«

»Tu ich nicht. Ich hatte was mit ihr.«

»Ach du Scheiße«, sagte Anja. »Ich wusste, dass Patrizia lesbisch ist, sie macht da ja keinen Hehl draus.«

»Nein, wohl nicht.«

»Aber Clarissa, du?«

»Ja, ich! Ich hab mich hinreißen lassen.«

»Soso.« Anja seufzte. »Das muss ich jetzt erst mal wegstecken. Wenn es dir recht ist, komme ich morgen Nachmittag noch mal vorbei, da können wir reden. Seitensprung mit Patrizia, tsss... unglaublich!« Sie schüttelte den Kopf.

»Es war kein einmaliger Seitensprung, ich hatte etwas mehr als drei Monate lang ein Verhältnis mit ihr.«

Anja starrte sie ungläubig an. »Okay. Ich fahre jetzt nach Hause, ich muss das ehrlich erst mal verarbeiten. Es ist auch schon spät und ich hab was getrunken. Ich glaube, ich bin heute kein guter Gesprächspartner mehr.«

Sie lief in den Flur und griff nach ihrem Mantel.

»Erik!«, rief sie. Der eilte sofort dankbar herbei. Er hatte neben einem äußerst schweigsamen Daniel auf dem Sofa gesessen und nur darauf gewartet, dass Anja ihn endlich zum Gehen aufforderte. Clarissa schloss die Tür hinter ihnen ab und setzte sich zu Daniel.

»Ich kann es nicht fassen«, sagte er. »Sie hat mit dir monatelang ein Verhältnis und dann kommt sie hier her? Sie kommt einfach her! Wie wäre dir zumute gewesen, Clarissa, wenn Anita hier aufgetaucht wäre?«

»Daniel, genauso wahrscheinlich aber ich kann doch nichts dafür. Ich habe sie nicht eingeladen.«

»Das wäre ja auch noch schöner gewesen!«

»Daniel bitte, ich sag es jetzt noch mal, ich kann nichts dafür! Ich habe sie nicht eingeladen!«

»Woher wusste sie denn, dass wir heute feiern?«

»Von Anja. Anja hat sie in einer Boutique getroffen und sich mit ihr unterhalten. Sie hat sie auf die Party angesprochen, weil sie davon ausgegangen ist, dass sie auch kommt.«

»Na prima, dann kann ich mich ja bei Anja bedanken.«

»Daniel, Anja wusste nicht was da gelaufen ist, sie wusste nur, dass ich bis dahin viel Zeit mit Patrizia verbracht habe und dass sie meine Agentin ist. Unter normalen Umständen wäre es ja auch logisch gewesen, sie einzuladen.«

Daniel schnaufte. »Clarissa, ich gehe jetzt schlafen, ich mag nicht mehr diskutieren. Ich habe getrunken, das geht nicht gut aus. Ich will nie wieder mit dieser Frau konfrontiert werden, das ist wirklich kein schönes Gefühl.«

Clarissa fühlte, wie der Zorn in ihr aufstieg, als Daniel sich anschickte, die Treppenstufen nach oben zu steigen.

»Gut, dann geh jetzt ins Bett und lass mich ruhig mitten im Gespräch stehen, aber vergiss bitte nicht, dass ich einen noch viel schlimmeren Anblick verkraften musste!«

Daniel wurde bleich und machte auf dem Absatz kehrt.

»Ja, das musstest du. Aber seit dem, Clarissa, tu ich alles für dich. Ich tu alles um diesen schrecklichen Fehler wieder gut zu machen, den ich begangen habe! Und jetzt ist es für mich einfach ein Riesenschock, der Frau gegenüber zu stehen, die monatelang mit meiner Frau gevögelt hat, okay?«

»Kann ich verstehen Daniel, aber du darfst nicht vergessen, dass ich dich damals erwischt habe, ansonsten wäre dein Verhältnis vielleicht noch monatelang weitergegangen. Ich hingegen habe meines von selbst beendet und vor allem, du hast es von mir erfahren, ich habe dir alles gebeichtet. Alleine daran solltest du eigentlich sehen, dass die Sache beendet ist und wenn sie hier auftaucht, dann kann ich dafür nichts!«

Daniel schnaufte und begann wieder, die Treppen nach oben zu steigen. Nun drehte er sich erneut um.

»Clarissa, ich sag dir nur eins, ich will diese Frau nie wieder sehen müssen und ich dulde sie nicht in meinem Haus, lass dir das gesagt sein. Egal unter welchen Umständen und auch in hundert Jahren nicht! Und du brauchst hier gar nicht meine Fehler gegen deine Fehler aufzuwiegen, wir haben beide schwerwiegende Fehler gemacht! Aber niemals und unter keinen Umständen hätte ich dich auch noch mit meinem Fehltritt konfrontiert! Ich habe dich um Verzeihung gebeten! Ich habe alles für dich getan! Ich habe mich damit abgefunden, dass du mich über Monate, mehr als ein Jahr lang, täglich dafür bestraft hast, was ich getan habe. Ich habe den Eindruck dass du jetzt, nachdem du den gleichen Mist gebaut hast, irgendwie der Meinung bist, jetzt sind wir quitt und ich hätte den Mund zu halten! Und ich halte meinen Mund nicht, ich will diese Frau nie wieder sehen und du wirst sie auch nicht wiedersehen, ansonsten war es das für mich! Und jetzt gehe ich schlafen. Gute Nacht!«

Clarissa setzte sich noch auf eine Zigarettenlänge ins Wohnzimmer und starrte vor sich hin. Schließlich schenkte sie sich noch einen Cognac ein. Ihr Tröster seit mehr als einem Jahr. Und ach ... wahrscheinlich schon viel länger. Nur hatte sie früher nie drüber nachgedacht. Liebe war schon seltsam. So unvollkommen. Und in den meisten Zeiten des Lebens überhaupt nicht romantisch: Meist war die Liebe wohl eher ein Kampf ums Überleben und um die Machtverhältnisse. Irgendjemand wurde immer verletzt, sobald Gefühle existierten.

Für Daniel empfand sie tiefe Liebe. Und für Patricia? Sympathie, Leidenschaft. Neugier auf das Unbekannte. Der Reiz des Abenteuers. Das genügte nicht für das, was Patrizia sich von ihr erhofft hatte.

Und jetzt hatte sie einen Riesenärger mit Daniel, denn keine Frage, sie konnte verdammt gut nachvollziehen wie er sich fühlte. Andererseits tat ihr auch Patrizia leid, denn offensichtlich – und das hatte Patrizia ja auch immer wieder beteuert – war es für sie mehr gewesen als Verliebtheit und Leidenschaft und Abenteuer. Ihren Blick, den sie anfangs als schüchtern eingestuft hatte, würde sie wahrscheinlich nie wieder vergessen können. Plötzlich wurde ihr klar, dass dieser Blick mit Schüchternheit überhaupt nichts zu tun hatte. Patrizia liebte sie und sie litt sehr unter dem Verlust. Sie selbst hatte die Sache beendet, Daniel alles gebeichtet und war danach einfach zur Tagesordnung übergegangen. Klar, dass Patrizia das nicht konnte. Clarissa kam sich sehr schäbig vor. Patrizia litt wahrscheinlich fürchterlich, während sie selbst sich wieder voll ihrem Familienleben gewidmet hatte. Ihren Fokus auf den Umzug gerichtet hatte und im Geist eigentlich schon in Köln in dem neuen Haus lebte. Sie hätte so gerne etwas für Patrizia getan, irgendetwas das ihr helfen würde, darüber hinwegzukommen, aber natürlich war da nichts, was sie für sie tun konnte. Außer aus ihrem Blickfeld zu verschwinden und darauf hoffen, dass sie sich eines Tages in eine andere Frau verlieben würde.

## -22-

Drei Wochen später erfolgte der Umzug nach Köln. Als sie das Haus zum ersten Mal sahen, brachen Damian und Charlotte in so laute Begeisterung aus, dass Clarissa sie bremsen musste, um nicht gleich negativ bei den neuen Nachbarn aufzufallen. Es war eine sehr gute Wohngegend. Mit Sicherheit lebten nur gut situierte Nachbarn um sie herum. Nachbarn, die weitaus weniger neugierig waren, als die mit der typischen Reihenhausmentalität, die sie bis jetzt um sich herum gehabt hatten. Und der erste Eindruck war schließlich der Wichtigste. Clarissa hatte noch nie besonders viel Wert auf Freundschaften mit Nachbarn gelegt, aber schließlich wollte man sich mit ihnen verstehen und in Frieden leben. Charlotte war gleich nach oben gestürmt und hatte sich mit ihrem Rucksack auf dem Rücken, strahlend in eines der Zimmer gesetzt und es zu ihrem Eigentum erklärt. Damian musste wohl oder übel das andere Zimmer nehmen, aber ihm war es ohnehin grundsätzlich egal, wie er sagte.

»Die sind doch eh beide gleich«, sagte er. Das stimmte nicht ganz. Charlottes Zimmer hatte einen kleinen Erker, während Damians Zimmer quadratisch geschnitten war, aber Jungs standen ohnehin nicht auf Schnickschnack wie Erker oder Ähnliches, wie Damian mit wichtiger Miene erklärte. Die Möbel, die Clarissa nach der Besichtigung des Hauses bestellt hatte, waren inzwischen geliefert worden. Daniel war vor einer Woche extra schon einmal für einen Tag nach Köln gefahren um die Möbellieferanten einzulassen. Clarissa bestaunte das Bett mit einem vielsagenden Lächeln im Gesicht, denn es war genau das, was sie sich vorgestellt hatte.

»Weißt du«, sagte sie, als Daniel plötzlich neben ihr stand. »Bevor du mir erzählt hast, dass wir nach Köln umziehen müssen, habe ich dieses Bett im Katalog gesehen und ich dachte nur, dass ich es unbedingt haben will. Sieht es nicht toll aus?«

»Naja«, sagte Daniel. »Es ist wunderschön, aber wenn ich ein Bett hätte aussuchen müssen, wäre ich auf dieses hier ganz sicher nicht gekommen...«

»Ist klar«, sagte Clarissa lachend. »Zu verspielt, nicht wahr?«

Daniel nickte. »Clarissa, wenn Männer so was aussuchen, dann gehen sie irgendwie mit anderen Motiven an die Sache. Es muss breit genug sein. Es muss lang genug sein. Die Matratze muss gut sein. Der Rahmen muss stabil wirken.«

Für Clarissa war es in diesem Moment das weltschönste Bett, denn genau dieses hatte sie haben wollen. Es hatte ein dunkelbraunes, fast schwarzes schmiedeeisernes Gestell, war 1,80 m breit und 2 m lang, von daher konnte Daniel sich nicht über Platzmangel beschweren. Das Schönste für Clarissas Geschmack war jedoch das Himmelgestell, welches das Bett umfasste: Mit cremefarbenen Vorhängen aus zartem Organza, die man nach Lust und Laune, entweder komplett zuziehen oder aber an den vier Ecken befestigen konnte. Beide Varianten waren wunderschön.

»Vielleicht können wir es eines Tages mal auf ein Wasserbett umrüsten« sagte Daniel und griff sich ins Kreuz. »Weißt du, ich werde nicht jünger und ich habe mir sagen lassen, Wasserbetten sind toll für den Rücken.«

»Hm«, sagte Clarissa. »Und ich habe gehört, die sind nicht gut für das Sexleben.«

»Wieso?« Daniel lachte.

»Weil man keinen Halt hat und alles schwabbelt und plätschert.«

»Aha. Wieder was dazu gelernt. Also weiterhin Kreuzschmerzen.«

Für das Wohnzimmer hatte Clarissa sich für eine rötlich-dunkelbraune Ledercouch entschieden, die einen sehr souveränen Eindruck machte, aber auch sehr bequem war. Auch einen passenden Tisch hatte sie gleich mitliefern lassen, einen dunkelbraunen Holztisch im Kolonialstil. Sie liebte solche Möbel und stellte sich die weitere Einrichtung des Hauses auch in diesem Stil vor. Die Rücklagen, die sie in den letzten Jahren hatten bilden können, waren jedoch schon bedenklich geschrumpft. Für Romantik blieb an diesem Tag leider keine Zeit. Clarissa verbrachte ihren restlichen Nachmittag damit, die Schränke in der Küche auszuwischen und ihr Geschirr und ihre Küchengeräte einzuräumen. Sie hatten ihre alte Essgruppe mit nach Köln gebracht. Sie sah zwar hier in dieser schönen, neuen Küche erbärmlich aus, aber wenigstens hatten sie einen Platz, an dem sie gemeinsam essen konnten. Clarissa würde ohnehin die noch vorhandenen alten Möbel gegen neue austauschen, sobald sie etwas Passendes gefunden hatte – und die finanziellen Reserven wieder gewachsen waren. Für ihr Haus in Frankfurt hatten sie sehr nette Mieter gefunden. Eine junge Familie mit zwei Kindern, die ohne mit der Wimper zu zucken bereit gewesen waren, den geforderten Mietpreis zu zahlen.

Am Abend bestellte Daniel in einer nahe gelegenen Pizzeria für die gesamte Familie etwas zum Essen, denn natürlich hatte Clarissa an diesem Tag weder Zeit noch Lust zum Kochen. Außerdem war sie noch nicht einkaufen gewesen. Lediglich für das Frühstück am nächsten Morgen waren genug Lebensmittel im Haus. Charlotte hatte ihr Zimmer über den Nachmittag auch fast komplett eingerichtet, nur bei Damian scheiterte es irgendwie an der für ihn typischen Faulheit.

Er hatte als Erstes seine Stereoanlage angeschlossen und lag den ganzen Nachmittag über auf dem noch nicht bezogenen Bett und hörte Musik.

Clarissa hatte es schulterzuckend bemerkt.

»Der schmollt noch ein bisschen«, sagte sie zu Daniel, als sie gegen elf Uhr am Abend total erledigt neben ihm in das neue Bett fiel. »Er muss uns ja auf irgendeine Weise klarmachen, dass wir ihn genötigt haben, sein gewohntes Umfeld zu verlassen und ihn in eine fremde Stadt entführt haben, auch wenn ihm das neue Haus so sehr gefällt. Ich glaube eigentlich ist er sogar ganz happy über den Umzug, aber er will es nicht zugeben.«

»Pubertät ist grauenhaft«, sagte Daniel.

Sie nickte. »Warte mal, Charlotte ist auch bald soweit, dass es schlimm wird. Ich schätze, bei Damian wird sich das eher in Grenzen halten. Aber Charlotte ... davor habe ich manchmal richtig Angst.«

Daniel drehte sich zu ihr um, sodass er sie anschauen konnte.

»Das Bett gefällt mir außerordentlich gut«, sagte er grinsend. »Auch wenn es kein Wasserbett ist.«

»Soso«, antwortete Clarissa schmunzelnd. »Wie war das? Der erste Traum in der ersten Nacht im neuen Bett in einem neuen Haus geht in Erfüllung?«

»Dann wollen wir mal hoffen, dass wir beide etwas Schönes träumen, nicht wahr?«

Daniel zog sie an sich heran, presste sich gegen ihren Körper. Sie fühlte seinen Herzschlag. Geschickt öffnete er die Knöpfe ihres seidenen Nachthemdes, das sie nach der Dusche angezogen hatte.

»Du riechst so gut«, seufzte er.

»Das ist nur meine Bodylotion.«

»Ja, aber das bist auch du, das ist dein Körpergeruch. An der Sache mit den Pheromonen muss wirklich was dran sein, ich liebe deinen Körpergeruch. Schon immer.«

Er vergrub seinen Mund zwischen ihren Brüsten, liebkoste sie, saugte und knabberte zart an ihren Brustwarzen. Sein Haar schmeichelte der zarten Haut auf ihren Brüsten und sie atmete seinen Duft ein. Ja, vielleicht war tatsächlich etwas dran an der Sache mit den Pheromonen. Auch sie hatte seinen Geruch schon immer geliebt. Daniel tastete sich sanft vor, streichelte sie zwischen den Beinen und sofort fühlte Clarissa die Feuchtigkeit, auch wenn sie eigentlich hundemüde war.

»Ich weiß, dass du müde bist«, sagte Daniel bittend. »Aber ein kleiner Quickie...«

»Ja, dafür reicht es«, sagte sie lächelnd. »Das schaffe ich noch.«

Er schob sich über sie, streifte ihr Nachthemd nach oben und legte ihre Beine auf seine Schultern. Sie seufzte als er in sie eindrang. Daniel war mächtig gebaut und manchmal schon hatte sie sich gefragt, ob es daran lag, dass sie von ihm nicht genug kriegen konnte. Mit langsamen Bewegungen bohrte er sich geschickt in sie hinein. Sie fühlte sein mächtiges Teil in sich und schon während er sich langsam tiefer in sie hineinbohrte, hatte sie das Gefühl, jede Sekunde explodieren zu können. Vielleicht war es auch sein Anblick, wie er kraftvoll über ihr war, ihre Beine über seinen Schultern, wie er sie hielt, wie er seinen Kopf in seiner Erregung in den Nacken geworfen hatte. Er war für sie noch immer der begehrenswerteste Mann der Welt, egal was in ihrer Ehe schon passiert war. Erregt presste sie sich ihm entgegen und seufzte leise, als sie spürte, wie er in ihr zuckte. Ja, er war gekommen, sie noch nicht über ihren Gedanken, aber schließlich hatte er es gemerkt. Es war ihr Daniel und ihr Daniel war noch nie gefühllos gewesen. Er rappelte sich noch einmal auf und stieß mit der restlichen Härte zu bis er fühlte, dass es auch in ihr zuckte und krampfte um sie dann sanft mit Küssen zu bedecken. Glücklich schlief sie wenige Minuten später in seinen Armen ein.

Am nächsten Morgen erwachte sie etwas verstört. Es war Sonntag. Ihre erste Nacht im neuen Haus lag hinter ihr. Sie fühlte sich leider nicht fröhlich, motiviert, gut gestimmt durch das Erwachen im neuen Bett, neben dem Mann, den sie über alles liebte. Im Gegenteil, sie fühlte sich kaputt, zerschlagen und ängstlich. Sie hatte nicht gut geschlafen und noch schlechter geträumt. Schutzsuchend presste sie sich an Daniel, der noch immer selig schlief. Aber selbst im Schlaf stimmten seine Reflexe, er zog sie automatisch näher an sich heran und wandte sich ihr zu. Wie eine Süchtige atmete sie seinen Duft ein und versuchte, sich an ihren Traum zu erinnern. Anita. Sie hatte von Anita geträumt. Oder war sie es gar nicht gewesen, war es irgendeine Frau gewesen, die einfach nur diesem Frauentyp entsprach?

Sie wusste es nicht. Sie war mit einem großen Schreck erwacht, als sie vor sich sah, wie diese Frau über sie lachte, den Kopf dabei in den Nacken warf, ja, wie sie lauthals lachte und mit dem Finger auf sie zeigte. Und sie hatte in ihrem Traum Daniel gesehen, ihren Daniel, wie er in einem Bett lag – und es war nicht dieses Bett, das sie sich hier mit ihm teilte, sondern eine völlig fremde Umgebung. Ihr Daniel, nackt auf dem Bett, lächelnd, ihr zuwinkend, als würde er sich noch darüber lustig machen, dass sie von dieser fremden Frau ausgelacht wurde. Blödsinn. Die Sache mit Anita lag nun mehr als anderthalb Jahre zurück. Nie hatte sie sich gemeldet. Clarissa hatte selbst die Mail gelesen, die Daniel ihr zum Abschied geschickt hatte. Und er hatte ihr ihre Antwort gezeigt, damit es keine Missverständnisse geben würde. Clarissa fühlte sich müde und traurig, dass Anitas Geist noch immer über ihnen schwebte, dass sie den Gedanken an sie nicht loswerden konnte. Anita war Vergangenheit, aber sie schien noch immer irgendwie anwesend zu sein, zwischen ihnen zu stehen. Sie löste sich aus Daniels Umarmung und tapste nach unten in die Küche. Es war gerade mal zehn Uhr an diesem Sonntagmorgen. Sie setzte Kaffee auf und warf einen Blick in die gähnende Leere des Kühlschranks, der außer ein paar Gläsern Marmelade und einigen Resten Wurst und Käse, die sie beim Umzug mitgenommen hatte, nichts enthielt. Mit dem Toastbrot, das im Brotfach lag, würde es für ein Frühstück reichen und ein paar Eier waren auch noch da.

Als die Rühreier fertig waren und der Kaffee durchgelaufen war, weckte sie ihre Familie und setzte sich an den Frühstückstisch, den sie in der Küche gedeckt hatte. Daniel war als erster unten in der Küche und er sah umwerfend aus in seiner engen Sporthose und dem Shirt darüber. Ein flaumiger Drei-Tage-Bart zierte sein Gesicht und Clarissa fand, dass er gar nicht schlecht damit aussah. Sie zwang sich zu einem Lächeln.

»Guten Morgen!«, grüßte er sie lächelnd und setzte sich an den Tisch. »Nicht wie unser gewohntes Frühstück, aber immerhin«, sagte er.

»Es ist alles, was wir haben, ich muss erst einkaufen.«

»Das weiß ich doch.«

Nacheinander erschienen die Kinder, zuerst Charlotte und dann Damian. Damian setzte sich würdevoll, mit finsterer Miene, denn er hatte noch immer vor, seinen Eltern zu beweisen, dass sie ihn sehr unglücklich machten, indem sie ihn aus seinem gewohnten Leben gerissen hatten und ihn nun dazu zwangen, an einem ihm völlig fremden Ort zu leben. Clarissa registrierte es schweigend, sie hatte sich vorgenommen, darauf nicht zu reagieren. Sie kannte Damian. Gleich am nächsten Tag war der erste Schultag in der neuen Schule für ihre beiden Racker und sie wusste genau, dass sich mit diesem Tag alles zum Guten wenden würde. Mit Sicherheit würde Damian morgen Nachmittag von der Schule kommen, schnell eine Kleinigkeit essen und dann mit einem neuen Kumpel, einem neuen besten Freund, irgendwohin verschwinden. Die Geheimnisse erkunden, die diese neue Stadt für Jugendliche seines Alters zu bieten hatte. Charlotte war fröhlicher als ihr Bruder, für sie war der Umzug nach Köln nicht halb so problematisch wie für ihren Bruder. Im Gegenteil, sie freute sich auf das Leben in der neuen Stadt und war neugierig auf ihre neue Schule und die Freundschaften, die sie dort schließen würde.

»Stimmt was nicht, Liebes?«, fragte Daniel, als die Kinder gefrühstückt und sich wieder in ihre Zimmer zurückgezogen hatten. Schließlich hatten beide noch alle Hände voll zu tun, denn noch immer standen in ihren Zimmern zahllose Umzugskisten, die noch ausgepackt werden mussten. Clarissa hielt sich da absichtlich raus, sie war der Meinung, dass ihre Kinder in diesem Alter solche Dinge ruhig alleine erledigen konnten. Außerdem hatte sie selbst genug zu tun.

»Es ist nichts«, versicherte sie Daniel. »Ich habe nur nicht allzu gut geschlafen letzte Nacht.«

»Aha«, sagte er. »Sonst wirklich alles okay?«

Sie nickte.

»Also ich habe hervorragend geschlafen«, sagte er, und streckte sich genüsslich. »Geträumt habe ich zwar gar nichts, oder ich kann mich nicht mehr dran erinnern, aber geschlafen habe ich wie ein König. Sehr erholsam, dieses Bett, das muss ich dir lassen!«

Sie lächelte.

»Morgen ist mein erster Arbeitstag in der neuen Firma«, sagte Daniel nachdenklich. »Irgendwie ist es schon komisch, ich war jetzt in den letzten fünfzehn Jahren in der gleichen Firma und die meiste Verantwortung lag ja nicht auf mir, sondern auf dem Geschäftsführer. Die alte Firma kannte ich in- und auswendig, die kleinsten Abläufe und Zuständigkeiten waren mir vertraut, sämtliche Ansprechpartner in anderen Firmen, sämtliche Geschäftspartner. Jetzt bin ich selbst der Geschäftsführer, und das in einer ganz neuen Firma in einer völlig anderen Branche, das ist schon irgendwie befremdlich.«

»Du hast Bedenken vor dem, was jetzt auf dich zukommt?«, fragte Clarissa amüsiert. »Tja, da wirst du durch müssen...«

Er lachte. »Wird schon schief gehen«, murmelte er. »Ist nur ein komisches Gefühl. Ich muss mich komplett neu einarbeiten und das wird all meine Konzentration erfordern.«

## -23-

Den nächsten Tag verbrachte Clarissa zunächst mit einem Großeinkauf in dem glücklicherweise nahe gelegenen Supermarkt und amüsierte sich im Stillen über den völlig anderen Dialekt, den man hier sprach. Irgendwie hatte sie den Kölner Dialekt immer sehr gemocht, er klang temperamentvoll und lustig vor allem, aber auch sehr energisch. Nachdem sie all ihre Einkäufe weggeräumt hatte, schaffte sie ein wenig Ordnung im Haus und beschäftigte sich dann mit der Zubereitung des Mittagessens. Und wie sie es geahnt hatte, die Kinder kamen beide sehr fröhlich von ihrem ersten Vormittag in der neuen Schule zurück. Charlotte hatte gleich eine neue beste Freundin im Schlepptau, die nur eine Straße weiter wohnte und von Charlotte großzügig zum Mittagessen eingeladen worden war. »Frikadellen«, sagte das Mädchen, das sich als Kathrin vorgestellt hatte, aber erst nachdem Clarissa sie nach ihrem Namen gefragt hatte. Es klang ein wenig abfällig und Clarissa zog, wie sie es immer tat, wenn ihr jemand suspekt war oder eine Aussage ihr nicht gefiel, die rechte Augenbraue nach oben.

»Magst du keine Frikadellen?«, fragte sie.

»Doch doch«, versicherte das Mädchen. »Ist nicht gerade mein Lieblingsessen, aber man kann es essen.«

»Was für ein Glück«, sagte Clarissa amüsiert.

Damian stürmte eine halbe Stunde später die Küche.

»Viel Zeit habe ich nicht«, verkündete er.

Genau das hatte Clarissa erwartet.

»Ich treffe mich mit Kevin, der ist in meiner Klasse, ziemlich cooler Typ. Der will mir zeigen, wo man hier in Köln am besten rumhängen kann.«

»Na dann iss mal schnell noch was«, sagte Clarissa. »Mit hungrigem Magen irgendwo rumhängen, das stelle ich mir verdammt anstrengend vor.«

Damian musterte sie gründlich, setzte sich dann aber an den Tisch und stopfte sein Essen in sich hinein.

»Und wo warst du heute schon?«, fragte er seine Mutter. »Hast du auch schon Leute kennengelernt?«

Clarissa schüttelte den Kopf. »Du, ich bin erwachsen, ich gehe nicht arbeiten und muss in keine Schule mehr, da dauert so was etwas länger.«

»Boah, das würde mich nerven«, sagte Damian. »Da wirst du ja eine Weile ziemlich alleine sein.«

»Das macht mir nichts aus«, sagte Clarissa. »Ich hab mit dem Haus genug zu tun. Ich muss es jetzt auch erst mal fertig einrichten. Außerdem muss ich kochen und eure Wäsche machen – glaub mir, Langeweile kommt bei mir ganz sicher nicht auf. Und dann gibt es auch noch ein Telefon, wenn ich wollte, könnte ich mit meinen Freunden telefonieren.«

»Telefonieren, ja«, brummte Damian.

»Mütter sind so was gewöhnt«, sagte Clarissa lachend. »Mach dir keine Sorgen um mich.«

Das hatte Damian offensichtlich überhaupt nicht vor, denn eine halbe Stunde später verschwand er durch die Haustür.

Auch Daniel betrat das Haus am Abend fröhlich und mit einem breiten Lächeln im Gesicht. »Alles super gelaufen«, sagte er, und küsste Clarissa zur Begrüßung. Hungrig verspeiste er fünf Minuten später bereits die Frikadellen und das Gemüse vom Mittagessen. »Mensch Clarissa, das ist eine so schöne Firma«, schwärmte er. »Und stell dir mal vor, sie mag ja klein sein, aber nebenan ist eine Gaststätte und es gibt eine Vereinbarung mit den Inhabern. Sämtliche Mitarbeiter können mittags dort essen, für drei Euro pro Mahlzeit – nicht schlecht, oder?«

Clarissa nickte. »Und deine Kollegen? Wie sind die Mitarbeiter so?«

Daniel grinste und schüttelte den Kopf. »Ach Clarissa, ich bin da Geschäftsführer. Wie sollen sie sich verhalten? Ich bin kein neuer Mitarbeiter, den sie erst mal checken müssen, ich bin der neue Chef, mit dem sie gefälligst klarzukommen haben. Sie haben sich natürlich mächtig Mühe gegeben, es gab Blumenarrangements und ein kleines Buffet. Und natürlich Sekt um mich willkommen zu heißen. Für einen einfachen Kollegen hätten die wahrscheinlich nicht so einen Aufwand gemacht, aber ich bin eben der neue Chef. Da zeigt sich erst mal jeder von seiner besten Seite, ist doch klar.«

Sie lachte. »Naja, so die Marke Sklaventreiber bist du ja nicht und das wirst du auch nicht werden. Ich denke, es hätte deine neuen Mitarbeiter schlimmer treffen können.«

Er nickte. »Das denke ich auch. Und übrigens hatte ich heute gleich das erste Problem zu lösen, mächtig spannende Sache.«

»Aha?« Daniel nickte. »Die streiten sich wohl seit Wochen herum, ob in der Firma in den Büros geraucht werden darf oder nicht. Und sie meinten, sie hätten diesbezüglich auf meine Entscheidungen gewartet.« Er lachte.

»Aber es gab doch vorher auch einen Chef, hat der das nicht geregelt?«

Daniel lehnte sich zurück. »Clarissa, der letzte Chef hat sich zur Ruhe gesetzt, er war schon älter. Sein Sohn war es auch eigentlich, der diese Firma aufgebaut hat. Aber der leitet die Berliner Zentrale. Und der alte Chef – na ja, wenn ich das richtig verstanden habe, dann war der wohl selbst starker Raucher und seine Entscheidung diesbezüglich klang wohl nach ›haut euch doch die Köpfe ein‹. Also keine Entscheidung.«

»Und was hast du heute deswegen entschieden?«, fragte Clarissa amüsiert.

»Ich habe gesagt, dass ich nichts dagegen habe, wenn in der Firma geraucht wird, aber sie sollen sich doch einfach so zusammensetzen, wie es passt. Raucher sollten sich mit anderen Rauchern ein Büro teilen und Nichtraucher mit anderen Nichtrauchern. Sie sitzen sowieso immer zu zweit und irgendwie wird das schon gehen. Aber dazu müssten ja manche Leute dann mit ihrem Krimskrams innerbetrieblich umziehen, und das nervt die jetzt sehr.« Er schüttelte den Kopf. »Die haben Probleme ...«, sagte er. »Und an den Stellen in der Firma, wo man eventuell mit Kunden oder Vertretern von Firmen zu tun hat, darf nicht geraucht werden – habe ich entschieden. Da waren ein paar ganz unglücklich, aber man kann es heutzutage nicht mehr bringen, Geschäftspartner in verqualmte Büros zu schicken. Das erweckt immer einen schmuddeligen Eindruck.«

»Warum erteilst du in den Büros nicht generelles Rauchverbot und schickst deine Mitarbeiter vor die Tür? Oder habt ihr keine Teeküche?«

Daniel nickte. »Klar ginge das und eine Teeküche gibt es dort auch. Aber sie sollen ja arbeiten und nicht ständig in der Teeküche stehen. Und dort stören sich die Nichtraucher ja auch am Qualm.« Er lachte. »Ach Clarissa, der Streit zwischen Rauchern und Nichtrauchern ist ehrlich entnervend, kannst du mir ruhig glauben. Die Raucher sind ja in der Regel bereit, Kompromisse zu schließen, sie sind ja froh, wenn sie irgendwo rauchen dürfen. Es sind leider die Nichtraucher, die völlig unfähig zu Kompromissen sind, aber das ist wohl immer und überall das Gleiche. Und wie war dein Tag?«

Sie lachte. »Nichts Besonderes passiert. Ich war heute früh einkaufen, wir haben hier um die Ecke drei verschiedene Supermärkte, das ist echt gut.«

»Schon mal irgendwelche Nachbarn getroffen?« Sie schüttelte den Kopf. »Nein. Aber ich habe heute überlegt, ob wir eine kleine Runde machen sollten in der Nachbarschaft.«

»Ja«, nickte er. »Sollten wir.«

»Heute noch?«

»Wäre ein guter Tag. Montagabend. Es ist noch nicht so besonders spät. In den Nachbarhäusern brennt auch Licht. Wenigstens rechts und links von uns sollten wir mal hallo sagen und uns vorstellen.«

Zwanzig Minuten später klingelten sie beide an der Haustür des Nachbarhauses zu ihrer Rechten. Es dauerte etwas länger, bis die Tür geöffnet wurde.

»Guten Abend, Frau Granz«, sagte Clarissa freundlich und reichte der älteren Dame die Hand. »Wir sind die Familie Ostermann und wollten uns Ihnen gerne vorstellen. Wir sind am Samstag nebenan in das Haus eingezogen.«

»Och, kummt eren«, sagte die Nachbarin freundlich und ging ihnen voraus in das Wohnzimmer. Dort trafen Clarissa und Daniel auf Herrn Granz, der am Kamin saß und Zeitung las. Sie stellten sich einander vor und Herr Granz bot ihnen einen Sitzplatz an. Clarissa schaute sich um.

Säuberlich gebügelte Häkeldeckchen auf dem Tisch und in den Regalfächern der riesigen Schrankwand. Eine dunkelgrüne Couchgarnitur, die aus den tiefsten Achtzigerjahren zu stammen schien, aber noch tadellos aussah. Und Frau Granz servierte bereits fünf Minuten später Tee. Sie fühlten sich beide etwas unbehaglich, auch wenn diese neuen Nachbarn sehr nett wirkten. Aber sie gehörten beide nicht zu den Menschen, die besonders viel mit ihren Nachbarn zu tun haben wollten.

»Woher komt Ehr?«, fragte Frau Granz. »Ehr sid nit us Kölle, oder?«

»Nein«, antwortete Daniel. Er schmunzelte ob des Dialekts. »Wir sind von Frankfurt hier her gezogen.«

»Us berofliche Gründ?«, fragte Frau Granz neugierig.

Daniel nickte. »Wat maht Ehr dann?«, fragte Herr Granz interessiert.

»Ich bin Geschäftsführer einer Softwarefirma.«

»Jo, dat scheint noch zu laufe«, sagte Herr Granz. »Als uns Firma pleite jemaht hät, han ich lang noh Arbeid jesökt, ävver nix jefunge. Jo, ich bin och wat älder wie Ehr.« Er lächelte. »Wann do mit Mitte fuffzig arbeitslos wees, kanns do glich de Rent beaandrage, do häs eh keine Chance mih.«

»Ja, das ist schwer«, stimmte Daniel ihm zu. Er lächelte seine Frau an, die wiederum ihn anlächelte. Daniel verstand das Lächeln. Clarissa verstand kein Wort. Sie ahnte nur, um was es hier eigentlich ging. Es entstand eine kleine Pause, die Clarissa als ein wenig peinlich empfand, aber Frau Granz griff ein.

»Un wat maht Ehr?«, richtete sie ihre Frage an Clarissa.

»Haushalt«, sagte sie. »Ich manage sozusagen meine Familie, damit habe ich genug zu tun.« Sie lächelte.

Frau Granz lachte lauthals. »Jo«, sagte sie. »Huusfrauenarbeid is eja esu verpönt, dat mer sich enzwesche freut, wenn mer noch ne Famillich trifft, wo sich de Mooder noch um all dat kümmert. Ich wor ming Leve lang zo Hus, jedenfalls zick uns Sonn gebore woodt, ich han et nit bereut. Ich han et jenosse, für ming Familich do zo sin, Zick zum Kooche ze han un minge Haushalt immer in Schoss halde zo künne.«

Clarissa erahnte Zustimmung zu ihrer Familienarbeit. So ganz genau hatte sie Frau Granz nicht verstanden.

»Manche Frauen sagen, man kann Familie und Beruf miteinander vereinbaren«, sagte Clarissa. »Aber ich genieße es auch, für meine Familie da sein zu können.«

»Och«, sagte Frau Granz. »Jeder Jeck noh sing Façon. Ming Schwiegerdoochter arbeid och, sugar Vollzick. Et schaff dat och all irjendwie, ist wohl en Frog der Organisation. Für mich is dat nix. Dat Mädche is och off mööd, un ich finge, dat de Famillich zo koot kütt. Ävver no jo, et es wie et es.«

Clarissa und Daniel saßen noch eine halbe Stunde beim Ehepaar Granz, bevor sie sich verabschiedeten. Sie hatten mit Frau Granz die wissenswerten Informationen über sich selbst und die angrenzende Nachbarschaft ausgetauscht und erfahren, dass die Leute, die vorher das Haus bewohnt hatten, überhaupt nicht freundlich gewesen waren.

»Wie gut dass wir freundlich sind«, sagte Daniel bissig, als er die eigene Haustür aufgeschlossen hatte, hinter der Clarissa glucksend verschwand.

»Naja«, sagte sie. »Wir wohnen erst ein paar Tage hier. Mal sehen ob sie noch denken, dass wir freundlich sind, wenn wir ein paar Monate hier sind.«

»Ach«, stöhnte Daniel, und lehnte sich mit dem Rücken von innen gegen die Haustür. »Ich bin so froh, dass die Nachbarn auf der anderen Seite nicht zu Hause waren. Ich glaube, noch so eine Nummer hätte ich heute nicht durchgestanden. Der Tag war ziemlich anstrengend. Und der Kölner Dialekt, der ist ja irgendwie süß, aber man muss sich doch sehr konzentrieren um die Leute zu verstehen. Ich bin jetzt total kaputt und will einfach nur noch in mein Bett!«

Charlotte und Damian waren bereits zu Hause, wie Clarissa nicht nur anhand des Schweinestalls in der Küche feststellte, den sie hinterlassen hatten, sondern auch an der lauten Musik im Obergeschoss.

»Ach so«, sagte Daniel, während er sich im Schlafzimmer auszog und ins Bad schlüpfte, um eine kurze Dusche zu nehmen. »Am kommenden Wochenende hast du hoffentlich nichts vor?«

»Was sollte ich denn vor haben?«, fragte Clarissa belustigt.

»Könnte ja sein. Vielleicht erwartest du Besuch aus Frankfurt, um unser schönes Haus vorzuführen.«

»Nein«, sagte Clarissa. »Mit der Angeberei werde ich mich erst befassen, wenn hier alles fertig eingerichtet ist und das wird noch eine Weile dauern.«

»Fein«, sagte Daniel. »Am nächsten Samstag findet nämlich eine Betriebsfeier statt. Die Mitarbeiter haben das organisiert, um den neuen Chef willkommen zu heißen.«

Er lachte. »Reine Schleimerei.« Dann sprang er unter die Dusche. »Aber auf der Einladung steht natürlich, dass man mich gerne mit meiner Gattin begrüßen würde.« »Fein«, antwortete Clarissa. »Dann gehen wir da natürlich hin und lassen dich ein bisschen feiern, das hast du verdient.«

## -24-

Es gab so viel zu tun für Clarissa, sodass die Woche wie im Flug verging, und noch immer standen nicht ausgepackte Kisten im Haus herum. Es wurde zwar weniger, aber sie fragte sich bei manchen Dingen inzwischen wirklich, wie sie all diese Sachen vorher verstaut hatte. Das Haus in Frankfurt war wesentlich kleiner als dieses hier und trotzdem hatte alles einen schönen Platz gefunden – was hier irgendwie unmöglich erschien.

Am Samstagabend jedoch warf sie sich in Schale. Sie trug ein atemberaubendes Kleid aus schwarzem, weich fließendem Stoff, dazu ihre Riemchenpumps und wenig, aber sehr wirkungsvollen Schmuck. Daniel bedachte seine Frau mit einem stolzen Blick als er sie in die Firma führte und sie nach und nach seinen Mitarbeitern vorstellte.

»Und das hier ist Andrea«, stellte er ihr schließlich seine Sekretärin vor. »Diese Feier ist auch ein kleines Willkommen an Andrea, denn die alte Sekretärin ist in Rente gegangen als der letzte Chef sich nun aus dem Geschäftsleben zurückgezogen hat und ich habe sie dafür eingestellt. Andrea hat am Montag ihren ersten Arbeitstag und ist auch noch ein wenig fremd hier unter den Kollegen.«

Clarissa musterte sie unauffällig, während sie ihr die Hand zum Gruß reichte. Eine Sekretärin spielte schon eine wichtige Rolle im Leben eines Geschäftsmannes und keine Ehefrau sah eine allzu attraktive Frau gerne an diesem Platz. Aber von Andrea schien eher wenig Gefahr zu drohen. Sie lächelte, aber ihre Augen sprachen eine andere Sprache. Es mochte daran liegen, dass sie selbst etwas verunsichert war, denn immerhin war sie ja ebenso neu in der Firma wie Daniel – und natürlich wollte sie sich gut einführen. Andrea war noch recht jung, vielleicht Mitte zwanzig. Sie war dezent geschminkt und wirkte nicht hässlich, aber auch nicht übermäßig hübsch. Sie war zwar schlank, aber ihr Knochenbau war sehr breit und so wirkte sie kräftiger als sie es wahrscheinlich war. Ihr Blick wirkte kühl und desinteressiert, aber noch während Clarissa das dachte, schalt sie mit sich selbst. Das arme Mädchen war unsicher, das war alles.

Clarissa zupfte an Andreas Ärmel und deutete auf den Tisch, den die Mitarbeiter für Daniel und sie reserviert hatten – und an dem sich noch ein paar Plätze befanden, deren Besetzung sie Daniel überlassen hatten. Es gab ein reichhaltiges Buffet, das komplett von den Mitarbeitern hergerichtet worden war, wie Clarissa bereits beim Hereinkommen von einer Mitarbeiterin erfahren hatte, die offensichtlich großen Anteil daran gehabt hatte und sehr stolz darauf zu sein schien. Daniel fragte die Damen nach ihren Wünschen bezüglich eines Drinks und lief dann nach vorne, um das Passende zu holen.

»Soso, Sie haben dann also Ihren ersten Tag noch vor sich?«, fragte Clarissa.

Andrea nickte.

»Sind Sie nervös?«

»Natürlich«, antwortete Andrea. »Man weiß ja nicht, was auf einen zukommt.«

»Das schaffen Sie schon«, sagte Clarissa. »Hat mein Mann Sie eingestellt, ja?«

Andrea nickte.

»Na also, dann wird er schon gewusst haben, was er tut. Sie haben bestimmt gute Qualifikationen.«

»Sehr gute«, antwortete Andrea, und zündete sich eine Zigarette an.

Clarissa lehnte sich zurück. Sie hätte sich wirklich gerne unterhalten, aber die Kleine hier machte es ihr nicht eben leicht. Clarissa war sich nicht sicher ob sie deren Ablehnung an den Augen erkannte oder durch ihre Körpersprache. Vielleicht auch durch beides. Die junge Frau zeigte ihr eigentlich recht deutlich dass sie sich mit ihr nicht wirklich unterhalten wollte, sondern es nur tat, weil sie die Frau des Chefs war. Etwas enttäuscht war Clarissa schon. Aber andererseits, sie musste mit dieser Frau nichts weiter zu tun haben. Wenn Daniel sich ein so kühles Monster ins Vorzimmer setzte, dann würde er schon seine Gründe haben. Schließlich kam Daniel mit den Drinks zurück.

»Das Buffet kann sich wirklich sehen lassen«, sagte er lobend.

Clarissa lächelte und auch in Andreas Blick war ein Lächeln zu erkennen, wenn auch etwas scheu.

»Und?«, fragte Daniel seine Sekretärin. »Freuen Sie sich schon auf Ihren ersten Arbeitstag, jetzt wo Sie die Mitarbeiter hier in diesem Rahmen erleben? Ich glaube, es wird Ihnen gut gefallen bei uns. Ich bin zwar selbst noch neu hier, aber es ist eine nette, kleine Firma. Das Betriebsklima hier gefällt mir außerordentlich gut.«

Andrea nickte.

»Sie wirken alle sehr sympathisch«, sagte sie. »Und natürlich freue ich mich auf meinen Job.«

»Andrea war vorher Privatsekretärin«, erklärte er seiner Frau.

»Aha«, sagte Clarissa. Eigentlich interessierte es sie nicht wirklich, wer Andrea war und woher sie kam, sie fand sie inzwischen nicht sonderlich sympathisch. Auch wenn sie ihr nichts getan hatte. Clarissas Antipathie lag einfach an der kühlen und ablehnenden Art der jungen Frau. Aber letztlich war ihr die hier lieber als ein männermordender Vamp und so bewertete sie die Sache nicht übermäßig. Daniel musste mit ihr klarkommen, ihr konnte es völlig egal sein.

»Wo haben Sie früher gearbeitet?«, fragte Clarissa, um erneut den Versuch zu starten, ein Gespräch zu beginnen.

»Bei einem pensionierten Vorstandsmitglied einer ehemals großen Firma, der hier und da noch als Berater tätig war«, erklärte sie kühl. »Aber ich darf über meine Tätigkeit dort nicht sprechen.«

Daniel lachte. »Sie hat aber ein prima Zeugnis von ihm erhalten«, erklärte er Clarissa.

»Aha«, sagte Clarissa erneut. Sie erhob sich. »Ich denke, ich werde mich mal am Buffet vergreifen. Und du Daniel?«

»Ach, ich trinke erst mal was. Oder soll ich dich begleiten?«

Clarissa lachte. »Den Weg zum Buffet finde ich schon, keine Angst.«

Sie lief nach vorne, schnappte sich einen Teller und Besteck und bediente sich großzügig an den Schüsseln und Platten, nicht ohne die lächelnden Blicke der weiblichen Mitarbeiter zu bemerken, die ihr entgegen gebracht wurden. Schließlich kamen sogar einige von ihnen auf sie zu, um sie noch einmal herzlich willkommen in Köln zu heißen. Diese Damen waren wirklich sehr nett, sehr viel netter als die Gesellschaft von Daniels neuer Sekretärin. Die mochte ja ohne Zweifel ihre Qualifikationen haben, aber ansonsten schien sie eine unscheinbares und unterkühltes Wesen zu sein. Ein Wesen, mit dem Clarissa rein gar nichts anfangen konnte. Es dauerte nicht lange, und sie unterhielt sich mit der Vertriebssachbearbeiterin sehr intensiv, und so nett, dass sie gleich vorne stehen blieb und im Stehen das aß, was sie sich auf den Teller geladen hatte. Als die beiden gerade in herzliches Lachen ausgebrochen waren, stand plötzlich Daniel neben Clarissa.

»Schön dass du dich amüsierst«, sagte er, und er küsste sie auf die Wange.

»Sie haben eine sehr nette Frau, Herr Ostermann!«, sagte die Sachbearbeiterin, die sich Clarissa als Manuela vorgestellt hatte.

»Danke«, sagte Daniel. »Das weiß ich aber. Ich lasse euch jetzt auch wieder alleine und setze mich mal zu den männlichen Kollegen dort drüben. Ist das hier eigentlich nach Geschlechtern getrennt?«, fragte er lachend. »Sieht nämlich so aus!«

Manuela lachte. »Naja«, sagte sie zu Clarissa. »Das mag vielleicht daran liegen, dass unsere männlichen Kollegen nicht besonders attraktiv sind«, kicherte sie. »Außerdem sind die alle voll verheiratet, da lässt man als kluge Frau sowieso lieber die Finger weg.«

Clarissa musste lachen. Manuela war eine sehr hübsche Frau und zusätzlich auch noch sympathisch. Jedenfalls schien sie nicht so ein Stockfisch zu sein, wie Daniels neue Sekretärin, die er, aus welchen

Gründen auch immer, ausgewählt hatte. Sie verstand seine Wahl nicht ganz, denn es mochte ja sein, dass sie gute Qualifikationen hatte; Aber Daniel mochte eigentlich Menschen mit Humor, auch in seinem Vorzimmer. Aus den Augenwinkeln heraus beobachtete Clarissa, wie sich der Stockfisch am Buffet bediente. Mit völlig ausdrucksloser Mine stand Andrea vor den Schüsseln und Platten und legte sich häppchenweise minimale Portionen auf den Teller, sie naschte wohl eher, als dass sie aß. Der Blick der Sachbearbeiterin entging ihr nicht, sie schien nämlich genauso fassungslos über Daniels Auswahl zu sein wie Clarissa.

»Komische Frau«, flüsterte Manuela. Und dann sah sie Clarissa ins Gesicht. »Entschuldigung, sie ist die Sekretärin Ihres Mannes. Aber ich finde sie unsympathisch.«

»Ich auch«, gab Clarissa zu.

Erleichtert darüber, dass Clarissa den gleichen Eindruck hatte, lächelte Manuela.

»Sie ist irgendwie so ... ich weiß auch nicht. Entweder ist sie total arrogant und hält sich für was Besseres, oder sie ist so verunsichert, dass sie nicht weiß, wie sie sich verhalten soll. Ich hab es noch nicht herausgefunden.«

»Wahrscheinlich ist sie unsicher«, sagte Clarissa. Im gleichen Moment bemerkte sie, dass Andrea sie kurz angeschaut hatte. Sie hatte sie mit einem kühlen, gleichgültigen Blick gemustert.

»Nein«, sagte Clarissa. »Nein, sie ist arrogant, nicht unsicher.«

Manuela kicherte. »Da werden ja schöne Zeiten anbrechen«, sagte Manuela. »Wenn ich demnächst eine Unterschrift von unserem Chef brauche, muss ich mir wahrscheinlich bei seiner Sekretärin einen Termin holen.«

Clarissa grinste. »Na, soviel ich weiß ist es die Aufgabe einer Sekretärin, ihrem Chef alles vom Hals zu halten.«

»Ja«, sagte Clarissa. »Aber die letzte Sekretärin, die wir hatten, hat das mit Herz gemacht. Aber die da gehört zu der Sorte von Menschen, die zum Lachen in den Keller gehen.«

Daniel kam wieder auf sie zu. »Du amüsierst dich mein Schatz«, sagte er. »Das freut mich.«

»Ja, du hast nette Mitarbeiter.«

Manuela strahlte.

»Gut, dann kann ich dich ja noch einen Moment alleine lassen?«

»Natürlich.« Er wandte sich wieder ab.

»Was machen Sie eigentlich?«, fragte Manuela interessiert.

»Ich?« Clarissa lachte und musste an die Worte ihrer Nachbarin denken. »Ich manage ein kleines Familienunternehmen.«

»Sie sind Hausfrau.«
»Ja.«
»Wie schön. Wissen Sie, ich bin alleinerziehend. Ich hätte auch gerne mehr Zeit für meinen Sohn, aber einer muss ja das Geld verdienen.«
»Ja, das ist mir glücklicherweise erspart geblieben.«
»Meine Lebensplanung war ursprünglich auch etwas anders. Eigentlich wollte ich sowieso wieder arbeiten, aber nicht so schnell. Aber mein Sohn war kaum aus den Windeln raus, da lief die Scheidung schon.«
»Oh, das tut mir leid«, antwortete Clarissa.
Manuela winkte ab. »Er war ein Idiot. Und er interessiert sich überhaupt nicht für seinen Sohn, er würde ihn auf der Straße wahrscheinlich gar nicht erkennen. Und wissen Sie was, das Leben als alleinstehende Frau, das hat irgendwie auch was. Jedenfalls bleibt mir eine Menge Stress erspart, denn ich hab nur ein Kind, um das ich mich kümmern muss, nicht auch noch einen Ehemann. Ich weiß nicht wie das bei Ihnen ist, aber mein Mann hat mir eigentlich immer sehr viel mehr Arbeit gemacht als mein Kind.«
»Daniel ist sehr ordentlich«, sagte Clarissa.
»Dann halten Sie ihn gut fest, Solche sind nämlich selten«, sagte Manuela lachend.
»Ich male außerdem«, erklärte Clarissa. »Ich bin zwar keine bekannte Malerin, aber immerhin arbeite ich mit einer Galerie zusammen, in der meine Bilder ausgestellt werden und sie sind auch im Onlinekatalog.«
»Sie malen?«, wiederholte Manuela. »Oh, das finde ich schön! Vor allem, dass Sie offensichtlich eine Möglichkeit gefunden haben, das professionell zu tun!« Sie zündete sich eine Zigarette an. »Wissen Sie, in der wenigen Zeit, die mir bleibt, schreibe ich ja recht gerne. Aber meistens Gedichte. Mein Traum wäre schon, eines Tages Zeit genug für einen Roman zu haben.« Ihr Gesicht bekam einen schwärmerischen Ausdruck. Clarissa mochte solche Menschen, Menschen, denen man die Begeisterung über irgendetwas an den Augen ablesen konnte. »Ideen habe ich ganz viele, aber leider wenig Zeit. Aber das ist mein Traum, einmal einen ganzen Roman zu schreiben. Und vielleicht sogar zu veröffentlichen? Das wäre schön. Aber an so was muss man wirklich dranbleiben. Nicht wie ich sich privat mal alle drei Tage an den Computer setzen und dann eher im Chat zu enden als sich in einem Manuskript zu vertiefen.«
Clarissa lachte. »Alles hat seine Zeit im Leben.«
»Ich mag kreative Menschen«, sagte Manuela.

In diesem Moment lief Andrea mit eisiger Miene an ihnen vorbei, in Richtung des Tisches, an dem sie gesessen hatte. Clarissa beobachtete wie sie dort nach ihrem Mantel und ihrer Handtasche griff.

»Gehen Sie schon?«, rief Manuela ihr zu.

Andrea starrte mit ausdruckslosem Gesicht zu den beiden Frauen hinüber und nickte schließlich.

»Warten Sie mal einen Moment«, sagte Clarissa, die sich irgendwie genötigt fühlte, sich zu verabschieden. »Warum wollen Sie denn schon gehen?«, fragte Clarissa die Sekretärin.

»Ach«, sagte Andrea. »Solche Partys sind nichts für mich. Ich hab mich sehen lassen und damit soll es gut sein.«

»Aha«, sagte Clarissa. Sie verstand die Welt nicht mehr. Sie selbst genoss diesen Abend in vollen Zügen, jedenfalls seit sie Bekanntschaft mit der Vertriebssachbearbeiterin geschlossen hatte, die ihr wirklich sehr sympathisch erschien.

Andrea atmete tief ein und versuchte ein Lächeln. »Ich kenne hier niemanden und finde das hier alles gerade ein bisschen schwierig«, erklärte sie.

»Aber das ist doch Sinn und Zweck dieser Veranstaltung«, sagte Clarissa. »Ich hatte den Eindruck, dass das Betriebsklima hier sehr gut ist und die Kollegen sich untereinander recht gut verstehen. Dieser Abend ist doch eine schöne Gelegenheit, sich kennenzulernen.«

»Mag sein«, sagte Andrea. »Mir liegt so was einfach nicht, so bin ich eben. Ich brauche mehr Anlaufzeit.«

Clarissa wandte sich mit einem kurzen Gruß ab und gesellte sich lieber wieder zu Manuela. Die hatte wenigstens Humor und strahlte nicht eine solche Eiseskälte aus.

Es war bereits weit nach Mitternacht, als sie neben Daniel im Auto saß auf dem Weg nach Hause.

»Sag mal«, fragte sie nachdenklich. »Deine Sekretärin – nach welchen Kriterien hast du die eigentlich eingestellt?«

»Nur aufgrund ihrer Qualifikationen«, sagte Daniel. Er lachte. »Warum?«

»Weil diese Frau so was von steif ist, dass man glauben könnte, sie hätte einen Besenstiel verschluckt. Und sie zieht ein Gesicht dass man sich fragt, ob ihre Mundwinkel irgendwo festgenäht sind.«

»Ja«, sagte Daniel nachdenklich. »Sie ist sehr kühl, da hast du recht.« Er lachte. »Steif eigentlich, wie du richtig festgestellt hast.«

»Eigentlich sehr untypisch für dich, dass du dich für so jemanden entscheidest«, sagte Clarissa.

»Hm«, sagte Daniel. » Sie spricht fließend Englisch und Französisch, was für unsere Niederlassung sehr wichtig ist. Sie hat hervorragende Zeugnisse. Anhand dieser Zeugnisse konnte ich sehen, dass sie sehr zuverlässig ist und ihre Arbeit mehr als gewissenhaft erledigt. Ob sie nett lächeln kann oder Humor hat, interessiert mich eigentlich nicht.«

»Wie willst du an Unterschriften von Geschäftspartnern kommen, wenn diese Frau sie mit ihrem Gesicht einfriert?«, fragte Clarissa amüsiert. »Mit gefrorenen Fingern schreibt es sich schlecht.«

»Ach«, sagte Daniel. »Ich denke, geschäftlich ist sie wirklich sehr gut. Sicher, es sind viele Bewerbungen eingegangen. Die Stelle war ja schon ausgeschrieben als der alte Chef noch da war, aber er wollte mir die Entscheidung überlassen. Schließlich muss ich ja mit ihr arbeiten. Es waren viele gute Mädels dabei. Aber mal ehrlich, von den Qualifikationen her war sie die Beste. Ihr Privatleben und sie als Mensch interessieren mich ungefähr so sehr wie ein Sack Reis, der in China umgefallen ist.«

»Hm«, räusperte sich Clarissa nachdenklich. »Wahrscheinlich hast du recht. Es kann mir ja auch egal sein.«

»Eben.«

Clarissa sagte dazu nichts mehr. Am Ende war ihr dieser Eisblock im Vorzimmer lieber als eine Sexbombe mit irgendwelchen Ambitionen.

## -25-

Die Zeit verging wie im Flug. Clarissa war in den nächsten Wochen und Monaten damit beschäftigt, das Haus einzurichten und die neue Gegend zu erkunden. Daniel verließ morgens um sieben das Haus und kam selten vor sieben Uhr am Abend zurück. Clarissa vermisste ein wenig die Abende in Zweisamkeit, denn Daniel war oft sehr müde und hielt abends meist nicht mehr lange durch. Inzwischen war es Ende Juli und die Tage waren unerträglich heiß. Daniel genoss die warmen, aber für ihn leider sehr kurzen Sommerabende mit ihr sehr. Sie verbrachten diese entweder auf dem kleinen Balkon der zum Schlafzimmer gehörte, oder in dem großzügigen Garten, der inzwischen seine wahre Schönheit entfaltet hatte. Die Rosen blühten in voller Pracht und strahlten einen angenehmen Duft aus, der Lavendel, der dazwischen gepflanzt war, mischte seine eigene Duftnote darunter. Clarissa hatte wenig Ahnung von Bäumen und Sträuchern, aber inzwischen hatte sich herausgestellt, dass sich im Garten ein Apfelbaum befand, sowie auch ein Birnbaum. Ansonsten blühten überall Sträucher, die wohl nur zur Zierde gepflanzt worden waren, aber dafür in den schönsten Farben.

Sparky war auch eine Neuanschaffung. Daniel hatte seine Familie überraschen wollen und diese Überraschung war ihm auch gelungen. Eines Abends hatte er ihn mitgebracht – einen Golden Retriever. Als tollpatschiger Welpe von gerade mal 12 Wochen hatte er sofort das Herz aller Familienmitglieder erobert. Und noch – Clarissa legte Wert auf die Betonung des Wortes »noch« – gab es keine Probleme mit der Aufteilung der Arbeit, die der Hund verursachte. Schließlich gab es hier und da doch mal eine Pfütze wegzuputzen oder ein Häufchen, denn selbstverständlich musste Sparky noch viel lernen. Bisher aber gab es um die Spaziergänge mit Sparky keine Probleme. Sowohl Damian als auch Charlotte wollten gerne mit dem niedlichen Kerlchen rausgehen, der Hund kam weiß Gott oft genug vor die Tür. Und dazwischen tobte er im Garten herum. Bisher hatte er auch noch keine Anstalten gemacht, Löcher buddeln zu wollen. Allerdings musste Clarissa höllisch darüber wachen, dass er nicht zum Pinkeln in die Sträucher oder Rosenbeete ging.

Wenn Daniel sich gegen neun oder halb zehn ins Bett verzog, saß Clarissa oftmals noch bis weit nach Mitternacht im Garten, den Hund zu ihren Füßen, mit einem Buch in der Hand. Sex hatten sie im Moment kaum noch, aber das war okay für Clarissa. Daniel hatte im Moment viel um die Ohren. Er war einfach zu müde. Clarissa sehnte sich nach Zärtlichkeit und oft, wenn er sie liebevoll in den

Arm nahm, regte sich in ihr die Lust. Aber sie war schon immer verständnisvoll und vor allem rücksichtsvoll gewesen. Sie konnte sich gut vorstellen, dass er derzeit den Kopf voll hatte. Er musste sich in der neuen Firma richtig ins Zeug legen, einiges verändern, sodass es so lief wie er es als Geschäftsführer vertreten konnte. Hinzu kam die Sommerhitze, die ohnehin jedem zu schaffen machte. Clarissa fühlte sich nicht traurig, weil ihr Sexleben in den letzten Monaten eher mäßig war, denn Daniel gab ihr trotzdem die Wärme, nach der sie sich sehnte, und wenn er nicht zu müde war, dann fehlte es ihm auch nicht an Leidenschaft.

Oft musste sie an Patrizia denken. Sie fehlte ihr. Sie fehlte ihr nicht nur sexuell, sondern auch als Mensch. Clarissa bedauerte es sehr, dass sie aufgrund der Situation und aus Rücksicht Daniel gegenüber gezwungenermaßen den Kontakt zu ihr fast völlig abgebrochen hatte. Aber sie konnte es beiden nicht antun, weiter mit Patrizia befreundet zu sein. Patrizia hätte weiterhin unter der Trennung leiden müssen, je öfter sie sich gesehen hätten. Daniel hingegen konnte mit Patrizias Anwesenheit überhaupt nicht umgehen, das hatte sich ja auf der Party bewiesen. Sie verkehrte mit Patrizia vorwiegend per E-Mail, denn geschäftlich hatte sie zwangsläufig weiterhin mit ihr zu tun. Patrizia hatte auch ihre neue Anschrift und die Telefonnummer erhalten, aber sie meldete sich bei ihr nicht. Für Clarissa war das ein sicheres Zeichen dafür, dass Patrizia einen klaren Schnitt ebenso bevorzugte.

Trotzdem fehlte sie ihr. Sie hatte mit Patrizia nicht nur eine Menge Stunden voller Liebe und Leidenschaft verbracht, sondern auch sehr viele hochinteressante Gespräche geführt. Sie hatten viel miteinander gelacht, über das Leben philosophiert, es war einfach eine schöne Zeit mit ihr gewesen. Die zärtlichen Stunden fehlten ihr. Jedes Mal, wenn Clarissa an Patrizias wunderschönen Körper dachte, an diese vollen Lippen, die sie so gerne geküsst hatte, diese Lockenpracht, die sie so gerne auf ihrer nackten Haut gespürt hatte, stieg Wehmut in ihr auf. In solchen Momenten empfand sie es als sehr schwer, sich davon nicht leiten zu lassen, sich neu zu motivieren, und in der Regel stürzte sie sich in solchen Phasen auf ihre Arbeit in Haus und Garten.

Eines Morgens im Juli ging Clarissa wie jeden Tag an den Briefkasten, sortierte seufzend die ganzen Rechnungen auf einen Stapel, den sie Daniel am Abend geben würde, denn all diese Dinge regelte er selbst. Natürlich hatte sie eine EC-Karte und Kontovollmachten, aber alle Zahlungen regelte grundsätzlich er. Sie stutzte, als sie einen rechteckigen Umschlag in der Hand hielt, der mit Schreibmaschine beschriftet war. Kein Mensch schrieb mehr mit einer Schreibmaschine. Schon das war auffällig. Und der Brief war an sie adressiert. Neugierig riss sie ihn auf und faltete das Blatt auseinander. Sie erschrak, las mehrmals den Inhalt und musste sich erst mal setzen. Sie hatte das Gefühl, ihre Knie würden ihren Dienst versagen, sie zitterte innerlich und rang nach Luft. Erst als sie sich wieder einigermaßen im Griff hatte, nahm sie den Brief erneut zur Hand und las ihn ein weiteres Mal.

»Du hast ihn nicht für dich alleine. Was denkst du was er hinter deinem Rücken treibt? Trenn dich von ihm!«

Clarissa faltete den Brief nervös wieder zusammen und beschloss, Daniel am Abend sofort damit zu konfrontieren. Ihr Magen rebellierte und sie fühlte, dass sie innerlich zitterte. Sie rauchte nervös mehrere Zigaretten hintereinander und gegen ein Uhr mittags beschloss sie, Patrizia anzurufen. Es gab nur zwei Möglichkeiten. Entweder Daniel hatte tatsächlich eine andere, betrog sie, wie er es schon einmal getan hatte und irgendwer wollte sie warnen. Oder ... Patrizia. Vielleicht war Patrizias ruhiges Verhalten seit ihrem Umzug trügerisch. Vielleicht steckte sie dahinter. Vielleicht versuchte sie auf diese Art, sie zurückzugewinnen, sich zwischen sie und Daniel zu stellen. Hatte sie ihr nicht bei der Trennung angedroht, sie würde ihre Entscheidung noch bereuen? Clarissa atmete tief durch, während sie Patrizias Nummer wählte. Sie ging nicht ans Telefon, weder zu Hause noch in der Galerie. Also wählte Clarissa ihre Handynummer und dort meldete sie sich auch sofort.

»Hallo Süße!«, sagte sie. Sie klang wirklich überrascht und erfreut. »Was verschafft mir die Ehre? Du hast doch nicht etwa Sehnsucht nach mir?«

Der letzte Satz klang ein wenig sarkastisch, aber das war Patrizias Art, mit den Dingen umzugehen.

Clarissa atmete tief ein.

»Nein. Ich meine ... Patrizia ... es ist schwer zu erklären.«

»Versuch es doch einfach.«

»Patrizia, ich hab einen anonymen Brief bekommen.«

»Einen anonymen Brief? Erzähl!«

Clarissa las ihr den Inhalt vor. Patrizia schwieg. Clarissa grübelte über der Frage, ob sie nun aus Betroffenheit schwieg oder aus einem schlechten Gewissen heraus.

»Hast du mal auf den Poststempel geguckt, wo der Brief abgestempelt wurde?«, fragte Patrizia schließlich. Nein, auf diese Idee war Clarissa noch nicht gekommen. Sie drehte den Umschlag herum.

»Bonn«, las sie vor. »Gestern abgeschickt.«

»Aha«, sagte Patrizia.

Wieder schwieg sie für einen Moment.

»Und du rufst mich jetzt an, weil du wissen möchtest, ob ich dahinterstecke?«, fragte sie schließlich. Clarissa fühlte wie sie rot wurde, auch wenn es Blödsinn war. Patrizia konnte sie nicht sehen. Aber sie wusste, mit einem solchen Verdacht würde sie Patrizia sehr verletzen, vorausgesetzt sie steckte wirklich nicht dahinter. »Ich denke ... ich weiß es nicht, Patrizia. Ich weiß nicht, was ich denken soll. Steckst du dahinter?«

»Nein«, sagte Patrizia kühl. »So etwas ist nicht mein Stil und du solltest das eigentlich wissen.«

Ja, das sollte sie eigentlich wissen. Andererseits, woher? Sie hatte mit ihr ein paar wunderschöne Monate verbracht, aber was wusste sie wirklich von Patrizia? Nicht viel ...

»Es tut mir leid, wenn du dich jetzt verletzt fühlst«, sagte Clarissa.

»Warum?«, antwortete Patrizia. »Ich finde es nicht angenehm, dass du mir solch feige Aktionen zutraust. Aber andererseits kann ich verstehen, dass du darüber grübelst von wem so etwas stammen könnte und vor allem warum.«

»Wenn der Brief nicht von dir ist, dann stammt er von irgendwem. Und das könnte so ziemlich jeder sein. Angefangen bei neidischen Nachbarn, es könnten irgendwelche Kinder sein, die sich einen Scherz erlauben. Es könnte aber auch sein, dass Daniel ...«

Sie konnte den Satz nicht zu Ende führen, in diesem Moment brach sie in Tränen aus. Patrizia schwieg und ließ sie weinen.

»Liebes, der Brief ist nicht von mir«, sagte Patrizia. Ihre Stimme klang sehr sanft. »Das schwöre ich dir. Bei allem was mir heilig ist. Ich würde so etwas niemals tun.«

»Ich glaube es dir ja, aber wer könnte dahinterstecken?«, schluchzte Clarissa. Patrizia räusperte sich.

»Ich habe keine Ahnung Clarissa, vielleicht solltest du diesen Brief Daniel zeigen und schauen wie er reagiert.«

Clarissa schluchzte.

»Clarissa, vielleicht will dich nur jemand ärgern. Menschen sind neidisch, leider ist das so. Vielleicht ist da tatsächlich eine in seinem Umfeld, die total scharf auf deinen Daniel ist und keine Chance bei ihm hat und sie hat den Brief aus lauter Bosheit geschrieben. Vielleicht steckt nicht mal was dahinter. Nach eurer Geschichte, also Clarissa, ich kann mir nicht vorstellen, dass er sich mit einer anderen Frau eingelassen hat, nicht nach eurer Vorgeschichte.«

Clarissa war irgendwie gerührt über Patrizias Offenheit und vor allem, ihre ehrliche Art, mit ihr über Daniel zu sprechen. Sie hätte allen Grund der Welt gehabt, ihn vor ihr schlecht darzustellen, stattdessen nahm sie ihn noch in Schutz. Sie fühlte ein schlechtes Gewissen ihr gegenüber. Nicht nur weil sie sie verdächtigt hatte, diesen Brief geschrieben zu haben, sondern auch, weil sie ihr monatelang persönlich aus dem Weg gegangen war.

»Sprich heute Abend mit ihm«, sagte Patrizia eindringlich.

»Ja, das werde ich tun. Patrizia?«

»Ja?«

»Es tut mir leid, dass ich dich verdächtigt habe.«

»Ist schon gut. Vielleicht hätte ich an deiner Stelle genauso gedacht. Mir ist nur wichtig, dass für dich feststeht, dass ich es nicht war.«

»Ja«, sagte Clarissa. »Ich glaube dir. Danke.«

»Danke, für was? Was macht übrigens deine Malerei, ich hab lange keine Bilder mehr von dir bekommen?«

»Ich hatte wenig Zeit in den letzten Monaten.«

»Lass es nicht einschlafen, Clarissa, es wäre schade drum. Weißt du, ich hab nur diese kleine Galerie und sicher keinen großen Einfluss auf die Kunstszene, aber immerhin finden deine Werke Anklang. Sie sind wirklich gut. Aber das habe ich dir schon oft gesagt. Und dass sie sich verkaufen, das siehst du ja wohl an meinen Überweisungen auf dein Konto.«

»Ja«, sagte Clarissa. »Patrizia, ich hab schon hier und da was gemalt, aber ich hatte in den letzten Monaten viel mit dem Haus zu tun. Es musste fertig eingerichtet werden, ich musste mich hier erst mal zurechtfinden und ein wenig einleben. So ein Umzug reißt einen zwangsläufig aus der gewohnten Routine.«

»Ja, das weiß ich.« Sie seufzte. »Ich würde dich so gerne mal wieder sehen. Meinst du nicht, das wäre möglich? Es liegen ein paar Monate dazwischen. Mir geht es besser. Wir hatten uns doch gern. Wir hatten doch auch so etwas wie eine wirkliche Freundschaft. Müssen wir das aufgeben, nur weil unsere Beziehung vorbei ist?«

»Ich weiß nicht«, sagte Clarissa zögernd.

»Ist es dir peinlich?«

»Nein.« Sie seufzte tief. »Es ist nur so, dass Daniel damit nicht umgehen könnte. Ich könnte auch nicht damit umgehen, wenn seine damalige Geliebte hier auftauchen würde.«

»Ja«, sagte Patrizia. Sie klang traurig. »Also gut, aber egal was passiert in deinem Leben, du kannst jederzeit zu mir kommen, das weißt du hoffentlich. Und ruf mich an, wenn du noch mal einen solchen Brief bekommst oder überhaupt ... ruf mich an, wenn du mit Daniel gesprochen hast, wenn du jemanden zum Reden brauchst.«

Sie machte eine kurze Pause. »Ruf mich einfach an, wenn dir danach ist. Ich habe deine Entscheidung akzeptiert. Ich dränge mich nicht mit Gewalt auf, Clarissa, so viel Stolz habe ich. Aber mir wäre oft danach, einfach mal deine Stimme zu hören, mit dir zu reden. Du fehlst mir. Ruf mich an.«

»Das mach ich«, versprach Clarissa.

Sie verabschiedete sich und legte auf. Völlig mechanisch erledigte Clarissa ihre restlichen Pflichten im Haushalt und legte sich dann mit einem Buch in der Hand in den Garten in einen der Liegestühle unter den Sonnenschirm. Verzweifelt versuchte sie, sich auf das Buch zu konzentrieren, aber es gelang ihr nicht. Sparky tobte um sie herum und nahm ihr ein klein wenig das Gefühl der Einsamkeit. Die Kinder waren nicht zu Hause sondern mit Freunden unterwegs und sie hatte Haus und Garten für sich alleine. Manchmal empfand sie das neue Leben in Köln als etwas einsam. Die Kinder hatten ja schnell Anschluss gefunden, aber sie? Sie war beschäftigt mit ihrer Familie, mit dem Einrichten des Hauses und so wirklich gelang es ihr nicht, Kontakte zu knüpfen. Sie hatte inzwischen sämtliche Nachbarn kennengelernt, man grüßte sich freundlich, hielt aber ansonsten Distanz. Das lag vor allem auch an Clarissas Art, denn zu nahen Kontakt mit Nachbarn mochte sie nicht. Elternabende hatten bisher nur zweimal stattgefunden, einmal in Charlottes Klasse und einmal in Damians Klasse und auch da hatte sie keinen Anschluss gefunden. Die Eltern kannten sich alle schon über längere Jahre untereinander und sie verhielten sich zwar freundlich, aber waren offensichtlich auch nicht näher an Kontakten interessiert. Clarissa war ein sehr kontaktfreudiger Mensch, aber sie fand einfach keinen Zugang in diese eingeschworenen, kleinen Gemeinden, mit denen sie es so zu tun hatte. Ihre einzigen Gesprächspartner außerhalb ihrer Familie waren meist die Kassiererinnen in den Supermärkten. Und sicher, sie hielt ihre Freundschaften hoch, aber letztlich waren ihre Freunde in Frankfurt zurückgeblieben und man konnte sich nur selten sehen. Anja hatte sie im Frühjahr mal über das Wochenende besucht, aber es war nicht wie früher. Früher hatte man sich spontan treffen können. Früher hatte man einfach mal spontan etwas miteinander unternommen, Spaziergänge, Shopping-Tage in der Innenstadt oder einfach nur eine Tasse Kaffee in der Eisdiele. Jetzt war Anja weit weg, sie war beruflich sehr eingespannt und ein Treffen mit ihr bedeutete eine Menge Planung und Vorbereitung. An diesem Nachmittag hätte Clarissa gerne eine beste Freundin gehabt, mit der sie die Sache besprechen konnte. Sie telefonierte häufig mit Anja, aber das war irgendwie nicht dasselbe.

Daniel kam an diesem Tag für seine Verhältnisse früh nach Hause, es war gerade sechs Uhr. Clarissa begrüßte ihn und versuchte dabei, möglichst gemäßigt auf ihn zuzugehen, denn ihr Innerstes war zutiefst aufgewühlt. Schließlich, als er zu Abend gegessen hatte, legte sie ihm den Brief vor. Stirnrunzelnd las er den Inhalt, wurde blass und legte den Brief beiseite. Aber er sah ihr direkt in die Augen und das gab Clarissa ein gutes Gefühl bei der ganzen Sache. Daniel konnte nicht lügen, jedenfalls konnte er nicht lügen und ihr dabei ins Gesicht sehen.

»Liebling, ich habe keine Ahnung ...«, sagte er. »Ich verstehe das nicht.«

»Wirklich nicht? Es ist nicht so, dass du irgendwo was laufen hast?«

Daniel sah sie erstaunt an. »Clarissa, ich weiß nicht wie du darauf kommst. Sicher, ich hab mal eine Menge Mist gebaut, aber bedeutet das jetzt für dich, dass du mir nicht mehr vertraust? Ich habe nichts laufen, wirklich nicht. Wann denn auch? Ich hatte bisher keine Geschäftsreisen, bin den ganzen Tag im Büro ... du hast einen Überblick über meine gesamte Zeit, über das, was ich mache, und mit wem ich zusammen bin.«

»Kann es sein, dass in deiner Firma irgendwo eine Kollegin rumläuft, die ein Auge auf dich geworfen hat?«

»Auf mich?«, fragte Daniel.

»Ja, auf dich. Vorstellbar wäre es. Du bist ein attraktiver Mann und du stehst auch nicht schlecht da. Nett bist du auch. Mir würdest du auch gefallen, wenn ich dir im Büro begegnen würde.«

»Meinst du nicht, ich würde es merken, wenn da eine wäre die sich für mich interessiert?«

Clarissa zuckte mit den Schultern. »Keine Ahnung, Daniel. Wenn sie dich lieber aus der Ferne anhimmelt, vielleicht nicht.«

Daniel atmete tief ein.

»Hör zu, ich habe kein Verhältnis, ich hab auch sonst keinen Mist gebaut. Ich weiß nicht, was das soll, mit diesem anonymen Brief und ich habe auch keine Ahnung, woher der stammen oder wer ihn geschickt haben könnte. Ich habe ein reines Gewissen, mehr kann ich dir dazu nicht sagen! Und die Damen in der Firma hast du kennengelernt. Würde dir auch nur eine Einzige einfallen, die du verdächtigen könntest, so was zu tun?«

»Nicht wirklich«, sagte Clarissa, und sie erinnerte sich an den netten Abend in Daniels Firma, den sie hauptsächlich mit Manuela, der Vertriebssachbearbeiterin verbracht hatte.

»Was ist mit deinem Eisblock?«, fragte sie.

»Mein Eisblock schafft es inzwischen, in der Mittagspause ab und zu nett mit den Kollegen zusammen zu sitzen. Sie musste sich einfach nur einleben. Mir gegenüber ist sie höflich und distanziert.«

»Dann haken wir das jetzt erst mal ab. Aber versprich mir, dass du die Augen offen hältst, ja?« Daniel lachte. »Nach was soll ich denn die

Augen offen halten, Clarissa? Da ist nichts, jedenfalls nichts, was ich wissen müsste!«

»Pass einfach auf«, sagte Clarissa.

»Zerreiß dieses Geschmiere und versuch es zu vergessen«, sagte Daniel. »Wahrscheinlich hat sich da jemand einen üblen Scherz erlaubt.«

## -26-

Der zweite Brief kam bereits eine Woche später, es war gerade Anfang August. Clarissas Finger zitterten, als sie ihn aus dem Briefkasten fischte. Wie der letzte Brief waren Umschlag sowie der Inhalt mit Schreibmaschine geschrieben. »Ich habe dich gewarnt du Schlampe. Verschwinde aus seinem Leben und nimm deine Gören und den stinkenden Köter mit.«

Sparky tollte um ihre Beine und freute sich auf den ersten Gassi-Gang. Aber Clarissa zitterten dermaßen die Knie, dass sie sich mit dem Brief in der Hand erst mal vor die Eingangstür setzte. Sie hatte das Gefühl, als würde ihr Kreislauf versagen, in ihren Ohren rauschte es und die Luft schien zu flimmern. Sparky legte sich neben sie auf die Treppenstufe.

»Ach, du hast es gut«, sagte sie, und streichelte dem Retriever über das flauschige Fell. »Du musst dir über nichts Gedanken machen!«

Sie lief ins Haus und wählte Daniels Durchwahl aus dem Büro.

»Guten Tag, Andrea«, sagte sie, als sie seine Sekretärin am Telefon hatte. »Bitte verbinden Sie mich mit meinem Mann.«

»Einen Moment«, sagte die Sekretärin. Am Telefon war sie wirklich sehr nett. Wenige Sekunden später meldete sich Daniel.

»Was gibt's?«, sagte er.

»Warum gehst du nicht selbst ran, wenn ich deine Durchwahl wähle?«, fragte Clarissa.

»Weil ich zu arbeiten habe und mein Telefon umgestellt habe«, sagte Daniel.

»Es ist wieder ein Brief gekommen.«

»Lies ihn vor«, sagte Daniel.

Nachdem sie die wenigen Zeilen am Telefon vorgelesen hatte, schwieg Daniel betroffen.

»Liebling, ich verstehe das nicht«, sagte er. »Ganz offensichtlich will uns da jemand wirklich schaden. Beim ersten Mal dachte ich noch, es hätte sich jemand einen üblen Scherz erlaubt.«

Er schnaufte. »Sag mal, du bist mir jetzt vielleicht böse, wenn ich dir diese Frage stelle, aber kann es sein, dass Patrizia dahinter steckt?«

»Nein«, sagte Clarissa entschieden.

»Warum bist du dir so sicher?«

»Weil ich schon mit ihr gesprochen habe.«

»Also hast du es auch vermutet.«

»Natürlich. Aber sie steckt nicht dahinter. Es hätte mich auch gewundert Daniel, so etwas ist nicht ihre Art, Patrizia ist sehr direkt. Solche feigen Aktionen passen einfach nicht zu ihr.«

»Aber wer denn sonst, verflucht noch mal?«
»Keine Ahnung«, sagte Clarissa traurig. »Es könnte jeder sein. Aber definitiv eine Frau.«
»Hm?« Daniel räusperte sich. »Natürlich, Clarissa. Eine Frau, die mich haben will. Hast du schon mal drüber nachgedacht, dass es auch anders herum sein könnte? Dass es jemand ist, der dich haben will und dich dazu bewegen möchte, dass du mich verlässt?«
»Für mich sieht das eher nach einer Frau aus. ««
Er seufzte. »Weißt du was Liebes? Du nimmst jetzt diesen Brief – hast du den anderen noch?«
»Ja«, sagte Clarissa.
»Dann nimm beide Briefe, geh damit zur nächsten Polizeidienststelle und frag dort mal nach, was wir tun können. Oder vielleicht können die was tun? Zumindest kannst du schon mal eine Anzeige gegen Unbekannt erstatten. Denke ich mal. Wir sollten das nicht auf sich beruhen lassen.«
»Daniel, du hast keinen Verdacht? Ist niemand in deinem Umfeld irgendwie verdächtig für dich?«
»Nein«, sagte er. »Und ich kann jetzt nicht sämtliche weibliche Kolleginnen verdächtigen, das sind alles Frauen die sich bisher sehr anständig verhalten haben. Nicht nur mir gegenüber, sondern auch den anderen Männern gegenüber. Jedenfalls kann ich nichts negatives über irgendjemanden hier im Unternehmen sagen und ich weiß auch nicht, wie du darauf kommst, dass es jemand aus meinem Umfeld ist. Ich kann jetzt nicht mit Paranoia durchs Geschäft laufen!«
»Das habe ich auch nicht erwartet«, sagte Clarissa.
»Es könnte jeder sein und vielleicht möchte dich da jemand auch einfach nur ärgern, « sagte Daniel. »Und wer sollte das sein, Daniel? Hier in Köln kenne ich niemanden und in Frankfurt wo ich meine Freunde habe, wo wir unsere gemeinsamen Freunde haben, ist sicher niemand, der so etwas tun würde! «
»Sicher«, sagte Daniel. »Clarissa, ich muss jetzt auflegen. Ich habe jetzt gleich eine Sitzung. Ich komme heute Abend pünktlich nach Hause, geh du mit den beiden Briefen zur Polizei und lass dich beraten, okay? Wir reden heute Abend. Reg dich nicht mehr auf, ja?«
»Ich versuche es«, sagte Clarissa. Sie legte auf. Mehr als sonst war ihr jetzt danach, Patrizias Stimme zu hören, aber sie verkniff sich diesen Anruf. Immer noch war sie der Meinung, sie sollte den Kontakt zu ihr möglichst auf Sparflamme halten, und sei es nur um ihr nicht noch mehr wehzutun. Zwei Stunden später machte sie sich auf den Weg in das nächste Polizeirevier, um Anzeige gegen unbe-

kannt zu erstatten. Die zwei Beamten, die sich zunächst sofort um sie bemüht hatten, als sie auf dem Revier erschienen war, zeigten sich beim Anblick der zwei anonymen Briefe eher gelangweilt.

»Und Sie denken nicht, dass es ein dummer Streich sein könnte?«, fragte einer der beiden Beamten, der sich ihr als Herr Meierhofer vorgestellt hatte.

»Das weiß ich nicht«, erklärte Clarissa. »Aber sicher verstehen Sie, dass mir so etwas Angst macht, oder?«

»Natürlich«, sagte Meierhofer. Sein Kollege verzog sich im gleichen Moment aus dem Büro. Der Fall war es wohl nicht wert, dass sich gleich zwei Beamte darum bemühen sollten.

»Also, was denken Sie, was wir jetzt tun könnten?«, fragte der Beamte.

»Keine Ahnung«, antwortete Clarissa. »Aber wie sieht es aus mit einer Anzeige gegen Unbekannt?«

»Sicher, das können wir aufnehmen. Aber was haben Sie davon? Sehen Sie, die Sache ist so ... wir nehmen jetzt eine Anzeige auf gegen Unbekannt. Letztlich wird nicht viel passieren damit. Wir legen eine Akte an für diese Sache, und falls noch mal ein weiterer Brief kommen sollte, wird der hinzugefügt. Aber solange nicht wirklich etwas passiert, können wir nichts tun.«

Clarissa lehnte sich zurück. »Sie können nichts tun?«

Meierhofer schüttelte den Kopf.

»Aber hier liegen Ihnen zwei Briefe vor, die mir anonym zugestellt wurden. Ich fühle mich bedroht.«

»Ja, aber es ist nicht wirklich etwas passiert, verstehen Sie?«

»Muss einem in diesem Land erst einmal etwas passieren, bevor die Polizei eingreift?«, fragte Clarissa. Sie war leicht erbost.

Meierhofer nickte. »Das ist die aktuelle Gesetzeslage, die ich auch persönlich nicht immer richtig finde, aber es ist nun mal so. Was sollten wir Ihrer Meinung nach tun?« Er sah sich die Umschläge an, in denen die Briefe versendet worden waren.

»Sollen wir jetzt sämtliche Briefkästen und Postämter in Bonn überwachen lassen und Ausschau halten, wer einen solchen Brief irgendwo einwirft?«

»Was ist mit Fingerabdrücken?«

Meierhofer lachte. »Ihre eigenen Fingerabdrücke finden sich darauf bestimmt wieder«, sagte er. »Außerdem bestimmt auch die von den Sortierern im Zustellzentrum. Und die vom Postboten. Ob der Schreiber Fingerabdrücke hinterlassen hat, stelle ich infrage. Wenn er schlau war, hat er Handschuhe getragen und das Papier gründlich abgewischt. Ebenso wie den Umschlag.«

Er lächelte, und offenbar wollte er Clarissa beruhigen. »Schauen Sie, wenn diese beiden Briefe die einzigen Indizien in einem Mordfall wären, dann würde man sich eine Menge Mühe machen. Man könnte das Papier genauer untersuchen. Man könnte nach Fingerabdrücken suchen, und ganz sicher haben unsere Spezialisten da noch mehr Möglichkeiten, die sie einsetzen können. Von denen ich, ehrlich gesagt, als einfacher Polizist keine Ahnung habe. Ich schau mir auch Krimis im Fernsehen an und ich weiß, dass die Kriminalistik über eine Menge Mittel verfügt. Aber die sind kostspielig und werden nicht aufgrund von zwei anonymen Briefen eingesetzt. Es ist ja kein Verbrechen passiert.«

»Das kann doch nicht wahr sein«, sagte Clarissa. »Wissen Sie was? Ich fühle mich bedroht. Ganz ehrlich. Ich habe mir hier Hilfe erhofft und Sie sagen mir, Sie können erst wirklich etwas tun, wenn etwas passiert ist?«

Meierhofer beugte sich ein wenig nach vorne. »Frau Ostermann, wir wollen jetzt mal realistisch sein. Sie haben zwei Briefe bekommen, die vom Inhalt her zugegebenermaßen nicht schön sind und möglicherweise auf Sie beängstigend wirken. Aber erfahrungsgemäß sind Leute, die sich zu solchen anonymen Aktionen hinreißen lassen, feige. Ich denke, Sie werden vielleicht noch ein paar Briefe dieser Art bekommen und das war es dann. Irgendwann hört es auf. Glauben Sie mir.«

»Und wenn nicht? Und wenn doch noch etwas Schlimmes passiert?«

Meierhofer lehnte sich zurück. »Frau Ostermann, bitte denken Sie nicht, dass ich Ihre Besorgnis nicht verstehen kann, solche Angelegenheiten sind sehr unangenehm. Aber verstehen Sie bitte auch, dass uns die Hände gebunden sind.«

»Und was erwarten Sie jetzt von mir? Ich soll nach Hause gehen und einfach abwarten, dass der Spuk aufhört?«

»Ja. Genau das.«

»Nein, ich möchte eine Anzeige gegen Unbekannt aufgeben.«

»Gut, die kann ich aufnehmen, aber es wird nicht viel bringen.«

»Das ist mir egal«, sagte Clarissa. »Wer weiß, was da noch kommt, ich habe einfach Bedenken, dass es weitergeht, verstehen Sie? Ich möchte, dass die Sache dokumentiert ist.«

»Natürlich verstehe ich das und es ist ja auch eine unangenehme Sache. Mal eine andere Frage, haben Sie in Ihrem Bekanntenkreis irgendwelche verdächtigen Personen? Ich meine, fällt Ihnen konkret eine Person ein, der Sie solche Schmierereien zutrauen würden?«

Clarissa schüttelte den Kopf. »Nein.«

»Und Ihr Mann?« Er las den Inhalt der beiden Briefe noch einmal durch. »Also wenn Sie mich fragen, mir sieht es nach einer Frau aus. Männer machen so was in der Regel nicht. Anonyme Briefe sind meistens typische Frauengeschichten. Ohne sexistisch klingen zu wollen ...und Ausnahmen bestätigen natürlich die Regel.«
»Ja, so sehe ich das auch.«
»Gibt es eine Dame, die es auf Ihren Mann abgesehen hat?«
»Nein«, sagte Clarissa. »Sagt er zumindest. Allerdings merken Männer so was ja oft nicht, es sei denn sie werden ganz offen angehimmelt und vor allem von einer Frau, die ihnen auch selbst gefällt.«
Meierhofer lachte. »Ja, so was soll es geben.« Er überlegte. »Also gut, da Sie drauf bestehen ... wir machen einen Kompromiss. Ich lege eine Akte an und mache entsprechende Notizen. Sie überlassen uns die Briefe im Original und wenn Sie es möchten, bekommen Sie Kopien davon.«
»Brauche ich nicht«, sagte Clarissa.
»Gut. Sollte noch mal was vorkommen, überlegen wir uns das mit der Anzeige noch mal. Sie melden sich, in Ordnung?« Er überlegte. »Schauen Sie, meine ganz persönliche Meinung ist, dass überhaupt nichts passieren wird. Es muss auch überhaupt nicht sein, dass es hier darum geht, dass eine Frau es auf Ihren Mann abgesehen hat oder ein Mann es auf Sie abgesehen hat. Anonyme Briefe sind feige und diese Feigheit geht so weit, dass sie in der Regel auch nicht das Problem aufzeigen, das den Schmierfink eigentlich dazu veranlasst, so was zu schreiben. Vielleicht ist irgendwo in Deutschland jemand ganz einfach nur fürchterlich wütend auf Sie, auf Ihren Mann oder auf Sie beide. Jemand, der Ihnen einfach eins auswischen will, Ihnen Angst machen will. Rache, Zorn, was weiß ich. Meist stellt sich heraus, dass die Motive, die so jemanden antreiben, völlig anders gelagert sind als man erst mal annimmt.«
»Für mich ist der Inhalt eindeutig.«
»Und das ist er nicht. Rein inhaltlich sollen Sie vielleicht auch einfach nur auf eine völlig falsche Fährte geführt werden. Nur Sie können wissen, wer Grund hat, auf Sie wütend zu sein. Wenn Ihr Briefeschreiber einigermaßen intelligent ist, wird er – oder sie – ganz sicher drauf achten, dass der Inhalt Ihnen Angst macht, aber keinen Verdacht zulässt.«
Das klang logisch. Trotzdem verließ Clarissa das Revier ein paar Minuten später mit einem Gefühl der tiefen Enttäuschung im Bauch. Natürlich hatte sie Hilfe erwartet, aber im Nachhinein schalt sie sich für ihre Erwartungshaltung ein Dummchen. Es war nichts passiert, es gab lediglich zwei anonyme Briefe. Viele Menschen hatten im Lauf

ihres Lebens in irgendeiner Form mit anonymen Briefen zu tun. Wie hatte sie erwarten können, dass jetzt gleich ein ganzes Polizeirevier deswegen kopfstand?

## -27-

Der August ging vorbei und Clarissa hatte die beiden Briefe schon fast wieder vergessen, denn seit vier Wochen hatte es keine Post mehr in der Art gegeben. Sie hatte viel zu tun, hatte einige neue Bilder fertiggestellt und sie Patrizia per Post zugeschickt. Patrizia hielt sich seit dem letzten Telefonat dezent im Hintergrund und nur ab und zu schrieb sie ihr eine E-Mail privaten Inhalts und fragte nach Clarissas Befinden. Clarissa beantwortete diese Mails. Anfangs eher zaghaft, aber mit der Zeit gab sie Patrizia gegenüber doch wieder mehr über sich preis. Sie erzählte von ihrem Leben in Köln, von den Kindern und wie sie sich in der neuen Stadt entwickelten. Sie schrieb Patrizia von Daniels Job, von ihrem Haus, von Sparky, dem Retriever, der sie ganz schön auf Trab hielt mit seinem unbändigen Temperament. Er war inzwischen sieben Monate alt und Clarissa freute sich über jeden Erziehungserfolg, zumal Sparky ihr erster Hund war. Ihren letzten Hund hatte sie als kleines Mädchen besessen und der war eigentlich von ihren Eltern erzogen worden und mit ihr gemeinsam aufgewachsen. Sparky war inzwischen längst stubenrein, er beherrschte einfache Kommandos wie »sitz« und »platz«. Er kam, wenn man ihn rief und er hatte begriffen, dass er zum pinkeln nicht in die Blumenbeete oder Büsche gehen durfte, sondern ausschließlich bei den Spaziergängen seine Geschäfte zu erledigen hatte. Clarissa war ziemlich stolz auf sich und ihre Erziehungsergebnisse und sie liebte Sparky sehr. Er lag ihr grundsätzlich zu Füßen, ein typischer Rüde, der immer in der Nähe seines Frauchens sein wollte. Aber auch den Kindern gegenüber erwies er sich als einwandfreier Charakter. Wenn sie mit ihm tobten, war er außer Rand und Band, er freute sich, wenn sie nach Hause kamen. Mit Daniel hingegen hatte er einige Kämpfe auszufechten gehabt. Er respektierte Daniel, aber es hatte eine Phase gegeben in der er nicht eingesehen hatte, dass er aus dem Schlafzimmer zu verschwinden hatte und sich stattdessen Daniel neben Clarissa ins Bett legte. Einmal hatten sie ihn im Schlafzimmer vergessen, weil er sich, schlau wie er war, in einer Ecke neben dem Schrank zum Schlafen hingelegt hatte. Clarissa hatte sich ganz den Zärtlichkeiten ihres Mannes hingegeben und plötzlich wurden sie im Liebesspiel unterbrochen, weil Sparky zähnefletschend vor dem Bett saß und Daniel drohend anschaute. Seither achtete Clarissa noch mehr als vorher darauf, dass der Hund über Nacht nicht im Schlafzimmer blieb. Diese und andere Begebenheiten erzählte sie Stück für Stück Patrizia in ihren Mails und Patrizia reagierte angemessen belustigt. Sie schien sich darüber zu freuen, dass Clarissa ihr wieder etwas näher kam, auch wenn es rein freundschaftlich war. Sie hielt sich mit Liebeserklärungen absolut zurück, obwohl Clarissa wusste, dass sie noch immer unter der Trennung litt. Offensichtlich gab es auch keine neue Frau in ihrem Leben. Sie hatte wohl ein paar Erlebnisse hier und da, wie sie selbst erzählte, aber sie verschwieg Details und es war ersichtlich, dass darunter nichts war, was sie länger beschäftigte. Trotzdem fühlte Clarissa immer einen leichten Stich in der Magengrube, wenn Patrizia in ihren Mails nebenbei Treffen mit Frauen erwähnte. Sie schalt sich selbst wegen ihrer Dummheit dafür, denn natürlich war Patrizia ein ganz normaler Mensch mit ganz normalen Bedürfnissen. Und wenn sie, Clarissa, es schon nicht geschafft hatte, sich für sie zu entscheiden, musste sie Patrizia doch zugestehen, dass diese sich woanders neu zu orientieren versuchte. Versunken über solchen Gedanken öffnete sie an einem strahlenden Sommermorgen Ende August den Briefkasten und fand den dritten, anonymen Brief darin. Ihr Herz raste. Sie hatte den Gedanken an die ersten zwei Briefe bis zu diesem Tag tatsächlich erfolgreich verdrängt und versucht sich einzureden, es hätte damit nun ein Ende. Aber hier hielt sie jetzt den dritten Brief in den Händen, und sie wagte es kaum, ihn zu öffnen. Aber sie tat es doch, mit zitternden Fingern. »Ich habe dich gewarnt. Nimm deine Bälger und deinen stinkenden Hund und hau ab, sonst wird bald etwas Schreckliches passieren.«

Clarissa fühlte wie beim letzten Brief, wie ihr Kreislauf versagte. Sie hörte das Blut in ihren Ohren rauschen, bekam einen üblen Magenkrampf und rannte erst mal zur Toilette. Nein, sie war wirklich nicht so zart besaitet, aber diese Briefe machten ihr Angst. Dieser dritte Brief verursachte bei ihr nicht nur Kreislaufbeschwerden, die völlig akut aufgetreten waren, sondern auch massiven Durchfall. Es dauerte fast eine Stunde, bis sie sich einigermaßen beruhigt hatte. Doch sofort als sie spürte, dass sie jetzt ruhiger war, griff sie nach einer Strickjacke und ihrer Handtasche und machte sich auf den Weg ins Polizeirevier. Unterwegs betete sie, dass Meierhofer im Dienst war, denn sonst würde sie die ganze Geschichte noch einmal erzählen müssen. Sie sah ihn schon beim Eintreten, er hatte Dienst an der Rezeption und erkannte sie sofort wieder.

»Frau Ostermann«, sagte er. Er wirkte ein wenig besorgt angesichts ihres Anblicks. Clarissa wusste, sie war kreidebleich und da sie innerlich total aufgeregt war, war ihr klar, dass sie das auch nach außen hin ausstrahlte. Sie knallte dem Beamten den Brief auf die Theke. »Lesen Sie bitte«, sagte sie atemlos. Meierhofer las die wenigen Zeilen stirnrunzelnd durch.

»Wollen Sie mir jetzt immer noch erzählen, dass ich mich nicht aufregen soll, dass es bald vorbei ist, dass da nicht wirklich was Ernsthaftes passieren wird?« Meierhofer bot ihr einen Platz an und stellte ihr unaufgefordert ein Glas Wasser auf den Tisch. Er rief einen Kollegen, der ihn vertreten sollte, damit er sich um Clarissa kümmern konnte.

»Mich packt langsam wirklich die Angst«, erklärte Clarissa.

Meierhofer nickte. »Kann ich verstehen. Allerdings sind wir jetzt nicht weiter als vor vier Wochen.«

Clarissa schüttelte den Kopf. »Aber das ist doch ganz deutlich eine Drohung!«

»Das waren die beiden ersten Briefe auch bereits.«

»Sie steigern sich in der Bedeutung«, sagte Clarissa.

Meierhofer seufzte. »Frau Ostermann, ja, sie lesen sich bedrohlicher, richtig. Aber ich kann überhaupt nichts tun, keiner von uns kann großartig etwas tun. Es handelt sich um anonyme Briefe, das ist allenfalls Belästigung, und auch wir können nicht so einfach herausfinden, woher diese Briefe stammen!«

»Bitte kopieren Sie mir den Brief und legen Sie ihn zu den anderen beiden. Ich bin sicher, dass sehr bald schon etwas passieren wird und ich möchte, dass die ganze Sache dokumentiert ist!«

Meierhofer seufzte, legte den Brief auf den Kopierer und reichte Clarissa die Kopie, während er das Original in sein Ablagekörbchen legte.

»Wissen Sie was? Wir nehmen jetzt eine Anzeige gegen unbekannt auf«, sagte Herr Meierhofer. »Und sollte noch ein weiterer Brief kommen, werden wir ihn eventuell datyloskopisch untersuchen lassen. Das ist allerdings eine teure Angelegenheit, deswegen können wir solche Untersuchungen nur befürworten, wenn die Sachlage es wirklich erfordert, Sie verstehen?«

Clarissa nickte.

»Sollten Sie noch einen weiteren Brief bekommen, dann öffnen Sie ihn bitte nicht, sondern nehmen ihn am besten mit einer Pinzette aus dem Briefkasten. Bringen Sie ihn uns und fassen Sie ihn nicht mehr als nötig an. In Ordnung?«

Wieder nickte sie.

Der Polizist rief ein Formular am PC auf und tippte drauflos. Zwischendurch befragte er sie nach einzelnen Daten zu ihrer Person. Schließlich reichte er ihr die Anzeige zur Unterschrift und überließ ihr den Durchschlag. Die Anzeige lautete auf Nötigung, Bedrohung und Beleidigung – gegen Unbekannt. Clarissa sah keinen Sinn mehr darin, weiterhin auf dem Revier herumzusitzen, und verabschiedete sich von Meierhofer. Unruhig und schnellen Schrittes lief sie zurück nach Hause, holte ihren Hund aus dem Haus und lief erst mal mit Sparky an der Leine eine Runde um das Viertel, um sich einigermaßen zu beruhigen.

Als sie zurückkam, wählte sie – einigermaßen beruhigt – Daniels Durchwahlnummer.

»Es ist schon wieder ein Brief gekommen«, sagte sie, und las ihm den Inhalt am Telefon vor.

Daniel stöhnte. »Clarissa, warst du auf der Polizei?«

»Ja«, sagte sie. »Und man hat mir das Gleiche gesagt wie vor vier Wochen. Ich soll mich beruhigen und sie können nichts tun, solange nicht wirklich was passiert. Allerdings haben sie heute endlich mal eine Anzeige aufgenommen. Wenn auch gegen unbekannt. Und wenn noch mal ein Brief kommt, soll ich ihn nicht öffnen, sondern ihn aufs Revier bringen, die wollen ihn dann vielleicht datyloskopisch untersuchen. Bedeutet, sie schauen nach Fingerabdrücken, aber das muss ja nicht heißen, dass man dadurch herausfindet, wer es ist.«

»Das darf echt nicht wahr sein«, fluchte Daniel. »Soll ich nach Hause kommen, Schatz?«

»Wozu?«

»Um dich zu beruhigen.«

»Ich hab mich schon beruhigt.«

»Nein, hast du nicht. Liebling, mich regt das genauso auf, aber das Schlimmste daran ist diese Hilflosigkeit. Wenn die Polizei schon sagt, sie können nichts tun, was sollten wir dann unternehmen?«

»Keine Ahnung«, sagte Clarissa, und jetzt fühlte sie Tränen aufsteigen. »Ich weiß nicht was wir tun können und ob es nicht vielleicht wirklich so ist wie der Polizist mir gesagt hat: Dass Menschen, die solche Briefe schreiben, im Grunde feige sind und mit hoher Wahrscheinlichkeit nichts wirklich passieren wird ...«

»Aber wenn doch«, sagte Daniel. Er stöhnte erneut auf. »Weißt du, seit der erste Brief kam, achte ich genau auf jeden, mit dem ich zu tun habe, aber seit dem zweiten Brief noch mehr. Es fällt mir ehrlich niemand ein, den ich verdächtigen könnte!«

»Mir auch nicht.«

»Und du glaubst wirklich nicht, dass Patrizia dahinter stecken könnte? Vielleicht, weil sie dich zurückerobern will?«

»Daniel, ich weiß im Moment überhaupt nicht mehr, wem ich noch trauen kann, außerhalb unserer Familie. Ich weiß es einfach nicht. Aber ich glaube nicht, dass Patrizia zu so etwas fähig wäre.«

Er seufzte. »Naja, ich erinnere dich an unsere Abschiedsfeier und an die Show, die sie abgezogen hat. Sie war nicht mal eingeladen, sie kam einfach, obwohl sie sich hätte denken müssen, dass es einen Grund dafür gibt, dass wir sie nicht eingeladen haben.«

»Das, Daniel, das waren andere Zeiten und – vor allem – andere Situationen. Patrizia würde so was nicht tun. Die Party-Aktion hingegen, das war Patrizia. Sie ist direkt. Sie inszeniert dann einen Auftritt. Feige und anonym ist nicht ihre Art.«

»Warum bist du dir da so sicher? Wie lange kennst du sie denn?«

»Nicht lange Daniel, aber ich kenne sie gut. Patrizia ist ein ganz direkter Mensch. Sie nimmt sich das, was sie haben will. Aber sie weiß auch, wann sie verloren hat. Und sie hat keine kriminellen Energien.«

»Wenn Frauen verlassen werden, fühlen sie sich manchmal auch persönlich zurückgesetzt und beleidigt. Vielleicht handelt sie aus Rache heraus so und amüsiert sich köstlich über deine Angst.«

»Blödsinn«, sagte Clarissa. »Da könnte ich genauso gut behaupten, dass die anonyme Briefeschreiberin deine Ex-Geliebte aus Hannover ist.«

»Aber Clarissa, das ist fast schon zwei Jahre her.« Er seufzte.

»Na und? Sie könnte es ebenso gut sein, oder etwa nicht?«

»Glaubst du, die hat das nötig?«

»Weißt du es sicher?«

»Nein«, gab Daniel zu. »Ich weiß es nicht sicher.«

»Wann hast du das letzte Mal von ihr gehört?«

Daniel schwieg einen Moment. Clarissa spürte, dass ihm diese Frage äußerst unangenehm war. »Keine Ahnung«, sagte er. »Irgendwann habe ich noch mal eine Mail von ihr bekommen, ist ein paar Monate her.«

»Ach«, sagte Clarissa schnaufend. »Das hast du mir nicht mal erzählt. War wohl nicht wichtig, was?«

»Nein«, sagte Daniel bestimmt. »War es auch nicht.«

»Und? Was schrieb sie? Und hast du ihr geantwortet?«

Daniel stöhnte erneut auf. »Clarissa, sie hat mir nur Blabla geschrieben, nichts Wichtiges. Sie hätte mich niemals vergessen können und ob es nicht möglich wäre, dass wir uns noch mal sehen. Ich habe ihr geantwortet, dass es auf keinen Fall noch einmal zu einem Treffen kommen wird. Dass meine Ehe hervorragend läuft und wir auch gerade vor einem Umzug stehen. Und dass ich andere Dinge im Kopf habe, als mich mit ihr zu befassen – und dass sie mich in Ruhe lassen soll.«

Clarissa seufzte. »Siehst du, sie lässt dich nicht in Ruhe. Vielleicht ist sie es.«

»Aber Patrizia lässt dich auch nicht in Ruhe. Vielleicht ist es Patrizia.«

»Patrizia sucht eine Freundschaft zu mir, nach dem alles andere gescheitert ist. Sie verhält sich korrekt und macht mir keine Liebeserklärungen mehr. Im Gegensatz zu deinem Verhältnis.«

»Du bist gereizt, Clarissa«, sagte Daniel. »Ich verstehe dich auch, mich beängstigen diese anonymen Briefe genauso wie dich. Aber warum schmierst du mir jetzt wieder mein Verhältnis aufs Brot?«

»Das tu ich doch gar nicht«, sagte Clarissa. »Aber wenn wir schon überlegen, wer es sein könnte, dann muss man doch alles bedenken, oder? Soll ich diese Schlampe etwa übersehen im Kreis der Verdächtigen? Nur weil es zwei Jahre her ist?«

»Clarissa, ich kann es mir nicht vorstellen, okay? Was soll ich dazu noch sagen? Wie der Polizist dir auch gesagt hat, Clarissa, es kann auch ganz anders sein. Vielleicht ist hier überhaupt niemand hinter mir her oder hinter dir, sondern einfach nur total sauer auf dich oder auf mich. Oder neidisch. Du hast ein paar ganz nette Bilderverkäufe innerhalb eines Jahres zu verzeichnen, von null auf hundert sozusagen. Vielleicht hast du einen Kollegen, der von Neid zerfressen ist.«

»Ich habe keine Ahnung, Daniel. Es macht mich einfach fertig.«

»Kann ich verstehen, es geht mir genauso. Liebling, lass uns heute Abend drüber reden, ich muss mich jetzt auch erst mal sammeln.«

Clarissa verabschiedete sich und legte auf.

Den Rest des Tages verbrachte sie in großer Unruhe. Wie immer, wenn sie nervös und unruhig war, beschäftigte sie sich in der Küche mit Kochen und Backen. Sparky lag schwanzwedelnd unter dem Tisch und genoss die kleinen Zuwendungen, die ab und zu versehentlich herunterfielen. An diesem Tag fiel ihr so einiges wirklich aus Versehen herunter, einfach weil sie nervös war. Ihre Hände wollten nicht aufhören zu zittern. Irgendwie beruhigte Clarissa die Anwesenheit des Hundes. Er war nicht abgerichtet, aber sie war sicher, im Notfall würde er jeden aus der Familie verteidigen.

## -28-

Weitere vier Wochen gingen ins Land, ohne dass ein weiterer Brief kam. Clarissa hatte sich langsam wieder beruhigt. Inzwischen war es Ende September und für die Jahreszeit noch immer ungewöhnlich warm, jedoch fühlte sie sich bei diesen Temperaturen wohl. Sie nahm sich zum ersten Mal in ihrem Leben dem Garten an, schnitt die Rosenstöcke zurück, beschnitt die Sträucher und pflanzte noch ein paar Lavendelbüsche an. Weil sie den Duft liebte, ließ sie Daniel den Rasen mähen. Sie hatte keine Ahnung von Gartenarbeit, noch nie in ihrem Leben hatte sie einen so großen Garten besessen. Der Garten ihres Reihenhauses, das sie noch letztes Jahr bewohnt hatten, war mehr ein Hof. Er war größtenteils gepflastert, und die wenigen Bäume, die dort rundherum wuchsen, hatte sie immer von einem Gärtner beschneiden lassen. Aber hier, bei diesem Garten, war ihr Interesse an der Gartenarbeit gewachsen. Lächelnd kniete sie vor einem Ginsterstrauch und knipste die Zweige auf eine einheitliche Länge ab, während Sparky ein paar Meter von ihr entfernt auf dem Boden lag. Er kaute mit größter Hingabe auf einem Stück Fleisch herum, das er offensichtlich irgendwo ausgebuddelt hatte.

»Ihr Hunde seid echt Ferkel«, lachte Clarissa und sah ihrem Retriever zu, wie er voller Liebe das Fleischstück zwischen den Pfoten hielt.

»Erst einbuddeln, dann vermodern lassen, dann fressen, igitt...«

Sparky unterbrach sein Tun für kurze Zeit und sah sie aufmerksam an. Es gab Momente, da hätte Clarissa schwören können, dass er sie anlächelte. Dann wandte er sich aber wieder seinem vermoderten Fleischstück zu. Hingebungsvoll kaute er darauf herum und wälzte sich hinterher genüsslich auf dem Rasen. Es war ein idyllischer Nachmittag. Damian hatte Kurzem eine Freundin und saß mit ihr gemeinsam im Garten am Tisch. Die beiden tranken Cola, unterhielten sich angeregt. Das Mädchen kicherte ab und zu und Damian gab sich äußerst cool.

Neben ihrer Gartenarbeit beobachtete Clarissa sein Tun aus dem Augenwinkel heraus und innerlich musste sie lachen. Die Kleine hieß Sabrina und sie war das erste Mädchen, das Damian überhaupt mit nach Hause brachte. Bis dahin hatte er natürlich schon mehrere Freundinnen gehabt, aber bisher hatte er die Mädchen nie mit nach Hause gebracht. Ein richtiger Junge redet nicht mit seiner Mutter über seine Freundin, hatte er ihr bis dahin immer erklärt. Aber mit Sabrina hatte sich irgendetwas verändert. Sie waren nun schon seit ein paar Wochen zusammen und Sabrina ging bei Ostermanns ein und aus. Aber das war wohl alles relativ normal. Damian war inzwischen fast siebzehn Jahre alt und klar wollte er mit seiner Freundin so viel wie möglich Zeit verbringen. Clarissa seufzte und wandte sich wieder ihrem Ginsterstrauch zu. Sie hoffte, dass Daniel es geschafft hatte, ein Gespräch mit Damian zu führen, über Verhütung und dergleichen. Es war ja nicht so, dass Damian nicht aufgeklärt war, er wusste Bescheid. Aber letztlich gab es doch noch einige Dinge, die sie auch versucht hatte mit ihm zu besprechen, aber das hatte er geschickt abgewehrt. Sie mochte Sabrina. Sie war ein natürliches, sehr sportliches Mädchen und schminkte sich im Gegensatz zu vielen ihrer Altersgenossinnen nur sehr dezent. Eigentlich verwendete sie Clarissas Beobachtungen zufolge nur eine getönte Tagescreme und ein wenig Wimperntusche, um ihre hübschen Augen ein wenig zu betonen. Sie war nicht gepierced wie die meisten Mädchen ihres Alters und auch sonst eher ein natürlicher Typ. Sie gefiel ihr. Auch hatte Sabrina ein offenes, freundliches Wesen und ganz offensichtlich eine gute Kinderstube, denn ihr Benehmen war ebenso natürlich wie ihre Erscheinung, und tadellos. Charlotte tat sich da etwas schwerer. Clarissa hatte sie schon oft mit Kleidung erwischt, die sie eigentlich in der Schule lieber nicht tragen sollte und mit einem Make-up im Gesicht, wie es wahrscheinlich Models zu Fotoshootings erhielten, nur sehr viel dilettantischer aufgetragen. Sie behängte sich mit Unmengen von Silberschmuck und hielt das für äußerst cool, auch wenn ihr Bruder ihr ständig vorwarf, sie würde sich behängen wie ein Christbaum. Auch mit einem Freund schien es nicht zu klappen, obwohl Charlotte sich so sehr wünschte, einen Freund zu haben. Ihr Zimmer hing voller Poster irgendwelcher Boygroup-Mitglieder und Charlotte suchte sich die Jungs in der Schule, die sie anhimmelte, streng nach diesen Vorbildern aus. Zu ihrem Unglück kam hinzu, dass diese Jungs, die sie anhimmelte, in der Regel die höheren Klassen besuchten. Sie hatten sicher Besseres zu tun, als sich mit einem fünfzehnjährigen Mädchen abzugeben. Sicher, es gab fünfzehnjährige Mädchen, die bereits aussahen wie zwanzig und sich auch so benahmen und die hätten bei solchen Jungs bestimmt eine gute Chance gehabt. Allerdings zählte Charlotte nicht zu diesen Mädchen. Ihre Schminkversuche wirkten eher lustig, ihr Kleidungsstil änderte sich jede Woche und ihr ganzes Verhalten war viel zu kindlich, um in dieser Liga mitspielen zu können. Clarissa beobachtete diese Entwicklungen seufzend, aber innerlich belustigt, denn sie wusste, solange Charlotte sich so verhielt, bestand nicht ernsthaft ein Anlass zur Sorge.

Daniel kam seit einigen Wochen früher von der Arbeit nach Hause als in der Anfangsphase. Er hatte sich inzwischen in seine neue Position eingearbeitet, einiges verändert und umstrukturiert und langsam konnte er wieder aufatmen. Die Firma lief gut, es hatte sogar zwei Neueinstellungen gegeben, worüber Daniel persönlich sehr erfreut war. Er zählte zu den Chefs, die es vorzogen, Jobs zu schaffen, statt Stellen abzubauen. Meist kam er schon gegen vier Uhr nachmittags nach Hause, nur noch selten wurde es später. Wenn er Sitzungen hatte, zogen sich diese schon mal bis in den Abend hinein. Aber das kam selten vor und so langsam erfüllten sich auch Clarissas Wünsche nach mehr Romantik in der Ehe wieder. Einfach deswegen, weil Daniel den Kopf wieder frei hatte, mehr Zeit hatte und diese natürlich auch gerne mit ihr verbrachte. An diesem Abend fielen sie beide bereits in der Dusche übereinander her. Clarissa hatte ihn nicht kommen hören. Sie war nach der Gartenarbeit gleich unter die Dusche gestiegen, denn sie fühlte sich verschwitzt und der Geruch von Erde klebte an ihr. Daniel hatte sie überrascht und war plötzlich zu ihr in die Duschkabine gestiegen.

»Ein Whirlpool wäre mir lieber«, hauchte er ihr ins Ohr, während er sie sanft an sich zog. »Ein Whirlpool, eine Flasche Champagner ... aber die Dusche tut es auch.«

Clarissa lächelte, schloss die Augen und presste sich an ihn. Seufzend bemerkte sie seinen harten Penis, der sich mit aller Macht zwischen ihre Beine schob. »Weißt du«, hauchte Daniel. »So unter der Dusche, das hat irgendwas Verruchtes, findest du nicht?«

Er hob ihr Bein an und drang in sie ein. Clarissa stieß einen tiefen Seufzer aus und gab sich seinen sanften, aber intensiven Stößen hin. Sie mochte diese Position. Überhaupt mochte sie es, wenn er sie im Wasser liebte.

Ihr fiel die romantische Bucht in der Türkei ein, in der sie sich leidenschaftlich geliebt hatten, vor vielen Jahren, als sie zum ersten Mal mit den Kindern in den Urlaub gefahren waren. Im Hotel hatte es einen Babysitter auf Bestellung gegeben und den hatten sie so manches Mal genutzt. An einem Abend hatten sie während eines Spaziergangs am Meer eine kleine Bucht entdeckt, die menschenleer gewesen war. Vor Freude jauchzend hatten sie sich ausgezogen und die Gunst der Stunde zu einem Nacktbad im Meer genutzt. Es hatte nicht sehr lange gedauert und sie hatten sich leidenschaftlich geliebt, statt zu baden. Clarissa erschauerte, als ihr einfiel, wie Daniel sie in dieser Nacht über einen großen Felsen gelegt hatte, der nur zur Hälfte im Wasser stand. Und wie er sich, fast schon obszön, an ihr vergangen hatte. Er war ihr so kraftvoll erschienen, so stark und ihre Gefühle damals hatten sie völlig irgendwo im Nirwana schweben lassen. Das Rauschen des Meeres und der Mond, der sich auf den leichten Wellen spiegelte, hatten ihr Übriges dazu getan. Das war wahrscheinlich die romantischste Nacht in ihrem Leben gewesen und oft, auch heute noch, viele Jahre später, fiel ihr diese Nacht immer wieder ein. Auch jetzt, unter der Dusche, während Daniel sie kraftvoll stieß und sie seinen heißen Atem an ihrem Ohr spürte, glaubte sie, in ihrem Kopf das Meeresrauschen zu hören. Ihr wurde leicht schwindelig, aber es war ein angenehmes Gefühl, das Gefühl von Schwindel, das sie immer packte, wenn sie einem Orgasmus nahe war. Mit einem tiefen Seufzer stieß Daniel ein letztes Mal zu und sie fühlte, wie er sich in ihr ergoss.

»Hallo mein Schatz«, sagte er zärtlich und küsste ihren Hals. »Ich bin zu Hause...«

»Hab ich gemerkt«, lachte Clarissa.

Sie brauste sich noch einmal ab, stieg aus der Dusche und warf sich ihren Bademantel über. Daniel seifte sich ein und pfiff laut vor sich hin. Clarissa legte sich für einen Moment auf das Bett und als sie spürte, dass ihre Haut trocken war, schlüpfte sie in eine bequeme Jogginghose und ein Sweatshirt.

»Nana, Frau Ostermann«, sagte Daniel, und grinste anzüglich, als er aus dem angrenzenden Badezimmer kam. Er trug nur ein Handtuch um die Hüften und seine Haut glänzte noch feucht. »Keine Unterwäsche?«

Clarissa lachte. »Nein, du weißt doch, dass ich ein Ferkel bin.« Sie zog ihre Schlappen an, die sie immer im Haus trug und lief nach unten in die Küche.

»Ich erwarte dich in fünfzehn Minuten zum Essen!«, rief sie ihm zu.

In der Küche lag Sparky hechelnd vor seinem Wassernapf. Sie schüttelte den Kopf.

»Du säufst heute vielleicht was weg«, sagte sie, und füllte den riesigen Wassernapf erneut. Zum vierten Mal an diesem Nachmittag. Sie sah auf die Uhr. Nun gut, es war sechs, früher Abend inzwischen. Trotzdem, vier Wassernäpfe waren auch für Sparky eine ungewohnte Trinkmenge. Außerdem hatte er nachmittags schon jede Menge Wasser aus der Regentonne geschlabbert. Schließlich warf sie die Schnitzel, die sie bereits am Nachmittag vorbereitet hatte, in die Pfanne und schaltete die Herdplatte ein, auf der das Gemüse in einem Topf stand. Fünfzehn Minuten später erschien Daniel pünktlich in der Küche und Clarissa rief nach den Kindern. Damian brachte Sabrina mit. Clarissa hatte gar nicht mitbekommen, dass das Mädchen immer noch da war. Freundlich rutschte sie zur Seite und stellte einen fünften Teller und ein Glas für Sabrina auf den Tisch und legte Besteck dazu.

»Ich hoffe, ich störe nicht«, sagte Sabrina wohl erzogen. »Damian sagte, ich könnte ruhig mitessen, Sie hätten bestimmt nichts dagegen – aber ich esse inzwischen fast täglich hier, mir wird das langsam peinlich.«

»Naja«, sagte Daniel, und er lachte. »Wenn es so weitergeht, müssen wir einfach mal mit deinen Eltern über einen angemessenen Unterhalt reden. Aber noch können wir es uns leisten, dich ab und zu mit am Tisch sitzen zu haben.«

Sabrina lächelte und stürzte sich mit größtem Appetit auf das Schnitzel, das Clarissa ihr auf den Teller gelegt hatte. Sie fühlte sich wohl in diesem Haus, das war ersichtlich. Clarissa wusste das zu schätzen. Sie mochte es, wenn sie all ihre Lieben um sich herum versammelt hatte. Nach dem Essen stieß Sparky einen tiefen Seufzer aus, der fast schon wie ein leises Jaulen klang und lief erneut zu seinem Wassernapf. Er schlürfte den gesamten Napf leer und wartete dann schwanzwedelnd auf Nachschub.

»Das ist nicht normal«, sagte Clarissa. »Das ist jetzt schon der fünfte Napf, den ich ihm heute mit Wasser fülle.«

»Hoffentlich hat er keine Krankheit«, sagte Daniel. Er sah den Retriever besorgt an. »Normal ist das ja nicht.«

Im gleichen Moment lief der Hund an die Haustür und signalisierte, dass er nach draußen wollte.

»Läufst du mal schnell eine Runde mit ihm?«, fragte Clarissa. »Ich will nicht, dass er anfängt, in den Garten zu pinkeln.«

»Klar«, sagte Daniel. Er griff nach der Leine und öffnete die Haustür, aber Sparky war schneller und schlupfte durch den Spalt nach draußen. Im Garten pinkelte er an diversen Stellen, dann wälzte er sich auf dem Rücken im Gras und jaulte zwischendurch immer mal wieder auf. Clarissa beobachtete das Treiben vom Küchenfenster aus.

»Mit dem stimmt was nicht«, sagte sie besorgt.

»Der hat einfach nur zu viel gesoffen«, sagte Daniel. »Ich lauf jetzt eine Runde mit ihm, dann geht es ihm sicher besser. Aber vielleicht solltest du morgen früh mal mit ihm zum Tierarzt fahren.«

Clarissa nickte. Sie sah auf die Küchenuhr. Es war inzwischen sieben Uhr und der Tierarzt war ohnehin nicht mehr in der Praxis. Das hatte sicher auch bis morgen Zeit.

Als Daniel mit dem Hund von einem längeren Spaziergang zurückkam, schien er sich ein wenig beruhigt zu haben. Allerdings stürzte er sich erneut auf seine Wasserschüssel und trank sie fast in einem Zug leer. Danach legte er sich mit einem tiefen Schnaufer unter den Tisch.

»Morgen gehen wir zum Tierarzt«, erklärte Clarissa. »Da stimmt doch was nicht. Hoffentlich ist er nicht zuckerkrank...«

»Woher denn, Clarissa«, sagte Daniel abwehrend. »Der Hund ist noch jung, kriegt nur gutes Fressen, woher soll der zuckerkrank sein? Vielleicht hat er irgendwas Ekliges gefressen und wird den Geschmack nicht los.«

»Er hatte heute nachmittag im Garten so ein komisches Stück Fleisch«, sagte sie nachdenklich. »Na siehst du«, sagte Daniel. »Das ist Sparky wie wir ihn kennen. Er staubt ein Stück Fleisch ab, vergräbt es im Garten und gräbt es erst aus, wenn es so richtig schön stinkt. Naja, dass das nicht gesund ist, kann man sich denken, sogar für einen Hund.«

Er griff in seine Arbeitstasche. »Fast hätte ich es vergessen, ich habe uns heute einen Film aus der Videothek mitgebracht«, sagte er. »Mit Johnny Depp. Den magst du doch.«

Er grinste. Ja, den mochte sie tatsächlich. »Das Fenster« las sie auf der DVD. Den kannte sie noch nicht.

»Fein«, sagte sie. »Dann schlag ich vor, du machst uns eine Flasche Wein auf und wir verziehen uns ins Wohnzimmer. Komm Sparky«, forderte sie den Hund auf. Der Hund sprang auf und lief ihr ins Wohnzimmer nach. Daniel legte den Film in den DVD-Player und entkorkte eine Flasche Wein. Fast im gleichen Moment, in dem der Film losging, jaulte Sparky plötzlich laut auf und rannte wie ein Irrer durch das Wohnzimmer, schlüpfte durch den Türspalt raus in den Flur und stand laut jaulend vor der Haustür. Daniel und Clarissa stürzten ihm zeitgleich hinterher und Clarissa riss reflexartig die Haustür auf. Der Hund sprang wie verrückt und laut jaulend quer durch den Garten, wälzte sich auf dem Rücken, gab laut heulende Geräusche von sich und ließ sich nicht beruhigen. Als Daniel sich ihm näherte, schnappte Sparky zu und Daniel konnte gerade noch so seine Hand wegziehen. Clarissa eilte nach draußen zu ihrem Hund.

»Versuch einen Notdienst für Tiere zu erreichen!«, rief sie Daniel zu. »Ich versuche, ihn zu beruhigen!«

Sparky wälzte sich und als Clarissa sich ihm näherte, robbte er auf dem Bauch ihr entgegen, leckte ihre Hand, wälzte sich weiter und gab grauenhafte Laute von sich. Clarissa begann zu weinen, sie war völlig außer sich. Inzwischen waren auch Charlotte und Damian unten im Garten und Damians Freundin Sabrina stand mit betroffenem Gesicht fröstelnd auf dem Rasen. Inzwischen war die Sonne fast untergegangen und es war ziemlich kalt. Charlotte weinte hysterisch, aber dafür hatte Clarissa in diesem Moment keine Zeit. Daniel stürzte wenige Minuten später wieder nach draußen, hatte seine Jacke in der Hand und eine Strickjacke für Clarissa.

»Los!«, rief er. »Wir müssen den Hund irgendwie ins Auto kriegen, ich hab einen Notdienst gefunden!«

Gemeinsam schleppten sie den schweren Hund, der sich kaum noch rührte und nur noch krampfte und jaulte, ins Auto.

»Kümmere dich um deine Schwester!«, rief Clarissa Damian im Wegfahren zu. Sie saß mit dem Hund auf dem Rücksitz. Daniel gab Gas und fuhr was das Zeug hielt.

»Langsam Daniel«, ermahnte Clarissa ihn. »Wir müssen ankommen, wenn wir vorher noch in einen Unfall verwickelt werden ...«

Im gleichen Moment jaulte Sparky in einer Lautstärke und einem Ton auf, der so furchtbar klang, dass er sowohl Clarissa als auch Daniel, der versuchte sich auf das Fahren zu konzentrieren, durch Mark und Bein fuhr. Der Hund zuckte und krampfte noch ein letztes Mal und war plötzlich völlig reglos. Mit einem Mal lag er scheinbar völlig entspannt in Clarissas Armen.

»Daniel ...«, weinte Clarissa. »Daniel!«

Daniel blinkte und fuhr rechts auf den Bürgersteig und hielt dort an. Er stieg aus und öffnete die hintere Tür. Clarissa schluchzte und vergrub ihr Gesicht im Fell des Hundes, der heute mittag noch so fröhlich durch den Garten getollt war. Daniel setzte sich neben sie.

»Clarissa«, sagte er leise. Er legte seine Hand um ihr Genick und streichelte ihren Haaransatz. »Es tut mir so leid.«

Clarissa schluchzte und weinte hysterisch, sie konnte sich kaum beruhigen. Nach endlosen zehn Minuten warf sie trotzig ihren Kopf in den Nacken.

»Fahr zu diesem Notdienst«, sagte sie. »Ich will wissen, woran Sparky gestorben ist. Und ich wette mit dir, jemand hat ihm irgendwas gegeben. Ich wette, es hat mit diesen anonymen Briefen zu tun.«

»Meinst du wirklich?«

Sie nickte heftig. »Fahr!«, sagte sie. Wilde Entschlossenheit war in ihrem Gesicht zu lesen. Daniel setzte sich hinter das Steuer und fuhr weiter, zur Adresse des Tierarztes. Er wusste, was der Verlust des Hundes für Clarissa bedeutete. Sparky war ihr Ein und Alles gewesen, neben den Kindern, neben ihm. Lange Jahre über hatte sie sich einen Hund gewünscht, aber diesen Wunsch immer zurückgestellt, weil die Kinder erst ein gewisses Alter haben sollten, damit ihr genügend Zeit für das Tier bleiben würde. Und nun war ihr der Hund genommen worden, nachdem er nur ein halbes Jahr bei ihnen gewesen war. Vor allem quälte es Daniel innerlich, dass der Hund offensichtlich so qualvoll gestorben war. Das tat man doch nicht einfach so einem Tier an! Wer immer das gewesen sein mochte, derjenige sollte dafür bezahlen.

Die Tierärztin hatte bereits auf sie gewartet und als sie den großen, toten Hund sah, standen ihr für einen Moment selbst die Tränen in den Augen.

Clarissa sah erbärmlich aus. Ihre Augen waren rot verschwollen, die Wimperntusche war völlig verschmiert und man sah ihr an, welchen Schmerz ihr dieser Verlust bereitete.

»Leider zu spät«, murmelte Daniel. Er trug Sparky im Arm und legte ihn auf den Untersuchungstisch in der Praxis.

»Ich will wissen, woran er gestorben ist«, sagte Clarissa. »Ich will wissen, warum!« Die Tierärztin sah nachdenklich den Hund an, tastete ihn ab und sah ihm in die offenen Augen, bevor sie ihm für immer die Lider verschloss.

»Sie sagten am Telefon, er hätte Unmengen von Wasser getrunken?« Daniel nickte.

»Und sonst? Welche Auffälligkeiten?«

»Naja, das war schon sehr auffällig, aber da dachten wir uns noch nichts dabei. Aber plötzlich fing er an zu jaulen, sich zu wälzen, er ist richtig ausgeflippt. Er wollte sogar nach mir beißen, obwohl er das normalerweise niemals getan hätte.«

»Lagern Sie irgendwo Rattengift?«, fragte die Tierärztin.

»Rattengift?«, fragte Clarissa verwundert. »Nein, natürlich nicht!«

Die Tierärztin sah Clarissa einen Moment lang an, als müsste sie darüber nachdenken, ob sie ihr die Wahrheit sagen konnte, ob sie diese verkraften konnte. »Es klingt für mich wie eine typische Vergiftung mit Rattengift«, erklärte sie. »Die Tiere bekommen einen unglaublichen Durst. Bei Ratten geht das so weit, dass sie die nächste Wasserquelle suchen – meist finden sie diese in Form von Regenfässern oder Ähnlichem. Und darin ertrinken sie dann meist, weil sie solche Schmerzen haben, dass sie nicht mehr schwimmen können.«

»Mein Gott«, flüsterte Clarissa. »Ich kann ihm den Mageninhalt auspumpen«, sagte die Tierärztin. »Dann könnte ich Ihnen was Endgültiges sagen.«

Clarissa nickte. Daniel legte seinen Arm um ihre Schultern. »Komm, wir warten draußen«, sagte er. »Das tun wir uns nicht an.«

»Sparky ...«, flüsterte Clarissa mit tränenerstickter Stimme. »Mein Sparky ...« Daniel führte sie nach draußen in das leere Wartezimmer und sie legte ihren Kopf in seinen Schoß und ließ sich trösten. Allerdings hatte Clarissa in diesem Moment das Gefühl, als gäbe es nichts und niemanden auf dieser Welt, das ihr diesen Schmerz nehmen könnte. Es wollte sie innerlich fast zerreißen.

»Das Fleisch heute mittag«, flüsterte sie weinend. »Ich dachte, er hätte es irgendwo ausgegraben. Das war bestimmt vergiftet ...«

»Möglich«, sagte Daniel. Er versuchte, ruhig zu bleiben. Natürlich ging auch ihm durch den Kopf, dass der Tod des Hundes von jemandem gewollt herbeigeführt worden war. Ein teuflischer Anschlag. Und selbstverständlich brachte er das in Verbindung mit den anonymen Briefen, die in den vergangenen Wochen im Briefkasten gelegen hatten. Nach einer halben Stunde kam die Tierärztin aus dem Untersuchungszimmer und setzte sich im Wartezimmer neben Clarissa.

»Es war Rattengift«, sagte sie. »Und zwar eine Unmenge. Das hätte sogar ein Pferd getötet. Es muss ihm jemand mit einem großen Stück Fleisch verabreicht haben, denn ich habe auch noch unverdautes Fleisch im Mageninneren gefunden.«

»Er hatte heute mittag ein großes Stück Fleisch im Maul. Aber ich dachte mir nichts dabei, weil Sparky gerne mal was eingegraben hat, um es irgendwann wieder auszugraben und zu fressen.«

Die Tierärztin nickte. »Ja, das machen Hunde gerne, aber daran stirbt keiner. Dieses Fleisch war mit einer ganz fiesen Sorte Rattengift versetzt. Der Täter hat das Fleisch praktisch damit gefüllt. Rattengift ist körnig, jedenfalls diese Sorte. Für eine Ratte genügen normalerweise schon ein oder zwei Körnchen, und das war mindestens eine große Tasse voll.«

»Das gibt es nicht«, weinte Clarissa. »Wer kann einem unschuldigen Tier so etwas antun?«

Die Tierärztin erhob sich. »Es tut mir unendlich leid, Frau Ostermann, glauben Sie mir. Ich habe so was auch noch nie erlebt. Aber die Grausamkeit von Menschen gegenüber Tieren kennt scheinbar keine Grenzen. Haben Sie einen Verdacht, wer das gewesen sein könnte?«

»Nein«, sagte Daniel. »Aber wir werden Anzeige erstatten.«

»Das rate ich Ihnen auch«, sagte die Tierärztin. »Könnte sein, dass es in nächster Zeit noch mehr solche Fälle in ihrer Nachbarschaft gibt. Wäre nicht das erste Mal, dass sich jemand durch Hunde in der Nachbarschaft gestört fühlt und Rundum-Anschläge macht.«

Daniel nickte.

»Ich schreibe Ihnen jetzt noch eine Bescheinigung für den Tod des Hundes, die brauchen Sie für die Polizei, aber natürlich auch für die Behörden um die Hundesteuer abzumelden.«

Daniel erhob sich, ließ sich die Bescheinigung aushändigen.

»Was soll mit dem Tier passieren?«, fragte sie. »Möchten Sie den Hund mitnehmen oder sollen wir uns drum kümmern?«

Daniel sah Clarissa fragend an.

»Darf man ihn im Garten beerdigen?«

»Leider nicht«, sagte die Tierärztin.
»Irgendwo im Wald?«
Sie schüttelte den Kopf. »Ich fürchte nein.«
»Wir lassen ihn hier«, sagte Daniel. Clarissa schluchzte laut auf. Daniel ließ sich eine Rechnung geben, denn in der Eile hatte er völlig vergessen, Geld mitzunehmen.
»Ich zahle das gleich morgen«, murmelte er betroffen. Die Tierärztin nickte. »Wenn wir früher gekommen wären, hätten wir ihn noch retten können«, weinte Clarissa.
Die Tierärztin legte tröstend eine Hand auf Clarissas Arm.
»Nein«, sagte sie leise. »Glauben Sie mir. Dafür hätten Sie bei den ersten Vergiftungsanzeichen bereits hier sein müssen. Aber wie sahen die aus? Er hat viel getrunken, ungewöhnlich viel. Das ist aber nichts Besonderes. Das tun Tiere manchmal, besonders wenn es warm ist und wenn sie viel draußen getobt haben. Und glauben Sie mir, als er anfing, zu jaulen und sich zu wälzen, da war es bereits für alles zu spät. Dieses Gift ist sehr tückisch und äußerst wirksam. Melden Sie den Fall an die Polizei, dieses Gift darf nur gegen Unterschrift in Apotheken verkauft werden. Wenn Sie möchten, werde ich noch eine genaue Analyse vornehmen lassen, das geht nur im Labor, aber wir können herausfinden, was genau es war. Wer auch immer es gekauft hat, muss dafür irgendwo unterschrieben haben.«

»Und wenn es gar nicht hier in Köln gekauft wurde?«, fragte Daniel.

»Ich bin Tierärztin, keine Kriminalistin, mehr kann ich Ihnen nicht sagen – nur, dass es eben nicht frei verkäuflich ist. Wenn Rattengift irgendwo abgegeben wird, muss das registriert sein.«

Drei Stunden später fiel Clarissa erschöpft in ihr Bett. Den Rest des Abends hatte sie mit ihrem Mann und ihren Kindern schweigend und weinend im Wohnzimmer verbracht. Sie hatte sich nicht mal in der Lage gefühlt, die Kinder zu trösten. Sabrina hatte sich taktvoll verzogen, Damian gab sich größte Mühe nicht zu weinen, aber seine Lippen zitterten den ganzen Abend über verdächtig und er knirschte mit den Backenzähnen. Charlotte weinte sich die Augen aus dem Kopf und Clarissa war nicht einmal in der Lage, ihr irgendetwas Tröstendes zu sagen. Daniel wechselte immer zwischen ihr und Clarissa ab, hielt mal die Tochter, mal die Frau im Arm um zu trösten, so gut es ging. Selten hatte er sich in seinem Leben so hilflos gefühlt wie an diesem Abend. Clarissa schluckte Beruhigungspillen und trank zwei Cognac, anders hätte sie in dieser Nacht ganz sicher kein Auge zugetan. Daniel sah es zwar nicht gerne, aber er wusste, dass sie zu diesen Mitteln nur im äußersten Notfall griff. Er war schlau genug, zu begreifen, dass dies ein Notfall war.

»Morgen gehen wir gemeinsam zur Polizei und erstatten Anzeige«, sagte er. »Ich rufe morgen früh in der Firma an und sage denen, ich habe einen dringenden Notfall in der Familie. Und dann regeln wir das gemeinsam.«

Clarissa nickte und kämpfte gegen die Tränen, die schon wieder in ihr aufstiegen. »Jetzt müssen sie was unternehmen«, sagte sie leise. »Jetzt ist ja was passiert.« Clarissa legte sich auf die Seite. »Und ich habe ihm noch zugeschaut, als er das Fleisch gefressen hat«, flüsterte sie weinend. »Draußen auf der Straße oder auf irgend einer Wiese hätte ich es ihm abgenommen, aber in unserem eigenen Garten hätte ich niemals mit so etwas gerechnet ...« Sie weinte wieder. »Ich habe ihm zugeschaut, wie er es gefressen hat«, heulte sie. »Ich hätte es ihm wegnehmen müssen!«

»Schatz, damit konnte keiner rechnen. Ich hätte auch vermutet, dass er es irgendwo ausgegraben hat.«

Er streichelte ihren Nacken und ihre Schultern, bis er spürte, dass sie eingeschlafen war. Er hasste es, wenn sie Schlaftabletten nahm und noch mehr, wenn sie dazu Alkohol trank. Aber in dieser Nacht hatte er vollstes Verständnis dafür.

## -29-

Die nächsten Tage verbrachte Clarissa wie in Trance. Der Schmerz um den Verlust ihres geliebten Hundes schien sie fast aufzufressen, und sie fühlte sich nicht in der Lage, ihre Kinder zu trösten. Damian kam in solchen Dingen offensichtlich sehr nach seinem Vater, Clarissa sah ihn ständig mit zusammengepresstem Kiefer, mit einem Gesicht, das einer erstarrten Maske glich. Charlotte hingegen ließ ihren Tränen freien Lauf, Clarissa hielt sie auch oft im Arm und sie weinten gemeinsam, aber das war alles, was Clarissa ihrer Tochter geben konnte. Sie konnte nur mit ihr gemeinsam unter dem Verlust leiden und mit ihr gemeinsam den Hund betrauern. Sie fand keine tröstenden Worte und immer wenn sie es versuchte, rannen ihr sofort die Tränen über die Wangen und sie konnte nur noch flüstern, heiser, unfähig wirklich zu sprechen. Die Tierärztin hatte eine Bescheinigung über den Tod des Hundes durch Rattengift ausgestellt. Daniel hatte es übernommen, eine Anzeige bei der Polizei zu machen, weil Clarissa dazu nicht in der Lage war. Die Polizisten zeigten sich sehr betroffen, konnten aber leider nicht mehr tun als eine Anzeige wegen Tierquälerei und Sachbeschädigung gegen Unbekannt aufzunehmen. Daniel wies auf die vorangegangenen anonymen Briefe hin. Der diensthabende Polizist runzelte die Stirn und wählte eine Telefonnummer.

»Ja, hier Brinkmann«, meldete er sich. »Herr Meierhofer, ich habe hier einen Herrn Ostermann, der gerade bei mir eine Anzeige gegen Unbekannt aufgegeben hat, sein Hund ist vergiftet worden. Er sagte mir gerade, dieser Sache wären anonyme Briefe vorausgegangen, seine Frau war wohl mehrfach hier und hat mit Ihnen gesprochen?«

Daniel konnte die Antwort von Herrn Meierhofer nicht hören, aber Brinkmann legte relativ schnell auf.

»Mein Kollege möchte Sie gerne sprechen in dieser Angelegenheit«, sagte er. »Gehen Sie einfach hier durch die Glastür in den ersten Stock, Herr Meierhofer empfängt Sie dort auf dem Flur.«

»Danke«, sagte Daniel und machte sich auf den Weg.

Fünf Minuten später saß er Herrn Meierhofer gegenüber, der bereits die anonymen Briefe vor sich liegen hatte.

»Denken Sie nicht langsam auch, dass man diese Briefe ernst nehmen sollte?«, fragte Daniel. »Verstehen Sie mich nicht falsch, ich weiß schon, dass die Möglichkeiten begrenzt sind, herauszufinden, wer diese Briefe geschrieben hat. Ich verstehe auch, dass Sie diese Briefe vielleicht weniger ernst nehmen als wir. Aber meine Frau haben sie zu Tode erschreckt und jetzt ist unser Hund tot. Ein schrecklicher Verlust für uns alle, aber besonders für meine Frau. Der Hund wurde in den Briefen erwähnt und ich persönlich sehe den Zusammenhang. Was können wir tun?«

Meierhofer starrte Daniel nachdenklich an.

»Herr Ostermann, denken Sie bitte nicht dass wir Sie nicht ernst nehmen, das habe ich auch Ihrer Frau bereits gesagt. Normalerweise ist es nur so, dass Menschen, die anonyme Briefe schreiben, in der Regel zu feige sind, um tatsächlich etwas zu unternehmen. Solche Menschen sind in der Regel neidisch, wurden in irgend einer Form zurückgewiesen, sind voller Hass, aber im Prinzip eben auch zu feige um wirklich etwas zu unternehmen.«

»Wie Sie aber sehen, unternimmt dieser Briefeschreiber etwas«, sagte Daniel.

»Ja, ich muss zugeben, den Zusammenhang sehe ich auch. Allerdings können das auch zwei voneinander unabhängige Leute sein«, sagte er. »Die wissen vielleicht nicht einmal was voneinander und zufällig kommt gerade alles geballt auf Sie zu.«

»Ich bitte Sie«, sagte Daniel. »Es ist doch offensichtlich!«

»Nein«, sagte Meierhofer. »Leider können wir das anhand der vorliegenden Tatsachen nicht beweisen. Vielleicht stammen die anonymen Briefe von jemandem der Unfrieden stiften will, Ihnen Angst machen will. Und das Rattengift könnte ein Hundehasser aus der Nachbarschaft dem Hund gegeben haben. Beweisen können wir gar nichts.«

»Und was sollen wir jetzt tun?«, fragte Daniel.

Meierhofer starrte ihn nachdenklich an.

»Herr Ostermann, ich verstehe Ihre Gedankengänge, ich persönlich sehe da auch einen Zusammenhang, nur können wir es nicht beweisen und wir haben keinerlei Anhaltspunkte für einen Verdacht in irgendeine Richtung. Oder fällt Ihnen spontan jemand ein, der mit der Sache zu tun haben könnte?«

Daniel starrte auf den Boden.

»Nein, eigentlich nicht«, sagte er.

Meierhofer lächelte.

»Mal ganz unter uns, Herr Ostermann ...«

Daniel schaute auf.

»Gibt es in Ihrem beruflichen oder privaten Umfeld vielleicht eine Dame, die es auf Sie abgesehen haben könnte?«

»Wie kommen Sie darauf?«

»Weil es meistens Frauen sind, die solche Briefe schreiben. Wenn Sie diese anonyme Schmiererei lesen, wird klar, dass da jemand möchte, dass Ihre Frau sich von Ihnen trennt. Jemand möchte freie Bahn haben.«

»Es könnte ...« Daniel unterbrach sich.
»Ja?«, fragte Meierhofer und beugte sich vor.
»Nun«, sagte Daniel. »Es ist mir ein wenig unangenehm.«
»Versuchen Sie es einfach mal«, sagte Meierhofer.
Daniel räusperte sich. »Meine Frau und ich hatten eine Ehekrise und während dieser Zeit hat meine Frau ...« Wieder unterbrach er sich.
»Hatte sie ein Verhältnis?«, fragte Meierhofer in geschäftsmäßigem Ton.
Daniel nickte. »Mit einer Frau«, fügte er hinzu.
»Aha«, sagte Meierhofer. »Und wo könnten wir diese Frau finden? Wie haben die beiden sich getrennt? Ging das von ihr aus oder von Ihrer Frau?«
»Die Dame lebt in Frankfurt, wir haben bis vor einigen Monaten auch noch in Frankfurt gelebt. Ich bin wegen eines beruflichen Wechsels mit meiner Familie nach Köln gezogen.«
»Aha.«
»Meine Frau hat sich von ihr getrennt, aber bereits vor unserem Umzug.«
»Und wie ist diese Trennung verlaufen?«
»Wir haben nicht besonders viel darüber gesprochen, verstehen Sie?«, sagte Daniel und er wirkte ein klein wenig verzweifelt. Es war ihm peinlich darüber zu reden.
»Würden Sie es dieser Dame zutrauen, solche Briefe zu schreiben und eventuell sogar einen Hund zu vergiften?«
Daniel zuckte mit den Schultern. »Ich habe keine Ahnung«, sagte er. »Wirklich nicht. Ich kann sie nicht einschätzen. Meine Frau sagt, sie traut es ihr nicht zu, es sei nicht ihre Art.«
»Hat Ihre Frau noch Kontakt zu der Dame?«
»Ja. Per Telefon und E-Mail. Meine Frau ist Malerin und die Dame ist Galeristin. Sie verkauft die Bilder meiner Frau.«
Meierhofer nickte wissend.
»Interessant«, sagte er. Er seufzte und machte sich ein paar Notizen auf einem Zettel. »Und in Ihrem eigenen Umfeld, Herr Ostermann? Gibt es da vielleicht eine Dame von der Sie glauben, Sie könnte es auf Sie abgesehen haben?«
»Nicht dass ich wüsste«, sagte Daniel. Meierhofer lehnte sich zurück und verschränkte die Arme über der Brust.
»Herr Ostermann, möglich ist alles. Es kann diese Frau sein. Es kann jemand sein, der einfach nur von Neid zerfressen ist und auf den Sie niemals kommen würden. Es kann auch jemand sein, der an Ihnen sehr interessiert ist.«

»Ich hatte auch ein Verhältnis«, sagte Daniel und er wurde knallrot. »Allerdings ist es schon zwei Jahre her.«

»Weiß Ihre Frau davon?«

Daniel nickte. »Das war ja der Grund unserer Krise.«

»Aha«, sagte Meierhofer.

»Die Sache ist aber seit zwei Jahren vorbei.«

»Hm. Und wie ist diese Sache beendet worden? Friedlich?«

»Naja, was heißt friedlich«, sagte Daniel. »Ich habe die Dame regelmäßig getroffen, wenn ich auf Geschäftsreise war. Meine Frau kam dahinter. Sie ist mir hinterher gefahren und somit war es vorbei.«

»Sie Glücklicher«, sagte Meierhofer.

Daniel sah ihn fragend an.

»Naja«, erklärte der Polizist. »Die meisten Ehen sind in einem solchen Moment wohl gelaufen.«

»Wahrscheinlich, ja«, stimmte Daniel ihm zu.

»Und diese Frau hat Sie nie wieder kontaktiert?« Meierhofer registrierte Daniels betretenes Schweigen. »Herr Ostermann, es wäre schon wichtig, dass Sie mir da nichts verschweigen. Ich kann Ihnen natürlich versprechen, die Sache diskret zu behandeln so gut es geht, aber ich muss schon die Fakten kennen.«

»Doch, hat sie.«

»In welcher Form?«

»Nun ja, natürlich wollte sie sich nicht damit abfinden, dass es nun vorbei war. Sie hat mir mehrfach Mails geschrieben, mich auch angerufen. Und ich habe sie auch noch mal getroffen.«

»Und dann hat sie eines Tages einfach aufgehört, an Sie heranzutreten?«

Daniel starrte ein wenig verlegen zur Seite.

»Also nicht?«, fragte Meierhofer.

»Nicht ganz«, gab Daniel zu.

Der Polizist runzelte die Stirn.

»Sie schrieb mir hier und da noch mal eine Mail, aber ich habe sie ignoriert und meine Frau weiß das auch nicht. Ich hab ihr nie geantwortet. Ich habe es meiner Frau auch nicht erzählt, nicht weil ich etwas zu verbergen gehabt hätte, sondern weil ich alte Wunden nicht wieder aufreißen wollte. Es war schwer genug. Ich habe ihr lediglich von einer Mail erzählt, die sie mir geschrieben hat. Alles andere weiß sie nicht und das muss sie auch nicht erfahren. Dann sind wir nämlich ganz schnell wieder mitten in «

»Wann kam die letzte E-Mail?«

»Das ist ein paar Monate her. Ich habe ihre Mails nicht mehr, sie sind alle gelöscht.«

Daniel lächelte trübsinnig. »Verstehen Sie? Ich wollte nicht noch mal Öl ins Feuer gießen. Meine Frau und ich führen seither eine wunderbare Ehe. Ich liebe meine Frau über alles. An der anderen Dame bin ich nicht mehr interessiert. Ich habe die eine oder andere Unterhaltung mit der Dame geführt, aber nicht, weil ich das Verhältnis fortsetzen wollte. Alles was ich wollte war, sie zu beruhigen, ihr klar zu machen, dass ich für sie nicht greifbar bin, dass es aus ist. Ich hätte es auch meiner Frau erzählt, aber ich habe ihr sehr weh getan mit diesem Verhältnis. Meine Frau hat sehr lange darunter gelitten und ich fand es vernünftiger, ihr nichts davon zu erzählen. Schlafende Hunde soll man nicht wecken.«

Meierhofer nickte zustimmend. »Die letzte Mail kam also vor ein paar Monaten?«

»Ja.«

»Lebten Sie da schon in Köln?«

»Ja.«

»Kennt Sie Ihre Anschrift?«

Daniel zuckte mit den Achseln. »Keine Ahnung. Anita ist ... nun ja, sie ist nicht dumm, wenn es darum geht, solche Dinge herauszufinden. Sie war die Sekretärin einer meiner Geschäftspartner. Der steht immer noch in Verbindung mit der Firma in der ich vorher beschäftigt war. Es ist gut möglich, dass sie dadurch weiß, dass wir nach Köln gezogen sind. Und es ist möglich dass sie unsere Anschrift kennt, denn wir stehen im Telefonbuch.«

Er räusperte sich.

»Aber ich kann es mir nicht vorstellen, dass sie dahinter steckt. Sie lebt in Hannover – allerdings bin ich mir da auch nicht mehr sicher, sie schrieb mir ja noch was von einem beruflichen Wechsel und einem Umzug. Das ist auf jeden Fall weit weg und die Sache ist, wie gesagt, zwei Jahre her.«

Er räusperte sich verlegen. »Außerdem ist sie wirklich nicht der Typ Frau, der so was tun würde, ich kann es mir jedenfalls nicht vorstellen. Sie ist eine rassige, sehr schöne Frau, sie könnte jeden haben.«

»Aber Ihnen ist sie trotzdem lange hinterhergelaufen«, sagte der Polizist.

Daniel nickte. »Ja, aber das hatte eher damit zu tun, dass sie nicht fassen konnte, dass ich eine Frau wie sie wegen einer Frau wie meiner verlassen könnte.«

»Aha«, sagte Meierhofer.

Daniel räusperte sich erneut. »Ich weiß nicht, ob Sie diese Sorte Frau kennen, Herr Meierhofer. Schön, sexy, klug. Top-Job, schicke Wohnung. Aussicht auf eine höhere Karriere. Diese Frauen denken, sie sind das Non Plus Ultra. Ich glaube, sie hat nie daran gezweifelt, dass ich meine Frau irgendwann für sie verlassen würde. Ich glaube auch nicht, dass es ihr dabei wirklich um mich ging, sondern eher um mich als Sammlerobjekt. Heute glaube ich, dass sie immer ein wenig auf meine Frau herabgesehen hat. Anita ist sehr arrogant.« Er lächelte ein wenig trüb. »Leider ist mir das alles erst heute klar.«

Meierhofer räusperte sich nun ebenfalls. »Nun ja«, sagte er. »Es gibt wohl solche Frauen.«

Daniel nickte.

»Wir werden die Sache im Auge behalten«, sagte Meierhofer. »Sollte irgendetwas Ungewöhnliches passieren, sollte ein weiterer Brief kommen, kommen Sie damit her. In Ordnung? Achten Sie darauf, ob Sie jemand beobachtet, achten Sie auf jeden, mit dem Sie zu tun haben. Ich brauche von Ihnen den Namen und die Anschrift der Dame, mit der Sie ein Verhältnis hatten. Wir werden die Kollegen in Hannover bitten, sie zu befragen. Mehr können wir derzeit wohl nicht tun!«

»Muss das sein?«

»Nein. Wir können es auch lassen, potenziell verdächtige Personen zu verhören. Aber ich dachte, Sie sind daran interessiert herauszufinden, wer Sie da belästigt und bedroht? «

»Ja, das bin ich. Aber ich kann mir nicht vorstellen, dass Anita ...«

»Und ich kann Ihnen nicht garantieren, dass die Dame morgen befragt wird«, erklärte Meierhofer. »Ich werde es anregen, aber wir sprechen hier von einem vergifteten Hund und wissen nicht, ob das mit den Briefen in Zusammenhang steht. Wenn die Kollegen in Hannover Zeit haben, werden sie die Dame möglicherweise zu einem Gespräch einladen und mit ihr über den Fall sprechen. Wahrscheinlich wird sie empört sein, alles abstreiten und damit ist die Sache erledigt.«

»Weil es nur ein Hund war? Ist das nicht auch ein Leben?«

»Doch, natürlich, aber es ist kein Mensch getötet worden. In diesem Fall würde man jetzt natürlich ganz anders ermitteln.«

Daniel stöhnte. »Naja, es steigert sich ja. Vielleicht ist demnächst unsere Tochter dran oder unser Sohn. Was ist mit einer Untersuchung unseres Grundstückes?«

»Was genau glauben Sie, könnten wir da finden?«, fragte Meierhofer. Daniel zuckte mit den Schultern.

»Ich weiß nicht. Fußabdrücke vielleicht.«

»Bei dem strahlenden Wetter, das wir in letzter Zeit hatten? Der Sommer war heiß, der Boden ist hart, in jedem Garten genauso wie in freier Natur. Sie machen sich zu viele Hoffnungen, was polizeiliche

Ermittlungen betrifft. Wir können nicht viel tun. Wir können Sie nur auffordern, die Augen offen zu halten!«

Daniel verabschiedete sich und machte sich nachdenklich auf den Heimweg.

## -30-

Wenige Tage später saßen Daniel und Clarissa im Schlafzimmer auf dem Balkon und starrten ins Grüne. Es war ein lauer Spätsommerabend und Daniel hatte eine Flasche Wein geöffnet. Clarissa war sehr blass. Den Tod ihres Hundes und vor allem die Begleitumstände zu verkraften, würde wahrscheinlich eine Ewigkeit dauern. Daniel sorgte sich um sie, denn er wusste nicht mehr, wie er sie trösten konnte. Sie sprach wenig, starrte immerzu in den Garten und Daniel wusste, dass sie sich Vorwürfe machte. Vorwürfe, weil sie seelenruhig ihrer Arbeit nachgegangen war, statt dem Hund das Fleisch abzunehmen, auf dem er gekaut hatte. Er hatte ihr mindestens hundertmal erklärt, dass es nicht ihr Fehler gewesen war. Dass er dem Hund das Fleisch wahrscheinlich auch nicht abgenommen hätte, weil Hunde solche Dinge eben einfach taten. Sie vergruben Fleischstücke, gruben sie irgendwann wieder aus und im Prinzip konnte keiner sagen, wo der Hund überall im Garten seine Schätze vergraben hatte. Ein Hund, der im eigenen Garten auf einem Stück Fleisch herumkaut, das war etwas völlig Normales. Etwas, worüber sich kein Mensch in solchen Momenten Gedanken machte.

»Wie geht es eigentlich Patrizia?«, fragte er plötzlich völlig unvermittelt.

Clarissa sah ihn erstaunt an. »Warum fragst du das?«

»Nur so. Habt ihr noch Kontakt?«

»Natürlich«, sagte Clarissa. »Das weißt du doch. Ich habe erst gestern mit ihr telefoniert.«

»Und?«

»Was und?« »Hast du ihr das von Sparky erzählt?«

»Natürlich.«

»Was sagt sie dazu?«

»Sie ist entsetzt, dass jemand zu so etwas in der Lage ist. Es tut ihr alles sehr leid. Sie hat mich gefragt, ob sie mich mal besuchen soll, aber ich habe ihr gesagt, dass sie das lassen soll, weil du damit nicht fertig wirst.«

Daniel nickte. »Und warum will sie dich besuchen?«

Clarissa zuckte mit den Schultern. »Wahrscheinlich weil sie merkt dass es mir schlecht geht und dass ich außer meinem Mann hier niemanden habe. Wahrscheinlich weil sie weiß wie wichtig es ist, eine Freundin zu haben.« Sie errötete. »Eine ganz normale Freundin«, fügte sie hinzu.

»Ich weiß schon, was du meinst«, sagte Daniel. Er verfiel wieder ins Schweigen und starrte ins Leere.

»Könnte auch sein«, sagte er plötzlich. Clarissa sah ihn fragend an.
»Ach«, sagte Daniel. »Du brauchst sie ja nicht. Du hast dein Verhältnis beendet. Sie verhält sich offiziell ruhig, ist lieb und nett. Und möchte dich gerne wiedersehen.«
»Ja klar«, antwortete Clarissa. Sie sah ihn herausfordernd an. »Und was willst du damit jetzt andeuten?«
»Na, vielleicht ist sie ja unsere Briefeschreiberin.«
»Das Thema hatten wir schon und ich sagte dir, es ist nicht ihre Art.« Clarissa war ärgerlich. Sollte sie jetzt allen Ernstes schon wieder dieses Thema mit ihm diskutieren?
»Du weißt gar nicht, was ihre Art ist. Vielleicht ist ihre Art nur Masche. Vielleicht ist sie unsere Briefeschreiberin und denkt, wenn sie dir nur genug Angst einjagt, flehst du sie irgendwann an, dass sie herkommt. Um dich zu beruhigen. Um bei dir zu sein. Was weiß ich. Vielleicht wartet sie auf eine Gelegenheit, die Retterin zu spielen.«
»Du spinnst ja,« sagte Clarissa.
»Nein«, antwortete Daniel. »Ich spiele nur alle Möglichkeiten durch.«
Er seufzte und sein Blick entspannte sich. »Tut mir leid. Ich möchte dich nicht verletzen. Im Gegenteil, ich mache mir Sorgen, denn du bist den ganzen Tag alleine mit deinen Ängsten und jetzt auch mit der Trauer um Sparky. In Frankfurt hättest du deine Freundinnen. Ablenkung. Was ist mit Anja?«
»Was soll mit Anja sein? Mit Anja telefoniere ich sehr oft, aber sie ist nun mal weit weg.«
Clarissa seufzte. »Daniel was soll ich sagen, natürlich vermisse ich meine Freunde. Ich hab mich nie einsam gefühlt, auch hier in Köln nicht. Aber jetzt, nachdem das mit Sparky passiert ist – und die Briefe vorher... ich weiß nicht.«
Er sah sie fragend an. Clarissa zündete sich eine Zigarette an und blies den Rauch nachdenklich in die warme Abendluft.
»Ich habe eben niemandem mit dem ich reden kann«, sagte sie. »Nur am Telefon. In den letzten Wochen wird mir immer mehr klar, wie sehr ich eine Freundin bräuchte, eine gute Freundin, so wie ich es gewohnt bin. Sicher, wir sind alle mobil, Köln ist nur zwei Autostunden von Frankfurt entfernt, aber alle haben Jobs und ein eigenes Leben. Es ist eben nicht mehr so einfach, seine Freunde zu sehen, wenn man so weit entfernt ist. Und es fällt mir nicht leicht, neue Kontakte zu knüpfen, wo sollte ich anfangen? Ich arbeite nicht, ich hab nur meine Familie und meinen Haushalt. Die Nachbarn hier sind komisch und ich bin auch hier in Köln der Meinung, dass man mit Nachbarn freundlich sein sollte, sich aber nicht näher anfreunden sollte. Die

Kinder sind groß, die Elternabende sind auch nicht mehr das, was ich mal von früher her kannte, man lernt einfach niemanden kennen.«
»Du fühlst dich einsam.«
»Ja, ein wenig schon. Ich vermisse meine Freunde. Unsere Freunde.«
Er nickte.
»Ich verstehe dich«, sagte er.
Gegen zehn klingelte es an der Haustür. Daniel sah Clarissa verwundert an.
»Jetzt noch?«, fragte er erstaunt und sah auf die Uhr.«
Clarissa zuckte mit den Schultern. »Wir haben pubertierende, halbwüchsige Kinder. Würde mich nicht wundern, wenn es Freunde von ihnen sind, die da klingeln.«
»Das geht nicht«, sagte Daniel streng. »Ich möchte nicht, dass unser Haus zum Bahnhof verkommt, wo jeder kommen und gehen kann wie es ihm beliebt. Irgendwann muss mal Ruhe sein, oder? Wir haben alle einen anstrengenden Tagesablauf und ab einer gewissen Uhrzeit klingelt man nicht mehr bei Leuten, oder?«
»Dann geh runter und sag es ihnen«, sagte Clarissa. Daniel erhob sich und ging nach unten. Er wirkte angespannt. Clarissa sah ihm nach und fragte sich, ob er wohl glücklich war mit diesem Leben, denn mit Sicherheit vermisste auch er seine Freunde. Hier in Köln hatte er seinen Beruf, der ihn sehr anstrengte und ausfüllte und seine Familie. Aber sie beide waren immer sehr darauf bedacht gewesen, ihre Freundschaften zu pflegen, und sie beide hatten die gemeinsamen Abende unter Freunden genossen. Auch er musste sich in Köln ein wenig einsam vorkommen. In der Firma konnte er keine freundschaftlichen Kontakte knüpfen. Als Chef freundete man sich nicht mit Angestellten an, das war ein unausgesprochenes, aber gültiges Gesetz. Aus dem unteren Flur hörte sie leises Stimmengemurmel. Das verwunderte sie, denn sie kannte Daniel. Wenn es einer von Damians Freunden gewesen wäre, der da geklingelt hatte zu so später Stunde, würde er nicht so ruhig bleiben. Sie griff nach ihrer Strickjacke, zog sie über und tapste barfuß die Treppe nach unten. Daniel stand mit kreidebleichem Gesicht im Flur und mit ihm zwei Herren um die vierzig in schwarzen Anzügen und mit ernsten Gesichtern.
»Ist was passiert?«, fragte sie erschrocken.
Daniel schüttelte den Kopf. »Liebling, geh wieder nach oben.«
»Ist das Ihre Frau?«, fragte einer der Männer.
Daniel nickte. »Liebes, geh wieder hoch«, sagte er.
»Finden Sie nicht dass Ihre Frau davon erfahren sollte?«, fragte der Mann.
Clarissa stieg die Stufen ganz nach unten.

»Was ist hier los?«, fragte sie und sah zwischen den Männern und Daniel hin und her. Einer der Männer reichte ihr die Hand. »Pietät Schwarzkopf«, sagte er. »Mein Name ist Klaus Schwarzkopf. Ich bin der Inhaber.«
»Ein Bestattungsunternehmen?«, fragte Clarissa erschrocken. »Was ist denn passiert?«
»Kommen Sie bitte mit ins Wohnzimmer«, sagte Daniel und lief voraus. Er deutete auf das Sofa. »Bitte nehmen Sie Platz.«
»Was ist hier los?«, fragte Clarissa. Sie war weiß wie die Wand und ließ sich kraftlos in den Sessel fallen.
»Offensichtlich hat sich jemand mit Ihnen und mit uns einen Scherz erlaubt«, sagte Herr Schwarzkopf.
»Einen Scherz?«
Herr Schwarzkopf nickte. »Sie sind Clarissa Ostermann?«
»Ja.«
»Jemand hat uns verständigt. Wir sollten ihren Leichnam abholen.«
Clarissa entfuhr ein leiser Aufschrei des Entsetzens.
»Sie sollten meine Leiche abholen?«
Schwarzkopf nickte.
Clarissa erhob sich und lief ans Fenster. Fröstelnd zog sie die Strickjacke enger um sich. Daniel saß auf dem Sofa und starrte auf den Boden. »Wer hat das in Auftrag gegeben?«, fragte Clarissa schließlich. »Ich meine, Sie kommen doch nicht einfach so in ein Haus um eine Leiche abzuholen, da muss Sie doch jemand angerufen haben!«
»Nicht nur angerufen«, sagte Herr Schwarzkopf. »Die Dame war sogar bei uns. Aber es war von Anfang an eine merkwürdige Sache, wir hätten wissen müssen, dass etwas nicht stimmen kann.«
Clarissa setzte sich wieder in ihren Sessel.
»Sie erzählen mir das alles jetzt bitte von Anfang an«, sagte sie.
»Ich werde seit Monaten mit anonymen Briefen belästigt, mein Hund wurde vergiftet und jetzt stehen Sie hier und wollen meine Leiche abholen! Wenn ich nicht bald herausfinde, wer dahintersteckt, werde ich wahnsinnig!«
Herr Schwarzkopf nickte.
»Die Dame rief zunächst an und wollte mir Ihren vermeintlichen Todesfall melden. Sie sagte, sie sei Ihre Schwägerin und ihr Bruder sei vor Trauer nicht in der Lage, diese Angelegenheiten zu übernehmen, also hätte er sie beauftragt.« Der Mann lehnte sich mit ernstem Gesicht zurück. »Mein Junior war am Telefon und meinte, wir könnten nicht einfach so in ein Haus gehen um eine Leiche abzuholen. Was wir brauchen, ist ein persönlicher Auftrag, jedenfalls wenn es

um Privatleute geht. Auf Anruf kommen wir nur in Krankenhäuser oder Pflegeheime.« Er räusperte sich. »Da kennen wir einfach die Schwestern und Pfleger und wissen, dass es ernst ist, wenn sie uns anrufen.«

Clarissa nickte.

»Daraufhin erschien die Dame bei uns im Geschäft. Schwarz gekleidet und sie sah auch sehr verweint aus. Niemand hat sich was dabei gedacht. Sie hat angegeben, sie sei die Schwester Ihres Mannes, Frau Ostermann. Er hätte sie beauftragt, sich um alles zu kümmern. Ihre Todesursache hat sie mit plötzlichem Herzinfarkt angegeben.«

»Aha«, sagte Clarissa. »Na wer weiß, vielleicht erleide ich tatsächlich noch einen Herzinfarkt, wenn das so weitergeht!«

»Wir wollten natürlich einen Totenschein sehen und einen Personalausweis. Die Dame fing an zu weinen und sagte, sie sei völlig konfus angesichts der Trauer über diesen plötzlichen Todesfall und schwor uns, sie würde beides morgen Nachmittag vorbeibringen. Hauptsächlich sollten wir nun erst einmal den Leichnam abholen, damit Herr Ostermann mit den Kindern nicht mit einer Toten im Haus übernachten muss.«

Herr Schwarzkopf schüttelte den Kopf, verständnislos angesichts der ganzen Situation. »Frau Ostermann, es tut mir sehr leid, mir ist ein solcher Fall noch nie untergekommen. Ich habe die Pietät von meinem Vater übernommen, bin mit diesem Geschäft groß geworden, noch nie habe ich so etwas erlebt. Der Wunsch nach Abholung des Leichnams erschien mir natürlich und vor allem glaubte ich der Frau natürlich auch, als sie sagte, sie hätte die Bescheinigung vergessen – und ihren Ausweis. Sie war sehr glaubwürdig. Sie hat uns sogar den Auftrag unterschrieben, aber der Name ist wahrscheinlich falsch. Und wegen der Blumenarrangements und allen anderen Dingen wollte sie morgen noch mal vorbeikommen – mit ihrem angeblichen Bruder. Und dann auch natürlich die Bescheinigung und ihren Ausweis nachreichen.«

Clarissa zündete sich eine Zigarette an. Ihre Finger zitterten.

»Wie sah sie aus?«, fragte sie beinahe beiläufig.

Herr Schwarzkopf musterte seinen Kollegen und als dieser nickte, wandte er sich wieder Clarissa zu. »Sie war sehr schlank. Und sie hatte lange, auffällig rote Haare.«

»Wie lang?«, fragte Clarissa.

»Bis zur Hüfte schätze ich«, sagte Herr Schwarzkopf.

»Locken?«, fragte Clarissa.

»Ja. Lange, rote, lockige Haare. Sagt Ihnen das was?«

Clarissa nickte. »Ja.«

Herr Schwarzkopf erhob sich. »Sie sollten Anzeige erstatten«, sagte er. »Wir werden natürlich gerne aussagen, denn wir fühlen uns auch geschädigt. Auch wenn diese Angelegenheit hier nun mehr als peinlich ist. Es tut mir sehr leid Frau Ostermann.«

»Wann war die Frau bei Ihnen?«

»Heute am späten Nachmittag«, sagte Herr Schwarzkopf. »Sie bat uns, so schnell wie möglich zu handeln. Aber Leichentransporte in privaten Häusern – das machen wir immer erst nach Einbruch der Dunkelheit. Wegen der Nachbarn.«

»Gut«, sagte Clarissa. Sie wirkte kühl. Aber sie war bleich wie die Wand, vor der sie saß. Daniel begleitete die beiden Herren an die Tür und wählte im Anschluss sofort die Telefonnummer der Polizeidienststelle.

»Herrn Meierhofer bitte«, sagte er.

»Herr Meierhofer ist heute nicht mehr Dienst«, sagte der Polizist am anderen Ende. »Kann ich ihm was ausrichten?«

»Wann ist er wieder im Dienst?«

»Morgen Vormittag.«

»Danke. Ich werde morgen früh bei ihm erscheinen. Vielleicht legen Sie ihm einen Zettel hin und sagen, dass ich angerufen habe. Daniel Ostermann. Schreiben Sie einfach, es wäre wieder etwas passiert, Herr Meierhofer ist mit der Sache vertraut.«

»Gerne«, sagte der Polizist. »Wenn es dringend ist, könnte ich Ihnen auch weiterhelfen.«

»Es ist nicht dringend«, sagte Daniel. »Danke schön.«

Er legte auf. Clarissa brach in Tränen aus und schluchzte hysterisch. Sie lief verzweifelt weinend an den Kindern vorbei, die mit leichenblassen Gesichtern im Flur standen, und leider noch mitbekommen hatten, dass vor der Tür ein Leichenwagen stand, und zwei schwarz gekleidete Herren ihre Eltern aufgesucht hatten. Clarissa konnte sich kaum noch beherrschen, sie fiel hysterisch weinend auf ihr Bett. Daniel beruhigte die Kinder und schickte sie ins Bett.

»Was ist hier eigentlich los?«, hörte Clarissa ihren Sohn von unten brüllen. »Du hattest ne Freundin, Mama hatte auch irgendwas laufen, wir ziehen nach Köln, hier kommen anonyme Briefe rein, unser Hund wird vergiftet und jetzt kommt ein Leichenwagen um Mama abzuholen?«

»Woher weißt du das alles?«, sagte Daniel laut.

»Weil ich nicht bescheuert bin!«, brüllte Damian. »Ihr seid meine Eltern, ihr unterhaltet euch und wir kriegen mehr mit, als ihr glaubt! Vielleicht redet ihr mal mit uns und erklärt uns mal was eigentlich los ist! Oder glaubt ihr, wir machen uns keine Sorgen?«

Clarissa kam wieder zu sich, als sie die lauten Worte ihres Sohnes hörte. Sie wischte entschlossen ihre Tränen ab und lief die Treppe nach unten.

»Ins Wohnzimmer«, sagte sie, und stieß ihren Sohn sanft hinein. Gleichzeitig griff sie nach Charlottes Hand, die eher verängstigt als wütend im Flur herumstand.

»Familienkonferenz«, sagte sie energisch. Sie schnäuzte sich, wischte die Tränen aus dem Gesicht und griff dankbar nach dem Glas Cognac, das Daniel ihr reichte. Er hatte sich selbst auch einen Cognac eingeschenkt und setzte sich neben sie.

»Ich wollte nicht, dass ihr das alles mitbekommt«, sagte Clarissa.

»Schon klar«, sagte Damian. Seine Augen funkelten wütend. »Schon klar, dass ihr das nicht wolltet. Wir sind ja nur Kinder, nicht?« Er trat wütend mit dem Fuß gegen die Tischplatte und verschränkte trotzig die Arme über der Brust. »Leider haben wir es doch mitbekommen, das meiste jedenfalls!«

»Nein«, sagte Clarissa, und sie ignorierte damit seinen Tritt an den Tisch. »Ihr seid keine Kinder mehr, ihr seid fast erwachsen. Wir hätten mit euch reden sollen, aber wir hatten vor, euch eure kleine, heile Welt zu erhalten.«

»Unsere Welt ist nicht heil«, sagte Charlotte. »Wir haben gewusst, dass was nicht stimmt und dann haben wir euch belauscht. Sicher, das darf man nicht, aber wir haben es gemacht. Daher wissen wir, dass Papa eine Freundin hatte. Wir wollten wissen, warum du so traurig warst!«

»Wir wollten eine Erklärung«, sagte Damian, der offensichtlich nicht nur die Gesichtszüge seines Vaters geerbt hatte, sondern auch seine Art zu diskutieren. Jetzt, wo er älter wurde, zeigte sich die Ähnlichkeit immer deutlicher.

»Wir wollten eine Erklärung dafür, dass du dich nur noch zurückgezogen hast um zu malen, wir wollten wissen warum du so oft weinst, warum ihr so wenig miteinander redet! Wir wollten wissen, warum ihr nicht mehr knutscht und rumschmust so wie früher! Wir wollten wissen, warum Papa immer so schüchtern ausgesehen hat, wenn er dich mal in den Arm genommen hat!«

»Ja, ich hatte ein Verhältnis mit einer anderen Frau«, sagte Daniel. »Aber es ist lange vorbei, es ist zwei Jahre her.«

»Wie konntest du so was nur machen!«, rief Charlotte. Sie wirkte wütend, trotzig. »Charlotte«, sagte Daniel. »Deine Mama und ich sind nun achtzehn Jahre zusammen. Fast neunzehn Jahre sind es nun schon. Es gibt Dinge innerhalb einer Beziehung, die spielen sich ein. Man wird älter, man wird fauler, und irgendwann fragt man sich, ob man nun schon so uralt ist wie man sich fühlt oder ob man es noch bringt. Verstehst du was ich meine?«

»Na klar verstehe ich das«, sagte Charlotte. »Wenn ich an Mamas Stelle gewesen wäre, ich hätte mich scheiden lassen.«

»Statt dessen hatte ich auch ein Verhältnis, später zwar, aber mir ist der gleiche Fehler passiert wie eurem Vater«, sagte Clarissa, und sie sah ihrer Tochter in die Augen. »Und eigentlich wollten wir nicht, dass ihr das alles erfahrt. Wir haben durch diese Sachen beide viel Schmerz verkraften müssen, aber wir haben dadurch auch gesehen, wie sehr wir uns noch lieben und dass wir zusammen bleiben möchten. Scheidung war kein Thema bei uns. Also wollten wir euch all das ersparen. Papa und ich mussten einfach lernen, wieder ganz normal miteinander umzugehen, und das ist uns auch gelungen.«

»Wir haben nur nicht verstanden, mit wem ihr beide eure Verhältnisse hattet«, sagte Damian.

»Ich mit einer Sekretärin meines Geschäftspartners«, sagte Daniel ehrlich.

»Und ich mit Patrizia«, sagte Clarissa.

»Mit einer Frau?«, rief Damian erschrocken aus. »Mama, du bist lesbisch?« »Nein«, sagte Clarissa. »Ich bin nicht lesbisch. Aber für eine Weile hat Patrizia mich sehr glücklich gemacht. Und wahrscheinlich hat sie mir das Selbstvertrauen zurückgegeben, das ich verloren hatte durch die Sache mit Papas Verhältnis. Und in den Jahren davor.«

Damian schüttelte fassungslos den Kopf. »Das mit den Briefen wolltet ihr auch geheim halten«, sagte Charlotte. »Nur, warum?«

»Weil wir euch nicht beunruhigen wollten. Uns beiden haben diese Briefe Angst gemacht. Aber die Polizei meinte, die wären nicht so ernst zu nehmen wie es uns erschien.«

»Und jetzt ist Sparky tot«, sagte Damian mit finsterer Miene.

Clarissa nickte.

»Und ihr meint nicht, dass das was mit den Briefen zu tun hat?«

»Doch«, sagte Daniel. »Das denken wir, aber die Polizei meint, das könnten auch voneinander unabhängige Leute sein, die uns einfach nur schaden möchten.« »Soso«, sagte Damian. »Die Polizei denkt!« Er wirkte plötzlich unglaublich erwachsen. »Und das jetzt eben? Der Leichenwagen? Diese zwei Typen in Schwarz die unsere angeblich tote Mutter abholen wollten? Was geschieht jetzt?« »Wir haben eine Beschreibung von der Frau erhalten, die diese Pietät beauftragt hat«, sagte Daniel. »Anhand dieser Beschreibung wird man sicher herausfinden können, wer das war. Ich bin sicher, dass dieser Spuk bald ein Ende hat.«

»Und bis dahin seid ihr sehr vorsichtig«, sagte Clarissa. »Man weiß nicht, was noch alles passiert. Lasst niemanden ins Haus den ihr nicht hundertprozentig kennt. Steigt in kein Auto ein. Sprecht nicht mit fremden Menschen. Wir müssen erst wissen wer dahinter steckt, bevor wir uns wieder sicher fühlen können.« »Glaubst du wir sind in Gefahr?«, fragte Charlotte mit Tränen in den Augen. »Charlotte«, sagte Clarissa. »Ich weiß nicht, was ich glauben soll. Ich weiß nur dass jemand, der anonyme Briefe schreibt, einen wehrlosen Hund tötet und mir ein Beerdigungsinstitut auf den Hals hetzt, wahrscheinlich noch mehr Ideen hat, wie man uns schaden könnte.«

»Wir dachten wirklich, wir hätten das alles vor euch verbergen können«, sagte Daniel. »Es tut mir leid, dass ihr das alles trotzdem mitbekommen habt. Ihr habt euch bestimmt tausend Fragen gestellt und das hat euch sicher gequält. Das tut mir am allermeisten Leid an der Sache.«

»Und mir erst«, sagte Clarissa.

»Das war also eine Frau, die das Institut beauftragt hat?«, fragte Damian. Er ging nicht auf die Entschuldigungen seiner Eltern ein.

Clarissa nickte.

»Deine Geliebte vielleicht, Papa.«

Daniel schüttelte energisch den Kopf. »Nein. Es ist zwei Jahre her. Ich hab mit ihr lange nichts mehr zu tun. Es war eine Frau mit langen, roten, lockigen Haaren.«

»Patrizia«, sagte Damian.

Clarissa nickte. Sie begann zu weinen und lief nach oben ins Schlafzimmer. »Warum hast du nie was gesagt, Sohn?«, fragte Daniel mit ernstem Gesicht.

»Weil wir beide gehofft haben, dass ihr euch wieder einkriegt«, antwortete Charlotte anstelle ihres Bruders. »Überall lassen sich die Leute scheiden, wir hatten Angst, dass ihr euch auch scheiden lasst. Und dann sah es irgendwann so aus, als wäre wieder alles in Ordnung und da wollten wir euch nicht mehr drauf ansprechen.«

## -31-

Eine Woche später klingelte Herr Meierhofer an der Haustür. Glücklicherweise war auch Daniel bereits zu Hause. Er arbeitete derzeit nur so viel wie nötig und versuchte, so viel wie möglich bei Clarissa zu sein, um ihr wenigstens ein scheinbares Gefühl von Sicherheit zu geben. Er fühlte sich allerdings hilflos und nutzlos. Wie sollte er gegen einen Feind kämpfen, der unsichtbar blieb und heimtückisch aus dem Hinterhalt zuschlug?

»Herr Ostermann«, sagte Meierhofer. »Darf ich reinkommen?«

»Natürlich.«

Daniel bat ihn ins Wohnzimmer und Clarissa stellte dem Beamten unaufgefordert eine Tasse Kaffee auf den Tisch.

»Danke schön«, sagte der Polizist höflich. »Ich möchte Ihnen unsere Ermittlungsergebnisse mitteilen.« Daniel und Clarissa setzten sich gespannt dem Beamten gegenüber.

»Frau Schweiger war es nicht«, sagte Meierhofer.

»Patrizia war es nicht?« Meierhofer schüttelte den Kopf und rührte nachdenklich in der Kaffeetasse.

»Herr Ostermann, nach dem Sie die Tage auf dem Revier waren und konkrete Angaben und eine Beschreibung der eventuellen Verdächtigen abgegeben haben, dachten wir auch zunächst, wir hätten die Person, die das alles zu verantworten hat. Aber es war ein Irrtum.«

»Aber das ist der einzige Mensch mit langen, roten und lockigen Haaren, den wir kennen«, sagte Clarissa.

»Möglich«, sagte Meierhofer. »Aber sie war es nicht.«

»Woher wissen Sie das?«

»Sie hat ein Alibi.«

»Aha«, sagte Daniel. All seine Hoffnungen waren geplatzt. Ja, er hatte tatsächlich gehofft, dass Patrizia all das zu verantworten hatte. Es wäre für ihn erklärbar gewesen. Es hätte ihm vielleicht auch das Schuldgefühl genommen, das auf ihm lastete. Auch wenn er sich selbst schon oft wegen dieses Schuldgefühls für verrückt erklärt hatte. Die Sache mit Anita war zwei Jahre her. Aber Clarissa hatte von Anfang an eine Frau vermutet, und zwar eine, die sich in Daniels direktem Umfeld befand. Auch wenn er sich keiner Schuld bewusst war, so war dies doch ein unangenehmer Gedanke für ihn. Immerhin war er der einzige Mensch, der wusste, dass Anita sich eben nicht so einfach mit dem Ende des Verhältnisses abgefunden hatte. Und dass er öfter und anders mit ihr kommuniziert hatte als angegeben.

Meierhofer räusperte sich. »Nun, nach Ihrer Anzeige und der Beschreibung dieser Person die wir durch das Bestattungsinstitut bekommen haben, vor allem nach dem Sie uns einen Namen einer möglichen Täterin nennen konnten, haben wir uns natürlich mit den Kollegen in Frankfurt in Verbindung gesetzt. Die Täterin war gegen siebzehn Uhr im Bestattungsinstitut. Und Frau Schweiger kann es nicht gewesen sein. Sie war an diesem Nachmittag in ihrer Galerie.«

»Sagt sie«, murmelte Daniel.

»Ja, das sagt sie. Aber nicht nur sie sagt das, sondern auch der Kunde, der den ganzen Nachmittag über bei ihr war – in Begleitung seiner Frau. Beide sind gegen sechzehn Uhr zu Frau Schweiger in die Galerie gekommen, haben sich die ganzen Bilder angeschaut, die Skulpturen angesehen, haben sich beraten lassen. Und letztlich hat der Kunde auch zwei Bilder gekauft, übrigens Bilder von Ihnen, Frau Ostermann. Er hat mit EC-Karte bezahlt, da stehen Uhrzeit und Datum auf der Abrechnung. Der Mann wie auch seine Frau haben Frau Schweiger eindeutig als die Frau identifiziert, von der sie in der Galerie beraten wurden.«

»Ich bin froh, dass sie es nicht war«, sagte Clarissa leise.

»Das können wir gar nicht wissen«, sagte Daniel unwirsch. »Vielleicht war sie das nicht mit dem Beerdigungsinstitut. Vielleicht ist sie aber diejenige, die den Hund auf dem Gewissen hat! Vielleicht hat sie eine Komplizin!«

Meierhofer schüttelte den Kopf. »Hören Sie, Herr Ostermann, die Beschreibung war schon sehr gut. Und als ich ein Bild von Frau Schweiger gesehen habe, dachte ich mir auch, dass es ja nur sie gewesen sein kann, denn die Beschreibung passt hundertprozentig auf sie. Ich meine, so auffällige Haare haben doch wirklich wenige Damen, nicht? Rothaarig sind viele, aber diese hüftlangen Locken und die schlanke Figur – so sieht die Durchschnittsfrau wirklich nicht aus. Nein, sie war es nicht. Sie kann es nicht gewesen sein. Das Alibi ist hieb und stichfest. Der Kunde ist für Frau Schweiger ein völlig fremder Mensch, sie kennen sich privat nicht und weder er noch seine Frau hätten einen Grund, Frau Schweiger ein Alibi zu geben. Und mal ehrlich, sie ist eine kluge Frau. Glauben Sie allen Ernstes, eine Frau mit einigermaßen Köpfchen begibt sich in eine solche Situation? Sucht ein Beerdigungsinstitut auf, wo sie doch damit rechnen muss, dass man sich zumindest an diese ungewöhnlichen Haare erinnert?«

Clarissa erhob sich und seufzte. Sie ging ans Fenster. Der Herbst hatte bereits erste Opfer gefordert. Der Garten lag voller Laub. Die Blätter, die noch an den Bäumen hingen, waren dunkelrot. Die Rosen blühten zwar noch, aber sie sahen nicht mehr besonders frisch aus. Sie hatte viel zu tun. Das Leben musste weitergehen. Sie wusste nur nicht, wie sie es anpacken sollte.

»Ich schätze, ich werde mich bei Patrizia entschuldigen müssen«, sagte sie leise. »Sie wird dafür Verständnis haben«, sagte Herr Meierhofer. »Immerhin, sie war zwar nach den Aussagen der Kollegen erst mal sehr aufgebracht, als die in ihr Geschäft marschiert sind. Aber sie hat sich schnell beruhigt, war kooperativ und sie schien in erster Linie sehr besorgt um Sie zu sein, Frau Ostermann.«

»Als ich gehört habe, dass die Frau lange, rote, und auch noch lockige Haare hat, dachte ich wirklich, es wäre Patrizia.«

»Das kann man Ihnen nicht übel nehmen, Frau Ostermann«, sagte Meierhofer. »Die Beschreibung hat gepasst und ein Motiv hätte es auch gegeben.«

Clarissa fuhr herum und blickte unsicher zwischen Daniel und dem Polizeibeamten hin und her.

»Ich habe es ihm gesagt«, sagte Daniel leise.

Sie nickte.

Der Beamte erhob sich. »Wir werden natürlich weiter ermitteln«, sagte er. »Ich denke, inzwischen liegt genug vor.«

Er verabschiedete sich freundlich.

»Wo und wie wollen die ermitteln?«, fragte Clarissa ihren Mann, als der Beamte das Haus verlassen hatte. »Wer weiß was als Nächstes kommt. Und nach was wollen die suchen? Nach einer Frau mit auffälligen, langen, roten Locken?« »Zum Beispiel«, sagte Daniel.

»Und wenn es eine Perücke war?«

Daniel zuckte die Schultern. »Liebes, ich weiß es nicht. Ich weiß es einfach nicht. Ich bin momentan einfach nur froh, dass die Polizisten inzwischen einsehen, dass wir nicht hysterisch sind. Dass sie die Briefe nicht ernst genommen haben, kann ich jetzt im Nachhinein verstehen, aber das mit dem Hund, das mit dem Beerdigungsinstitut ... also wenn das kein Grund ist zu ermitteln, dann weiß ich auch nicht weiter.«

Clarissa versuchte sich in den nächsten Tagen mit Arbeit abzulenken. Sie reinigte gründlich die Schränke in der Küche, nahm sich die komplette Bügelwäsche vor und eines Morgens beschloss sie, den Garten winterfest zu machen. Gleich nach dem Frühstück ging sie nach draußen. Die Kinder hatten Herbstferien und schliefen noch, aber Daniel war längst aus dem Haus. Sie rechte das Laub zusammen und bildete mehrere kleine Haufen, holte schließlich die Biotonne und füllte sie mit dem alten Laub bis nichts mehr hineinpasste. Der Rest musste eben warten bis zur nächsten Leerung. Sie klaubte die verdorbenen Äpfel vom Boden und warf sie auf einen Laubhaufen. Vielleicht wäre es sogar eine gute Idee, einen Komposthaufen anzulegen, überlegte sie sich. In diesem großen Garten würde sich das bestimmt lohnen. Gegen elf Uhr vormittags war sie mit ihrer Arbeit fertig. Es war ein warmer, sonniger Herbsttag, aber der Wind wehte bereits recht kühl und es war zu erkennen, dass die Natur sich auf den Winterschlaf vorbereitete. Erschöpft ging sie wieder ins Haus.

Sie zuckte zusammen als das Telefon klingelte. Sie hatte in den letzten Tagen sehr oft an Patrizia denken müssen und nun hoffte sie inständig dass es nicht sie war, die da anrief. Selbstverständlich hatte sie vor, sich bei Patrizia zu melden. Mit ihr darüber zu reden, über alles was passiert war, über ihre Gründe, ihr die Polizei auf den Hals zu hetzen. Aber sie wusste nicht wie sie damit umgehen sollte und schob das Gespräch immer wieder auf, obwohl sie wusste, dass es überfällig war.

»Ostermann«, meldete sie sich.

»Clarissa?«, vernahm sich eine männliche Stimme.

»Ja?«, fragte sie. »Wer ist da?«

»Ich habe deine Anzeige in der Zeitung gelesen. Wie läuft das jetzt?«

»Wie läuft was jetzt?«, fragte Clarissa. »Wer sind Sie überhaupt?«

»Ach Mäuschen, wie niedlich, jetzt spielst du aber Katz und Maus mit mir, was? Du hast doch eine Anzeige aufgegeben, oder etwa nicht?«

»Was für eine Anzeige?«, fragte Clarissa verwirrt. Sie grübelte. Hatte Daniel ein Inserat aufgeben? Wollte er irgendetwas verkaufen? Das Auto vielleicht? Nein, das konnte nicht sein. Es war noch nicht so alt und lief über Leasing.

»Das mit den Haus- und Hotelbesuchen, Süße«, sagte der Mann am Telefon. »Was für Haus- und Hotelbesuche?«, fragte Clarissa. »Kann es sein, dass Sie sich verwählt haben?«

»Nein«, sagte er. »Sicher nicht. Sie haben doch eine Anzeige in der Zeitung oder etwa nicht?«

»Ich habe kein Inserat aufgeben. Was steht denn in der Anzeige?«, fragte sie.

»Vollbusige schlanke Mittvierzigerin sucht netten Herrn für romantische Stunden«, las der Mann vor. »Diskretion wird garantiert, keine finanziellen Interessen. Gerne auch Haus- und Hotelbesuche.«

Clarissa wurde schwindelig. Sie rang nach Luft. »Das kann nicht wahr sein«, sagte sie.

Der Mann am Telefon schien zu merken, dass da etwas nicht stimmte, denn plötzlich wich er von seinem bis dahin vertraulichen »Du« ab und siezte Clarissa. »Haben Sie diese Anzeige etwa nicht aufgegeben?«

»Nein«, sagte Clarissa. Sie fühlte sich, als müsse sie gleich in Ohnmacht fallen.

»Oh«, sagte der Mann. »Vielleicht habe ich mich tatsächlich verwählt.«

»Das glaube ich auch«, sagte sie. Irgendwie war sie erleichtert. Er hatte sich verwählt. Das war keine neue Grausamkeit der Person, die sie zu verfolgen schien.

»Es tut mir leid«, sagte der Mann. »Dann vergessen Sie meinen Anruf, ich lege auf und wähle noch einmal.«

»In Ordnung«, sagte Clarissa. Sie legte auf. Wenige Sekunden später klingelte das Telefon erneut.

»Ich habe mich nicht verwählt«, sagte der Mann am Telefon. »Es ist eindeutig Ihre Nummer, die hier in der Zeitung steht.«

»Hören Sie, können Sie mir bitte sagen, in welcher Zeitung diese Anzeige steht?«, fragte Clarissa. Sie hatte sich ein wenig gefasst.

»Im Stadtanzeiger«, sagte der Mann.

»Danke«, sagte Clarissa. »Zumindest Sie wissen aber nun, dass da ein Irrtum vorliegen muss.«

»Offensichtlich«, sagte er. »Es tut mir leid, wenn ich Sie belästigt habe.«

»Schon gut«, antwortete Clarissa. »Sie werden nicht der Einzige sein, der auf diese Anzeige hin anruft, nun weiß ich wenigstens Bescheid.«

Sie legte auf und wählte sofort Daniels Büronummer.

»Guten Tag Frau Ostermann«, meldete sich Daniels Sekretärin freundlich. »Ihr Mann ist leider in einer Besprechung. Kann ich ihm etwas ausrichten?«

»Ja«, sagte Clarissa. »Er soll mich bitte sofort zu Hause anrufen. Es ist wichtig.«

»Ist was passiert?«, fragte die Sekretärin.

Clarissa fuhr der Schreck durch alle Glieder. »Wie kommen Sie darauf?«, fragte sie.

»Weil ... nun, Sie klingen so aufgeregt«, hörte sie Andrea sagen. Sie klang sehr freundlich, ganz anders als ein paar Monate zuvor auf der Firmenfeier. Offenbar wurde sie langsam paranoid.

Clarissa atmete erleichtert auf. »Alles in Ordnung, Andrea«, sagte sie. »Er soll mich bitte anrufen, sobald er aus der Besprechung kommt.«

Kaum hatte sie aufgelegt, klingelte das Telefon erneut. Aber leider war es nicht Daniel, sondern ein weiterer Mann, der sich auf die Anzeige hin meldete. In der kommenden halben Stunde musste Clarissa noch vier weitere Herren abwimmeln. Sie war den Tränen nahe und als das Telefon ein weiteres Mal klingelte, war sie völlig mutlos, als sie den Hörer abnahm. Sie meldete sich bereits nicht mehr mit ihrem Familiennamen, sondern nur noch mit »hallo«.

»Was ist denn los, Liebes?«, hörte sie Daniels Stimme. »Andrea sagte, es sei wichtig?«

»Ja, ist es.«

»Ist wieder ein Brief gekommen oder ...?«

Sie unterbrach ihn aufgeregt. »Daniel, es geht weiter. Es wird immer weitergehen, es wird niemals aufhören!«

»Was ist passiert?«, fragte Daniel erneut und bemühte sich, ruhig zu bleiben. »Jemand hat eine Anzeige im Stadtanzeiger aufgegeben. Vollbusige Mittvierzigerin und so weiter. Sex ohne finanzielle Interessen und hundertprozentige Diskretion. Daniel, das Telefon steht nicht still, was soll ich tun?« Sie hörte ihn schnaufen am anderen Ende.

»Liebling, ich besorge mir jetzt erst mal den Stadtanzeiger. Und dann werde ich damit zur Polizei gehen. Die sollen sich drum kümmern. Und wir müssen uns an die Telekom wenden, ich will, dass diese Nummer sofort dichtgemacht wird und wir eine neue kriegen. Ich komme so schnell wie möglich nach Hause, ich muss das jetzt erst mal regeln.«

Clarissa legte auf. Und sofort klingelte das Telefon erneut, aber sie hob nicht ab. Sie wusste schon, um was es dem Anrufer ging. Als sie sich umdrehte und in die Küche gehen wollte, bemerkte sie Damian der in der Tür stand.

»Was ist denn jetzt schon wieder los, Mama?«, fragte er. Er sah verschlafen aus, seine Augen waren noch verschwollen, die Haare standen ihm zu Berge. Clarissa ließ sich verzweifelt auf das Sofa fallen und erzählte ihrem Sohn von der Anzeige in der Zeitung.

»Mama, was machen wir jetzt?«, fragte Damian mit ernstem Gesicht.

»Ich mache dir jetzt erst mal Frühstück«, sagte Clarissa.

»Ich kann mir mein Frühstück auch selbst machen«, sagte er. »Ich will wissen, was wir jetzt machen wegen dieser Anrufe.«

Er war so groß geworden. Und er wurde immer erwachsener

»Ich weiß es nicht, Junge.«

»Mama, das kann nicht ewig so weitergehen. Unser Hund wird umgebracht, ein Beerdigungsinstitut will deine Leiche abholen, du bekommst anonyme Briefe und jetzt das? Das muss aufhören!«

Clarissa lächelte zaghaft. »Junge, was glaubst du wohl, warum wir zur Polizei gegangen sind?«

»Und? Was unternehmen die?«

»Sie ermitteln. Sie werden schon herausfinden, wer dahinter steckt.«

»Mama, du hast eine Feindin, ganz offensichtlich, und wir müssen überlegen, wer es sein könnte.«

»Damian, darüber grübeln dein Vater und ich seit Monaten! Spätestens seit Sparkys Tod kann ich an gar nichts anderes mehr denken!«

»Du musst hier weg«, sagte Damian. »Wir müssen hier alle weg.«

»Flucht ist keine Lösung. Wer auch immer das sein mag, aber es wird damit nicht aufhören.«

»Vielleicht doch, Mama. Warum fahren wir nicht mal für zwei Wochen weg? Wir haben Ferien.«

»Dein Vater muss arbeiten, Damian.«

»Aber wir müssten keine Angst mehr haben«, sagte plötzlich Charlotte. Clarissa hatte sie nicht kommen hören.

»Du hast Angst?«, fragte Clarissa.

Charlotte nickte.

»Ja«, sagte Clarissa tonlos. »Ich auch. Aber mit zwei Wochen Urlaub ist die Sache nicht erledigt, versteht ihr? Es wird weitergehen, bis wir die Person haben, die solche Dinge macht. Und das wiederum ist Sache der Polizei.«

»Ach«, sagte Damian. »Die Polizei ... die machen doch gar nichts!«

»Sie ermitteln, Damian.«

»Ja, aber wohl nicht gründlich!«, brüllte er wütend. »Ich mache mir Sorgen um dich! Wer es schafft, einen wehrlosen Hund zu vergiften, ist noch zu anderen Dingen fähig!«

Charlotte setzte sich auf das Sofa und weinte leise. Clarissa nahm sie in den Arm. »Ich verspreche euch Kinder, die Polizei wird herausfinden, wer all diese Dinge tut. Bald haben wir Ruhe.«

Damian schüttelte den Kopf und ging in die Küche. Clarissa folgte ihm und räumte Marmelade, Wurst und Käse aus dem Kühlschrank.

Das Telefon klingelte.

»Geht nicht dran«, sagte Clarissa. »Ich möchte nicht, dass ihr mit solchem Dreck zu tun habt.«

»Ich kann drangehen«, sagte Damian seelenruhig. »Von mir werden die Typen nichts wollen.« Er meldete sich am Telefon und sofort wurde aufgelegt.

Zwei Stunden später kam Daniel nach Hause.

»Ich war bei der Polizei«, sagte er. »Sie ermitteln.«

»Nett von denen«, sagte Damian zynisch. »Hoffentlich kommt auch endlich mal was dabei heraus!«

»Sei nicht ungerecht Junge«, antwortete Daniel. »So schnell können die nichts herausfinden.«

»Gibt es wenigstens erste Ergebnisse?«

Daniel nickte. »Ja. Glücklicherweise hatte unser Freund Meierhofer wieder Dienst. Er hat bei der Zeitung angerufen. Die Dame war sogar persönlich da, um die Anzeige aufzugeben.«

»Aha«, sagte Clarissa. »Und?«

Daniel seufzte. »Lange, rote Lockenmähne bis zur Hüfte. Schlanke Figur. Die Anzeige wurde gestern Vormittag aufgegeben.«

»Sag mal, muss man sich nicht ausweisen, wenn man solche Anzeigen aufgibt?«

»Das hat Meierhofer den Redakteur auch gefragt. Doch, man muss sich ausweisen. Es war aber kurz vor Redaktionsschluss. Sie hat die Anzeige aufgegeben und bar bezahlt. Als der Redakteur sie nach ihrem Ausweis gefragt hat, hat sie auch in der Tasche herumgesucht. Dann hat sie mit zuckersüßem Lächeln gesagt, sie hätte ihn wohl vergessen und ob sie ihn nachreichen könnte.«

»Und weil sie so hübsch lächeln konnte, haben die diese Anzeige gedruckt? Ohne Überprüfung der Identität? Ja, da könnte ja jeder kommen und harmlose Nachbarn mit solchen Anzeigen bombardieren!«

»Eben nicht«, sagte Daniel. »Es war wohl ein ganz junger, sehr unerfahrener Redakteur, der die Anzeige entgegen genommen hat. Und sicher hat er sich auch von dem netten Lächeln blenden lassen. Ich schätze, der darf sich einen neuen Job suchen, denn theoretisch könnten wir die Zeitung jetzt verklagen.«

»Theoretisch?«

»Natürlich theoretisch, oder glaubst du ich würde die jetzt wirklich verklagen? Die können im Prinzip nichts dafür, diese Dame, die dahinter steckt, scheint mir doch äußerst raffiniert zu sein.«

Erneut klingelte das Telefon.

»Daniel, ich muss hier weg«, sagte Clarissa unvermittelt, auch wenn sie ihren Kindern vor gar nicht allzu langer Zeit noch etwas völlig anderes gesagt hatte. »Ich muss hier weg, ich kann hier nicht bleiben.«

»Aber wo willst du denn hin?«, fragte Daniel erstaunt.

»Ich weiß nicht. Lass uns wegfahren! Bitte!« Sie sah ihn so flehentlich an, dass er kaum noch wusste, wo er hinschauen sollte.

»Ich kann hier nicht weg, Clarissa«, sagte er leise. »Du weißt das auch. Ich bin erst ein paar Monate in der Firma und ich bin dort der Chef. Ich kann nicht von heute auf morgen Urlaub nehmen, auf ungewisse Zeit, und die Firma im Stich lassen. Das geht nicht.«

»Dann fahre ich alleine weg«, sagte sie. »Die Kinder nehme ich mit.«

Daniel atmete tief ein und zündete sich nervös eine Zigarette an.

»Aber wohin willst du denn?«, fragte er.

»Ich weiß nicht. Runter nach Frankfurt.«

»Anja hat doch keinen Platz für euch alle drei.«

»Mir egal. Ich will Anja sehen. Bei dieser Gelegenheit kann ich mich auch gleich bei Patrizia entschuldigen. Ich will nach Hause. Ich kann hier nicht bleiben. Ich fühle mich in Gefahr. Ich hab Angst. Und ich hab Angst um die Kinder. Wer weiß, wozu diese Person noch fähig ist!«

»Clarissa, bleib doch vernünftig«, versuchte Daniel sie zu beruhigen. »Die Polizei ermittelt, mehr können sie nicht tun, aber sie werden diese Person finden!«

Damian schnaufte. »Wie denn? Indem sie hinter ihren Schreibtischen sitzen?« Daniel atmete erneut tief ein. Man merkte ihm an, wie viel Kraft ihn all das kostete.

»Damian, sei nicht so ungerecht. Sie haben keinerlei Anhaltspunkte außer dass die Dame lange rote, lockige Haare hat. Es könnte auch eine Perücke sein, wahrscheinlich ist es auch eine. Aber sie ermitteln, natürlich informieren sie uns nicht über jeden Schritt. Und früher oder später machen solche Menschen Fehler und werden geschnappt, glaub mir.«

»Ich verstehe Mama, wenn sie Angst hat hier zu bleiben«, sagte Charlotte. »Ich hab auch Angst.«

»Ach, ihr stellt euch jetzt alle an ...«, sagte Daniel vorwurfsvoll. Clarissa erhob sich. Sie atmete tief durch, aber die Wut brach aus ihr heraus und sie hatte sich nicht mehr im Griff.

»Wir stellen uns an, ja? Hör mal, es war unser Hund, der grausam gestorben ist wegen dieser Person! Ich habe mich schon durch die Briefe zu Tode erschreckt, aber das mit dem Hund, das war das Schlimmste, was mir jemals passiert ist! Dann will jemand meine Leiche zur Beerdigung abtransportieren! Jetzt kriege ich Anrufe von irgendwelchen Männern, die sich mit mir vergnügen wollen! Daniel! Mach die Augen auf! Es wird gefährlich!«

»Ach«, sagte Daniel, und er schlug wütend mit der Faust auf den Tisch. »Lasst doch bitte diese Hysterie! Wenn wir zusammenhalten und auf die Polizei vertrauen, dann wird bald alles gut! Lasst euch doch nicht so einschüchtern!«

»Ich bin eingeschüchtert«, sagte Clarissa plötzlich sehr ruhig. »Ich bin ängstlich und eingeschüchtert seit Sparky. Ich habe diesen Hund geliebt und ich werde nicht hier sitzen und warten bis mir dieser Mensch das Allerliebste nimmt, was ich habe. Denn es wird nicht aufhören, Daniel, es wird immer weitergehen.«

Sie schüttelte den Kopf. »Du kannst nicht von mir verlangen, dass wir hier bleiben. Als Nächstes ist vielleicht eines unserer Kinder dran, Daniel.«

»Die sind groß, die können auf sich aufpassen. Du hast ihnen gesagt, sie sollen mit Fremden nicht reden, jedenfalls im Moment nicht, sie sollen niemanden reinlassen.«

»Ich verlasse mich nicht darauf, dass meine Kinder sich schützen können, Daniel. Ich werde hier weggehen und die Kinder mitnehmen. Nein, ich verlasse dich nicht, ich würde lieber mit dir weggehen, aber du willst nicht. Ich komme wieder, wenn die Polizei weiß, wer dahinter steckt!«

Sie lief nach oben ins Schlafzimmer, zerrte den Koffer vom Schrank und warf wahllos Kleidungsstücke hinein. Die Kinder und auch Daniel standen fassungslos in der Schlafzimmertür und sahen ihr dabei zu.

»Geht packen«, sagte sie zu Damian und Charlotte. »Nehmt alles mit, was ihr in der nächsten Woche braucht, oder auch für zwei Wochen. Wir fahren noch heute nacht.«

»Wie wollt ihr denn hier wegkommen?«, fragte Daniel ruhig. Aber es klang eher wie eine Feststellung dass es jetzt eher zu spät war, um noch drei Sitzplätze im Zug nach Frankfurt buchen zu können, als nach einer Frage.

»Ich fahre mit dem Auto, Daniel.«

»Super Clarissa, und wie komme ich zur Arbeit?«

»Du wirst dir ein Taxi nehmen müssen. Ich jedenfalls werde das Auto nehmen.« Daniel schnaufte.

»Du willst das wirklich durchziehen, ja?«

Clarissa nickte.

»Okay«, sagte Daniel. »Dann ist das wohl beschlossene Sache.«

Beleidigt legte er sich auf das Bett und schaute Clarissa beim Packen zu.

Clarissa stopfte ungerührt immer mehr Kleidungsstücke in den Koffer und lief schließlich ins Badezimmer, um ihre Kosmetikartikel zu holen.

»Weißt du, wie ich mich fühle?«, fragte Daniel plötzlich leise.

Sie schüttelte stumm den Kopf.

»Wie ein Idiot, der nicht in der Lage ist, seine Familie zu beschützen.«

Clarissa setzte sich neben ihn und griff nach seiner Hand.

»Du bist kein Idiot, Daniel. Aber es ist offensichtlich, dass du uns nicht beschützen kannst. Wie denn auch? Unser Feind ist unsichtbar. Er schlägt zu wenn wir nicht damit rechnen und auf eine so perfide Art, wie wir sie uns nicht im Traum vorstellen könnten. Wie willst du uns da schützen?«

Er zuckte mit den Achseln. »Ich weiß nicht Kleines, aber ich glaube, die haben diese Frau bald. Es dauert bestimmt nicht mehr lange.«

»Ich kann hier nicht bleiben, Daniel, ich fühle mich nicht mehr sicher. Es tut mir leid. Ich habe Angst und vor allem habe ich Angst um meine Kinder.«

## -32-

Eine Stunde später befand sich Clarissa mit Damian neben sich und Charlotte auf der Rückbank auf der Autobahn Richtung Frankfurt. In der Frankfurter Innenstadt mieteten sie sich erst mal in einem bezahlbaren Hotel ein und während sie ihre Koffer auspackten, entschloss sich Clarissa, bei Patrizia anzurufen. Sie versuchte es bei Patrizia zu Hause, aber da ging niemand ans Telefon. Auch in der Galerie war sie offensichtlich nicht mehr, also versuchte sie es unter Patrizias Handynummer.

»Hallo«, sagte Patrizia, als sie Clarissas Stimme vernahm. Sie wirkte kühl, nicht so erfreut wie sonst immer, wenn Clarissa angerufen hatte.

»Ich muss mit dir sprechen, Patrizia«, sagte Clarissa. »Ich möchte mich entschuldigen.«

»Ja, ich hab schon gehört, die Dame, um die es geht, hat wohl lange, rote Haare. Und da du mich als einen so hysterischen Menschen kennengelernt hast, der sich nicht im Griff hat und zur Gewalttätigkeit neigt ...«

»Patrizia, bitte«, sagte Clarissa mahnend. »Nein, so habe ich dich natürlich nicht kennengelernt. Aber ich würde darüber gerne mit dir persönlich sprechen, können wir uns sehen?«

»Wie stellst du dir das vor, glaubst du ich setz mich jetzt ins Auto und hetze nach Köln?«

»Ich bin in Frankfurt, Patrizia.«

Patrizia schwieg überrascht.

»Du bist hier?«, fragte sie schließlich, und sie klang schon etwas sanfter.

»Ja.«

»Ist wieder was passiert?«

»Ja, aber das würde ich dir gerne persönlich erzählen. Ich wohne mit den Kindern in einem Hotel. Können wir uns sehen?«

»Sicher. Wann und wo? Soll ich ins Hotel kommen?«

»Nein«, sagte Clarissa. »Lass uns was essen gehen, ich habe Hunger. Kennst du was Nettes?«

»Silvio«, sagte Patrizia. »Sehr gute, italienische Küche und man hat dort seine Ruhe.«

»Fein, ich bringe allerdings Damian und Charlotte mit. Ich lasse meine Kinder nicht aus den Augen und außerdem haben sie auch Hunger.«

»In Ordnung«, sagte Patrizia.

Clarissa schlüpfte unter die Dusche und entschied sich nach der Dusche für den braunen Hosenanzug, den sie im Koffer hatte. Sorgfältig föhnte sie ihr langes Haar trocken und legte ein leichtes Make-up auf.

Charlotte sah ihr aufmerksam zu. »Ich krieg das nie hin«, sagte sie.

»Was genau?«

»Das mit der Wimperntusche.«

Clarissa musste lachen. »Das stimmt, Tochter, das kriegst du nie hin. Es sieht immer so vollgekleckst aus, wenn du Wimperntusche benutzt.«

»Würdest du mir mal zeigen, wie man das macht?«

Clarissa lächelte und drehte sich zu ihrer Tochter um.

»Gerne.« Es war das erste Mal, dass Charlotte sie in solchen Dingen um Rat fragte. Irgendwie hatte sie sich in letzter Zeit auch verändert. Seit dem Gespräch, das sie an dem Abend miteinander gehabt hatten, als die Kinder zugegeben hatten, dass sie lange schon Bescheid wussten über die außerehelichen Aktivitäten ihrer beiden Elternteile. Charlotte erschien ihr seither viel offener, und auch Damian schien nun besser mit ihr klar zu kommen, nun, wo alles ehrlich ausgesprochen worden war.

»Liebst du sie noch?«, fragte Charlotte, während Clarissa ihr die Wimpern sorgfältig tuschte.

»Wen?«, fragte Clarissa. »Meinst du Patrizia?«

»Ja.«

»Keine Ahnung, Kind. Irgendwie schon, ja.« Sie seufzte und setzte sich auf den Badewannenrand. »Weißt du, sie war ja auch eine gute Freundin für mich«, murmelte sie, während sie die Wimpern ihrer Tochter tuschte.

Charlotte begutachtete sich im Spiegel. »Ja, so sieht das gut aus«, sagte sie zufrieden. Sie sah ihre Mutter an. »Was heißt irgendwie schon?«

Clarissa zuckte mit den Schultern.

»Ich hab keine Ahnung, Liebling. Sie hat mir in dieser Zeit sehr viel bedeutet, ja. Es ging mir schlecht und sie hat mir geholfen. Durch sie ging es mir plötzlich wieder gut.«

»Es ging dir so schlecht wegen Papa, nicht? Weil er eine Freundin hatte?«

Clarissa nickte.

»Warum hast du dich nicht scheiden lassen, als du das rausgekriegt hast?« Damian lehnte in der Badezimmertür, wie Clarissa feststellte, aber er wirkte auch sehr interessiert an den Antworten zu den Fragen, die seine Schwester gerade stellte.

»Ich weiß nicht, Charlotte, ich hab ihn einfach noch viel zu sehr geliebt.«

Sie holte tief Luft. »Ich liebe euren Vater sehr, und er ist ein guter Mann. Deswegen bin ich geblieben.«

»Wenn er ein guter Mann wäre, dann wäre er aber nicht fremd gegangen«, sagte Charlotte. Ihr Blick wirkte finster.

»So einfach ist das nicht, Kind.«

»Dann erklär mir das mal.«

»Dafür gibt es keine Erklärung die jemand verstehen könnte, der nicht mittendrin steckt, Charlotte.«

»Versuch es doch einfach mal, vielleicht verstehe ich es ja!«

Clarissa griff nach Charlottes Hand und verließ mit ihr das Badezimmer. Auf dem Weg zum Bett zog sie auch Damian an der Hand hinter sich her. Sie setzten sich nebeneinander auf das Bett und Clarissa hielt die Hände ihrer Kinder und starrte nachdenklich zu Boden.

»Wir sind seit vielen Jahren zusammen«, sagte sie. »In unseren ersten Jahren miteinander hatten wir viel Spaß, wir sind oft weggefahren und haben gerne mal verrückte Dinge getan. Dann haben wir geheiratet und nacheinander seid ihr beiden auf die Welt gekommen. Uns hat irgendwie der Alltag eingeholt. Papa war damit beschäftigt, Karriere zu machen und ich war mit euch Kindern und dem Haushalt beschäftigt.«

»Und warum bist du nicht arbeiten gegangen?«, fragte Damian. »Dann wärest du nicht immer so alleine zu Hause gewesen. Vielleicht warst du auch immer zu bequem für Papa.«

»Damian, ich bin Krankenschwester. Als ihr beide alt genug wart, dass ich wieder hätte arbeiten gehen können, hätte mich kein Krankenhaus mehr eingestellt. Das einzige was ich hätte tun können, wäre Altenpflege gewesen, da hätte man mein Examen vielleicht noch anerkannt. Ich war einfach zu lange aus dem Beruf.« Sie holte tief Luft. »Aber wisst ihr, die Frage hat sich irgendwie nie gestellt, Papa fand es gut, dass wir es uns leisten konnten, dass ich zu Hause bleibe. Es war ihm wichtig, dass ihr nicht euch selbst überlassen seid, sondern immer einen Ansprechpartner habt.«

»Und wenn er das alles so gut fand wie es war, warum hat er sich dann eine Freundin gesucht?«

»Naja, wie ich schon sagte, der Alltag hat uns eingeholt. Jeder hat sich auf seine eigenen Aufgaben konzentriert und wir haben die Gemeinsamkeiten aus den Augen verloren.«

»Aber ihr habt euch geliebt.«

Clarissa nickte. »Immer, Charlotte, immer. Ich habe in keiner Minute an meiner Liebe zu eurem Vater gezweifelt, sie war immer da. Sie war nur anders geworden. Und vielleicht hatte diese andere Frau deswegen eine gute Chance euren Vater rumzukriegen.« Sie seufzte. »Wisst ihr, sie war jünger als ich, sie stand im Berufsleben, sie war eine aktive Frau oder ist es noch. Sie hat ein Auge auf ihn geworfen und ihn umgarnt nach allen Regeln der Kunst. Ich denke, da ist Papa aufgefallen, dass sich bei uns was verändert hat, wahrscheinlich hat er darüber früher nicht nachgedacht, so wie ich auch. Plötzlich war ihm klar, dass bei uns alles so normal geworden war, so selbstverständlich.«

Sie lachte.

»Wisst ihr, ich liebe euren Vater mit all seinen kleinen Fehlern, die er hat. Bei mir musste er sich nicht mehr anstrengen, ich habe ihn sowieso geliebt. Bei der anderen Frau, da musste er sich beweisen. Ich weiß dass das dumm klingen mag für euch, aber so war es wohl. Liebe darf nie selbstverständlich werden.«

»Du meinst also, Papa hat dich nicht mehr zu schätzen gewusst.«

Es war mehr eine Feststellung als eine Frage ihres Sohnes gewesen, und er sah sie sehr ernst an. An diesem Abend fiel ihr wieder einmal auf, wie erwachsen die beiden geworden waren, speziell ihr Sohn.

»Vielleicht ist das so, ja. Aber dann hätte er mich beinahe verloren wegen dieser Sache und in dieser Zeit wurde ihm klar wie viel ich ihm bedeute – und unsere Familie.«

Charlotte nickte wissend. »Und du? Und wie war das mit deinem Verhältnis?« Clarissa wurde rot. Sie kam sich ein wenig schäbig vor, aber es fiel ihr tatsächlich leichter, mit den Kindern über Daniels Fehler zu sprechen als über ihre eigenen. Dabei waren die wohl nicht minder schwerwiegend.

»Es ist dir peinlich«, stellte Charlotte fest. Sie grinste. »Bestimmt weil Patrizia eine Frau ist.«

»Nein«, sagte Clarissa. »Überhaupt nicht. Patrizia ist eine tolle Frau und ihr seid beide keine kleinen Kinder mehr, ihr wisst sicher, dass – na ja, wie sagt man so schön, wo die Liebe hinfällt?«

Damian lachte.

»Bist du dir sicher, dass es dir auch recht ist, wenn wir jetzt mitgehen zu deinem Treffen mit Patrizia?«

»Natürlich. Ihr müsst etwas essen und wir haben lange genug alles Mögliche vor euch verheimlicht.« Sie seufzte. »Ich bin mir immer noch nicht sicher, ob es in Ordnung ist, wenn ich mit euch so offen spreche. Aber andererseits habt ihr auch das Recht zu erfahren wie es um eure Eltern steht.«

»Und du meinst wirklich nicht, dass Patrizia hinter allem stecken könnte? Oder die Frau mit der Papa ...?«

Er unterbrach sich. Es fiel ihm schwer, es auszusprechen. Er wusste, dass er ihr einen Stich versetzte mit der Erwähnung der anderen Frau.

»Nein«, sagte Clarissa. »Patrizia konnte beweisen, dass sie es nicht war und diese Frau mit der Papa da zu tun hatte – es ist einfach zu lange her. Sie lebt in Hannover. Und mal ehrlich, sie ist mit Sicherheit nicht der Typ Frau, der so was nötig hat. Als Papa sich umgedreht und für mich entschieden hat, hatte sie wahrscheinlich schon den nächsten an der Angel.«

»Sah sie gut aus?«, fragte Charlotte.

»Viel zu gut«, seufzte Clarissa. »Viel zu gut. Solche Frauen haben so was nicht nötig, die können zehn an jedem Finger haben. Und Rache schließe ich auch aus. Warum sollte sie sich zwei Jahre später noch rächen wollen?« Clarissa schüttelte den Kopf. »Nein, ich habe wirklich keine Ahnung, mit wem wir es zu tun haben. Es ist mit Sicherheit niemand, den wir in Betracht ziehen würden.«

»Naja,« sagte Damian und lachte. »Wenn sie klug ist, hat sie vielleicht mit Absicht so lange gewartet, damit sie niemand mehr verdächtigt.«

Nur eine Stunde später betrat sie mit ihren Kindern als Begleitung das Restaurant, das Patrizia ihr genannt hatte. Schon von der Tür aus sah sie Patrizia in einer ruhigen Ecke sitzen. Ihre Lockenmähne, die so feurig wirkte wie ihr Temperament, war einfach zu auffällig, als das man diese Frau übersehen konnte. Natürlich. Wie hatte sie sie nur verdächtigen können?

Patrizia hatte sie wohl auch gleich kommen sehen. Sie erhob sich von ihrem Platz, kam mit einem erfreuten, aber eher scheuem Lächeln auf sie zu und begrüßte Clarissa zunächst schüchtern, zurückhaltend. Doch schließlich schoss ihr eine Röte ins Gesicht, die ihr ausgezeichnet stand, und sie fiel Clarissa vor Freude um den Hals.

»Wie schön dass wir uns sehen können«, sagte sie leise. Dann begrüßte sie die Kinder mit einem förmlichen, aber sehr freundlichen Händedruck. Sie war ihnen in der Vergangenheit einige Male begegnet, wenn sie Clarissa zu Hause besucht hatte.

Sofort als sie sich alle gesetzt hatten, eilte ein Kellner herbei und reichte jedem eine Speisekarte. »Ich komme gleich zu Ihnen«, sagte er.

»Das klingt vielleicht lecker alles«, seufzte Charlotte bereits nach einem oberflächlichen Blick über die Speisekarte. »Ich weiß eh schon, was ich esse. Ich nehme die Gnocchi in Gorgonzola.«

Damian grinste. »Du immer«, sagte er. »Iss doch mal was Gescheites. Ich esse ein Steak mit Gorgonzolasoße.« Entschlossen klappte er die Karte zu. Der Kellner eilte wenige Minuten später wieder an ihren

Tisch und nahm die Bestellungen auf. Patrizia bestellte eine Flasche Wein.

»Ist dir doch recht?«, fragte sie. »Oder musst du noch fahren?«

Clarissa schüttelte den Kopf. »Ich hasse den Frankfurter Stadtverkehr, wir sind mit dem Taxi gekommen.«

»Also«, sagte Patrizia, und sie sah ihr tief in die Augen. »Erzähl mal. Ich weiß nur Bescheid bis zu dem Punkt, als die Polizei bei mir war.«

Clarissa senkte den Kopf und sie fühlte, wie sie errötete. Patrizia griff nach ihrer Hand und legte sie in ihre Hände.

»Rede doch einfach mit mir, Clarissa. Vielleicht hätte ich an deiner Stelle auch vermutet, dass eine Patrizia dahinter steckt. Die Polizei hat mir gesagt, die Haare der Frau wären ziemlich auffällig, sehr lang, in einem feurigen Rot und sehr lockig trotz der Länge. Könnte ja gut auf mich zutreffen, nicht? Also so abwegig war ja der Verdacht gar nicht.«

»Doch, eigentlich schon. Du wärest niemals so dumm und würdest deine Haare so offen zeigen, wenn du so eine Nummer durchziehen würdest. Patrizia, es tut mir so leid, dass du verdächtigt wurdest. Es tut mir noch mehr leid, dass ich mich danach nicht bei dir gemeldet habe. Ich hätte dich anrufen müssen.«

»Ja, das hättest du«, sagte Patrizia. »Aber andererseits kann ich mir vorstellen, dass dein Nervenkostüm derzeit nicht das Beste ist und du wahrscheinlich ziemlich durcheinander bist.«

»Patrizia, das mit dem Hund ... das war die Hölle. Ich hab den Hund wirklich geliebt. Er war so ein guter Hund und noch so jung, nicht mal ein Jahr alt konnte er werden. Und er ist so qualvoll gestorben. Und danach ... die zwei Männer von der Pietät, die zu uns bestellt worden waren um meine Leiche abzuholen. Das war grauenhaft. Mich hat es geschüttelt, so makaber fand ich das. Als sitzt da draußen tatsächlich jemand, der auf meinen Tod hofft. Aber für was? Um sich dann Daniel schnappen zu können?«

Patrizia räusperte sich. »Hör mal, die Sache mit den Haaren ... du glaubst doch nicht im Ernst, dass die Frau, wer immer das ist, wirklich solche Haare hat? Ich tippe eher auf das Gegenteil. Sie hat sich praktisch unkenntlich gemacht. Hast du einen Verdacht, irgendeinen?«

Clarissa schüttelte den Kopf.

»Nein. Ich komme nicht drauf. Ich denke schon seit Monaten, dass es nur jemand aus Daniels Firma sein könnte, denn mit dem neuen Job ging dieser Terror los ... jedenfalls kurz darauf. Vielleicht hat ihn da eine Frau angemachst und er hat nicht drauf reagiert. Wer weiß, was sie sich einbildet, vielleicht meint sie, wenn ich aus dem Weg geräumt bin, dann würde er sie bemerken, ich weiß doch auch nicht. Aber irgendwie... Daniel ist total misstrauisch und er achtet auf alles, was seine Mitarbeiter so sagen und tun, aber ihm fiel bisher nichts Besonderes auf. Eher gar nichts. Und letztlich ist es wahrscheinlich auch niemand aus der Firma. Die sind alle total nett, ich habe ja die gesamte Belegschaft kennengelernt. Alles sehr offen, freundliche Leute. Die einzige, die da anfangs total schräg war, ist seine Sekretärin. Sie wirkte kalt, unfreundlich und völlig desinteressiert an einem guten Verhältnis zu ihren Kollegen. Daniel sagt allerdings, sie sei fachlich eine Nummer eins und rein menschlich hätte sie sich inzwischen auch ganz anders entwickelt. Wahrscheinlich war sie nur unsicher, denn sie war ja auch neu. Wahrscheinlich ist es jemand, den wir niemals vermuten würden – eine Nachbarin vielleicht. Eine Bedienung in dem Restaurant, in dem Daniel mittags essen geht. Es kann jeder sein.«

»Und was war jetzt der Anlass dafür, dass du aus Köln geflohen bist und hier hergekommen bist?«

»Jetzt gibt es sogar eine Anzeige in der Zeitung. Vollbusige Frau sucht Spielgefährten ohne finanzielle Interessen, du verstehst? Mein Telefon hat sich heiß geklingelt. Und ich sag es mal so, Patrizia, ich bin nicht mehr fünfzehn, sondern eine erfahrene Frau. Männer, die aufgrund einer Anzeige bei mir anrufen und mir Angebote machen, verängstigen mich nicht. Aber das war sozusagen wohl das Tüpfelchen auf dem i. Ich musste weg. Ich musste dort weg, und zwar sofort. Ich hatte plötzlich das Gefühl, es in diesem Haus, in dieser Stadt, einfach nicht mehr auszuhalten. Ganz ehrlich gesagt, habe ich Angst dass diese Frau sich als Nächstes an einem meiner Kinder vergreift. Vor allem, was mich rasend macht, ist die Tatsache, dass es offenbar jemand ist, der uns gut kennt. Der was von meiner Geliebten mit den langen, roten und lockigen Haaren weiß. Oder glaubst du etwa, dass das ein Zufall ist? Sieht mir so aus, dass da jemand ganz absichtlich den Verdacht auf dich lenken will. Ich habe einfach nur noch Angst.«

»Kann ich verstehen.« Die Kinder hörten aufmerksam zu und jetzt erst fiel es den beiden Frauen auf, dass Patrizia seit Minuten Clarissas Hand in einer liebevollen, zärtlichen Geste zwischen ihren eigenen Händen hielt. Patrizia fühlte sich ertappt und zog ihre Hände zurück.

»Für euch beide muss das die Hölle sein«, sagte sie mitfühlend.

Charlotte wirkte sehr traurig. »Am schlimmsten war das mit Sparky«, sagte sie leise. Patrizia nickte und legte tröstend ihren Arm um das Mädchen.

»Und jetzt wohnt ihr im Hotel?«, fragte sie.

Clarissa nickte.

»Möchtet ihr vielleicht lieber bei mir wohnen, solange ihr hier seid?«, fragte sie. Damian grinste. Auch wenn er inzwischen sehr erwachsen wirkte, es steckte doch noch ein kleiner, frecher Junge in ihm. »Meine Wohnung ist groß genug«, sagte sie. »Ich könnte meinen Fitnessraum räumen, dann könntet ihr da schlafen.« »Du hast einen Fitnessraum?«, fragte Damian. »Cool.«

»Und Mama soll bei dir schlafen?«, fragte Charlotte, und sie kniff misstrauisch die Augen zusammen.

»Sie wissen Bescheid«, sagte Clarissa.

Patrizia nickte. »Aha.« Sie steckte eine Zigarette in ihre Zigarettenspitze und zündete sie an. »Mama könnte bei mir schlafen, wenn sie es wollte«, sagte Patrizia. »Aber sie könnte auch mein Schlafzimmer haben und ich könnte auf dem Sofa schlafen.«

»Wenn dann umgekehrt«, sagte Clarissa.

»Nimmst du mein Angebot an?«

»Daniel wird mich verfluchen, aber – ja. Ich nehme dein Angebot an. Ich habe kein gutes Gefühl dabei, im Hotel zu wohnen. Ich fühle mich ausgeliefert. Alles ist dort so anonym. Und ich kann im Moment schlecht alleine sein.«

Patrizia nickte. »Es ist nichts dabei«, sagte sie. Und zu den Kindern gewandt: »Zwischen eurer Mama und mir ist es aus. Ihr braucht euch keine Sorgen machen. Wir sind jetzt nur noch Freundinnen.«

Nur noch Freundinnen … irgendwie tat Clarissa dieser Ausspruch in diesem Moment weh. Wie Patrizia da saß, elegant durch ihre Zigarettenspitze rauchend, mit übereinandergeschlagenen Beinen, sehr damenhaft, und gleichzeitig ein wenig verrucht durch ihre Feuermähne und dem kirschroten Lippenstift, tat es ihr fast leid, dass sie nur noch Freundinnen waren. Sie erinnerte sich an Zeiten, als sie diese festen, runden Brüste liebkost hatte. Als sie minutenlang zärtlich diese Lippen geküsst hatte, und nicht nur diese, sondern auch die anderen, die noch zarter waren, die zwischen Patrizias Beinen. Sie musste sich ein wenig schütteln um wieder zu sich zu kommen, als der Kellner das Essen brachte.

»Wir kommen morgen zu dir«, sagte sie schließlich. »Heute nacht bleiben wir noch im Hotel, ich habe einen langen Tag hinter mir und möchte dann nur noch ins Bett.«

Patrizia nickte. »Ganz wie du möchtest.«

Sie sah ihr direkt in die Augen. Ja, auch bei ihr war das Verlangen noch immer da, war vielleicht größer und stärker als jemals zuvor. Clarissa schalt sich eine dumme Gans, weil sie auch nur ansatzweise vermutet hatte, dass Patrizia zu solchen Grausamkeiten wie die, die ihr widerfahren waren, fähig sein könnte.

Sie fiel in dieser Nacht in einen tiefen, traumlosen Schlaf. Die Kinder hatten gemeinsam ein eigenes Zimmer genau nebenan. Aber Charlotte hatte es vorgezogen, sich in der Nacht in das Bett ihrer Mutter zu schleichen, wie Clarissa erst am nächsten Morgen feststellte. Zärtlich streichelte sie ihrer schlafenden Tochter über die Wange und zupfte ihr ein paar Haare aus dem Gesicht. Charlotte drehte sich stöhnend um und schlief dann ungerührt weiter. Sie würde immer ihr kleines Mädchen bleiben, egal wie alt sie sein würde.

Clarissa schlüpfte unter die Dusche und zog sich an, nachdem sie ihr Make-up aufgelegt hatte. Sie weckte die Kinder und ließ die beiden ebenso duschen und sich anziehen, dann gingen sie zum gemeinsamen Frühstück nach unten in das Hotelrestaurant. Gegen elf Uhr am Vormittag rief Clarissa in Daniels Firma an. Die Durchwahlnummer funktionierte, er hatte sein Telefon nicht umgestellt.

»Hallo Liebes«, sagte er. »Wo bist du? Ich habe mir Sorgen gemacht. Es wäre nett gewesen, wenn du gestern abend mal angerufen hättest.«

»Ach Daniel«, sagte Clarissa. »Ich hatte gestern abend keinen Nerv mehr. Und ich hatte ein ausführliches Gespräch mit Patrizia. Wir waren essen, die Kinder waren auch mit. Ich wollte nicht gestört werden, denn ich hatte ihr eine Menge zu erklären, wie du weißt. Also habe ich das Handy ausgeschaltet.«

»Nett von dir«, sagte Daniel zynisch.

Clarissa atmete tief ein.

»Wenn wir uns in dieser Situation zerstreiten, hilft uns das sicher nicht weiter. Es könnte eher hinderlich sein.«

»Du hast recht. Wo wohnst du?«

»Im Hotel. Bis heute jedenfalls, aber ich checke jetzt wieder aus.«

»Und dann? Fährst du zu Anja?«

Clarissa starrte auf den Boden. Vielleicht war ihre Zusage, bei Patrizia zu übernachten, doch ein wenig voreilig gewesen. Mit Sicherheit würde Daniel das nicht gut verkraften.

»Nein«, sagte sie.

»Wo willst du unterkommen?«

»Bei Patrizia.«

Sie hörte wie Daniel nach Luft schnappte.

»Bei Patrizia? Bist du übergeschnappt?«

»Nein Daniel, ich fühle mich alleine. Ich muss jemanden bei mir haben.«

»Oh ich bin überzeugt davon, dass Patrizia sehr gerne bei dir ist! Sie wird bestimmt sehr liebevoll Händchen halten mit dir!«

»Daniel, das ist vorbei mit ihr und mir. Es geht nur noch um Freundschaft.«

»Respektiere bitte, dass ich das nicht wünsche.«

»Respektiere du bitte, dass ich Angst habe, dass ich meine Kinder dabei habe und dass ich nicht in einem Hotel schlafen möchte! Unser Haus ist vermietet und Anja hat sowieso keinen Platz! Ich habe übrigens auch mehrfach versucht, sie anzurufen, aber ich habe sie nicht erreicht!«

Clarissa fühlte, wie eine Aggressivität von ihr Besitz ergriff, die ihr bis dahin unbekannt gewesen war.

»Clarissa, wenn du mit dieser Frau ... das ist das Ende unserer Ehe, ist das klar?«

»Ich werde nicht ...«

»Ach!«, unterbrach er sie wütend. »Hör doch auf, dir was vorzumachen! Natürlich wird das Ganze wieder von vorne losgehen!«

»Und wenn schon, Daniel, und wenn schon! Was solls! Ich hätte auch genauso gut in Köln bleiben und mir seelenruhig mit anschauen können, wie diese Frau nach meinem Hund erst meine Kinder umbringt, und dann mich, damit sie freies Feld hat!«

»So ein Blödsinn«, sagte Daniel. »Damit sie freies Feld hat, was ist das für ein Quatsch! Ich habe keine heimliche Verehrerin!«

»Du bist ein Mann, Daniel! Und Männer merken so was nicht, so ist das einfach, und je unwahrscheinlicher die Bedingungen sind, um so weniger merkt ihr so was! Glaub mir, da ist eine äußerst wild auf dich und ich muss deswegen dran glauben!«

»Und das berechtigt dich dazu, bei Patrizia einzuziehen, ja?«

»Ja Daniel. Weil Patrizia momentan der einzige Mensch in meiner näheren Umgebung ist, der mir ein klein wenig das Gefühl von Sicherheit vermitteln kann.«

»Na dann«, sagte Daniel patzig. »Dann haben wir beide uns ja wohl nichts mehr zu sagen.« Er knallte den Hörer auf.

Es hätte ihr klar sein müssen, dass er diese Sache nicht verkraften würde. Aber es war tatsächlich so, wie sie es ihm gerade erklärt hatte: Patrizia war in der Tat der einzige Mensch in diesem Moment, bei dem sie sich ein wenig sicher fühlte.

## -33-

Wenige Stunden später stand sie mit Kindern und Koffer vor Patrizias Wohnungstür. Patrizia hatte die Galerie an diesem Tag nicht geöffnet, stattdessen hatte sie lieber die Wohnung für ihren Besuch vorbereitet. Im Fitnessraum hatte sie zwei Gästebetten aufgestellt und fast schon glich das Zimmer einem Jugendzimmer. Immerhin war das Zimmer auch mit Fernseher und DVD-Player ausgestattet. Auch eine Stereoanlage stand dort – es war quasi alles vorhanden, was Jugendliche gerne um sich herum haben. Die Betten waren rechts und links an der Wand aufgestellt und die Fitnessgeräte hatten trotzdem noch genügend Platz. Damian staunte nicht schlecht, als er die Wohnung sah und vor allem das Zimmer, in dem er die nächsten Tage verbringen würde.

»Das ist natürlich wirklich besser als ein Hotelzimmer«, murmelte er.

»Tut mir leid, dass ihr euch das Zimmer teilen müsst«, sagte Patrizia. »Aber ich denke, für ein paar Tage geht das mal, nicht?«

»Klar«, sagte Charlotte, und warf ihren Koffer aufs Bett.

»Fühlt euch hier wie zu Hause«, sagte Patrizia. »Wenn ihr Hunger habt, bedient euch, ebenso wenn ihr was trinken wollt. Ihr dürft fernsehen und Musik hören. Ich hoffe ihr fühlt euch hier wohl. Die DVDs stehen dort drüben im Regal, falls euch langweilig wird.«

Sie ließ die beiden alleine und schloss die Tür hinter sich.

»Die ist echt nett«, sagte Charlotte.

Damian nickte. »Papa wird es Mama aber übel nehmen, dass wir hier schlafen«, sagte er. »Immerhin hatten die beiden was miteinander und ich glaube, nicht dass er das lustig findet.«

Charlotte zuckte mit den Schultern.

»Mama hat gesagt, sie sind jetzt nur noch Freundinnen.«

»Ja«, sagte Damian. »Das hat Mama gesagt. Aber guck dir Patrizia doch mal an, die sieht schon klasse aus. Und sie ist nett. Und hast du gesehen, wie sie Mama gestern abend im Restaurant angesehen hat? Und wie sie ihre Hand gehalten hat?«

»Klar hab ich das gesehen«, sagte Charlotte. »Aber wenn Mama sagt, sie sind jetzt nur noch Freundinnen, dann glaube ich ihr das.«

»Und wenn nicht?«, sagte Damian. »Ich denk schon dass Papa sauer sein wird, wenn er das hier erfährt.«

»Bestimmt«, sagte Charlotte. Um ihren Mund zeigte sich plötzlich ein trotziger Zug. »Aber weißt du was? Der soll sich nicht so anstellen. Mama hat ihm schließlich auch verziehen und ich finde, das was er gemacht hat, war noch ein Stück schlimmer. Er hatte seine Freundin viel länger und er hat nur Schluss gemacht, weil Mama ihm auf die Schliche gekommen ist. Und im Moment geht es Mama nicht gut, ich finde es gut, dass wir jetzt hier sind. Patrizia kann Mama bestimmt weiterhelfen, und wenn es ihr dadurch einfach nur wieder besser geht.« Damian nickte. »Vielleicht hast du recht.«

Clarissa saß im Wohnzimmer auf dem Sofa und starrte nachdenklich in den Kamin. Er brannte nicht. Aber es war ein seltsames Gefühl. Vor einem Jahr um diese Zeit hatte sie hier mit Patrizia wunderschöne Stunden verbracht. Hier im Wohnzimmer hatten sie sich nie geliebt. Dafür hatten sie sich beide viel zu wohl in Patrizias Schlafzimmer gefühlt. Aber sie hatten hier oft sehr lange gesessen und sich angeregt unterhalten, kleine Zärtlichkeiten ausgetauscht, etwas miteinander getrunken. Es waren schöne Erinnerungen. Sie schienen so weit weg, obwohl sie gleichzeitig doch so nah waren. Patrizia setzte sich neben sie.

»Ich glaube, den Kindern gefällt das Zimmer. Dein Sohn hat nicht schlecht gestaunt als er die Fitnessgeräte gesehen hat, ich denke, er wird mit Sicherheit das eine oder andere bald ausprobieren.«

»Kann nicht schaden«, lachte Clarissa. »Ich finde es sehr nett, wie du dich um die zwei bemühst.«

»Naja«, sagte Patrizia. »Ich hatte eigentlich nie was mit ihnen zu tun, aber jetzt wo ich sie so live erlebe, kann ich nur sagen, du hast sehr nette Kinder. Sie wissen sich zu benehmen, und sind trotzdem sehr natürlich. Du kannst stolz auf sie sein.« »Danke«, sagte Clarissa. »Mein Mann nimmt es mir übrigens sehr übel, dass ich mit den Kindern zu dir gezogen bin.«

»Kann ich mir denken«, sagte Patrizia.

»Ich hätte es mir auch denken können, wahrscheinlich würde ich an seiner Stelle genauso reagieren. Aber ich bin dir sehr dankbar für dein Angebot, denn hier fühle ich mich ziemlich sicher. Und das sollte Daniel respektieren.«

»Ich fasse dich nicht an«, sagte Patrizia lächelnd, aber sie wirkte trotz des Lächelns ein wenig traurig. Clarissa griff nach ihrer Hand. Sie sah Patrizia nicht an, aber es war schön, ihre Hand in ihrer zu spüren, ihre Nähe zu spüren.

»Ich habe ihm gesagt, dass wir nur noch Freundinnen sind.«

»Aber das glaubt er natürlich nicht«, bemerkte Patrizia.

»Nein.«

»Das wirst du nicht ändern können. Entweder er vertraut dir oder ... na ja, ich weiß auch nicht. In der derzeitigen Situation sollte er vielleicht lieber drüber nachdenken, dass du hier bei mir in Sicherheit bist, die Kinder auch, dass euch hier nichts passieren kann. Wer weiß, was noch alles auf euch zugekommen wäre. Ich möchte zu gerne wissen, wer so was tut.«

»Und ich erst«, sagte Clarissa. »Ich weiß nicht, ob du dir vorstellen kannst, wie ich mich fühle. Ich fühle mich so müde und so ausgebrannt. Und gleichzeitig bin ich so wach und kann nicht schlafen. Ich schrecke ständig aus dem Schlaf hoch, in der letzten Nacht habe ich das erste Mal seit Monaten wieder wirklich durchgeschlafen. Ich hab Angst. Hier nicht. Aber in unserem Haus in Köln war die Angst mein ständiger Begleiter. Und einsam war ich auch. Keine Freunde. Das wäre vielleicht gar nicht so sehr aufgefallen, wenn dieser ganze Terror nicht gewesen wäre. Ich bin es einfach gewöhnt, dass ich mit meinen Freunden sprechen kann, wenn es mir schlecht geht. Aber mit meinem Umzug nach Köln habe ich irgendwie doch alles hinter mir gelassen. Sicher, wir haben noch gute Kontakte zu unseren Freunden, aber eben alles auf Entfernung. Man kann nicht mal schnell bei seiner Freundin auf einen Kaffee reinschneien. Besuche müssen gut geplant werden. Und letztlich hat jeder von uns ein so aufwendiges Leben, dass die Zeit dafür gar nicht da ist.«

Patrizia nickte. »Es ist dir also nicht wirklich gelungen, in Köln Fuß zu fassen.«

Clarissa lächelte müde.

»Patrizia, das Haus ist toll und der Garten wunderschön. Aber wenn ich den Garten sehe, muss ich an meinen Hund denken. Wenn ich im Haus bin, sehe ich die zwei Typen von dem Beerdigungsinstitut vor mir. Ich bin vielleicht zu sensibel, aber ich werde mich in diesem Haus nie wieder wohlfühlen können, obwohl es wunderschön ist. Es ist zu viel Negatives passiert.«

»Und du hast auch keine Freundschaften knüpfen können?«

»Nein«, sagte Clarissa. »Und das ist auch etwas, was mir das Gefühl gibt, dass ich dort niemals zuhause sein werde, verstehst du? Mit Nachbarn will ich nichts Näheres zu tun haben, so was geht nie gut. Aber man lernt einfach niemanden kennen! Daniel ist in der Firma der Chef und mit dem Chef verabredet sich niemand, weil das nach Schleimerei aussieht. Er hat kaum Zeit, mal mit mir auszugehen so wie früher. Wir sind zwar immer nur essen gegangen oder mal ins Kino, aber auch das läuft nicht mehr. Daniel ist ständig ausgepowert und müde, und ich verstehe das auch. Er steht ziemlich unter Stress in dieser Firma und dieser Terror, dem wir ausgesetzt sind, geht ihm auch an die Substanz. Ich komme nur raus, wenn ich einkaufen muss. Und dann nur bis in den nächsten Supermarkt. Als ich Sparky noch hatte, war ich regelmäßig spazieren, und da hat man sich mal mit anderen Hundebesitzern unterhalten. Aber das war auch schon alles. Ja, ich fühle mich da einsam und ich fühle mich nicht wohl.«

»Du würdest also gerne wieder in Frankfurt leben, was?«

Clarissa nickte.

»Ja. Aber das geht wohl nicht. Daniels Firma, in der er früher gearbeitet hat, ist tatsächlich inzwischen pleite. Außerdem würden sie ihn ohnehin nicht mehr einstellen, nachdem er gegangen ist. In Köln hat er einen sicheren Job.«

»Dann muss er halt pendeln«, sagte Patrizia. »Es gibt genügend Ehen, in denen sich die Partner nur am Wochenende sehen.«

»Schwierig Patrizia, denn die Kinder zum Beispiel haben sich inzwischen in Köln ein Leben aufgebaut. Sie haben sich in der Schule eingelebt, sie haben Freunde. Damian hat eine ganz liebe Freundin, ich schätze, es ist jetzt schon schwer für ihn, dass er sie vorübergehend nicht sehen kann, während wir in Frankfurt sind. Momentan ist einfach alles total verfahren.«

Patrizia nickte wissend, dann erhob sie sich und holte eine Flasche Sekt aus dem Kühlschrank.

»Trotzdem trinken wir jetzt mal ein Glas Sekt auf unser Wiedersehen«, sagte sie. »Mir ist jetzt danach.«

Wenige Stunden später lag Clarissa auf dem Sofa im Wohnzimmer und wälzte sich unruhig hin und her. Sie hielt es nicht sehr lange aus. Gegen ein Uhr nachts tapste sie auf Zehenspitzen nach oben in Patrizias Schlafzimmer. Auch Patrizia war noch wach, denn sie setzte sich sofort im Bett auf und knipste die kleine Lampe an, die neben ihrem Bett stand.

»Kannst du nicht schlafen?«, fragte sie.

»Nein«, sagte Clarissa. Patrizia hob einladend ihre Bettdecke und Clarissa kuschelte sich darunter, presste sich an Patrizia und seufzte, als sie den vertrauten Geruch einatmete.

»Weißt du, wie oft ich mich danach gesehnt habe, mal so mit dir einschlafen zu dürfen?«, fragte Patrizia leise.

Clarissa nickte. »Ich weiß. Du hast es manchmal erwähnt.«

»Naja. Auf die eine oder andere Art ist mir mein Wunsch ja nun doch erfüllt worden.«

Clarissa schlang ihren rechten Arm um Patrizias Hüften und kuschelte sich noch enger an sie.

»Ich will nicht«, sagte sie. »Ich will einfach nur hier so mit dir liegen, verstehst du?«

»Natürlich, Liebes«, sagte Patrizia, und streichelte sanft Clarissas Schulter.

»Natürlich. Du hast auch so schon genug Probleme.«

Sie stellte den Wecker auf acht Uhr.

»Oder glaubst du, dass deine Kinder früher wach sind?«

»Nein«, sagte Clarissa.

»Gut. Ich finde nämlich, die sind schon belastet genug, wir müssen jetzt nicht noch gemeinsam aus dem Schlafzimmer kommen.«

Clarissa war dankbar für Patrizias Vernunft, denn daran hatte sie nicht gedacht. Vielmehr lag sie in diesem Moment da, eng umschlungen mit Patrizia, und genoss zum ersten Mal seit Monaten wieder das Gefühl von Nähe zu ihr. Sie saugte den Duft ihrer Haare tief in sich ein und schlief wenige Sekunden später ruhig ein.

## -34-

Missmutig stapfte Daniel die Treppe herunter, um die Tür zu öffnen. Gerade eben hatte er noch einmal versucht, Clarissa auf dem Handy zu erreichen, aber sie ging nicht dran. Er hatte ihr eine Nachricht auf dem Band hinterlassen und sich gerade seinem Cognac widmen wollen, als es an der Tür geklingelt hatte. »Andrea«, sagte er erstaunt, als er seine Sekretärin vor der Haustür stehen sah.

»Entschuldigung, wenn ich Sie störe«, sagte Andrea. »Aber Sie haben vorhin Ihren Schlüssel im Büro liegen lassen. Die Büroschlüssel meine ich. Und immerhin hängt der Schlüssel vom Tresor mit dran. Ich dachte, das bringe ich Ihnen mal lieber schnell vorbei. Und außerdem hatte ich Sie heute mittag noch gebeten, mir ein paar Briefe zu unterschreiben, das haben Sie dann wohl vergessen.«

Sie zog die Unterschriftenmappe unter ihrem Arm hervor und reichte sie Daniel. »Oh Entschuldigung, Andrea«, sagte Daniel. »Das tut mir wirklich leid. Ich hatte...ach, vergessen Sie es. Kommen Sie doch kurz rein, ich erledige das schnell.«

Andrea betrat das große Haus mit einem fast ehrfürchtigen Blick.

»Kommen Sie«, sagte Daniel, und er führte sie ins Wohnzimmer. Er nickte in Richtung Sofa und Andrea nahm Platz.

»Es ist wirklich sehr nett von Ihnen, dass Sie extra vorbeikommen.«

»Naja, den Schlüssel hätte ich verwahren können, aber die Unterschriften waren sehr wichtig.«

Während Daniel sich mit einem Kugelschreiber in der Hand der Unterschriftenmappe widmete, blickte sie sich um.

»Sehr schön haben Sie es hier«, sagte sie.

»Danke«, antwortete Daniel. »Das hat alles meine Frau eingerichtet. Ich habe für so was kein Talent.«

»Dachte ich mir.«

»Möchten Sie was trinken, Andrea?«

»Oh, ich möchte Ihnen keine Umstände machen.«

»Kein Problem«, sagte Daniel. »Ich wollte eigentlich sowieso gerade was trinken, aber alleine macht das ja auch keinen Spaß.«

»Ist Ihre Frau nicht da?«, fragte Andrea.

»Nein. Sie ist nach Frankfurt gefahren, mit den Kindern. Ich hab keine Ahnung, wann sie zurückkommt.«

Andrea räusperte sich. »Hatten Sie ... hatten Sie Ärger?« Sie wirkte etwas schüchtern, als sie diese Frage stellte.

Daniel blickte auf. »Nicht direkt.« Er widmete sich wieder den Unterlagen.

»Daniel, denken Sie ich bekomme das nicht mit, wenn Ihre Frau alle zwei Wochen total aufgeregt im Büro anruft, und Sie dann hinterher kaum ansprechbar sind?«

Er sah ihr direkt in die Augen, ein wenig verlegen, ein wenig forschend. Andrea wurde rot.

»Ich meine ... ich verbinde sie doch oft genug mit Ihrem Apparat. Daniel, ich bin Ihre Sekretärin, und Sekretärinnen kriegen manchmal mehr mit, als sie möchten. Kann ich Ihnen helfen?«

Daniel seufzte, warf die Unterschriftenmappe auf den Tisch und holte zwei Gläser und die Cognacflasche aus dem Schrank.

»Ich nehme an, Sie trinken einen mit, ja?«, fragte er, obwohl er schon am Einschenken war.

»Natürlich«, sagte Andrea. »Ich glaube, Sie müssen sich mal aussprechen. Und keine Sorge, ich kann schweigen.«

Daniel holte tief Luft. Langsam und bedächtig schenkte er den Cognac ein. Sie war wirklich nett, etwas anderes hätte er über sie nicht erzählen können. Ihr anfänglich so kaltes Wesen hatte sich gewandelt. Inzwischen war sie freundlich ihren Kollegen gegenüber, bewies sogar, dass auch sie lächeln konnte, und fachlich gab es an ihr ohnehin nichts auszusetzen. Unsicherheit, genau wie damals vermutet, war wohl der einzige Grund für ihr anfängliches Verhalten. An diesem Abend spürte er sogar so etwas wie Dankbarkeit in sich aufsteigen. Dankbarkeit dafür, dass sie einfach vorbeigekommen war und ihm jetzt ein offenes Ohr anbot.

»Wir werden seit Monaten tyrannisiert und wissen nicht, wer dahinter steckt«, sagte er.

Er lehnte sich zurück und schien erleichtert, dass er sich mal aussprechen konnte, und zwar nicht mit seiner Frau, sondern mit einem Menschen, den es nicht betraf. Andrea sah ihn fragend an, deswegen erzählte er einfach drauflos, was sich in den Monaten seit ihrem Einzug ereignet hatte.

»Und Sie haben keine Ahnung, wer es sein könnte?«, fragte sie.

Daniel schüttelte den Kopf. »Nein«, sagte er. »Und die Polizei tappt auch im Dunkeln, aber völlig. Sie finden die Dame nicht.«

Er stöhnte auf und stellte sein Glas auf dem Tisch ab.

»Jetzt ist Clarissa mit den Kindern nach Frankfurt gefahren zu einer ... zu einer Freundin. Sie fürchtet sich hier. Verständlicherweise.«

»Und wie soll das jetzt weitergehen?«, fragte Andrea.

»Ich habe keine Ahnung.« Daniel stand auf und lief ans Fenster. Er belächelte sich selbst in diesem Moment ein wenig. Jetzt stand er in seiner Verzweiflung schon hier und unterhielt sich privat mit seiner Sekretärin, die er normalerweise in Gedanken niemals »Andrea« nannte, sondern von ihr nur als »der Eisblock« sprach. Sie versuchte zwar immer wieder zu lächeln, aber tatsächlich hatte Clarissa recht gehabt, als sie ihn darauf hingewiesen hatte, wie kalt diese Frau wirkte. Aber ihren Job machte sie wirklich perfekt, das musste er ihr lassen. So perfekt, dass sie sogar nach Feierabend noch zu ihm nach Hause fuhr um ihn wichtige Briefe unterschreiben zu lassen, Briefe die er vergessen hatte. Eigentlich war das sehr nett.

»Ich weiß einfach nicht mehr, was ich machen soll«, sagte er.

Er starrte minutenlang aus dem Fenster und als er sich umdrehte, hatte Andrea einen zweiten Cognac für sie beide eingeschenkt. Er setzte sich wieder und trank ihn in einem Zug leer.

»Eine schwierige Situation«, sagte Andrea.

»Ja«, antwortete Daniel. »Sehr schwierig.«

»Irgendwann werden Sie schon dahinter kommen, wer es ist«, sagte Andrea. »Wenn sogar die Polizei in diesem Fall ermittelt ... und ich denke, es war eine gute Entscheidung Ihrer Frau, erst mal wegzufahren mit den Kindern. Offensichtlich richtet sich das alles ja gegen Ihre Frau und nicht gegen Sie.«

»Ja«, sagte Daniel. »Das ist ja das Problem. Meine Frau hat keinem Menschen was zuleide getan, sie kennt hier in Köln eigentlich niemanden. Und sie denkt, es ist eine Frau, die was von mir will und sie einfach nur aus dem Weg räumen will.«

»Nun ja, der Gedanke ist gar nicht so abwegig«, sagte Andrea. »Und Sie kommen nicht drauf wer das sein könnte?«

»Nein«, sagte Daniel. »Ich liebe meine Frau, ich habe nirgendwo was laufen, falls Sie das meinen. Ich habe keine Verehrerinnen, jedenfalls keine von der ich weiß. Wenn es das ist, was meine Frau vermutet, warum ist diese Frau dann niemals zu mir gekommen um mit mir Klartext zu sprechen?«

Ihm wurde schwindelig und er rieb sich die Augen. Andrea lächelte.

»Nun ja, vielleicht hat sie es ja sogar versucht, aber Sie sind nicht drauf eingegangen.«

»Blödsinn«, sagte Daniel. »Das müsste ich doch wissen.«

»Männer merken so Manches nicht«, sagte Andrea lächelnd. »Und manche Männer sind so verblendet, dass sie nicht merken was um sie herum vor sich geht. Und welche Chancen sie noch haben.«

Daniel sah sie verwirrt an. Was redete sie da? Ihm wurde schlecht.

»Mit meinem Kreislauf stimmt was nicht«, murmelte er.

Vor seinen Augen drehte sich das Wohnzimmer. Schließlich sank er auf dem Sofa in sich zusammen.

Als er irgendwann wieder erwachte, fiel ihm zunächst auf, dass sein Schädel brummte. Zu viel Alkohol? Ja, er hatte etwas getrunken. Aber es waren doch nur zwei oder drei Cognac gewesen? Er starrte an die Decke, die sich zu bewegen schien. Das Schwindelgefühl setzte erneut ein. Daniel stöhnte gequält auf und sah sich im Raum um, aber der gesamte Raum schien sich zu drehen. An den Wänden, so erschien es ihm, krabbelten irgendwelche Tierchen, ganz klein, so klein wie Ameisen, und auch nicht dunkel, sondern weiß, wie Ameisen. Der ganze Raum schien sich um ihn herum zu bewegen. Er konnte nur das sehen, was genau vor ihm lag, alles, was sich weiter seitlich befand, nahm er nur verschwommen wahr. Jemand befand sich noch in diesem Raum, das spürte er. Nicht nur die vielen, kleinen, weißen Ameisen, sondern eine Person, irgendjemand. Er zwang sich dazu, sich weiter umzusehen, und konnte die Umrisse erkennen. Umrisse eines Menschen, der auf einem Stuhl saß und ihn ansah. Dahinter viele kleine Ameisen, die über die ganze Wand zu krabbeln schienen und diese Person schien sich nicht im Geringsten daran zu stören.

»Du wirst wach«, hörte er plötzlich eine Stimme, die sehr weit entfernt von ihm schien. Diese Stimme schien ein Echo zu haben. Es hallte in seinem Kopf wieder und er versuchte, seine Hände an die Schläfen zu pressen, wollte sich die Augen reiben, aber es ging nicht. Etwas hielt seine Hände fest.

»Die Wirkung wird bald nachlassen«, vernahm er die Stimme, die von irgendwo in der Nähe der Tür zu kommen schien. »Leider hat das Mittel ein paar unangenehme Nebenwirkungen. Am besten du schläfst noch ein bisschen, dann ist es bald vorbei.«

Daniel wollte protestieren, irgendetwas sagen, aber er fühlte sich wie gelähmt. Er konnte nicht nur seine Hände nicht bewegen, sondern auch seine Beine schienen seinem Befehl nicht gehorchen zu wollen. Er wollte etwas sagen, aber seine Zunge konnte die Worte nicht formen, die sein Gehirn formuliert hatte. Er fühlte sich schwer, als hätte man seinen Körper mit Blei beschwert, und er war so unglaublich müde. Nach einigen Minuten schlief er erneut ein.

## -35-

»Ich erreiche ihn nicht«, sagte Clarissa am gleichen Abend zu Patrizia. Entmutigt legte sie das Handy beiseite und starrte nachdenklich in die Flammen des brennenden Kamins. Draußen war es ungemütlich kühl, den ganzen Tag hatte es geregnet und Clarissa saß fröstelnd, in eine Decke eingewickelt, gemeinsam mit Patrizia im Wohnzimmer. Charlotte lag in ihrem vorübergehenden Zimmer auf dem Bett und hörte Musik. Sie las in einem Buch, das sie in Patrizias Bücherregal entdeckt hatte und das sie offensichtlich fesselte. Sie war offenbar regelrecht versunken in der Geschichte, denn sie war kaum ansprechbar. Damian hatte die Gelegenheit genutzt und sich mit ein paar alten Freunden verabredet, mit denen er nun um die Häuser zog. Gegen Mitternacht wollte er wieder da sein. Clarissa machte sich wegen ihm keine Sorgen, er kannte sich in Frankfurt aus und sie kannte die Jungs, mit denen er unterwegs war. Aber Daniel machte ihr Sorgen. Sie wohnte nun schon den zweiten Tag bei Patrizia. Seit dem letzten Telefonat, bei dem Daniel einfach aufgelegt hatte, hatte sie mehrfach täglich bis in die späten Abendstunden hindurch versucht, ihn zu erreichen. In der Firma ging er nicht ans Telefon, sie hatte lediglich seine Sekretärin erreicht. Andrea hatte am Telefon stark gehustet und ihr erklärt, Daniel hätte sich kurzfristig freigenommen wegen einer Familienangelegenheit, die es zu klären gäbe. Also hatte sie es zu Hause versucht und auf dem Handy. Immer und immer wieder, ihm sogar aufs Band gesprochen. Aber er ging nicht ans Telefon und rief sie auch nicht zurück. Konnte er wirklich so derart tief getroffen darüber sein, dass sie mit den Kindern zu Patrizia gezogen war? Ja, das konnte er, und das wusste Clarissa auch, wenn sie ganz ehrlich zu sich selbst war. Doch sie blieb trotzdem dabei, dass es Patrizia war, die ihr in diesen Tagen am besten das Gefühl von Sicherheit vermitteln konnte. Sie hatte Daniel versprochen, dass die Sache mit Patrizia sich nicht wiederholen würde. Dass es rein freundschaftlich war. Sie hoffte darauf, dass er in den letzten Tagen darüber nachgedacht hatte. Aber dass sie ihn nun nirgends erreichte, machte sie nervös. Auch in der Firma hatte sie keinen Ansprechpartner mehr. Denn auch wenn sie gestern noch mit Andrea telefoniert hatte, so hatte sie bei ihrem Anruf heute in der Firma erfahren müssen, dass Andrea sich an diesem Morgen offensichtlich krank gemeldet hatte. Das hatte sie von der Vertriebssachbearbeiterin Manuela erfahren, die seither im Sekretariat am Telefon saß und Andrea vertrat, solange sie krank war.

»Mach dir nicht so viel Sorgen«, sagte Patrizia, und reichte ihr einen Tee. »Ich denke, der schmollt einfach nur.«

»Aber er hat sich freigenommen. Wegen einer Familienangelegenheit. Was soll das? Warum geht er dann an kein Telefon? Und mir hat er vor ein paar Tagen noch gesagt, er könnte die Firma nicht einfach so von heute auf morgen im Stich lassen. Da stimmt doch was nicht!«

»Was soll denn daran nicht stimmen?«, fragte Patrizia. »Also wenn du mich fragst, der schmollt einfach nur. Du bist entgegen seiner Bitte doch zu bleiben, mit den Kindern nach Frankfurt gefahren und jetzt wohnst du auch noch bei mir, statt in einem Hotel. Er wird sicher regelmäßig sein Handy abhören, und sich freuen, weil du dir so Mühe machst, ihn erreichen zu wollen. Wahrscheinlich sitzt er zu Hause und spült seinen Zorn mit Alkohol runter. Ich wette mit dir, in den nächsten Tagen wirst du von ihm hören – oder ihn erreichen.«

»Aber es sieht Daniel nicht ähnlich, dass er sich so verhält.«

»Gut«, sagte Patrizia. »Du kennst deinen Mann am besten. Aber weißt du was ich glaube? Ich glaube, er denkt, wenn er nicht ans Telefon geht und auch nicht zurückruft, kriegst du es mit der Angst zu tun, und kommst zurück.«

»Da würde er gar nicht so falsch liegen«, sagte Clarissa. »Falls er so denkt, dann geht der Plan auf. Ich mache mir nämlich tatsächlich Sorgen und ich bin kurz davor, wieder nach Köln zu fahren.«

»Warte noch ein oder zwei Tage«, sagte Patrizia. »Und wenn du dann immer noch nichts hörst von ihm – dann fahre ich mit dir zusammen hin.«

»Ich glaube nicht, dass es eine gute Idee wäre, mit dir dort aufzutauchen.«

»Ich halte das schon für eine gute Idee«, sagte Patrizia. »Erstens würde ich dich in dieser Situation ungern alleine lassen. Und zweitens könnte er sich dann mal direkt mit mir auseinandersetzen, falls ihm danach ist.«

»Hm«, sagte Clarissa. »Ich muss drüber nachdenken.«

»Tu das«, sagte Patrizia. »Er braucht sich gar nicht so anzustellen. Es ist nichts passiert zwischen uns, aber wenn er so weitermacht, dann ist es vielleicht nur noch eine Frage der Zeit, darüber sollte er vielleicht auch mal nachdenken.« Sie lachte. »Ich hätte gerne eine so treue Freundin wie dich. Liegst jetzt schon zwei Nächte lang neben mir im Bett, schläfst in meinen Armen ein, aber schön brav mit Nachthemd und außer kuscheln läuft nichts. Vielleicht sollte man ihm das mal sagen.«

Clarissa lächelte. Sie rechnete es Patrizia sehr hoch an, dass sie ihrem Wunsch nach Nähe zwar entgegen kam, aber nicht versuchte, sie zu etwas zu drängeln, zu dem sie nicht bereit war.

## -36-

Als Daniel zum zweiten Mal erwachte, fühlte er ein dumpfes Gefühl im Schädel, aber die weißen Ameisen, die in ganzen Armeen über die Wände gezogen waren, waren verschwunden. Er sah an die Decke und das Einzige, was er sehen konnte, war der Betthimmel. Er lag also zu Hause, in seinem eigenen Bett. Leicht benommen fühlte er sich noch immer, aber er sah nach rechts und links und erkannte eindeutig sein eigenes Schlafzimmer.

»Es ist kitschig«, hörte er wieder die Stimme, die er bei seinem ersten Aufwachen schon vernommen hatte. Nur dieses Mal klang sie nicht so weit entfernt und schien auch kein Echo mehr zu haben. Und sie schien ihm vertraut. Sehr vertraut. »Dieses Schlafzimmer hier ist genauso kitschig eingerichtet wie der Rest des Hauses. Nein, ich hab mich geirrt. Es ist eigentlich das Allerschlimmste an dem ganzen Haus. Das Bett sieht grauenvoll aus. So mittelalterlich!«

Schließlich hörte er Schritte und plötzlich saß Andrea neben ihm, auf seinem Bett.

»Andrea«, sagte er erstaunt.

Er versuchte sich aufzurichten, aber es ging nicht. Jetzt erst bemerkte er, dass seine Hände mit Handschellen an das Bettgitter gefesselt waren. Verwirrt schaute er nach seinen Beinen, denn auch die konnte er nicht bewegen.

»Die sind auch gefesselt«, sagte Andrea lächelnd.

»Was soll das? Was tun Sie hier? Warum ...?«

Ihr Lächeln glich einer Maske. Es sollte offensichtlich freundlich wirken, aber es sah eher aus, als hätte sie es lange vor einem Spiegel geübt.

»Ach Daniel«, sagte sie. »Du merkst wirklich nichts, was?«

»Das einzige was ich merke, ist, dass ich an mein Bett gefesselt bin und dass Sie hier sind. Beides sollte nicht sein. Was ist passiert?«

Sie erhob sich seufzend und lief theatralisch durch den Raum.

»Diese Frau hat dich gar nicht verdient«, sagte sie.

»Welche Frau?«

»Deine Frau.«

»Wie kommen Sie darauf? Und seit wann duzen wir uns?«

»Seit eben, Daniel. Ich habe es so beschlossen. Sie ist jetzt endlich weg. Sie ist bei ihrer Freundin. Das wollten wir doch, nicht wahr?«

»Wir wollten gar nichts«, sagte Daniel. »Ich wollte in Frieden leben, und zwar mit meiner Familie. Was soll das Theater hier? Und wie kommt es dazu, dass ich an mein eigenes Bett gekettet bin?«

Sie lachte.

»Ach Daniel, du hättest es doch nie bemerkt. Du warst doch so verblendet von deiner Frau. Du merkst wohl gar nicht, dass sie dich gar nicht verdient hat, was?«

»Andrea«, sagte Daniel. Er bemühte sich, ruhig zu bleiben. »Wie kommst du darauf?«

»Diese Frau hat dich einfach nicht verdient, das ist meine Meinung«, sagte Andrea. »Sitzt den ganzen Tag zu Hause, lebt von deinem Geld, freut sich ihres Lebens. Malt komische Bilder. Was soll das? Diese Bilder sind hässlich. Fühlt sie sich damit als Künstlerin oder was? Denkt sie, sie wäre was Besonderes?«

»Clarissa ist etwas Besonderes«, sagte Daniel. »Nicht weil sie malt, sondern weil sie niemals von sich behaupten würde, etwas Besonderes zu sein.«

Andrea lachte, laut und hämisch.

»Das lässt sie dich denken. Sie manipuliert dich. Sie ist raffiniert.«

»Andrea, ich weiß nicht, welche kranken Gedanken durch deinen Kopf schwirren. Aber wenn du denkst, du könntest meine Frau und meine Ehe beurteilen, dann muss ich dich wohl mal von deinem hohen Ross herunterholen!«

Sie lachte, schnippisch, setzte sich wieder neben ihn.

»Hör zu Daniel, ich wollte dich haben seit dem Tag, als ich dich zum ersten Mal gesehen habe. Du bist ein Mann, der mich sofort fasziniert hat, das ist nicht vielen Männern gelungen. Ich habe mehrfach versucht, es dir zu zeigen, aber du reagierst ja auf nichts. Also habe ich versucht, es dir zu beweisen, dass ich viel besser zu dir passe als ich. Ich habe so viel auf mich genommen für dich!«

»So?«, fragte Daniel. »Was denn zum Beispiel?«

»Glaubst du, es ist mir leicht gefallen, den Hund zu vergiften?«

»Du warst das also«, stellte Daniel fest.

Sie nickte. »Ich habe versucht, ihr durch die Briefe klar zu machen, dass sie aus deinem Leben verschwinden soll. Sie hatte dich lang genug. Wie lange? Du sagtest, es sind fast zwei Jahrzehnte. Das reicht für einen Nichtsnutz wie sie.«

»Wie kommst du nur darauf, dass meine Frau ein Nichtsnutz ist?«

Andrea stand wieder auf.

»Na ist sie das denn nicht? Was tut sie denn schon für dich? Lässt sich von dir ein schönes Leben finanzieren! Und was fängt sie mit ihrer Zeit an? Malt diese fürchterlichen Bilder! Und betrügt dich auch noch!«

»Woher weißt du das?«

Sie lachte. Ein sehr hässliches Lachen.

»Daniel, ich bin deine Sekretärin. Ich habe dir vorgestern Abend schon gesagt, dass Sekretärinnen oft mehr von ihren Chefs wissen, als man vermuten könnte. Ich kann jedes deiner Telefonate mithören, Daniel, wenn ich das will, und das habe ich auch getan. Ich habe alle deine privaten Gespräche mitgehört. Daher weiß ich es. Die Galeristin war es, nicht? Und ist sie da jetzt nicht wieder hin gekrochen? Siehst du Daniel«, sagte sie, und sie setzte sich wieder neben ihn auf das Bett. »Sie verdient dich überhaupt nicht. Sie hat doch nur auf eine Gelegenheit gewartet, zu ihrer großen Liebe zurückzukehren. Du denkst doch nicht etwa, dass du das warst?«

Wieder lachte sie. Es klang so unangenehm.

»Du denkst, sie wäre aus Angst zu ihr zurückgegangen? Vergiss es! Das ist eine Ausrede! Frauen wie deine Frau legen sich die Dinge so zurecht, wie es ihnen passt, glaub mir. Sie verdient dich nicht. Ich kann mir denken, was sie jetzt gerade tut!«

»Sie ist zu Patrizia gefahren, weil sie Angst hatte vor dem, was du dir noch ausdenken könntest«, sagte Daniel. »Du hast unseren Hund vergiftet, du hast anonyme Briefe geschrieben, du hast ihr sogar ein Beerdigungsinstitut auf den Hals gehetzt. Glaubst du etwa, das hätte sie achselzuckend schlucken können?« Er schnaufte verächtlich. »Ich verachte dich, Andrea, das solltest du wissen. Jetzt wo ich weiß, dass du dahinter steckst, verachte ich dich.«

»Du musst was trinken«, sagte Andrea ungerührt. »Die Tropfen waren ziemlich stark. Ich hätte nie gedacht, dass die Wirkung so lange anhält. Aber du liegst hier nun seit zwei Tagen, und jetzt wo du wach bist, solltest du was trinken.«

Sie hielt ihm ein Glas Wasser hin. Am liebsten hätte er es ihr aus der Hand geschlagen, aber er spürte, dass er tatsächlich sehr durstig war. Und außerdem konnte er mit seinen Händen ohnehin nichts anfangen.

»Brav«, sagte sie, nachdem er das ganze Glas leer getrunken hatte.

»Und was machst du, wenn ich pinkeln muss?«, fragte er provokant. Sie zuckte gleichgültig mit den Schultern.

»Ich habe eine Urinflasche hier«, sagte sie. Wieder lachte sie.

»Daniel, siehst du, ich bin gut vorbereitet. Ich hätte nur nicht gedacht, dass es so schwer sein würde, dich in den ersten Stock und in dein Bett zu schaffen. Ich fürchte, du wirst ein paar blaue Flecken abbekommen haben.«

»Wie stellst du dir das jetzt vor?«, fragte er. »Glaubst du tatsächlich, du kannst mich jetzt so unter Druck setzen, dass ich dir irgendwann verfalle?«

»Ich setze dich nicht unter Druck«, sagte sie. »Ich möchte dich überzeugen, dass ich viel besser bin als deine Frau. Dass ich viel besser zu dir passe. Und ich weiß auch, dass es mir gelingen wird. Sie musste erst mal weg sein, das war das Wichtigste.«

»Sie wird bestimmt versuchen mich anzurufen«, sagte er. Sie nickte. »Ja, das hat sie sogar getan. Sie hat auf den Anrufbeantworter gesprochen und dein Handy hat auch ständig geklingelt. Es hat mich genervt, ich habe es ausgeschaltet.«

»Man wird mich in der Firma vermissen.«

»Als pflichtbewusste Sekretärin habe ich dich in der Firma entschuldigt. Du befindest dich im Urlaub.«

Daniel lachte. »Du glaubst doch nicht im Ernst, dass ich mich in dich verliebe! Andrea! Mach mich los von diesem Bett, hör auf mit diesem Spiel! Du hast nichts davon, glaub mir!«

»Doch«, sagte sie. »Du wirst es sicher begreifen. Sehr bald schon, da bin ich sicher.«

Sie stand wieder auf und lief zur Tür.

»Hast du Hunger?«, fragte sie. »Ich habe gekocht. Gulasch, Spätzle und Salat. Magst du etwas essen?«

Daniel antwortete nicht.

»An deiner Stelle würde ich essen wollen«, plapperte sie weiter. »Ich war einkaufen. Das Zeug, das in der Gefriertruhe lag, habe ich rausgeworfen. Diese Frau kauft tatsächlich abgepacktes Fleisch aus dem Supermarkt, das ist wirklich widerlich. Bei mir bekommst du nur das Beste vom Besten. Das Fleisch für das Gulasch stammt vom teuersten Metzger, den ich kenne.« Sie lachte. »Er kann sich seine saftigen Preise erlauben, denn er ist wirklich der Beste. Also, hast du Hunger?«

»Verpiss dich«, schnaufte Daniel.

Sie lachte.

»Ich werde es mir schmecken lassen. Falls du doch etwas möchtest, kannst du mich rufen.«

Daniel wandte verzweifelt seinen Kopf zur Seite. Er fühlte sich so hilflos wie noch nie in seinem Leben zuvor. Und nicht nur das. Er kam sich lächerlich vor.

Sie blieb lange verschwunden und draußen wurde es dunkel. Am liebsten hätte Daniel geweint, so hilflos fühlte er sich, stattdessen zwang er sich, darüber nachzudenken, wie er dieser Frau entkommen konnte. In erster Linie müsste er sich von den Handschellen und den Fußfesseln befreien, die sie ihm angelegt hatte. Aber sämtliche Versuche, irgendwie aus dem harten, breiten Metallring zu kommen, scheiterten und hatten zur Folge, dass seine Handgelenke fürchterlich schmerzten. Er fragte sich, was sie da unten trieb, in seinem Haus. Wo sie herumschnüffelte. Andrea. Ausgerechnet seine Sekretärin. Er konnte sich noch gut daran erinnern, wie er sie eingestellt hatte. Andrea war noch relativ jung, gerade mal fünfundzwanzig. Aus mehr als zweihundert Bewerbungsmappen hatte er sie, gemeinsam mit einigen anderen, in die engere Wahl genommen. Und sie hatte letztlich gewonnen. Sie war nicht hässlich. Aber auch nicht besonders hübsch. Ein eher unscheinbares Wesen. Sie wirkte selbstbewusst, aber offensichtlich war sie das nicht wirklich. Allerdings waren das Dinge, über die er sich nie Gedanken gemacht hatte. Sie hatte vom ersten Tag an einen guten Job gemacht und um ehrlich zu sein, alles andere war ihm auch gleichgültig. Jetzt durch diese Situation wurde ihm plötzlich klar, dass Andrea alles andere als eine selbstsichere Persönlichkeit war. Jetzt war klar, dass sie gestört und eher labil war. In der Firma war sie unbeliebt und keiner der Mitarbeiter hatte seine Wahl verstehen können. Sicher, sie akzeptierten Andrea seit ihrem ersten Tag als seine Sekretärin, das war sie nun mal, aber niemand redete mit ihr, wenn es nicht sein musste. Andrea schien das egal zu sein. Und statt zu versuchen, den Kollegen etwas näher zu kommen, strafte sie sie bei jeder Gelegenheit ab, wie ihm eine Mitarbeiterin Kurzem erst erzählt hatte. Und wenn sie sich eine Tasse Kaffee in der Teeküche holte, und alle Gespräche verstummten, die bis dahin rege geführt worden waren, tat sie so, als wäre niemand im Raum. Es schien ihr einfach völlig egal zu sein, was die Kollegen von ihr hielten und sie ließ keine Gelegenheit aus um das zu zeigen.

Wann hatte sie ihm zu verstehen gegeben, was sie für ihn empfand? Er konnte sich an keine einzige Gelegenheit erinnern. Ansonsten hätte er sicher Verdacht geschöpft, jedenfalls nach den Vorfällen, die sich in Bezug auf seine Familie gehäuft hatten. Andrea kleidete sich modisch, aber dezent, sie war kein auffälliger Typ. Sie schminkte sich kaum, manchmal gar nicht. Eigentlich wirkte sie eher wie ein Mauerblümchen. Ihm war das egal gewesen, denn ihren Job hatte sie wirklich gut gemacht. Hatte er deswegen vielleicht – weil sie so reizlos war – irgendetwas übersehen? Nein, sie hatte ihm nie zu verstehen gegeben, dass ihr etwas an ihm lag. Sie hatte sich seiner Meinung nach ganz normal verhalten, so wie es sich für eine Sekretärin gehörte, nichts was darüber hinausgegangen wäre. Das einzige Private, was zwischen ihnen mal irgendwann gefallen war, war von ihm gekommen. Er hatte ihr lachend gesagt, dass es ihr recht gut stehen würde, wenn sie ab und an mal lächeln würde...

Es war schließlich stockfinster im Schlafzimmer, als die Tür sich einen Spalt öffnete.

»Daniel, bist du wach?«, hörte er sie fragen.

»Ja«, antwortete er.

»Möchtest du nicht doch was essen?«

Sein Magen knurrte. Er konnte jetzt bockig sein und ihr all seinen Hass zeigen, den er empfand. Aber das würde ihm keine Aussicht auf Befreiung bescheren. Andererseits konnte er sich ein klein wenig kooperativ zeigen, vielleicht würde sie dann die Fesseln lösen. Und letztlich hatte er keine Lust zu verhungern oder zu verdursten.

»Doch«, sagte er. Sie schloss die Tür wieder, ohne das Licht einzuschalten. Diese Dunkelheit, die ihn umgab, machte ihn fast wahnsinnig. Er wusste nicht wie spät es war oder welcher Tag. Nach ihren Erzählungen zu urteilen, musste er jetzt den zweiten Tag hier liegen. Es fühlte sich auch so an, denn seine Knochen schmerzten. Die Haut auf seinem Rücken brannte. Wenige Minuten später betrat sie das Schlafzimmer wieder und knipste erbarmungslos das Licht an. Er kniff die Augen zusammen, das Licht erschien ihm unnatürlich grell, obwohl Clarissa bei der Einrichtung des Schlafzimmers darauf geachtet hatte, dass das Licht eher indirekt strahlte.

Sie setzte sich mit einem Teller neben ihn, stellte ihn kurz auf dem Nachttisch ab und hob seinen Kopf ein wenig an, um das Kissen zurechtzurücken, sodass er etwas erhöht lag. Dann nahm sie den Teller wieder auf und begann ihn mit einem Löffel zu füttern.

»Schmeckt es dir?«, fragte sie.

Er nickte. Nein, es schmeckte ihm überhaupt nicht. Und wenn sie ihm ein Fünf-Sterne-Essen serviert hätte, es hätte ihm nicht geschmeckt in diesem Moment. Indem er aß, versuchte er einfach nur, bei Kräften und bei Sinnen zu bleiben.

»Ich habe Durst«, sagte er nach einigen Löffeln ihres Gulaschs, das wahrscheinlich das Widerlichste war, was er jemals gegessen hatte. Das Fleisch war zäh und die ganze Mischung schmeckte leicht angebrannt. Sie stellte den Teller ab und hielt ihm ein Glas Wasser an die Lippen. Er trank es unter großer Anstrengung und verschluckte sich zweimal.

»Wie lange willst du mich hier festhalten?«, fragte er und sah ihr direkt in die Augen. »Bis ich wund gelegen bin? Ich kann mich jetzt schon kaum rühren.«

»Es liegt an dir«, sagte sie.

»Soso, an mir. Und was kann ich tun, damit du mich losmachst?«

Sie lächelte und schüttelte den Kopf. »Es ist noch zu früh. Du verstehst mich noch nicht.«

»Aha«, sagte Daniel. Ungerührt schob sie ihm einen weiteren Löffel ihres angebrannten Gulaschs in den Mund.

»Daniel, du und ich, wir wären ein gutes Team. Zusammen würden wir so viel erreichen.«

»Was denn?«, fragte er, nachdem er geschluckt hatte.

»Wir sind einfach ein gutes Team. Ich könnte dich glücklich machen, da bin ich sicher. Du wirkst seit Monaten angespannt und unglücklich.«

»Kein Wunder«, sagte Daniel. »Meine Familie wurde bedroht. Besser gesagt meine Frau. Und unser Hund wurde getötet. Ich hatte tatsächlich Sorgen, ja.« Den Sarkasmus konnte er sich nicht verkneifen.

»Ach komm«, sagte sie. »Gib doch zu, dass du froh bist, diese unnütze Frau los zu sein.«

»Ich weiß nicht, was du willst«, sagte Daniel. »Warum du sie nichtsnutzig nennst.«

»Was tut sie denn Sinnvolles?«

»Sie hat mir fast zwei Jahrzehnte lang ein schönes Zuhause geschaffen, mich bekocht, mir den Rücken freigehalten, damit ich mich meiner Karriere widmen konnte. Sie hat meine Kinder groß gezogen. Das ist ein Vollzeitjob.«

»Und weil du so voller Liebe für sie bist, hattest du ein Verhältnis?«, fragte sie. Daniel fühlte, wie ihm die Röte ins Gesicht schoss.

Sie lächelte zufrieden. »Ich weiß alles von dir, Daniel. Alles. Jedenfalls alles was ich wissen musste um zu bemerken wie unglücklich du bist.«

»Du hast tatsächlich alle meine Telefonate abgehört. Du bist krank.«

Andrea lachte. »Ja, du hast recht. Ich bin krank. Liebeskrank. Das gebe ich zu. Aber das ist nichts Schlimmes. Ein Mann wie du verdient es, geliebt zu werden. Und zwar mit Haut und Haar. Und glaube mir, vertrau mir einfach, deine Frau ist nichts für dich. Wir beide, wir wären ein tolles Team, ich könnte dir so viel mehr geben als deine Frau.«

Daniel wandte den Kopf zur Seite, als sie ihm einen weiteren Löffel mit Essen in den Mund schieben wollte. Er hatte genug. Er würde nicht an Hunger sterben. Aber er würde freiwillig auch keinen Bissen mehr davon essen als notwendig war um nicht zu verhungern.

»Wir sind doch schon auf der Arbeit ein gutes Team«, sagte sie. »Ich bin noch jung, Daniel, ich bin noch eine sehr aktive Frau, so eine wie du brauchen könntest. Ich will noch Sex, viel Sex. Mehrmals täglich. Was glaubst du wohl, wie energiegeladen du wärst, wenn du wieder genügend Sex hättest!«

Sie lachte, es war dieses hämische, unnatürliche Lachen. »Mit dieser vertrockneten Kuh an deiner Seite wird das natürlich nichts. Du bist ein toller Mann Daniel und du hast eine Frau verdient, die sich auf deinem Niveau bewegt und dir das bieten kann, was du brauchst um noch erfolgreicher zu werden.«

»Und du glaubst, dafür bist du die Richtige?«

Sie nickte und sah ihn ernst an. Ja, sie war tatsächlich davon überzeugt ...

»Was hast du mir in meinen Cognac getan?«, fragte er.

»Oh, das waren sogenannte KO-Tropfen. Ich glaube, ich habe etwas zu viel reingetan, du solltest eigentlich nicht so lange bewusstlos bleiben.«

»Du hättest mich damit umbringen können.«

»Nein«, sagte sie. »Mein Vater hat eine Apotheke, eigentlich hätte ich die mal übernehmen sollen. Ich bin mit Arzneimitteln aufgewachsen, ich weiß schon, was ich tue. Ich habe mich wohl nur bei deinem Körpergewicht leicht verschätzt.«

»Daher auch das Rattengift, das du unserem Hund gegeben hast.«

»Ja«, sagte sie. Sie wirkte fast ein wenig betrübt. »Es tat mir wirklich leid, das tun zu müssen«, sagte sie. »Aber ich hatte sie gewarnt. Ich hatte sie wirklich gewarnt.«

»Was wäre als Nächstes gekommen? Hättest du dich als Nächstes an unseren Kindern vergriffen?«

Sie kicherte. »Nein, Daniel. So eine Idiotin bin ich nicht. Es ist mir schon klar, dass du mich dann bis an mein Lebensende gehasst hättest. Obwohl ich sehr froh bin, dass sie die Kinder mitgenommen hat. Wir werden unser Eigenes bekommen.«

»Wir werden ...« Daniel unterbrach sich und biss sich auf die Lippen.

Sie seufzte.

»Ich glaube, ich werde jetzt erst mal ein Bad nehmen«, sagte sie. Du darfst mir von hier aus zuschauen. Das ist eine schöne Idee mit dem Badezimmer gegenüber vom Bett. Fast schon amerikanisch.«

Sie lief ins Bad, ließ sich Wasser ein und wütete mit Clarissas teurem Badeschaum, den er bis zu seinem Bett roch.

»Geschmack hat sie ja, das muss ich ihr lassen«, rief sie. »Alles von deinem Geld finanziert, nicht?«

»Das darf sie ruhig, sie arbeitet eben auf anderer Basis.«

»Ach«, sagte Andrea. »Das sind Ausreden. Glaub mir, mit mir wirst du ein ganz anderes Leben kennenlernen. Was willst du nur mit einer so hausbackenen Frau? Wir beide Daniel, wir liegen auf einer Ebene. Mit mir kannst du nicht nur dein Privates teilen, sondern ich verstehe auch deine beruflichen Sorgen. Ich bin vom Fach.«

Daniel stiegen Tränen in die Augen, aber er biss sich erneut auf die Lippen und unterdrückte sie. Clarissa und hausbacken. Clarissa war eine wunderbare Frau und er hatte keinen Grund sich über irgendetwas zu beschweren. Sie war auch mit über vierzig noch sexy und attraktiv, und das konnte man von dieser unscheinbaren fünfundzwanzigjährigen Ziege, die ihn hier gefangen hielt, nicht behaupten. Sie würde mit vierzig wahrscheinlich aussehen wie ihre eigene Oma und ihre Glupschaugen, die ihm eben erst wirklich bewusst geworden waren, würden wahrscheinlich von tiefen Falten gezeichnet sein. Warum nur hielt sich diese Frau für etwas Besonderes? Normalerweise war sie der Typ Frau, der keinem besonders auffiel. Mit einem netten Charakter hätte sie sicher manches retten können, aber den hatte sie offensichtlich nicht, oder die Persönlichkeitsstörung, die von ihr Besitz ergriffen hatte, hatte diesen verdrängt. Er hing seinen Gedanken nach, dachte an Clarissa. Wo sie jetzt wohl steckte? Sie hatte versucht ihn anzurufen, immer und immer wieder, das hatte Andrea ihm selbst gesagt. Wahrscheinlich war sie tatsächlich nur aus freundschaftlichen Motiven zu Patrizia gezogen, aber jetzt, nach so vielen vergeblichen Anrufen, lag sie vielleicht längst in Patrizias Armen und ließ sich trösten. Andrea kam irgendwann, sehr viel später, denn er hatte jedes Zeitgefühl verloren, aus dem Badezimmer. Mit einem Lächeln im Gesicht, das wahrscheinlich verführerisch gemeint war, streifte sie das Negligé ab und stellte sich in aufreizender Pose vor ihm auf.

»Na?«, sagte sie herausfordernd. »Gefällt dir nicht was du hier siehst? Wie sieht wohl der Körper deiner Frau aus im Vergleich?« Daniel sah weg. Er wollte das nicht sehen. Ihr Körper war in Ordnung, unter normalen Umständen hätte er ihn vielleicht sogar als schön empfunden, aber das hier, das waren keine normalen Umstände. Sie kroch vom Fußende aus zu ihm, hockte sich auf allen Vieren über ihn und sah ihm direkt in die Augen.

»Ich werde dich reiten«, sagte sie. »Glaub mir, du wirst einen Orgasmus haben, wie du schon lange keinen mehr hattest.« Daniel biss sich auf die Lippen. Jetzt fühlte er sich noch hilfloser als vorher. Sie schob die Bettdecke von ihm und jetzt erst bemerkte er, dass er praktisch nackt war. Er trug lediglich eine Unterhose und ein Unterhemd. Plötzlich hatte sie eine Schere in der Hand. Daniel schloss die Augen in schlimmer Vorahnung, aber sie zerschnitt nur seine Unterhose.

»Du hast ein wenig lange gelegen«, sagte sie. »Ich schätze, ich sollte dich ein wenig waschen vorher.«

Sie stieg aus dem Bett und kam mit einem Waschlappen und einem Handtuch zurück, wusch seine Genitalien gründlich und warf beides einfach vom Bett aus in das Badezimmer. »Mach dir keine Gedanken mehr um diese unnütze Kuh«, sagte Andrea. »In diesem Moment lutscht sie wahrscheinlich hingebungsvoll die Fotze ihrer rothaarigen Hure und verschwendet an dich auch keinen Gedanken.«

Und ehe Daniel sich versehen konnte, hatte sie seinen Schwanz im Mund. Er kniff die Augen zusammen und biss sich auf die Lippen, immer wieder. Er wollte, nicht dass er steif wurde und er wehrte sich innerlich gegen diese Manipulation. Leider war er machtlos. Nach wenigen Minuten, aber immerhin hatte sie im Gegensatz zu Clarissa eine ganze Weile dafür gebraucht, spürte er, wie er hart wurde. Er hasste sich dafür. Aber er konnte nichts dagegen tun. Sie ließ ihn los, rieb ihre Brüste an seinem steifen Schwanz und fummelte sich mit der Hand an ihrer Muschi herum. Schließlich steckte sie ihm ihre Finger in den Mund.

»Hier«, stöhnte sie. »Schmeckst du wie geil ich bin?« Daniel würgte, er fand diese Frau so widerlich und sein bis dahin erigierter Penis wurde schlaff. Andrea bemerkte es und zeigte sich ein wenig enttäuscht.

»Ich kriege ihn wieder hart«, versicherte sie ihm. »Du bist wohl nichts mehr gewöhnt, was? Warte nur, ein paar Wochen mit mir und du rennst nur noch mit einem steifen Schwanz rum. So eine kleine Erektionsstörung ist doch nicht schlimm.«

Erneut nahm sie ihn in den Mund und schaffte es tatsächlich ein zweites Mal, ihn steif zu bekommen.

»Und jetzt keine Zeit verlieren«, sagte sie, aber irgendwie sprach sie eher mit sich selbst als mit ihm. Sie setzte sich auf ihn, spießte sich selbst auf und presste sich ihm fest entgegen, gierig nach ihm und geil, als hätte sie sich ein Leben lang nach ihm gesehnt. Sie ritt ihn mit langsamen Bewegungen und das tat sie, das musste Daniel zugeben, sehr raffiniert. Ganz offensichtlich machte es ihr auch großen Spaß, ihn in ihrer Gewalt zu haben, denn sie fuhr mit ihren langen Fingernägeln so fest über seine Brust, dass sich dicke, rote Streifen bildeten.

»Oh«, seufzte sie. »Das mag ich.«

Und fast im gleichen Moment fühlte er, wie es in ihrer Scheide wild zuckte und pochte und sie brach erschöpft über ihm zusammen. Kichernd rollte sie sich schließlich von ihm herunter und legte sich neben ihn.

»Darauf habe ich so lange gewartet«, seufzte sie. »Endlos lang!«

»Du hast mich dazu gezwungen«, sagte er. »Unter normalen Umständen hätte ich es niemals mit dir getan.«

Ihr Lachen verklang und sie legte sich auf die Seite und sah ihn an. »Kann sein, Daniel. Aber andererseits, wenn du nicht wolltest, warum bist du dann steif geworden, was denkst du wohl? Du wolltest es nämlich doch!«

»Nein«, sagte er. »Du bist überhaupt nicht mein Typ.«

»Ich bin nicht dein Typ?«

»Nein«, sagte Daniel. Nach dieser Erniedrigung, die ihm eben widerfahren war, war ihm alles egal. Sie lachte wieder, aber es klang so hysterisch. »Und warum dann ist dein Schwanz so steif geworden, was denkst du wohl?«, fragte sie.

»Du hast mich vergewaltigt.« »Es gibt den Strafbestand der Vergewaltigung durch eine Frau an einem Mann nicht, wenn ich mich nicht irre. Es ist für eine Frau überhaupt nicht möglich, einen Mann zu vergewaltigen.«

»Und was hast du dann gerade getan?«, fragte Daniel tonlos.

»Wenn ein Mann eine Frau vergewaltigt, dann ist das was anderes«, erklärte Andrea, und man merkte, sie war voll von den Dingen überzeugt, die sie von sich gab. »Eine Frau, die nicht will, wird nicht nass. Aber ein Mann kann trotzdem in sie eindringen.«

»Na und?«

»Wenn der Schwanz von einem Mann nicht steif wird, kann kein Sex stattfinden. Und wenn er steif wird, heißt das nichts anderes, als dass der Mann erregt ist. Und was schließen wir daraus?«, fragte sie schulmeisterlich, aber nur um sich die Frage im gleichen Moment selbst zu beantworten: »Ich habe dich geil gemacht und du wolltest mich auch. Also war es keine Vergewaltigung.«

Sie legte sich wieder neben ihn und deckte ihn sorgsam zu, aber gleichzeitig kroch sie mit unter die Decke und kuschelte sich an ihn.

»Ich jedenfalls hatte Spaß.«

»Ich nicht«, sagte Daniel. »Und du wirst mich niemals dazu bringen, dass ich dich gegen meine Frau austausche, verstehst du? Ich liebe meine Frau und dich ... dich...« Er stockte. »Dich«, sagte er finster. »Dich werde ich irgendwie überleben.«

»Ach Daniel«, sagte Andrea selbstgefällig lächelnd. Sie sah auf die Uhr. »Es ist kurz nach Mitternacht. Was denkst du wohl, was deine Frau gerade treibt?«

Wieder lachte sie laut und hysterisch auf. »Ich schätze, sie lässt sich gerade die Muschi lecken von ihrer Freundin. Oder sie leckt deren Muschi. Was glaubst du wohl?«

Daniel verzog gequält das Gesicht. Sie traf ihn genau an seinem wunden Punkt. »Wie treiben es lesbische Frauen eigentlich miteinander?«, fragte sie, scheinbar interessiert, aber eigentlich war klar dass sie ein Selbstgespräch führte und Daniel nur reizen und quälen wollte.

»Benutzen sie Dildos? Vibratoren?«

Daniel zwang sich zu antworten.

»Wäre das so schlimm?«, fragte er, und tat gleichgültig. Er wollte dass sie aufhörte, zu diesem Thema zu philosophieren, und vielleicht konnte er es auf diese Art eher erreichen, als wenn er schwieg.

»Hast du noch nie einen Vibrator benutzt? Oder einen Dildo?«, fragte er sie.

»Doch«, sagte sie. »Wenn ich alleine war. Aber das ist ja nicht das, was Frauen sich erträumen. Eigentlich hätten wir ja lieber einen Mann dran an dem Ding.«

Daniel drehte seinen Kopf erneut zur Seite und dachte an Clarissa, wie oft sie ihn damit gereizt hatte, dass sie mit ihrem Dildo spielte. Sie hatte ihn zuschauen lassen und er hatte ihr immer so gerne dabei zugeschaut. Und immer wenn sie mit sich selbst schon einmal auf diese Weise fertig geworden war, war er noch einmal zu ihr gekommen und hatte sie genommen. Wild und unbeherrscht und meistens von hinten. So hatte sie es am liebsten. So konnte er tief in sie eindringen. Er sehnte sich so sehr nach ihr.

»Ganz bestimmt wichsen die sich jetzt gegenseitig die Muschi wund«, plapperte Andrea. »Die hat doch nur auf eine Gelegenheit gewartet, wieder zu ihrer Schnecke zurück kriechen zu können.«

»Das stimmt nicht«, sagte Daniel. »Oh doch, glaub mir. Ich war auf der Homepage dieser Galeristin. Patrizia. Eine schöne Frau, das muss ich zugeben. Sie ist sehr auffällig. Diese Haare sind genial. Und als ich bei dem Beerdigungsinstitut vorgesprochen habe, um das Begräbnis deiner Frau zu organisieren...«

Sie kicherte...

»Da trug ich eine solche Perücke und konnte selbst sehen, wie man damit auf die Menschen wirkt. Die sind total auf mich abgefahren. Wegen der Haare. Kaum zu glauben, wie oberflächlich die Menschen sind. Naja, zu deiner Frau passt das. Die fühlt sich bestimmt wohl in diesen Armen. Und sie passen zusammen, finde ich. Diese Patrizia ist doch auch so ein Nichtsnutz.«

»Und wie kommst du darauf?«, fragte er. »Immerhin ist sie die Inhaberin einer Galerie.«

»Ach«, sagte Andrea und lachte wieder ihr hämisches, unnatürliches Lachen. »Das hat ihr doch alles ihr Vater finanziert. Diese Patrizia ist von Beruf eher Tochter als Galeristin. Eine Schmarotzerin. Ich habe recherchiert«, erklärte sie stolz.

»Soso«, sagte Daniel zynisch.

»Ja, eine richtige Schmarotzerin. Aber schon deswegen passt deine Frau perfekt zu ihr. Jeder kriegt das was er verdient hat und bei dir ...«

Wieder lachte sie. »Naja, bei dir muss ich halt ein wenig nachhelfen um dir zu zeigen, was du verdient hast.«

»Du weißt schon, dass das Nötigung ist, was du hier tust, ja?«, fragte Daniel.

»Nötigung ist ein böses Wort«, sagte Andrea. »Ich nenne es Überredungskunst.«

»Es ist Nötigung. Es ist Freiheitsberaubung. Und das vorhin war eine Vergewaltigung.«

Sie zuckte gleichgültig mit den Schultern. »Du wirst mich bald verstehen. Und du wirst mich bald genauso lieben wie ich dich, davon bin ich überzeugt. Und wer weiß, vielleicht wirst du mir sogar dankbar sein, weil ich so energisch mit dir war.« Sie lachte. »Es soll Männer geben, die drauf stehen, wenn sie gefesselt werden. Wenn sie wehrlos sind.«

Daniel versuchte nicht mehr darüber nachzudenken, zwang sich zum Einschlafen, aber es wollte ihm nicht gelingen.

»Du störst mich«, sagte er schließlich.

»Wobei?«

»Ich kann nicht schlafen wenn du so eng bei mir liegst. Es ist schon schwer genug wenn man gefesselt ist und tagelang auf einem fast schon wunden Rücken liegen muss. Aber jetzt quetscht du dich auch noch so an mich, da kann ich überhaupt nicht mehr schlafen.«

»Gut«, sagte sie. »Dann rutsche ich ein wenig beiseite.«

»Sehr gnädig«, sagte er ironisch.

Sie seufzte.

»Ach Daniel, sicher hasst du mich im Moment, ich kann mir das gut vorstellen. Aber glaub mir, schon sehr bald wird sich das ändern. Du bist ein Mann, da ist das eben so. Männer muss man oft zu ihrem Glück zwingen.«

»Soso«, sagte Daniel. »Wie gut, dass du diese außerordentlich interessanten psychologischen Erkenntnisse in dir trägst, sonst würde ich niemals mein Glück finden, was?«

Ihr Gesicht erstarrte wieder zu einer gleichgültigen Maske, wie er es schon häufiger an ihr beobachtet hatte.

»Denk doch was du willst«, sagte sie. »Momentan kannst du ohnehin nichts dran ändern. Ich will dich haben und ich nehme dich, und was willst du tun? Vielleicht platzt hier irgendwann die Polizei rein oder sonst jemand, aber eines kann mir keiner mehr nehmen, Daniel: Ich habe dich gefickt. Und ich werde dich weiter ficken, so lange es geht, verstehst du?«

»Was ist das für eine Art von Liebe?«, fragte er. »Liebe ist normalerweise selbstlos.«

»Ich war mein Leben lang selbstlos«, sagte Andrea. »Es reicht. Damit kommt man zu nichts.« Daniel sah aus den Augenwinkeln, wie sie auf dem Rücken lag, an die Decke starrte. »Dieser verdammte Betthimmel macht mich wahnsinnig«, sagte sie. »Das ist wirklich mittelalterlich. Was muss deine Frau nur für eine Schrulle sein, dass sie auf so was steht?«

Daniel antwortete nicht.

Sie rollte sich auf die Seite und schlief relativ schnell ein, wie er an ihrem regelmäßigen Atmen hörte. Daniel lag stundenlang wach. Sein Rücken brannte wie Feuer vom Liegen. Seine Knochen fühlten sich steif an und schmerzten, und seine Hände spürte er kaum noch. Er hasste diese Frau, die da neben ihm lag so sehr, dass er nicht in Worte fassen konnte, wie sehr. Er fühlte eine ungeheure Wut im Bauch, aber gleichzeitig die Verzweiflung angesichts seiner hilflosen Lage. Dass Clarissa kommen, und ihn daraus befreien würde, war eine aussichtslose Hoffnung. Warum sollte sie hierher kommen? Nur weil sie ihn tagelang nicht erreichte? Nein, das würde sie nicht tun. Wahrscheinlich dachte sie, er sei weg gefahren. Wenn Andrea in der Firma verbreitet hatte, er sei in den Urlaub gefahren, hatte man das Clarissa sicher weiter gegeben. Mit Sicherheit hatte sie auch in der Firma versucht, ihn zu erreichen.

Und wenn sie der Meinung war, er könnte sich im Urlaub befinden, saß sie wahrscheinlich im Moment eher unruhig bei Patrizia herum und wartete auf ein Zeichen von ihm. Mit Sicherheit würde sie nicht nach Köln und in ein vermeintlich leeres Haus kommen. Er seufzte und stöhnte, aber leise, fast innerlich. Nein, so schnell gab es keine Hoffnung auf Befreiung für ihn.

## -37-

»Heute ist schon der vierte Tag, an dem ich Daniel nicht erreiche«, sagte Clarissa. »Was meinst du Patrizia, wie muss ich das verstehen? Ist das vielleicht das Ende meiner Ehe? Hängt es daran, dass ich zu dir gezogen bin?«

Es war Freitag. Sie war inzwischen seit sechs Tagen wieder in Frankfurt.

»Ich habe keine Ahnung, Clarissa, ich kann Daniel nicht einschätzen.«

Clarissa wusste nicht was größer war: Ihre Sorge, es könnte etwas passiert sein, oder ihr Zorn, weil er sich Urlaub genommen hatte, nicht ans Telefon ging und am Ende vielleicht irgendwo auf Mallorca saß, um seinen Kummer zu vergessen. Sie hatte ein komisches Gefühl im Bauch. Aber es konnte gut sein, dass sie nur so empfand, weil das letzte Telefonat mit Daniel so schlecht gelaufen war und sie nun die schlimmsten Fantasien hegte. Inzwischen hatte sie sich auch mit Anja getroffen. Daher auch ihre Befürchtungen, Daniel könnte auch einfach, um dem Frust zu entgehen, in einen Kurzurlaub gestartet sein.

»Denk drüber nach, wie hart es für ihn sein muss, dass du nun bei Patrizia untergekommen bist«, hatte Anja mahnend gesagt. »Ich an seiner Stelle hätte mir wahrscheinlich ein Ticket nach Mallorca oder sonst wohin besorgt und würde versuchen, abzuschalten. Du wirst sicher bald von ihm hören.«

Clarissa fühlte sich unwohl in ihrer Haut. Sie wusste einfach nicht, wie sie sich verhalten sollte. Einerseits hätte sie sich gerne ins Auto gesetzt um zu Daniel nach Köln zu fahren, sich davon zu überzeugen, dass alles in Ordnung war. Andererseits fühlte sie sich zutiefst verletzt durch seine Reaktion am Telefon und die Tatsache, dass er für sie nun einfach nicht mehr erreichbar war. Sie verbrachte ihre Tage mit Grübeln, und selbst Patrizia gelang es nicht, sie abzulenken, sie fröhlicher zu stimmen, sie mal zwischendurch zum Lachen zu bringen. Die Kinder hielten sich hervorragend. Sie fühlten sich wohl bei Patrizia und in dem Zimmer, dass sie ihnen zur Verfügung gestellt hatte. Sie genossen Patrizias Kochkünste, denn sie ließ es sich nicht nehmen, täglich für ihre Gäste zu kochen. Sie lehnte sogar jede Hilfe, die Clarissa ihr anbot, kategorisch ab.

»Du sollst dich ein bisschen erholen«, sagte sie immer wieder. »Nimm lieber ein warmes Schaumbad und trink ein Glas Sekt. Lies ein gutes Buch oder mach sonst was. Aber arbeiten wirst du hier nicht!«

Clarissa quälte sich zu solchen Gelegenheiten ein freundliches Lächeln heraus, aber es war gespielt und jeder wusste das. Am Abend, als Charlotte und Damian längst schliefen und sie mit Patrizia die Treppen nach oben ins Schlafzimmer stieg, hatte sie einen Entschluss gefasst. Sie legte sich neben Patrizia.

»Hör zu«, sagte sie. »Wenn ich morgen auch nichts von Daniel höre und ihn auch nicht erreiche – dann fahre ich zurück nach Köln. Ich halte es nicht mehr aus. Ich habe ein ganz dummes Gefühl im Bauch. Irgendetwas stimmt nicht.«

»Du fährst nicht alleine nach Köln«, sagte Patrizia bestimmend. »Wenn du fährst, dann fahre ich mit.«

»Patrizia, das gibt nur Ärger«, sagte Clarissa abwehrend. »Das kann ich nicht bringen. Ich kann nicht mit dir gemeinsam bei meinem Mann auftauchen. Wer weiß, was er dann denkt! Er denkt mit Sicherheit sowieso, dass das zwischen dir und mir wieder angefangen hat.«

»Kann sein, dass er das denkt, aber ich denke über deine Sicherheit nach. Und die ganze Sache an sich ist schon unheimlich genug. Versuch mal, mich aufzuhalten!« Patrizia lachte. »Das hat noch niemand geschafft.«

Clarissa lächelte gequält.

»Clarissa«, sagte Patrizia, und nahm Clarissas Gesicht in beide Hände und sah ihr tief in die Augen. »Ich mache mir Sorgen, okay? Ich bin um dich besorgt, verstehst du das? Und ich riskiere lieber, dass dein Daniel mich anschreit, aus dem Haus wirft und mich beschimpft, als dass dir was passieren könnte. Oder befürchtest du eher, dass es Konsequenzen für dich und deine Ehe haben könnte?«

Clarissa schüttelte den Kopf. »Das weiß ich nicht, Patrizia. Er weiß ja schon, dass ich mit den Kindern bei dir bin. Er war ja immerhin schon sauer genug, um einfach den Hörer aufzulegen.«

»Liebes, zwischen uns läuft nichts, auch wenn ich das sehr bedauere, aber wir können beide ein reines Gewissen haben.«

Sie lachte. »Aber wenigstens will ich an deiner Seite sein, okay? Lass uns gemeinsam hinfahren und wenn das Haus leer ist, fahren wir einfach wieder zurück. Oder recherchieren von dort aus, wo Daniel sein könnte. Meinst du, du könntest deine Kinder bei Anja lassen? Oder was denkst du, glaubst du, die stellen Unsinn an, wenn wir sie hier in meiner Wohnung lassen?«

»Patrizia, das weiß ich nicht, ich habe die beiden noch nie alleine gelassen. Aber ich sag es mal so, in einer Zeit wie dieser, wo sie schon seit Wochen so vernünftig reagieren und eher ängstlich und besorgt sind, werden sie eine solche Gelegenheit sicher nicht für eine heimliche Party nutzen.«

»Okay«, sagte Patrizia. »Dann fahren wir morgen Nachmittag, falls wir bis dahin nichts von Daniel hören. »Dann erklären wir das den beiden und ich denke auch, dass sie vernünftig sein werden. Es sind wirklich nette Kinder, ich mag sie beide sehr gern.«

## -38-

Daniel lag stöhnend im Bett. Sein Rücken schien inzwischen tatsächlich zu brennen und seine Hände spürte er inzwischen überhaupt nicht mehr. Er hatte keine Ahnung, ob es Tag oder Nacht war, denn Andrea hatte die Rollos vollständig herunter gelassen, wahrscheinlich um ihm noch den letzten Rest von Orientierungsgefühl zu nehmen. Sie schien im Haus zu wüten wie eine Irre. Manchmal hörte er etwas klirren. Dann wieder roch es nach Essen, aber meist stiegen dabei sehr unangenehme Begleitdüfte die Treppe nach oben. Andrea konnte nicht kochen. Sie ließ offensichtlich alles anbrennen, wie er in den wenigen, aber sehr qualvollen Tagen hatte lernen müssen. Jedoch zwang sie ihn trotzdem dazu, alles zu essen, was sie ihm mit einem Löffel reichte. Was sie sonst noch im unteren Stockwerk trieb, wusste er nicht, aber wahrscheinlich wühlte sie in den Schränken, durchsuchte sein Leben so intensiv wie sie es derzeit beherrschte. Im Schlafzimmer herrschte ein einziges Chaos. Dreckige Teller stapelten sich neben der Tür, sie hatte offensichtlich wenig Lust, diese nach unten zu tragen. Gnadenlos hatte sie vor seinen Augen Clarissas Kleiderschrank inspiziert. Manche Dinge hatte sie anprobiert, über einige Sachen hatte sie sich köstlich amüsiert, auch wenn Daniel nicht verstand, was sie an Clarissas Kleidung auszusetzen hatte. Der blanke Hass auf seine Frau schien sie dabei anzutreiben. Hass auf Clarissa wahrscheinlich deswegen, weil sie spürte, dass sie ihn niemals dazu bringen würde, seine Frau zu vergessen und sich stattdessen in sie, Andrea zu verlieben. Was hatte sich diese Kriminelle da nur ausgedacht?

Bis vor einiger Zeit hatte Daniel noch klar denken können, aber das war vorbei. Sein Körper war ein einziger schmerzender Klumpen Fleisch, wenn man von seinen Armen und Händen absah, die er nicht mehr spürte und er hatte das Gefühl, wahnsinnig zu werden. Diese Frau legte sich neben ihn wenn sie schlafen wollte, und tat einfach so als sei er ihr Mann. Als seien sie ein Liebespaar, und sie ließ sich nicht davon beeindrucken, dass Daniel am Ende seiner Kräfte war. Es interessierte sie auch nicht, dass er Schmerzen hatte, die er nicht mehr in Worte fassen konnte und dass er sie nicht wollte, dass er in diesem Zustand nur noch eines wollte: am besten einfach sterben. Es vorbei sein lassen. Nichts mehr spüren. Diese Frau nicht mehr neben sich haben. Diese Frau nicht mehr auf sich zu spüren, wenn sie, inzwischen erfolglos, seinen Schwanz in den Mund nahm oder ihn zwischen ihren Brüsten rieb um ihn steif zu bekommen.

Nein, da regte sich nichts mehr. Daniel war am Ende. Er hatte Durst, aber er konnte es nicht einmal mehr formulieren. Andrea schien mit jedem Tag, der vergangen war, mit jeder Stunde, die verging, immer wahnsinniger zu werden.

Sie kochte zwar und stopfte mit dem Löffel das Essen in ihn hinein, aber sie vergaß, ihm etwas zum Trinken zu geben.

Nur manchmal fiel es ihr zwischendurch ein, aber es genügte nicht. Daniels Lippen waren aufgeplatzt und blutverkrustet und sein Stöhnen war leise und für Andrea unaufdringlich, denn es war wirklich kaum zu hören. Trotzdem stöhnte er auf, leise und wahrscheinlich war er der Einzige der es hörte, als das Licht wieder einmal angeknipst wurde und Andrea im Raum herumtapste.

»Hier sieht es grauenhaft aus«, schimpfte sie. »Ich habe so viel zu tun, warum siehst du nicht einfach nur endlich ein, dass du mich liebst, dann hat das alles doch ein Ende!«

Er konnte nicht antworten, aber wahrscheinlich war Andrea inzwischen schon ihrem eigenen Wahnsinn so stark verfallen, dass sie nicht einmal gemerkt hätte, wenn Daniel zwischendurch gestorben wäre.

»Wie kann man nur so stur sein?«, schimpfte sie. »Ich würde dich wirklich langsam befreien, wenn du mich nur noch einmal ficken würdest, nur noch ein einziges Mal! Dann würde ich deine Liebe spüren und könnte dir genug vertrauen, um dich loszubinden!«

Daniel vernahm ihre Worte, aber er wusste, es war einfach nur irres Geplapper. Worte, die ihrem Wahnsinn entsprangen und überhaupt keinen Bezug mehr zur Realität hatten. So wie auch er immer mehr den Bezug zur Realität verlor. Er wusste nicht, ob es Tag war oder Nacht. Er sah nur noch verschwommen und manchmal gar nichts mehr. Und er war überhaupt nicht mehr in der Lage ja oder nein zu sagen, ihr irgendetwas zu entgegnen, oder vielleicht gar sie zu beruhigen. Selbst das wahnsinnige Geplapper nahm er nur noch am Rande wahr. Er dachte auch nicht mehr an Clarissa, er dachte an gar nichts mehr außer daran, dass er sicher gleich sterben würde. Er war so müde und hatte grässliche Schmerzen. Vom Durst, vom Liegen, er war nicht mehr in der Lage, darüber nachzudenken.

Die Wahnsinnige beschäftigte sich am Kleiderschrank, da nahm er am Rande wahr. Was sie aber in diesem Moment dort tat, wusste er nicht. Es war auch egal. Alles war egal. Es sollte nur aufhören.

Andrea kramte in Clarissas Kleidung herum und hielt plötzlich inne, als ein Auto auf der Straße parkte. Sie horchte auf, kramte aber gleich darauf wieder im Kleiderschrank herum.

»Weißt du Daniel, du bist wirklich sehr uneinsichtig«, schimpfte sie. »Ich gebe mir so unglaublich viel Mühe und was tust du? Du liegst da rum und pennst den ganzen Tag und ignorierst mich. Ich finde, du könntest dich ein wenig mehr bemühen!«

Wieder horchte Andrea auf, dann ging sie langsam zur Schlafzimmertür und öffnete sie einen Spalt. Daniel war ohnmächtig geworden, aber das bemerkte sie nicht.

## -39-

Patrizia war die weite Strecke gefahren, denn Clarissa erschien ihr viel zu nervös. Sie parkte den Wagen vor dem Haus und nickte Clarissa zu.

»Da wären wir.«

»Ja«, sagte Clarissa. Sie sah an der Fassade auf und ab. Nichts Auffälliges zu sehen.

»Willst du reingehen?«

Clarissa nickte und kramte in ihrer Tasche nach ihrem Hausschlüssel. Als sie ihn gefunden hatte, hielt sie kurz inne.

»Hör zu«, sagte sie. »Ich gehe da erst mal alleine rein.«

»Nein«, sagte Patrizia, und sie schüttelte energisch den Kopf.

»Doch, Patrizia«, sagte Clarissa. »Ich gehe alleine rein. Wenn ich in zehn Minuten nicht wieder hier bin, kannst du nachkommen.«

»Und wie soll ich reinkommen?«, fragte Patrizia.

»Ich lasse die Haustür einen Spalt offen. Wenn alles in Ordnung ist, komme ich kurz raus und sag dir Bescheid und wir treffen uns dann später irgendwo. Okay?«

»Nur unter Protest.«

»Ich weiß.«

Clarissa stieg aus dem Auto. Patrizia sah ihr nachdenklich nach, als sie die Haustür aufschloss.

Instinktiv hatte Clarissa die Tür sehr leise aufgeschlossen. Schon als sie auf die Haustür zugelaufen war, hatte sie ein fürchterliches Gefühl im Magen verspürt. Es stimmte etwas nicht. Ganz deutlich. Irgendetwas wirkte bedrohlich, obwohl von außen das Haus, die Treppe, die Tür – es sah alles aus wie immer.

Clarissa musste sich beherrschen, nicht aufzuschreien, als sie den Hausflur betreten hatte. Ihr Blick fiel auf die Küche, in der es nicht nur bestialisch nach Müll und vergammelten Essensresten stank: Sämtliches Geschirr schien ausgeräumt und türmte sich dreckig auf der Spüle, auf den Schränken und auf dem Tisch in der Essecke. In einer Wäschewanne auf dem Boden lag jede Menge Fleisch, wahrscheinlich aus ihrer Gefriertruhe. Es stank entsetzlich nach vergammeltem Fleisch und Clarissa wurde übel. Leise tapste sie ins Wohnzimmer und auch hier entfuhr ihr fast ein entsetzter Aufschrei. Sie presste ihre Hand auf den Mund und zwang sich, noch einmal hinzusehen. Die Schranktüren und Schubladen standen offen. Sämtliche Fotoalben waren aus den Schränken gezerrt worden und lagen verstreut auf dem Boden, teilweise aufgeschlagen. Sie ging näher und ihr Blick fiel in einem der aufgeschlagenen Alben auf ein Foto von ihr und Daniel. Es war ein paar Jahre alt und zeigte sie gemeinsam im Urlaub am Strand. Daniel war auf dem Foto noch gut zu sehen, aber ihr Bild daneben war mit Kugelschreiber bemalt worden. Auf den ersten Blick. Auf den zweiten Blick sah sie, es war nicht bemalt. Es war durchgestrichen, so heftig und so oft, dass das Foto an dieser Stelle einen Riss hatte.

Clarissa lief ein Stück weiter ins Esszimmer, das hinter dem Wohnzimmer lag und das nur selten von der Familie benutzt wurde. Ihr gutes Geschirr, das sie im Geschirrschrank dort aufbewahrte, lag zerschlagen auf dem Boden. Ihr liefen Tränen über das Gesicht. Dieses Geschirr stammte von ihren Eltern. Sie hatte nicht viele materielle Dinge von ihren Eltern behalten, nur dieses Geschirr und ein paar kleine Andenken. Aber all dies lag ihr sehr am Herzen. Vielmehr, es hatte ihr sehr am Herzen gelegen.

Leise und mit einem starken Angstgefühl im Bauch schlich sie die Treppe nach oben, und auf halbem Weg hörte sie Stimmengemurmel. Es kam aus dem Schlafzimmer. Sie erreichte den Absatz der Treppe und warf zunächst einen Blick in Damians Zimmer, das gleich das erste Zimmer im ersten Stock war. Hier war alles in Ordnung. Nichts war zerstört oder durcheinandergebracht worden. Sie wollte sich gerade umdrehen, als sie einen dumpfen Schlag auf dem Hinterkopf fühlte – und bevor sie aufschreien konnte, traf sie der nächste Schlag. Clarissa fiel der Länge nach auf den Boden, aber den Aufprall spürte sie nicht mehr. Die Bewusstlosigkeit war schon mit dem zweiten Schlag eingetreten, der sie getroffen hatte.

## -40-

Patrizia war in der Regel eine Frau, die sich an Vereinbarungen hielt, aber nicht in diesem Fall. Clarissa war keine drei Minuten hinter der Haustür verschwunden, da stieg sie leise aus dem Auto. Sie umklammerte die Walther-Pistole, die sie in der Handtasche mit sich führte, von der Clarissa natürlich nichts ahnte und schlich leise zur Haustür hinein.

Sie hatte ein sehr schlechtes Gefühl bei der Sache gehabt, als Clarissa hinter der Tür verschwunden war und als sie das Haus betrat, wusste sie, dass sie richtig gehandelt hatte. Instinktiv spürte sie, dass es wichtig war, sich äußerst leise zu bewegen.

Irgendwie ahnte sie auch, dass sie sich weder mit dem Wohnzimmer, noch mit der Küche aufhalten musste und schlich leise nach oben. Schon auf der Treppe hörte sie ein Schimpfen und Fluchen.

Es war eine Frauenstimme, aber es war nicht die von Clarissa. Sie kam aus dem Zimmer, das in der Mitte des Stockwerks lag. Leise öffnete sie die Tür und sah Daniel auf dem Bett liegen. Er schien bewusstlos zu sein. Auf ihm kniete eine Frau und schlug ihm immer und immer wieder ins Gesicht.

»Diese Schlampe, du wirst es sehen, ich werde sie umbringen!«, fluchte die Frau, während sie Daniel ins Gesicht schlug. Sie schien aber nicht wirklich fest zuzuschlagen, es wirkte eher so als wollte sie ihn aus seiner Bewusstlosigkeit erwecken. Patrizia entsicherte blitzschnell ihre Waffe und richtete sie auf die Frau, die sich erstaunt umdrehte und ihr direkt ins Gesicht sah.

»Runter da!«, rief Patrizia. »Stell dich neben das Bett und heb deine Hände hoch!« Die Frau lachte hysterisch auf, dann sprang sie wie eine Katze vom Bett und auf Patrizia zu, aber Patrizia war geistesgegenwärtig genug und drückte einfach ab.

Laut hallte der Schuss durch den Raum, die Frau prallte zurück und fiel rücklings neben dem Bett zu Boden.

Auf dem Boden liegend sah sie erstaunt auf ihren linken Oberarm, dann zu Patrizia, die breitbeinig dastand, die Waffe mit beiden Händen umklammert und auf sie zielte.

»Du hast mich angeschossen«, sagte sie erstaunt.

»Ja, das habe ich«, sagte Patrizia. »Das habe ich. Und ich schieße gleich noch mal. Wo ist Clarissa?«

Die Frau lachte wieder genauso hysterisch auf wie zuvor.

»Such sie doch, du Fotze!«, sagte sie. »Du musst sie aber nicht rufen, denn sie kann dir nicht mehr antworten. Ich habe sie erschlagen.«

Sie zeigte auf ein Regalbrett, das an der Wand lehnte und an dem Blut klebte. Patrizia fuhr dieser Anblick durch Mark und Bein und sie hatte das Gefühl als würde sich ihr Magen drehen.

»Das war das Erstbeste das ich greifen konnte, als ich mitbekommen habe, dass diese Hure in mein Haus gekommen ist.«

»Dein Haus?«, fragte Patrizia. »Soviel ich weiß, ist das hier das Haus von Clarissa und Daniel.«

»Daniel wird sich von ihr scheiden lassen«, sagte die Frau. »Und dann wird er mich heiraten. Das hier ist mein Haus.«

»Ich glaube nicht, dass Daniel überhaupt noch irgend irgendetwas tun kann«, sagte Patrizia. »Sieht aus als würde er nicht mehr leben.«

»Doch, er lebt noch, mein süßer Schatz. Er schläft nur. Er ist sehr müde. Die letzten fünf Tage waren sehr leidenschaftlich. Wir haben praktisch pausenlos gefickt. Und jetzt ist er müde, mein armer Schatz.«

Sie hatte einen irren Gesichtsausdruck und ihre Augen glänzten als stünde sie unter Drogen. Patrizia erschauerte innerlich. Sie war gut trainiert. Sie konnte schießen. Sie besaß keinen Waffenschein und die Walther hatte sie nicht ganz so legal erworben, aber sie konnte verdammt gut mit einer Waffe, speziell mit dieser hier umgehen. Dafür hatte ein guter Freund von ihr gesorgt, der nämlich, der ihr diese Waffe verkauft hatte.

Aber sie wusste nicht, wie sie sich verhalten sollte. Mit solchen Irren hatte sie nie zu tun gehabt. Sollte sie noch einmal schießen? Diese Frau aus dem Verkehr ziehen? Wohin sollte sie schießen? Sie wollte sie nicht töten, aber sie musste sie überwältigen, sie außer Gefecht setzen. Sie verspürte keine Angst, aber sie spürte, wie das Adrenalin durch ihre Adern strömte. Verrückte konnten irrsinnige Kräfte entfalten und sie wusste, sie musste vorsichtig sein. Die Irre nicht aus den Augen lassen. Sie scheute sich nicht davor abzudrücken und sie verfehlte auch in hektischen Situationen ihr Ziel nicht. Aber sie hoffte, dass sie kein zweites Mal schießen musste.

Die Frau nahm ihr die Entscheidung ab. Sie stand langsam auf und bewegte sich wieder auf das Bett zu in Richtung Daniel.

»Lass ihn in Ruhe«, sagte Patrizia scharf. »Geh zur Wand rüber!«

»Pah«, sagte die Frau. »Du kannst mir doch in meinem eigenen Haus nicht befehlen, wie ich mich zu verhalten habe!«

Sie ging noch einen Schritt auf Daniel zu und im gleichen Moment schoss Patrizia noch ein zweites Mal. Sie traf den Rücken der Frau, in Höhe des rechten Schulterblattes. Es ertönte ein kurzer Schrei, dann sank die Frau stöhnend in sich zusammen und glitt zu Boden.

Patrizia griff nach einer Krawatte die auf einem Stuhl lag und band ihr zur Sicherheit die Hände zusammen. Dann lief sie schnell zum Bett und lauschte auf Daniels Atmen. Er lebte noch. Aber er sah erbärmlich aus. Wahrscheinlich hätte er nicht mehr lange überlebt. Sie stieß mit dem Fuß an den Oberschenkel der Frau, die nun angeschossen und mit gefesselten Händen auf dem Boden lag.

»Lass mich in Ruhe«, heulte sie.

Patrizia überprüfte die Fesseln, denn sie musste nach Clarissa suchen, und wollte sich vor unangenehmen Überraschungen schützen. Sie lief in den Raum nebenan und fand Clarissa am Boden liegend. Sie hatte eine blutende Wunde am Kopf und schien auch bewusstlos zu sein, aber sie war am Leben.

Erleichtert atmete Patrizia auf und griff nach ihrem Handy, während sie wieder zurück ins Schlafzimmer lief und nach der Frau sah, die sie angeschossen hatte. Sie wählte den Notruf.

»Notfall«, sagte sie. Sie gab die Adresse durch. »Drei schwer verletzte Menschen hier im Haus, schicken Sie unbedingt Beamte, Notarzt und Krankenwagen! Ist es möglich, Herrn Meierhofer zu schikken? Ich denke, er heißt Meierhofer! Er ist Polizist auf irgendeinem Revier hier in der Nähe, es gab eine Vorgeschichte und soviel ich weiß hat er in diesem Fall ermittelt!«

Patrizia beglückwünschte sich zu ihrem guten Gedächtnis. Clarissa hatte den Namen des Beamten nur ein einziges Mal erwähnt und das eher abfällig, weil er mit seinen Ermittlungen nicht weiter kam. Sie hörte wie am anderen Ende per Funk ein Streifenwagen losgeschickt wurde und ein Notarzt bestellt wurde.

»Gut«, sagte Patrizia. »Die Haustür steht auf. Und sagen Sie den Beamten, sie sollen bloß nicht auf mich schießen, ich stehe hier nämlich mit einer Waffe in der Hand. Aber ich muss die Täterin hier in Schach halten, die das Ganze verursacht hat, verstehen Sie?«

»Hilfe ist unterwegs«, versicherte ihr der Beamte.

Patrizia legte auf. Es dauerte tatsächlich nur ein paar Minuten, bis sie das Martinshorn hörte. Sie wusste nicht ob es vom Rettungswagen stammte oder von der Polizei, aber gleich darauf hörte sie wie mehrere Beamte das Haus stürmten. Einer von ihnen richtete sofort seine Waffe auf sie. Patrizia ließ ihre eigene Waffe zu Boden fallen und kickte sie mit dem Schuh in die Richtung der Beamten, bevor sie ihre Hände hob.

»Ich bin nicht die Täterin«, sagte sie. »Diese Frau da ...«

Der Beamte eilte auf die Frau zu, die offensichtlich schwer verletzt auf dem Boden lag.

Patrizia seufzte erleichtert auf und lehnte sich an den Kleiderschrank. »Gott sei Dank ...« murmelte sie.

Der Beamte sah nach Daniel, der noch immer bewusstlos war.

»Sie hat ihn hier tagelang festgehalten«, sagte Patrizia. »Das hier ist sein Haus. Im Zimmer nebenan liegt seine Frau.«

»Und wer sind Sie?«, fragte der Beamte.

»Ich heiße Patrizia Schweiger und bin mit der Ehefrau befreundet. Diese Leute hier wurden monatelang bedroht, und meine Freundin kam daraufhin zu mir, ich lebe in Frankfurt. Aber jetzt hat sie tagelang ihren Mann nicht erreicht und sich Sorgen gemacht, also sind wir hergefahren.«

»Warum haben Sie nicht die Polizei verständigt?«, fragte der Beamte.

»Weil wir nicht ahnen konnten, dass das hier so dramatisch ist. Wir wussten nicht, dass hier jemand Fremdes im Haus sein würde. Meine Freundin wollte nur nach ihrem Mann sehen, weil sie ihn tagelang nicht erreichen konnte.«

»Ist der Rettungsdienst schon da?«, brüllte der Beamte seinem Kollegen zu, der inzwischen nach nebenan gelaufen war um nach Clarissa zu sehen.

»Die kommen gerade!« Der Beamte versuchte, Daniel aus den Handschellen zu befreien.

»Scheiße«, fluchte er. »Ich schätze, den Schlüssel hat sie«, sagte Patrizia und zeigte auf die Frau am Boden.

»Im Bad auf der Ablage«, stöhnte die Frau.

Der Beamte eilte ins Bad und holte den Schlüssel für die Handschellen. Er befreite den ohnmächtigen Daniel von seinen grausamen Fesseln und im gleichen Moment stürmte der Notarzt mit ein paar Sanitätern herein.

»Ach du Scheiße«, sagte der Arzt. »Das sieht nicht gut aus!«

Er untersuchte Daniel notdürftig und hob ihn dann gemeinsam mit zwei Kollegen, die noch mit anpackten, auf die Transportliege. Der vierte Kollege, der mit anwesend war, legte Daniel sofort eine Infusion und versorgte ihn mit Sauerstoff.

»Der Mann ist völlig dehydriert, noch ein Tag länger und er wäre gestorben.«

»War schon jemand im Nebenzimmer um nach Clarissa zu sehen?«, fragte Patrizia.

Der Sanitäter nickte. »Zwei meiner Kollegen sind drüben«, sagte er.

Fast gleichzeitig erschien ein Sanitäter im Schlafzimmer. »Der Frau geht es einigermaßen gut«, sagte er. »Sie ist wieder bei Bewusstsein, aber noch etwas benommen.«

»Darf ich zu ihr?«, fragte Patrizia.

»Dürfen Sie, aber wir transportieren sie gleich ab«, sagte er. »Sie muss im Krankenhaus gecheckt werden.«

Patrizia lief nach drüben und sah Clarissa auf der Trage liegen. Sie wirkte schwach, über ihren Wangen hatten sich Flecken von getrocknetem Blut gebildet, aber sie lächelte zaghaft.

»Wie geht es Daniel?«, fragte sie matt.

Patrizia setzte sich neben sie.

»Er wird es überleben«, sagte sie. »Mach dir keine Sorgen. Er ist dehydriert und hat auch sonst ein paar Schrammen abbekommen, aber er wird es schaffen.« Clarissa liefen Tränen über das Gesicht.

»Danke Patrizia. Was für ein Glück, dass du so ein Trotzkopf bist und mich begleitet hast, sonst wäre Daniel wohl gestorben und ich auch. Wer ist diese Irre überhaupt?«

Patrizia zuckte mit den Schultern.

»Ich hab keine Ahnung, das wird sich noch rausstellen. Ich habe sie angeschossen, sie wird auch ins Krankenhaus gebracht werden, aber ich nehme an, unter Polizeigewahrsam.«

Clarissa nickte.

»Endlich werden wir erfahren, wer es ist.«

»Du hast sie nicht gesehen?« »Nein, sie hat mir von hinten auf den Kopf geschlagen, ich konnte nicht erkennen, wer es ist.«

»Es wird sich klären.«

»Du hast sie angeschossen?«

Patrizia nickte.

»Du hast eine Waffe?«

»Ja.«

»Mein Gott.«

»Genug jetzt«, sagte der Sanitäter. »Wir werden Frau Ostermann jetzt ins Krankenhaus fahren, wenn Sie möchten, können Sie hinterher fahren und dort warten bis sie ärztlich versorgt ist. Ich nehme an, dass Sie eine Freundin sind?«

»Ja«, sagte Patrizia.

Hinter ihrem Rücken ertönte plötzlich ein Räuspern. Sie fuhr herum.

»Guten Tag, ich nehme an, Sie sind Frau Schweiger?«

Patrizia musterte den Beamten, der den Raum betreten hatte und nickte.

»Meierhofer mein Name«, sagte er, und gab ihr die Hand.

»Ins Krankenhaus können Sie später fahren, ich fürchte ich muss Sie erst mal befragen. Fühlen Sie sich dazu in der Lage? Sie haben keine Verletzungen, wenn ich das richtig sehe?«

»Nein«, sagte Patrizia. »Natürlich stehe ich Ihnen zur Verfügung.«

## -41-

Zwei Stunden später steuerte Patrizia endlich ihren Wagen in Richtung Krankenhaus. Sie kannte sich in Köln nicht aus und war dankbar für die Erfindung der Navigationssysteme. Sie hatte Meierhofer und seinen Kollegen zwei Stunden lang Rede und Antwort gestanden und natürlich war man ihr dankbar, dass sie so beherzt eingegriffen hatte. Aber letztlich besaß sie keinen Waffenschein. Die Waffe, die sie seit vielen Jahren zu ihrem Schutz besaß und noch nie benutzt hatte – außer zum Üben mit ihrem Bekannten in dessen Scheune – stammte natürlich aus Quellen, die ihr nicht bekannt waren. Dafür würde sie nun die Folgen zu tragen haben, aber Meierhofer hatte angedeutet, dass es gut möglich sein könnte, dass man sie mit einer Geldstrafe davonkommen lassen würde.

Es war ihr letztlich auch egal, auch wenn deswegen jetzt noch eine Menge Ärger auf sie zukommen würde. Ohne diese Waffe hätte sie ziemlich hilflos dagestanden. Wenn diese Wahnsinnige es geschafft hatte, Daniel zu überwältigen und Clarissa so heftig niederzuschlagen, konnte man schon davon ausgehen, dass sie ihr körperlich überlegen war.

Sie sah zuerst nach Clarissa, die zwar noch recht lädiert wirkte, ihr aber aus ihrem Bett heraus fast schon fröhlich entgegen lächelte, als sie das Zimmer betrat.

»Sorry«, sagte Patrizia. »Ich hätte dir gerne ein paar Blumen mitgebracht, aber ich saß bis eben auf dem Revier fest.«

Clarissa nickte.

»Weißt du schon, wie es Daniel geht?«

»Ja«, sagte Clarissa. »Der Arzt war bei mir, Daniel liegt nur zwei Zimmer weiter. Er schläft, aber sein Zustand ist stabil. Er bekommt Infusionen.«

Sie seufzte. »Und sie müssen ihn wohl regelmäßig umlagern. Wenn ich es richtig verstanden habe, ist er wund gelegen und hat sogar offene Wunden am Rücken, an den Armen, an den Beinen.«

Clarissa stiegen die Tränen in die Augen.

Patrizia setzte sich auf den Rand des Bettes. Sie griff nach Clarissas Hand und hielt sie fest.

»Du weinst ja«, sagte Clarissa fassungslos.

»Ach«, sagte Patrizia, und wischte die Tränen weg, die ihr tatsächlich über das Gesicht gelaufen waren. »Clarissa, diese Frau ... weiß man inzwischen, wer sie ist?«

Clarissa nickte. »Daniels Sekretärin.«

»Was?«

Clarissa seufzte.

»Diese Frau erschien mir von Anfang an so merkwürdig. Aber dass sie derart wahnsinnig ist, hätte ich nicht gedacht.«

»Daniels Sekretärin?«, wiederholte Patrizia fassungslos. »Das glaub ich jetzt aber nicht.«

»Doch, kannst du ruhig. Ich kenne die Hintergründe noch nicht, Patrizia.«

»Denkst du, er hatte was mit ihr?«

»Nein, das denke ich nicht.«

»Sicher?«

Clarissa nickte.

»Weißt du Patrizia, bei uns war alles in Ordnung, wirklich.« Sie wurde rot. »Naja, zumindest nach all unseren ausgestandenen Krisen. Und diese Andrea – du hättest sie erleben müssen so, wie ich sie erlebt habe, Patrizia. Sie ist ein ganz merkwürdiger Vogel. Man hat wohl vergessen, ihr zu erklären, wie man lächelt oder überhaupt, ihr zu erklären, dass man ruhig mal lachen darf. Völlig humorlos. Eine unscheinbare Erscheinung. Nicht hässlich, aber auch nicht besonders hübsch und durch ihre innere Kälte hatte sie eine Ausstrahlung, dass sich niemand freiwillig privat mit ihr abgeben würde. Jedenfalls niemand den ich kenne und schon gar nicht Daniel.«

Sie trank einen Schluck Wasser.

»Ich nehme an, dass sie ihn angehimmelt hat und er hat sie nicht beachtet.«

Sie lächelte. »Auch Daniel macht nicht zweimal den gleichen Fehler. Vielleicht hat er sich absichtlich eine so unattraktive, kalt wirkende Kuh in sein Vorzimmer gesetzt. Die Frau von damals war zwar nicht seine Sekretärin, aber sie war die Sekretärin seines Geschäftspartners.«

Sie seufzte.

»Eigentlich würde ich gerne aufstehen und nach ihm sehen, aber ich soll ruhig im Bett liegen bleiben, hat der Arzt gesagt.«

»Ich hoffe, deine Verletzungen sind nicht so schlimm«, sagte Patrizia.

»Nein«, sagte Clarissa. »Nur eine Platzwunde, die genäht wurde. Und natürlich habe ich rasende Kopfschmerzen, aber es wird schon besser, die haben mir was gespritzt. Die behalten mich auch nur zur Sicherheit da, damit sie mich noch eine Weile beobachten können.«

»Soll ich für dich mal nach Daniel sehen?«

»Das würdest du tun?«

Patrizia nickte.

»Ich nehme an, er wird schlafen, aber ich kann ja mal nachschauen.«

Sie erhob sich und ging nach draußen. Weiter hinten im Gang sah sie einen Polizeibeamten vor einer Zimmertür sitzen. Wahrscheinlich das Zimmer, in dem die Verrückte lag – ihre Schüsse konnten keine dramatischen Auswirkungen gehabt haben, sie hatte die Frau lediglich außer Gefecht gesetzt. Patrizia machte sich diesbezüglich keine Sorgen. Schießen hatte sie das Schießen gelernt, zwar nicht auf legalem Weg, aber dafür gründlich. Daniel lag, wie sie von einer Schwester erfuhr, ganz am anderen Ende des Ganges in einem Einzelzimmer, wie auch Clarissa in einem Einzelzimmer lag. Sie warf nur einen kurzen Blick hinein, denn eigentlich durfte er keinen Besuch bekommen. Er schlief tief und fest. Irgendwelche Apparate piepten, Patrizia kannte sich in solchen Dingen nicht aus.

»Ich hatte Ihnen doch gesagt, er darf nicht gestört werden!«, fauchte die Schwester hinter ihrem Rücken.

»Entschuldigung, ich bin eine Freundin seiner Frau und die macht sich natürlich Sorgen um ihn. Ich habe versprochen nach ihm zu sehen.«

Die Schwester wurde gleich wieder friedlicher. »Er ist stabil«, sagte sie. »Das können Sie seiner Frau ausrichten. Er schläft jetzt natürlich, aber auch deswegen, weil er starke Medikamente bekommen hat. Was er jetzt braucht, ist viel Flüssigkeit, die bekommt er derzeit durch Infusionen und ansonsten viel Ruhe. In einer Woche ist er wieder voll da.«

»Danke.«

Patrizia drehte sich um und lief den Gang hinunter zu Clarissas Zimmer.

»Frau Ostermann braucht auch viel Ruhe«, rief die Schwester ihr streng hinterher. »Bleiben Sie bitte nicht mehr so lange.«

Patrizia nickte und schloss die Tür hinter sich.

»Es geht ihm gut«, erklärte sie. »Die Schwester sagt, er ist in einer Woche wieder voll da.«

»Ich möchte gar nicht wissen, was er durchgemacht hat«, sagte sie nachdenklich und starrte aus dem Fenster. »Fünf Tage hatte sie ihn in ihrer Gewalt.«

## -42-

Zwei Tage später wurde Clarissa entlassen. Patrizia hatte sich ein Hotelzimmer genommen, denn in dieser Situation wollte sie ihrer Freundin natürlich beistehen. Sie konnte nicht einfach nach Frankfurt zurückfahren und zur Tagesordnung übergehen.

Daniel war inzwischen längere Phasen wach und wieder fähig zu sprechen, die Polizei hatte ihn sogar schon vernommen. Er schämte sich trotzdem in Grund und Boden als Clarissa zum ersten Mal und zwei Tage nach seiner Befreiung an seinem Bett saß.

»Ich konnte mich nicht wehren«, flüsterte er und fast weinte er, so gut kannte sie ihn. Sicher, er presste wie immer die Kiefer zusammen, aber genau das war ein Zeichen dafür dass er mit den Tränen kämpfte.

»Sie hat mich mit irgendwelchen Tropfen außer Gefecht gesetzt.«

Er schluckte und starrte aus dem Fenster.

»Ich konnte nichts tun. Als ich wach wurde, war ich an allen Vieren an unser Bett gefesselt.«

Clarissa griff nach seiner Hand und hielt sie fest zwischen ihren Händen.

»Ach Daniel, jetzt haben wir schon so viel miteinander durchgestanden, das werden wir auch irgendwie überstehen, meinst du nicht?«

»Ich weiß nicht«, sagte er bedrückt. »Ich weiß nicht. Ich kann das so schnell nicht vergessen.«

Er streichelte ihr kraftlos über die Wange.

»Wenn du da nicht mit Patrizia hereingeplatzt wärest ...«

Clarissa nickte.

»Eigentlich war Patrizia diejenige, die dich gerettet hat«, sagte sie. »Und mich.«

»Ich weiß. Es waren schon zwei Beamte von der Kripo hier, um mich zu vernehmen. Patrizia wird jetzt eine Menge Ärger bekommen, weil sie eine Waffe besitzt, die sie nicht haben dürfte.«

Er wandte sich wieder zur Seite.

»Ich hätte niemals gedacht, dass ich mich ausgerechnet bei ihr einmal für mein Leben bedanken muss. Und für deins.«

Clarissa erhob sich vom Stuhl und setzte sich aufs Bett. Eindringlich sah sie Daniel in die Augen.

»Daniel, ich konnte nicht anders handeln, nicht aus meiner Perspektive heraus, ich musste bei Patrizia unterkommen. Bitte versuch mich zu verstehen.«

Er nickte.

»Ja, ich versteh dich doch. Es hat mich aufgeregt und der Gedanke hat mich fertiggemacht. Aber jetzt kann ich irgendwie verstehen, warum du zu ihr gegangen bist. Sie scheint doch ziemlich beherzt zu sein.«

Erneut wandte er sich ab und starrte aus dem Fenster.

»Sie hat darauf bestanden, mich zu begleiten, als ich nach Köln zurückfahren wollte um nach dir zu sehen. Ich habe mir fürchterliche Sorgen gemacht, weil ich dich nicht erreichen konnte.«

»Niemand von uns hätte auf Andrea getippt, was?«, fragte Daniel tonlos.

Clarissa schüttelte den Kopf.

»Ich fand sie ... na ja. Eiskalt. Sie ist mir berechnend erschienen. Aber dass sie verrückt ist – nein, das hätte ich nicht gedacht.«

»Die Beamten meinten, sie hätte alles gestanden. Die Briefe. Den Mord an unserem Hund. Die Sache mit dem Beerdigungsinstitut, was man ja bestenfalls noch als groben Unfug bezeichnen könnte, wenn der Sache nicht so vieles vorausgegangen und gefolgt wäre. Die Sache mit der Annonce. Sie hat alle meine Telefonate in der Firma mitgehört, sie hat Erkundigungen eingezogen, wo auch immer, ich habe keine Ahnung. Sie wusste wohl auch genug über dich und deswegen diese rote Perücke mit den lockigen, langen Haaren. Geschickt. Aber woher sie das alles wusste, es ist mir wirklich ein Rätsel.«

»Sie war wohl besessen von dir.«

Er zuckte mit den Schultern.

»Ich schwöre dir, ich habe ihr niemals einen Anlass zu irgendwelchen Hoffnungen gegeben. Sie hat auch nie durchblicken lassen, dass sie an mir interessiert ist! Sie war jeden Tag gleich, hat einfach mit ihrem frostigen Gesicht und ihrer bekannt nicht liebenswürdigen Weise im Vorzimmer gesessen und ihren Job gemacht, das war alles. Und ich habe ihr auch niemals signalisiert, dass mich an ihr mehr als ihre Funktion als Sekretärin interessieren könnte.«

»Das wäre bei dieser Frau auch schwer vorstellbar.«

»Ich verstehe diese Gedankengänge nicht. Und vor allem Clarissa, du hättest sie erleben müssen, wie sie sich in ihren Wahnsinn hineingesteigert hat, es wurde stetig schlimmer. Anfangs erschien sie noch ganz normal und sprach auch ganz normal, aber mit jeder Minute, die verging, schien sie mehr und mehr vom Irrsinn befallen zu sein.«

»Was machen wir jetzt?«, fragte Clarissa unvermittelt.

»Wie meinst du das?«

»Ich frage dich, was wir jetzt tun wollen. Ich werde heute entlassen. Die Beamten haben den Tatort inspiziert und außerdem haben sie sowieso ein umfassendes Geständnis. Ich kann heute wieder ins Haus zurück. Aber was soll ich in diesem Haus? Ich kann mich dort nie wieder wohlfühlen! Ich kann nie wieder in diesem Schlafzimmer schlafen! Und ich glaube auch nicht, dass du es kannst. Es ist im Moment auch unbewohnbar. Die Kripo hat Hunderte von Fotos gemacht, die sind soweit durch mit ihrer Spurensicherung. Das Haus ist eine Müllhalde. Vieles ist kaputt, in der Küche modern ehemalige Fleischvorräte und jede Menge Müll vor sich hin. Ich werde tagelang Arbeit damit haben, das alles wieder in Ordnung zu bringen und die Dinge zu retten, die noch brauchbar sind. Aber ich kann dort nie wieder schlafen. Ich kann dort nicht mehr leben! Was tun wir, Daniel?«

Er zuckte mit den Schultern. Clarissa merkte, dass er erneut schläfrig wurde. Er bekam noch immer starke Medikamente, das wusste sie.

»Keine Ahnung. Nein, du hast recht, ich will da auch nicht mehr hin. Aber alles was wir haben, ist in dem Haus und ich habe hier meine Arbeit. Was denkst du, was wir tun sollten?«

»Zuerst werde ich wohl oder übel zurückgehen müssen. Patrizia ist noch da, sie wird wohl noch bei mir bleiben. Sie wollte heute Vormittag nach Frankfurt fahren, um Charlotte und Damian abzuholen.«

»Die sind noch in Frankfurt? Alleine?«

Clarissa nickte. »Sie sind in Patrizias Wohnung. Sie sind sehr erwachsen geworden, Daniel. Patrizia hat täglich mehrfach mit ihnen telefoniert.«

»Wissen sie was passiert ist?«

Clarissa schüttelte den Kopf.

»Nein, nicht alle Details. Aber wir müssen es ihnen erzählen, jedenfalls das, was du erzählen möchtest. Wenn dir danach ist, vorher nicht. Sie ist jedenfalls heute früh nach Frankfurt gefahren um die Kinder zu holen und wollte sich bei mir per Handy melden, wenn sie wieder da ist.«

»Geht in ein Hotel«, sagte Daniel. »Tut euch das nicht an in dem Haus.«

Clarissa schluckte ihre Tränen hinunter. Fast wäre sie tatsächlich in hysterisches Weinen ausgebrochen. Sie war so erleichtert, dass sie noch rechtzeitig gekommen war. So erleichtert darüber, dass sie auf das schlechte Gefühl in ihrem Bauch gehört hatte. So erleichtert, dass Patrizia diese Waffe bei sich hatte und nicht gezögert hatte, sie einzusetzen. Alles hatte ein gutes Ende gefunden. Trotzdem stand sie vor den Trümmern ihrer ehemals vermeintlichen Zukunft. In diesem Haus würden sie niemals mehr leben können, keiner von ihnen. Sie seufzte. »Daniel, ich weiß nicht. Ich werde ganz sicher ins Haus fahren, jemand muss sich ja um die Sauerei kümmern, die diese Frau dort veranstaltet hat, das ist wahrscheinlich Arbeit für mehrere Tage. Aber wie schon gesagt, schlafen möchte ich dort nicht, auch wenn der Spuk jetzt vorbei ist und diese Irre inzwischen wohl in Gewahrsam. Ich werde in ein Hotel gehen, übergangsweise. Am liebsten wäre mir, wir könnten wieder nach Frankfurt ziehen.«

»Unser Haus ist vermietet und ich habe hier in Köln meine Arbeit.«

»Den Mietern kann man kündigen und du könntest pendeln, das tun andere Männer auch.«

Daniel starrte wieder aus dem Fenster.

»Köln hat uns kein Glück gebracht, Daniel. Ich will nach Hause.«

»Wir könnten uns auch in Köln nach einem anderen Haus umsehen. Es ist nicht die Stadt, Liebling, es ist auch nicht das Haus. Es war einzig und allein Andrea. In diesem Haus kann ich auch nicht mehr leben. Ich könnte dieses Schlafzimmer nie wieder betreten. Wir sollten uns ein neues Haus suchen und so schnell wie möglich umziehen.«

»Ja, das könnten wir.«

»Lass uns in Ruhe darüber nachdenken, wenn es mir besser geht. Clarissa, sei mir nicht böse, mir fallen die Augen zu. Sie geben mir irgendwelche Schlafmittel und andere Medikamente, ich kann kaum die Augen offen halten.«

Clarissa verabschiedete sich mit einem langen, sanften Kuss von ihrem Mann und lief nach unten, in das Foyer des Krankenhauses um dort auf Patrizia zu warten.

## -43-

Fast genau ein Jahr später, an einem warmen Sommerabend im August, saßen sie im Garten ihres gemieteten Hauses, das sie vor wenigen Monaten bezogen hatten. Gemeinsam mit all ihren Freunden, die extra zu dieser kleinen Party über das Wochenende angerückt waren. Auch Patrizia war gekommen, gemeinsam mit einer etwas schüchtern lächelnden, aber sehr sympathisch wirkenden jungen Frau, die Clarissa vom Typ her ein wenig ähnelte.

»Das ist Gabriele«, sagte sie. »Meine neue Freundin.« Um zu bekräftigen, was dies bedeutete, legte sie ihren Arm um Gabrieles Hüfte. Sie sah Clarissa direkt in die Augen. Clarissa erwiderte ihren Blick und horchte tief in sich hinein. Nein, sie verspürte keinen Stich in der Magengegend, obwohl sie fast darauf wartete. Patrizia hatte jemanden gefunden, mit dem sie glücklich sein konnte. Gut so. Sie liebte Patrizia immer noch, aber sie liebte sie als der Mensch, der sie war und nicht so, wie sie es verdient hätte. Clarissa hoffte, dass sie mit ihrer Gabriele glücklich werden würde.

So wie sie selbst mit Daniel glücklich war. Vieles hatten sie erlebt und nicht mal das Drama, das sich im vergangenen Jahr in ihrer Familie abgespielt hatte, hatte etwas daran ändern können. Auch Damian war glücklich. Er saß mit seiner Freundin, mit der er noch immer zusammen war, in der hintersten Ecke des Gartens vor einem Brombeerstrauch. Die beiden machten sich einen Spaß daraus, Brombeeren zu pflücken und sie sich gegenseitig in den Mund zu stecken.

Daniel stand am Grill, fröhlich lachend wendete er seine Würstchen und Steaks. Aber als er Patrizia sah, wischte er seine Hände ab und kam sofort auf sie zu. Bedankt hatte er sich schon vor langer Zeit. Aber als er Patrizia zu dieser Party eingeladen und ihr sogar ein Gästezimmer im Haus versprochen hatte, wusste sie in diesem Moment, dass er seinen Frieden mit ihr gemacht hatte. Einen ehrlichen Frieden. Ein Frieden, der es ihr ermöglichte, weiterhin mit Patrizia befreundet sein zu können, ganz ohne Missverständnisse.

»Schön, dass du gekommen bist«, sagte er zu Patrizia.
»Ich freue mich sehr, dass du mich eingeladen hast.«
Sie stellte ihm Gabriele vor.
»Herzlich willkommen«, sagte Daniel. »Fühlt euch wie zu Hause. Holt euch was zu trinken und sucht euch einen schönen Platz. Das Fleisch ist gleich fertig ... und ich muss zurück zum Grill.«
»Ich muss noch mal zum Auto«, sagte Patrizia. »Ich habe ein kleines Geschenk dabei.«

Sie lief den Gartenweg entlang und Clarissa blieb mit Gabriele stehen. Beide Frauen schauten ihr nach.

»Glückwunsch«, sagte Clarissa leise zu Gabriele. »Sie ist eine Zauberfrau.« Gabriele lächelte.

»Ich weiß«, sagte sie. »Nenn mich Gabi. Alle nennen mich Gabi, ich habe keine Ahnung, warum Patrizia auf Gabriele besteht.«

Sie lächelte. Liebevoll, aber etwas schüchtern, streichelte sie kurz über Clarissas Oberarm. Als ob sie bei ihr um Entschuldigung bitten müsste, dafür, dass sie nun mit Patrizia zusammen war. Als hätte sie das nötig.

»Schon gut«, sagte Clarissa. »Mach sie glücklich, sie hat es verdient.«

Patrizia kam zurück. In ihren Armen trug sie einen Welpen, dem sie eine riesige, rote Schleife umgebunden hatte, die besonders gut zur Geltung kam, weil das schwarze Fell des Welpen wunderschön in der Abendsonne glänzte.

»Ich dachte ...«

In Clarissas Augen schimmerten Tränen, als sie den kleinen Hund an sich nahm und sie presste sanft ihr Gesicht in den Nacken des Kleinen.

»Es ist allerdings ein Mädchen«, sagte Patrizia. »Aber sie fand ich am allerschönsten aus dem ganzen Wurf.«

Der Welpe quietschte vor Freude und leckte hektisch über Clarissas Gesicht. »Ich glaube sie mag mich«, sagte Clarissa.

»Normalerweise verschenke ich keine Tiere«, sagte Patrizia erklärend.

Daniel kam näher und schaute sich den Hund genauer an. Er begrüßte das neue Familienmitglied, indem er ihn sanft hinter den Schlappohren kraulte.

»Und was wird daraus, wenn es groß ist?«, fragte er.

»Eine Labrador-Hündin«, sagte Patrizia. »Also, um noch mal auf den Punkt zu kommen, normalerweise verschenke ich grundsätzlich keine Tiere, aber in eurem Fall wusste ich, dass ich damit nichts falsch machen kann.«

Clarissa reichte den Welpen an Daniel weiter und fiel Patrizia vor Freude um den Hals, trat aber gleich wieder zurück und sah verunsichert erst ihren Mann an, und dann Gabriele. Aber beide lächelten. Irgendwie war die Welt wieder in ihre Angeln zurück gehoben worden.

»Was ist eigentlich aus dieser irren Sekretärin geworden?« fragte Anja, und sämtliche Gäste starrten sie an, als hätte sie gerade ein riesiges Tabu gebrochen. Bisher war es eine lustige Runde gewesen und dieses Thema hatten alle krampfhaft vermieden.

»Was denn?«, fragte Anja und musterte erst Daniel, dann Clarissa und nach und nach alle anderen Gäste. Nach dem deftigen Grillfleisch und den vielen Salaten und anderen Schlemmereien, die Clarissa zubereitet hatte, saßen nun alle etwas matt um den großen Tisch herum.

Der kleine Hund schlief friedlich auf Clarissas Schoß und sie nestelte vorsichtig an der riesigen Schleife herum, um sie zu lösen. Vor sich hatte sie den Impfpass, die Abstammungsurkunde, sowie ein brandneues Halsband mit einer Leine liegen.

Daniel schluckte nach diesem kleinen Tabubruch von Anja, lehnte sich in seinem Gartenstuhl zurück und zündete sich eine Zigarette an.

Anja sah sich im Kreis ihrer Freunde um und um ihren Mund bildete sich ein trotziger Zug.

»Wir müssen darüber sprechen«, sagte sie. »Es ist viel passiert, wir wissen alle, was passiert ist, aber keiner weiß wie die Sache ausgegangen ist. Wir sind seit vielen Jahren befreundet und können nicht so tun als wäre niemals etwas gewesen.«

»Wir können ruhig darüber reden«, sagte Daniel, und er blickte nacheinander in die Gesichter seiner Freunde, bemerkte die allerseits erleichterten Gesichter seiner Gäste. Darunter befand sich auch das erleichterte Gesicht von Manuela, seiner ehemaligen Vertriebssachbearbeiterin. Sie hatte er nun, auf Clarissas Vorschlag hin, mit einer ordentlichen Gehaltserhöhung in sein Vorzimmer verdammt. Er hatte mit dieser Einladung zur Grill- und Einweihungsparty seinen Grundsatz gebrochen, mit Untergebenen privat nichts zu unternehmen, aber bei dieser Party musste sie einfach anwesend sein. Schließlich war sie es gewesen, die ihm und Clarissa nach seiner Genesung sehr behilflich gewesen war, als er wieder an seinen Arbeitsplatz zurückgekehrt war. Sie hatte dieses Haus entdeckt, das zur Vermietung stand und es an Daniel weiter geleitet. Sie hatte es sich nicht nehmen lassen, Clarissa dabei zu helfen, das Chaos im alten Haus zu beseitigen. Außerdem hatte sie während des Umzugs die ganze Familie verköstigt. Sie hatte sich weiß Gott ihren Platz im Kreis der Freunde verdient. Anja starrte in die Runde.

»Ja Leute, ich finde es wunderbar, dass wir hier so vereint sitzen und eine Party feiern können. Aber ich sage es noch mal, letztes Jahr ist viel passiert und diese Party hier sollte eigentlich symbolisieren, dass alles ausgestanden ist. Dass niemand mehr Angst haben muss, dass unsere Freunde wieder in Sicherheit sind. Und nach allem was passiert ist, möchte ich wissen was aus dieser Irren geworden ist und vor allem, ihr zwei? Daniel? Clarissa? Ich will nicht einfach nur lachen und so tun als wäre nichts gewesen, ich will wissen, wie es euch geht! Wie es euch wirklich geht! Wir hier sind eure Freunde und nicht irgendwelche Nachbarn!«

Daniel räusperte sich.

»Natürlich wollt ihr das wissen und wir können ruhig darüber sprechen – wie ich eben schon sagte.«

Er lächelte ein wenig hilflos in die Runde. »Ich befinde mich in Therapie, ich kann damit umgehen.«

Niemand konnte darüber lachen.

Daniel atmete tief ein, aber Clarissa spürte, dass er nicht über diese Frau und das, was ihm passiert war, reden konnte. Nicht hier, nicht mit den Freunden. Wahrscheinlich konnte er überhaupt nur mit seinem Therapeuten reden.

»Was meine ehemalige Sekretärin betrifft – sie gilt als nicht zurechnungsfähig. Sie ist aber in eine geschlossene Psychiatrie eingewiesen worden und dort wird sie auch bleiben. Sie bekommt eine Therapie. Sollte sie in den nächsten Jahren irgendwann rauskommen, wird sie sich an strenge Auflagen zu halten haben. Sie hat auch eine Haftstrafe bekommen, und sobald sie haftfähig ist, also keine Therapie mehr braucht – falls das jemals der Fall sein sollte – muss sie erst mal ihre Haftstrafe absitzen.«

Anja nickte.

»Aber wer garantiert es, dass sie nicht wieder ...«

Sie unterbrach sich selbst. Nein, sie wollte niemanden verängstigen.

»Sobald sie auf freiem Fuß ist und bei uns wieder irgendetwas passiert, ist doch klar, nach wem die Polizei zu suchen hat«, sagte Clarissa. Sie räusperte sich. »Man hat manische Depressionen bei ihr diagnostiziert. Und außerdem hat sie wohl eine Persönlichkeitsstörung.«

»Schizophrenie bestimmt.«

»Ja, offenbar«, sagte Clarissa.

»Klar, gespaltene Persönlichkeit, kann ja gar nicht anders sein mit dieser ganzen Vorgeschichte.«

»Schizophrenie hat nichts mit einer gespaltenen Persönlichkeit zu tun«, sagte Daniel. »Ich habe es mir erklären lassen, der Begriff wird falsch verwendet. Schizophrenie sind Störungen in der Wahrnehmung, im Denken und Empfinden und die können sich zu Halluzinationen und Wahnzuständen entwickeln.«

Er seufzte.

»Jedenfalls wird sie noch sehr lange in Behandlung bleiben. Und danach wahrscheinlich ihre Haftstrafe verbüßen müssen.«

»Ich frage mich aber immer noch, woher sie so viel wusste«, sagte Patrizia. »Sie muss ja eine Meisterdetektivin sein. Offenbar wusste sie ja so einiges und taucht mit einer Perücke mit langen, roten Haaren auf ...«

»Ja«, antwortete Daniel. »Eine gute Sekretärin weiß alles von ihrem Chef, aber frag mich nicht, wie das geht. Ich weiß es nicht. Sie hat wohl Telefonate mitgehört – unter anderem. Keine Ahnung.«

Für einen Moment herrschte Schweigen in der Runde.

»Und du?« fragte Anja schließlich unverblümt und starrte Patrizia unverwandt an. »Wie war das mit der Waffe?«

Patrizia lachte.

»Mit der Waffe? Naja, ich habe sie nicht mehr. Die bösen Polizisten haben sie einfach behalten.« Sie zog einen Schmollmund und brachte damit die etwas angespannte Runde wenigstens zum Lächeln.

»Ich habe eine saftige Geldstrafe bekommen, weil ich sie überhaupt hatte und weil ich sie bei mir getragen habe. Und sechs Monate auf Bewährung. Wäre wahrscheinlich schlimmer ausgegangen, wenn ich vorher schon mal auffällig geworden wäre.«

Daniel versuchte ein Lächeln.

»Anja hat recht«, sagte er. »Diese kleine Party findet statt, weil wir mal wieder ein Wochenende mit unseren besten Freunden verbringen wollten. Aber mit dieser Party wollten wir auch mit den Geistern unserer Vergangenheit abschließen. Und natürlich können wir alle nicht so tun, als wäre nichts passiert. Aber jetzt haben wir darüber gesprochen und ich möchte diese Geister der Vergangenheit in die Hölle schicken, wenn es euch recht ist. Da gehören sie hin.«

»Toll, wie sie das weggesteckt haben«, hörte Clarissa später am Abend im Vorbeigehen Dagmar zu ihrem Mann Frederic sagen.

Hatten sie es denn »gut weggesteckt«, wie Dagmar es formuliert hatte?

Clarissa kraulte ihren Hund und horchte tief in sich hinein. Ja, das hatten sie. Daniel ging es einigermaßen gut. Das Gefühl der innigen Liebe zwischen ihnen beiden war um ein weiteres, großes Stück gewachsen. Er befand sich in Therapie, um sein Trauma verarbeiten zu können. Ihr ging es gut, seit sie in das neue Haus eingezogen waren. Es war ein sehr modernes Haus und es gab nichts mehr, was sie an das alte Haus, in das sie so voller Vorfreude eingezogen waren, erinnerte. Sogar die Möbel hatten sie verkauft und zum zweiten Mal innerhalb von 12 Monaten ein Haus neu eingerichtet. Dafür hatten sie sich ziemlich verschulden müssen, aber das nahmen sie in Kauf. Die Kinder hatten sich wieder beruhigt und waren froh, dass sie in Köln bleiben konnten, denn sie hatten dort sehr schnell Wurzeln geschlagen. Daniel hatte seine neue Sekretärin, Manuela, eine Frau, der sie selbst vertraute und mit der sie inzwischen einen sehr herzlichen Kontakt pflegte.

Patrizia hatte eine Frau gefunden, die sie ebenso liebte wie sie von ihr geliebt wurde. Und nun saßen sie alle hier mit ihren besten Freunden im Garten, hatten ein ausgedehntes Grillessen hinter sich, tranken Bier und kleine Cocktails, hörten Musik und lachten. Einige tanzten sogar, ein wenig torkelnd vielleicht, aber sie versuchten es.

Clarissa schloss die Augen und atmete tief den Duft des sommerlichen Abends ein, bevor sie die Augen wieder öffnete. Ihr Blick fiel auf Patrizia.

Sie saß etwas abseits, auf dem Rasenstück und war vertieft in ein angeregtes Gespräch mit Gabi.

Ein schönes Bild, wie sie da saß, mit elegant übereinandergeschlagenen Beinen, rauchend, und das wie immer, aus ihrer Zigarettenspitze.

Diese Stelle im Garten, an der Patrizia saß, musste sie sich genau merken. An diesen Platz würde sie im kommenden Herbst einen Magnolienbaum pflanzen.

Patrizia liebte Magnolienbäume.

**Die Autorin:**

Sofia Hartmann ist Mutter von drei inzwischen erwachsenen Kindern. Sie lebt und arbeitet in einem kleinen idyllischen Ort in Nordrhein Westfalen. Ihren Einstieg als Autorin fand sie im Jahr 2004 mit ihrem erotischen Roman „Das Spiel mit der Macht", der im Elles Verlag erschien.

Besuchen Sie Sofia Hartmann auf Ihrer Webseite:
http://www.sofia-hartmann.de

Sie finden Sofia Hartmann auch auf Facebook:
https://www.facebook.com/Sofia.Hartmann.Autor